SUSAN WIGGS
DULCE COMO LA MIEL

Editado por Harlequin Ibérica.
Una división de HarperCollins Ibérica, S.A.
Núñez de Balboa, 56
28001 Madrid

© 2014 Susan Wiggs
© 2017 Harlequin Ibérica, una división de HarperCollins Ibérica, S.A.
Dulce como la miel, n.º 136 - 20.9.17
Título original: The Beekeeper's Ball
Publicada originalmente por Mira Books, Ontario, Canadá

Todos los derechos están reservados incluidos los de reproducción, total o parcial. Esta edición ha sido publicada con autorización de Harlequin Books S.A.
Esta es una obra de ficción. Nombres, caracteres, lugares, y situaciones son producto de la imaginación del autor o son utilizados ficticiamente, y cualquier parecido con personas, vivas o muertas, establecimientos de negocios (comerciales), hechos o situaciones son pura coincidencia.
® Harlequin, HQN y logotipo Harlequin son marcas registradas por Harlequin Enterprises Limited.
® y ™ son marcas registradas por Harlequin Enterprises Limited y sus filiales, utilizadas con licencia. Las marcas que lleven ® están registradas en la Oficina Española de Patentes y Marcas y en otros países.
Imagen de cubierta utilizada con permiso de Harlequin Enterprises Limited. Todos los derechos están reservados.

I.S.B.N.: 978-84-687-9790-8
Depósito legal: M-11341-2017

Para dos hermosas damas llamadas Clara Louise: mi madre y mi nieta

Primera Parte

Una abeja ocupada en libar néctar raramente picará, salvo cuando se la asuste o la pisen. Si una abeja presiente una amenaza o es alertada por el olor de las feromonas de ataque, reaccionará agresivamente y picará. El aguijón de la abeja obrera está revestido de púas, y cuando se hunde en la piel de su víctima, se desprende de su abdomen, provocándole la muerte al cabo de unos instantes.

Sin embargo, el aguijón de la abeja reina no posee púas.

La reina puede picar una y otra vez sin morir.

Tarta «picadura de abeja»

La tradicional *Bienenstich* (tarta de picadura de abeja) es una complicada elaboración de masa de brioche y crema pastelera, cubierta de una crujiente capa caramelizada de almendras, miel y mantequilla. Esta versión simplificada es igual de deliciosa, sobre todo para desayunar con una buena taza de café.

MASA

2 ¼ tazas de harina
4 cucharadas soperas de mantequilla
2 cucharadas soperas de miel
1 ½ cucharadita de levadura en polvo
¾ cucharadita de sal
2 huevos
¼ taza de agua, o leche, templada

Mezclar todos los ingredientes para la masa en un bol y remover hasta formar una bola pegajosa y elástica. Depositar la masa sobre una tabla ligeramente untada con aceite y amasar durante cinco o siete minutos hasta que la consistencia sea suave. Si posee una batidora con función amasadora, puede utilizarla, a velocidad media durante cuatro o siete minutos. Verter la masa en un bol untado con mantequilla derretida y darle la vuelta repetidamente para que la masa se impregne bien. Cubrir el bol con un paño o papel film plástico y dejar que suba durante una hora aproximadamente, hasta que su aspecto sea suave y esponjoso.

Transferir de nuevo la masa a una tabla untada con

aceite, doblarla (puede que se oiga el sonido, semejante a un suspiro, del aire al escapar) y formar una bola. Colocar la masa en un molde de unos 25 centímetros, previamente forrado de mantequilla. También se puede emplear un molde para bizcochos de 33 x 23 centímetros. No hay que preocuparse si la masa parece despegarse del borde del molde. Basta con dejarla descansar para que el gluten se relaje, facilitando el manejo de la masa. Pasados unos treinta minutos, estirar suavemente la masa y fijarla a los bordes del molde.

Mientras la masa descansa, preparar la cobertura.

COBERTURA DE MIEL, ALMENDRA Y CARAMELO

6 cucharadas soperas de mantequilla
1/3 taza de azúcar
3 cucharadas soperas de miel
2 cucharadas soperas de nata espesa
1 ½ taza de almendras laminadas
Una pizca de sal

Derretir la mantequilla en un cazo a temperatura media. Añadir el azúcar, la miel y la nata. Llevar la mezcla a ebullición y cocer entre tres y cinco minutos hasta conseguir un jarabe dorado. Añadir las almendras y dejar enfriar ligeramente la mezcla. A continuación, extenderla sobre la masa de la tarta.

Hornear la tarta a unos 175ºC durante veinticinco minutos, hasta que la cobertura de almendra adquiera un profundo tono dorado y un palillo pinchado en la masa salga limpio. Dejar enfriar completamente sobre una rejilla.

Mientras la tarta se enfría, preparar la crema pastelera.

CREMA PASTELERA

1 taza, menos dos cucharadas soperas, de nata espesa, batida hasta que quede montada

2 tazas de natillas de vainilla. Pueden ser caseras, compradas o de sobre. Dependerá de la habilidad y tiempo del repostero

1 cucharada sopera de miel

1 cucharada sopera de Bärenjäger, o cualquier otro licor de miel

Servir la tarta en porciones cuadradas o triangulares, con una porción de crema pastelera y una copita de Hidromiel, café o té. El hidromiel es un licor dulce hecho a base de miel. Es la bebida alcohólica más antigua que se conoce.

(Fuente: adaptada de una receta tradicional)

Capítulo 1

La primera regla del colmenero, y una que Isabel había jurado no romper jamás, era conservar la calma. Pero mientras contemplaba el enorme enjambre de abejas colgadas de una rama de aligustre, temió tener que faltar a su palabra.

La apicultura era nueva para ella, pero eso no era excusa. Estaba preparada para atrapar su primer enjambre. Se había leído todos los libros sobre apicultura de la biblioteca municipal de Archangel. Había visto una docena de vídeos en internet. Pero en ningún libro o vídeo se mencionaba que el zumbido de diez mil abejas sería el sonido más horripilante que hubiera oído jamás. Le recordaba a la música de los monos voladores de *El mago de Oz*.

–No pienses en los monos voladores –murmuró en un susurro. Y eso, por supuesto, garantizó que no pensara en otra cosa.

Necesitó de toda su fuerza de voluntad y capacidad de control para no correr despavorida hacia la primera acequia, gritando a pleno pulmón.

La mañana había comenzado muy prometedora. Isabel había saltado de la cama al amanecer para saludar otro perfecto día en Sonoma. Unas sutiles franjas de niebla costera alcanzaban los valles y montañas del interior, suavizando las colinas verdes y doradas como si se tratara de un velo nupcial. Isabel se había puesto apresuradamente unos pantalones cortos y una camiseta y se había llevado a Charlie de paseo más allá de los manzanos y los nogales, aprovechando para aspirar el aire cargado de olor a lavanda y a hierba calentada por el sol. El paraíso terrenal.

Últimamente se despertaba muy temprano, demasiado excitada para dormir. Estaba trabajando en el mayor proyecto que se hubiera atrevido a acometer nunca: transformar su hogar familiar en una residencia y escuela de cocina. Los trabajos estaban casi terminados y, si todo iba según lo planeado, iba a poder recibir a los primeros alumnos de la Escuela de cocina Bella Vista para la época de la cosecha.

La enorme y caótica hacienda, de estilo misión, con su manzanar y huerta de plantas culinarias era el enclave perfecto para su proyecto. Hacía mucho tiempo, demasiado, que ese lugar solo era ocupado por ella misma y su abuelo, y los sueños de Isabel siempre habían sobrepasado su presupuesto. Le apasionaba la cocina y estaba enamorada de la idea de construir un lugar al que otros soñadores pudieran acudir para aprender el arte culinario. Y por fin había encontrado el modo de amoldarse a una casa que siempre le había parecido demasiado grande.

Isabel estaba decidida a hacer revivir la casa en todos sus aspectos, llenarla de la vibrante energía de la vida. Y esos días estaba agradecida por poder disponer al fin de los recursos para devolverle a ese lugar su antiguo esplendor.

Lo cual implicaba volver a abrir la hacienda al mundo. Quería que fuera algo más que el lugar en el que su anciano abuelo y ella pasaban los días. Llevaba demasiado tiempo comportándose como una ermitaña. El verano llegaría con una boda cargada de parabienes. Y en otoño daría alojamiento a los alumnos de la escuela de cocina.

Con la cabeza llena de planes para el día había ido con Charlie, el flacucho cruce de perro pastor alemán, a echar un vistazo a las abejas. Al llegar a las colmenas, colocadas sobre una pendiente junto a un irregular camino al final del principal huerto de manzanos, había oído a los monos voladores, y comprendido lo que sucedía. Un enjambre.

Era algo normal. Como una viuda dejando paso a su sucesor, la vieja reina abandonaba la colmena en busca de un nuevo hogar, llevándose con ella a más de la mitad de las obreras. No era habitual que se formara un enjambre tan temprano, pero el sol de la mañana ya calentaba fuerte. Las abejas exploradoras buscaban el lugar ideal para construir una nueva colmena mientras el resto se aferraba en bloque a una rama y esperaba. Isabel debía atrapar al enjambre y meterlo en una colmena vacía antes de que regresaran las exploradoras y se llevaran a todas las abejas lejos de allí.

Rápidamente había enviado un mensaje de texto a Jamie Westfall, el experto en abejas de la comarca. Hacía una semana le había dejado un folleto publicitario en el buzón: *Cambio trabajos de mantenimiento de colmenas por miel*. Nunca lo había visto, pero había guardado su número de teléfono en la lista de contactos. Por si acaso. Desgraciadamente, un enjambre en ese estadio intermedio era algo efímero, y si ese tipo no aparecía pronto, Isabel debería actuar sola. Tras colocarse la capucha de la sudadera y la careta con mosquitera, y agarrado una caja de cartón con tapa, se había acercado al enjambre colgante.

Se le antojó que sería algo sencillo. Salvo que esa cosa que colgaba del arbusto tenía el aspecto de una horrible barba rojiza y viviente. El zumbido le llenó la cabeza y recorrió su cuerpo como la sangre en las venas. No dejaba de recordarse a sí misma que no había nada que temer a pesar del terrorífico aspecto y el furioso sonido del enjambre. Solo estaban buscando casa, nada más. Cualquiera sería capaz de entender su necesidad. Si algo había que Isabel ansiara más que nada en el mundo era sentirse en casa.

—De acuerdo —murmuró sin apartar la vista de la densa maraña de abejas, con el corazón acelerado.

Capturar un enjambre se suponía que debía ser emocionante. Era la manera ideal de llenar más colmenas y evitaba que las abejas anidaran en lugares incómodos, como en los preciados manzanos de su abuelo.

Las abejas estaban en un estado dócil. No se mostraban a la defensiva porque iban atiborradas de miel y no tenían ningún hogar que defender.

Charlie se tumbó lacónicamente en las hierbas altas junto a la colina y se dispuso a tomar el sol.

—Ya lo tengo —continuó murmurando ella—. Es el enjambre perfecto. Ja, ja, ¿lo pillas, Charlie? —levantó la vista hacia el perro flacucho—. Como el libro. *El enjambre perfecto*. Me parto de risa.

A Isabel no le parecía extraño hablar con un perro. Siempre lo había hecho. Hija única, criada en Bella Vista, enclaustrada entre manzanares y viñedos, y sobreprotegida por sus abuelos, de niña había aprendido a ser feliz sin otra compañía que la suya propia. De adulta se protegía porque era lo que la vida le había enseñado a hacer.

—Te diré lo que haremos, Charlie —le explicó a su perro—. Voy a actuar. Nada de ruidos fuertes ni movimientos bruscos.

Dejó la caja de cartón en el suelo bajo la rama que se vencía por el peso de las abejas. ¡Cielos!, sí que era grande el enjambre. El sol le calentaba la espalda, recordándole que se le acababa el tiempo.

Con manos temblorosas sujetó las tijeras de podar.

—Ahora —anunció, preparándose para actuar—. Será mejor no esperar más —estaba harta de perder oportunidades. Había que aprovechar el momento.

Con el corazón acelerado, abrió las tijeras de podar y cortó la rama. El enjambre cayó dentro de la caja de cartón... al menos la mayor parte.

El zumbido se intensificó y algunas abejas se separaron del enjambre. Isabel tuvo que hacer acopio de todo su valor para no salir huyendo. Estaba a punto de romper la primera e inviolable regla y perder la calma. ¿Y qué si desaparecía el enjambre? Tampoco era una cuestión de vida o muerte.

Pero sí de orgullo y voluntad. Quería quedarse con las abejas. Bella Vista siempre había sido una granja de labor y la familia Johansen había vivido de los huertos de manzanos y jardines desde el final de la Segunda Guerra Mundial.

–Muy bien, chicos –masculló entre dientes–. Allá vamos.

Agachándose, ajustó la rama con suavidad para que encajara en el interior de la caja. Las abejas que se habían soltado regresaron junto al enjambre. Iban a permanecer junto a la reina. Era la única manera de sobrevivir.

Isabel, que temblaba de pies a cabeza, levantó la caja del suelo. Pesaba mucho, más de lo que se había imaginado. Y las abejas parecían agitadas. Se movían más deprisa, aunque quizás solo fuera su imaginación. Pero no pudo evitar preguntarse si eso no sería una indicación del regreso de las exploradoras.

Un fuerte pinchazo en el hombro casi le hizo perder el control.

–¡Ay! –exclamó–. ¡Eh, eh, eh! Se supone que deberías ser dócil. ¿Qué te pasa? –seguramente el pobre bicho había quedado atrapado bajo la sudadera–. Despacio y con cuidado –añadió Isabel para sí misma–. Se supone que se me da bien ir despacio y con cuidado. Demasiado bien en opinión de Tess.

Tess era con diferencia la hermana más impulsiva. A veces le exasperaban la cautela y titubeos de Isabel.

Había llegado el momento crítico. El siguiente paso era introducir el enjambre en la colmena vacía.

Y justo en ese instante, Charlie soltó un ladrido, se levantó y trotó hacia el camino. Se oyó el ruido de un motor, su tono totalmente diferente al del zumbido de las abejas. ¿Un trabajador del manzanar?

Se volvió justo en el instante en que un Jeep color amarillo con barra antivuelco y la capota bajada coronaba la colina, bamboleándose sobre el desigual terreno y escupiendo grava a los lados de las ruedas. Un aluvión de abejas salió de la caja y varias aterrizaron siniestramente sobre el velo que cubría el rostro de Isabel.

«Frena», quiso gritar. «Las estás alterando».

El Jeep se detuvo bruscamente en medio de una nube de polvo, y un extraño de largas piernas se bajó de un salto, sujetándose a la barra antivuelco. Tenía los cabellos largos y los hombros anchos, y vestía pantalones militares, camiseta negra y gafas de sol de aviador. Una de las rodillas estaba sujeta con una rodillera articulada y el hombre caminaba con una marcada cojera.

«¿Jamie Westfall?», se preguntó Isabel. No le importaría ni un poquito que fuera él.

—¿Es esta la propiedad Johansen? —preguntó el extraño de voz grave.

Charlie emitió un sonido de satisfacción y volvió a tumbarse en la hierba.

—Estupendo, recibió mi mensaje —saludó ella sin apartar la mirada de la pesada caja llena de movimiento—. Justo a tiempo. Ha llegado en el momento perfecto para echarme una mano.

—¿Está borracha o qué? —preguntó él mientras le dedicaba una mirada desconfiada en un intento de verla a través del velo—. Eso de ahí es un enjambre de jodidas abejas.

—Sí, de modo que si no le importa...

—Mierda, me ha picado —el hombre se dio una palmada en el cuello–. ¿Qué demonios? ¡Jesús! Hay una docena de esas pequeñas jod.. ¡Por Dios!

Los instantes que siguieron estuvieron cargados de más juramentos mientras el extraño agitaba furiosamente las manos hacia unas cuantas abejas rezagadas. Juraba muchísimo. Y soltaba juramentos para matizar los juramentos previos. Sus movimientos agitados alteraban cada vez más a las abejas. Isabel sintió otra ardiente picadura, en esa ocasión en el tobillo, donde terminaba la tela del pantalón.

–No se mueva. Las está poniendo a la defensiva –«menudo colmenero», pensó ella.

–¿Eso cree? Señora, yo me largo de aquí. Yo…

–Pensaba que había venido a ayudar –el zumbido se intensificó y el enjambre de la caja se movió con mayor rapidez, ondulándose como una nube de tormenta viviente–. ¡Oh, no…! –Isabel dejó la caja en el suelo y sacudió la mano hacia una nube de abejas. Las exploradoras habían regresado. Sintió otra picadura, en esa ocasión en la muñeca.

–¡Mierda, cuidado! –el extraño la agarró y la tiró al suelo, cubriéndola con su cuerpo. Charlie soltó un fuerte ladrido de advertencia.

Isabel se sintió invadida por el pánico, un terror que no tenía nada que ver con las abejas. Era más parecido a una gélida cuchilla acerada y, de repente, fue lanzada de vuelta al pasado a algún lugar, un lugar oscuro del que nunca pensó que podría escapar.

–¡No! –exclamó en un susurro.

Arqueó la espalda, levantó una rodilla e impactó en… algo.

–¡Ay! ¡Mierda! ¿Qué demonios le pasa? –el tipo rodó a un lado, llevándose las rodillas al pecho y agarrándose la entrepierna. Su rostro adquirió diversas tonalidades y de sus labios escapó un gruñido.

Isabel se arrastró lejos de él, sin apartar la mirada. Era

corpulento, olía a sudor y a polvo de la carretera, y sus ojos reflejaban un rabioso dolor. Pero no la había lastimado.

Estaba tan sorprendida como él por su propia y exagerada reacción. «Tranquila», se dijo a sí misma. «Tómatelo con calma». El pulso se calmó, apagado ante la mortificación que sentía. Justo en ese momento apartó la mirada del extraño y vio alzarse el enjambre en bloque, un grueso y extenso velo de pesada seda, toda la colonia adentrándose en la naturaleza salvaje. La oscura nube de insectos se veía cada vez más pequeña, alejándose como un globo que se hubiera soltado.

–Llega tarde. Se han marchado –observó ella mientras se frotaba el hombro. Furiosa, se puso en pie y le propinó una patada cargada de frustración a la caja de cartón. Unas cuantas abejas muertas se desprendieron de la rama vacía.

–Ya me dará las gracias después –contestó el tipo. Se había sentado y la contemplaba con los ojos entornados.

–¿Gracias? –preguntó ella perpleja.

–¿De nada? –respondió él.

–¿Qué clase de colmenero es?

–Eh... ¿tengo pinta de colmenero? Usted es la que parece una colmenera, a no ser que esa careta sea la última moda en burkas.

Ella se quitó la careta y la dejó caer al suelo. Tenía el pelo aplastado en la cabeza y el cuello por culpa del sudor producido en su infructuosa labor.

–¿No es Jamie Westfall?

–No sé de qué demonios habla. Como ya le dije antes, estoy buscando la propiedad Johansen –el hombre la contempló, taladrándola con su penetrante mirada.

Isabel no pudo evitar fijarse en el color de esos ojos, de un verde intenso, como las hojas en la sombra. Era ridículamente atractivo, incluso con el rostro acribillado a picaduras de abeja.

—¡Dios mío! —exclamó ella—. Debe ser uno de los trabajadores.

El tipo de los azulejos debía acudir ese día para terminar el alicatado metalizado de la cocina de la escuela.

—Pues si es así como trata a los trabajadores, recuérdeme que no debo enfadarla. Pero no, tampoco. Empecemos de nuevo —soltando un gemido de dolor, se levantó del suelo—. Soy Cormac O'Neill —se presentó—. Le estrecharía la mano, pero me da miedo.

El nombre no le dijo nada a Isabel. No estaba en la lista de los contratistas con los que había estado trabajando desde hacía un año.

—Y está aquí porque...

—Porque... ¡Por Dios! Creo que me muero —el hombre se dio varias palmadas en los musculosos brazos desnudos, el rostro y el cuello.

—¿Qué? Venga ya, no lo he golpeado tan fuerte —Isabel se volvió justo en el instante en que el extraño se desplomaba como un saco de patatas—. ¿En serio? —exclamó—. ¿En serio?

—Me han picado.

—Eso ya lo veo —aparte de las picaduras en el rostro, el cuello, los brazos y las manos se le habían llenado de ampollas—. Lo siento, pero es que son abejas —le explicó—. Su picadura no es mortal.

—A no ser que seas muy alérgico —contestó él mientras intentaba sentarse. Hablaba como si la lengua le hubiera engordado de repente y un sonido sibilante surgía de su garganta.

—¿Es alérgico? —Isabel cayó de rodillas a su lado—. ¿Muy alérgico?

—Anafilaxis —exclamó el extraño mientras tironeaba del cuello de su camiseta.

—Si es alérgico, ¿por qué corrió hacia mí?

—Dijo que había llegado justo a tiempo. Dijo que necesitaba que le echara una mano.

El cuello empezaba a hincharse y los ojos a enturbiarse. Parecía al borde de la muerte.

«No me sorprendería», pensó ella. «Nunca he tenido suerte con los hombres».

Capítulo 2

—¿Qué puedo hacer? —Isabel se bajó la cremallera del mono de apicultor y hundió la mano en el bolsillo para sacar el móvil. De repente recordó que no lo llevaba encima.

El hombre le agarró la muñeca, sobresaltándola con el repentino contacto. Sin embargo, en esa ocasión consiguió no arremeter contra él, limitándose a tensarse ante la fuerza de su mano.

—Eh... —consiguió decir él antes de toser y respirar ruidosamente de nuevo. Su rostro adquirió un tono rojo profundo mientras luchaba visiblemente por respirar—. En el macuto —susurró—. Hay un EpiPen. Deprisa.

¡Mierda! El asunto empezaba a ponerse muy feo. La respiración de ese tipo era cada vez más forzada, las venas del cuello se hinchaban por momentos. Isabel corrió hacia el Jeep y sacó de su parte trasera una bolsa de color verde militar. Pesaba mucho y aterrizó en el suelo con un golpe seco y levantando una nube de polvo. Al abrirlo, de su interior surgió un fuerte olor a calcetines sucios y protector solar. Hundió las manos entre camisetas, vaqueros, pantalones cortos y trajes de baño.

—¿Seguro que está aquí? —preguntó.

Con creciente ansiedad empezó a arrojar el contenido de la bolsa a sus espaldas. Correo. Cuerda. Libros.

¿Quién viajaba con tantos libros? No eran solo libros de viaje, como *Bali desconocido*. También estaba *Las mejores obras de Ezra Pound*. *Broma infinita*. ¿En serio?

—En la bolsita morada —consiguió contestar el hombre con dificultad.

—Entiendo —Isabel encontró la bolsa rectangular y la abrió—. ¿Qué debo buscar?

—EpiPen —contestó él—. Un tubo transparente con un tapón amarillo.

El neceser estaba lleno de los típicos cachivaches del viajero. Lo sacudió con fuerza y su contenido cayó al suelo: cepillo de dientes, pasta de dientes, bastoncillos, botecitos y tubos, paquetitos de aperitivos de avión, cuchillas de afeitar desechables.

Por fin encontró un tubo de plástico con un prospecto y repasó velozmente las instrucciones.

—Inyectar, rápido —ordenó él. Las manos y el rostro empezaban a hincharse y tenía los labios azules—. ¡Por Dios! Hunda esa mierda en mi pierna —vagamente, se señaló el muslo.

Isabel abrió el tubito y deslizó la aguja hacia fuera. No tenía mucha idea acerca del procedimiento, aunque algo había aprendido en la academia de cocina durante un seminario sobre alergias alimenticias.

—Nunca lo he hecho.

—No... es... ninguna ciencia.

Asintiendo con firmeza, ella se agachó a su lado y hundió la aguja en el muslo. La inclinación no debió ser la correcta, pues la pequeña aguja asomó por la tela del pantalón, mojándolo con parte del líquido.

—¡Oh, Dios mío! —exclamó Isabel—. Lo he roto.

—Coja la otra. Debería haber... una más.

Mientras intentaba no entrar en pánico, ella rebuscó de nuevo entre las pertenencias del hombre y encontró la segunda dosis. Al volverse de nuevo hacia él para intentarlo otra vez se quedó paralizada al verlo tironear furioso de los pantalones hasta dejar al descubierto un extraordinario y musculoso muslo masculino. Tampoco pudo evitar darse cuenta de que no llevaba ropa interior.

—Pásemela —exclamó él casi sin aliento mientras agarraba el tubito con el puño.

Con un agresivo movimiento, hundió la aguja en el muslo desnudo. Se oyó un clic y el contenido del tubo se liberó al interior del cuerpo.

Isabel permaneció sentada sobre los talones sin apartar la mirada del hombre mientras el pánico empezaba a remitir. Se sentía como si acabara de atropellarle un camión. Y ese tipo parecía que acababa de ser atropellado por un camión. Se incorporó, apoyándose sobre un brazo, con los pantalones a la altura de las rodillas y una pierna atrapada en la rodillera. En las mejillas, el dorso de las manos y los glúteos aparecieron unos sarpullidos rojos.

—¿Se pondrá bien? —se atrevió ella a preguntarle—. ¿Qué hacemos ahora?

Él no respondió. Respiraba entrecortadamente, la mirada fija en el suelo. Lentamente, el color regresó a su rostro y la respiración comenzó a normalizarse.

Isabel seguía mirándolo fijamente, incapaz de moverse. Llevaba un pequeño aro dorado en una oreja y sus cabellos eran largos y rubios. La camiseta negra se ajustaba sobre los musculosos bíceps.

¿Cómo había podido torcerse tanto un día tan prometedor? Hacía unos minutos había saltado emocionada de la cama, llena de planes para transformar la hacienda en la Escuela de cocina Bella Vista. Y en esos momentos estaba sentada en pleno campo con un hombre medio desnudo que parecía el despojo de una película animada de Marvel.

El hombre agarró su bastón y se puso en pie antes de subirse los pantalones con toda tranquilidad.

—No me siento muy caliente —observó en el preciso instante en que ella pensaba en lo caliente que parecía.

Isabel se fijó en tres aguijones que tenía clavados en el dorso de la mano, tan hinchada que los nudillos habían desaparecido.

—¿Tiene unas pinzas? Podría arrancarle los aguijones.

—Nada de pinzas —murmuró él—. Eso solo haría que se liberara más veneno.

—Entre en el Jeep —sugirió ella—, yo conduzco.

Invirtió varios minutos en arrojar el contenido de la bolsa al interior del coche donde había un par de maletines de tapa dura que, supuso ella, debían contener una cámara de fotos y un portátil. Más libros. Jabón de afeitar y pasta de dientes en un tubo escrito con caracteres de Oriente Medio en la etiqueta. Preservativos, un montón. Un despertador de viaje con un marco de fotos a un lado que mostraba la imagen de una mujer de cabellos oscuros, seria y con unos ojos enormes de mirada atormentada.

«Sus enseres personales no son asunto tuyo», se dijo a sí misma mientras arrojaba la bolsa a la parte trasera del Jeep. Tras recoger del suelo las gafas de sol del hombre, arrojó la caja de cartón al asiento trasero.

—Vamos, Charlie —le ordenó al perro—. Vuelve a casa.

Charlie se encaminó en dirección a la hacienda y ella se volvió hacia el extraño. Cormac, había dicho que se llamaba. Cormac Nosequé.

—Hay una clínica en el pueblo, a unos diez minutos de aquí.

—No necesito un médico —lo cierto era que su aspecto ya había mejorado notablemente y tanto la respiración como el color había regresado a la normalidad.

—Las instrucciones del EpiPen dicen que hay que buscar ayuda médica lo antes posible —lo último que le faltaba era que tuviera una recaída. Tras ajustar el asiento, Isabel arrancó.

El Jeep era un modelo antiguo con caja de cambios. Por suerte, se había criado conduciendo tractores y no tuvo ningún problema con el embrague.

–Pensé que era Jamie –le explicó a Cormac mientras el Jeep traqueteaba sobre el camino de grava–. El colmenero.

–Cormac O'Neill, ya se lo he dicho –insistió él–. Y por supuesto que no soy ningún maldito colmenero.

–O'Neill –repitió ella–. No está en la lista de los obreros.

–¿Hay una lista? ¿Quién lo hubiera dicho? –Cormac se agarró al asiento, su rostro había palidecido y parecía mareado–. ¿Me equivoqué en algún desvío?

–Esta es la propiedad Johansen –el Jeep continuó dando tumbos sobre el irregular camino mientras se dirigían hacia la carretera principal que conducía al pueblo–. Pensé que era un obrero porque estamos de reformas.

–Es verdad. Tess mencionó algo de eso.

–¿Es amigo de Tess? –Isabel lo miró de reojo. Ese tipo estaba pálido y sudaba, seguramente por la subida de adrenalina provocada por la inyección–. ¿Mi hermana lo invitó? ¡Cielo santo! ¿Es usted el organizador de la boda?

–Una boda es lo último que sería yo capaz de organizar –contestó él tras soltar una carcajada ahogada por la respiración aún dificultosa–. He venido por Magnus Johansen. ¿Lo conoce?

–¿Qué quiere de mi abuelo? –preguntó ella con expresión de sospecha.

Pocos meses atrás, Tess, una experta anticuaria, había descubierto un tesoro familiar valorado en una fortuna. Y desde entonces, su abuelo era atosigado continuamente por toda clase de personas, desde agentes de seguros hasta periodistas.

–Estoy trabajando en su biografía.

–¿Desde cuándo? –Isabel miró furiosa la carretera. Últimamente todo el mundo quería saberlo todo sobre Magnus Johansen.

–Desde que firmé un contrato. De modo que es su abuelo. ¿Y usted es…?

—Isabel Johansen –que, por cierto, tenía un millón de preguntas que hacer sobre la susodicha biografía. Echó otra ojeada de soslayo y descubrió que el extraño se había reclinado en el asiento y cerrado los ojos. Su rostro tenía un color ceniciento–. ¡Oiga! ¿Está bien?

La respuesta fue una débil sacudida de la mano.

Ella continuó conduciendo, pero sin dejar de echarle miradas de vez en cuando. Cormac tenía unos rasgos marcados, la mandíbula suavizada por una barba de uno o dos días. ¡Y esos hombros! Siempre le habían gustado los hombros anchos. Las manos, también enormes y cuadradas, eran las de alguien más acostumbrado al trabajo duro que a escribir biografías.

No vio ningún anillo de boda. Cumplidos los treinta años, Isabel no podía evitar fijarse en detalles como ese.

Al llegar a la intersección con la carretera asfaltada, Isabel detuvo el Jeep. En una esquina había un bonito edificio encalado rodeado de un porche. De las ventanas colgaban jardineras repletas de flores. Un cartel pendía de la cornisa. *Things Rembered*.

—Esa es la tienda de Tess –señaló ella–. ¿De qué conoce a mi hermana?

La única respuesta fue una respiración sibilante.

—Da igual. Ya hablaremos más tarde.

Un cartel apoyado sobre un caballete en el borde de la carretera invitaba a los viajeros a echar un vistazo a las antigüedades, productos gourmet locales, objetos *vintage* y trivialidades. En breve habría otro cartel, uno que indicaría el camino hacia la Escuela de cocina Bella Vista. Isabel optó por no mencionárselo al extraño. Con la cabeza apoyada en el reposacabezas y el sudor acumulándose sobre el labio superior, no parecía muy interesado en nada.

Agarró el volante con más fuerza y aceleró sobre la carretera pavimentada que conducía a la población. Al llegar a lo alto de una cuesta, ante su vista apareció Archangel con sus edificios de piedra y madera, parques, jardines, todo muy familiar y bonito como una postal, rodeada del florido paisaje de Sonoma. Isabel había vivido allí toda su vida. Era su hogar. Un lugar seguro. Sin embargo, sentada junto a ese extraño hinchado y de respiración sibilante, no se sentía nada segura.

Aparcó junto a un deslumbrante BMW rojo. La clínica estaba en una plaza de estilo misión que también albergaba el ayuntamiento de Archangel y la cámara de comercio.

—¿Podrá caminar? —preguntó a su pasajero.

—Sí, aunque creo que dejé el bastón en la parte trasera.

—No se mueva. Yo iré a por él —Isabel se dirigió a la parte trasera del Jeep y casi chocó con un hombre pegado a un móvil que se dirigía al coche aparcado junto a ella.

—¡Eh! —el hombre se apartó de malos modos—. Tenga cuidado a donde... —de repente, la mano que sujetaba el móvil cayó a un costado del cuerpo—. ¡Isabel!

—¿Qué haces aquí? —de inmediato Isabel se sumió en un estado de pánico.

No había visto a Calvin Sharpe desde hacía años, desde que había huido de la academia de cocina, envuelta en una nube de vergüenza y dolor. Verlo de nuevo ya no despertaba ningún dolor, pero la vergüenza seguía ahí, como una pesadilla de la que no podía escapar. Había oído rumores de que buscaba un lugar para un nuevo restaurante, pero se había negado a pensar que tendría el valor de aparecer por Archangel.

—Da igual —continuó ella con voz tensa—. Me da igual. Discúlpame.

Pero él no lo hizo. Dio un paso hacia ella, deslizando la mirada por su cuerpo.

—Archangel es tal y como dijiste que era.

Isabel no podía creerse que tiempo atrás se hubiera imaginado un futuro en el que estuvieran ellos dos, juntos, en su pueblo natal.

—Estoy ocupada –intentó excusarse.

—Tienes buen aspecto, Isabel.

Y él también. Tenía los cabellos oscuros y unos rasgos esculpidos, refinados por la pátina del éxito. Los dientes eran blancos y perfectamente alineados.

—No tengo tiempo para esto –insistió ella mientras sacaba el bastón de la parte trasera del Jeep.

—Podríamos recuperar el tiempo perdido.

El estómago de Isabel dio un vuelco. No soportaba que, después de tanto tiempo, siguiera ejerciendo algún poder sobre ella. ¿Por qué? ¿Por qué se lo permitía?

De repente, una alargada sombra se cernió sobre Calvin.

—¿Algún problema? –preguntó Cormac O'Neill.

Las ampollas, rojas e hinchadas, de su rostro le hacían parecer más grande y malvado.

Calvin entornó los ojos antes de ofrecer al extraño la sonrisa patentada que le había hecho acreedor de las simpatías de una gran audiencia televisiva.

—Solo me estaba poniendo al día con una vieja… amiga –aseguró con la entonación precisa para que quedara claro que eran más que amigos, o al menos así se lo pareció a Isabel.

—Ya veo –contestó Cormac con la entonación precisa para darle un sentido a esas dos inocentes palabras. Con la ropa desgastada, las manos y el rostro hinchado como el de un boxeador, parecía un tipo con el que nadie en su sano juicio se metería–. La dama dijo que estaba ocupada –añadió.

—Sí –intervino Isabel con determinación, reprochándose el violento latido de su corazón–, tenemos que irnos.

—Claro –contestó Calvin con la calma y el refinamiento propio del *chef* televisivo que era–. Ya nos veremos.

O'Neill permaneció inmóvil mientras Calvin se sentaba al volante del BMW color cereza y desaparcaba marcha atrás con un furioso pisotón al acelerador.

Cormac se tambaleó y tuvo que sujetarse al Jeep. Bajo las manchas rojas, el rostro estaba extremadamente pálido. Isabel le tendió el bastón de inmediato.

—Siento lo que ha pasado —murmuró—. —Déjeme ayudarle.

—¿El qué siente? —preguntó él—. ¿Siente que un cretino la estuviera molestando?

—¿Tanto se notaba?

—¿Que era un cretino o que la estaba molestando? Sí, y sí también. ¿Quién demonios es ese tipo?

—Uno al que conocí —contestó ella en un tono de voz que, esperaba, resultara desdeñoso—. Vamos, debe verlo un médico —se apresuró a ayudarle a estabilizarse con la ayuda del bastón.

Temiendo que fuera a caerse, Isabel se pegó a él. ¡Por Dios, qué hombros! El hombre era un peso muerto contra ella, y olía a hombre. Incómodamente consciente de su envergadura, lo ayudó a llegar hasta la clínica y agitó una mano hacia el chico de la recepción.

—Es alérgico a las picaduras de abeja —explicó—. Le han picado por todo el cuerpo. Hemos inyectado un Epi-Pen, pero necesita que le echen un vistazo.

El recepcionista pulsó un botón y una enfermera vestida con una bata naranja apareció enseguida.

—Firme este formulario y ya lo rellenará más tarde. Vamos a llevarle a la sala de exploraciones —indicó la mujer mientras realizaba una experta valoración visual del paciente—. Hola, Isabel.

La enfermera era Kimmy Shriver, una vieja amiga. En sus años escolares habían estado juntas en el club 4-H.

—Creía que era el colmenero —le explicó Isabel.

Kimmy tomó una carpeta con pinza y le hizo una seña a Cormac para que entrara por una puerta y se dirigiera a una zona delimitada por cortinas.

—¿Se pondrá bien? —insistió Isabel.

—Lo pondremos a punto.

–Gracias. Esperaré aquí fuera.

–Siento lo de las abejas –se disculpó Cormac O'Neill.

–Hágame un favor y no se muera, ¿de acuerdo?

Después de que el hombre desapareciera hacia la sala de exploraciones, Isabel se sentó y hojeó una revista en un intento de olvidar el encuentro con Calvin Sharpe. Las páginas, visiblemente manoseadas, mostraban artículos sobre parejas que se separaban, transformaciones de vestíbulos, recetas de sopa de champiñón enlatado, cómo hacer una falda con cuatro pañuelos. «Cómo actuar si él no te hace caso». Isabel dejó la revista y miró a su alrededor, preguntándose cuánto tiempo haría falta para evitar que un enorme extraño se muriera.

Al fin se decidió por el artículo sobre «Cómo actuar...». «Hazte la misteriosa». Ese sí era un buen consejo. Lo malo era que en ella no había ni un átomo de misterio. Vivía en la casa en la que se había criado, su única pasión era la cocina y enseñar a cocinar con alimentos locales, y estaba persiguiendo su sueño. Algunas personas se mostraban desconcertadas por su condición de soltera. «Con lo guapa que eres, apuesto a que los hombres revolotean a tu alrededor como moscas...». Pero lo cierto era que no había ningún misterio. Isabel sabía perfectamente por qué estaba soltera, y por qué tenía la intención de permanecer así.

En un extremo de la sala de espera había una joven madre con su bebé vestido con un mono lleno de manchas. La agobiada mujer se peleaba con el crío en un intento de limpiarle la mancha verduzca de la nariz. En otro extremo de la sala había una mujer más mayor, leyendo plácidamente un libro prestado de la biblioteca. La clínica no era un lugar desconocido para Isabel, pues había acudido allí en numerosas ocasiones. De niña solía ir para recibir las habituales vacunas. También había tenido las típicas lesiones infantiles, como chichones y heridas. Un hombro dislocado tras caerse de un manzano. Un corte en un brazo, producido mientras trepaba por una alambrada de espino. Una altísima fiebre una noche, provocada por una infección de oído. Y en todo momento había contado con la presencia de sus abuelos, calmándola con palabras de consuelo.

Tiempo después, cuando *Bubbie* cayó enferma, Isabel había sido la encargada de consolarla, aunque a ella se le rompía el corazón a medida que veía empeorar a su abuela.

Inquieta, echó otro vistazo a la revista. *Rompe con tu rutina. Haz algo inesperado*. Apicultura. Eso no tenía nada de rutinario, ¿no?

Dejó la revista y se dirigió a un expositor con varios folletos sobre temas diversos, vacunas, enfermedades alimentarias, enfermedades de transmisión sexual, violencia doméstica, *El amor no debería doler*. Los recuerdos de nueve años atrás, despertados por el encuentro con Calvin, le hicieron dar un respingo, e Isabel se volvió. Todavía recordaba la noche en que había conducido como una loca hasta su casa desde Napa, donde estudiaba en la academia de cocina. Había entrado en la clínica, temblando incontroladamente, incapaz de explicar con palabras lo que acababa de sucederle.

No había nada roto, solo magulladuras, y sin embargo sangraba. Un aborto, había dictaminado el médico. Eran cosas que sucedían, le habían explicado el propio médico y la enfermera. Muchos embarazos tempranos resultaban inviables.

Le preguntaron por el terror que debía reflejarse en sus ojos. Le preguntaron si estaba a salvo, si había alguien a quien pudiera llamar.

—Ahora sí estoy a salvo —les había explicado ella.

Le aconsejaron encarecidamente que presentara una denuncia. Isabel, para su eterno arrepentimiento, se había negado. Archivó el incidente en el diario que seguía escribiendo, encerró el pasado en ese libro y se marchó a su casa. En Bella Vista había enterrado los recuerdos junto con su sueño de convertirse en una famosa *chef*.

Los siguientes años los había dedicado a olvidar ese sueño y a intentar ignorar el ascenso de Calvin Sharpe al estrellato culinario, su edulcorado programa de televisión, su cadena de restaurantes de firma, su fama como personaje televisivo.

¿Por qué allí? Sonoma estaba repleta de pequeños pueblos frecuentados por turistas. ¿Por qué, entre todos los lugares posibles, había elegido Archangel? ¿Y por qué lo había hecho justo en ese momento, justo cuando ella se estaba construyendo la vida que siempre había deseado vivir?

Retomó la revista, decidida a distraerse, y su mirada se posó sobre otro consejo: *Derriba el muro. Él no podrá verte si escondes algo*. Cielos. Cuando se trataba de levantar muros, ella era el maestro de todos los albañiles. Pero ¿cómo podía darse un tipo cuenta de que había dejado de hacerlo?

Ponte algo sexy, era el siguiente consejo de la lista. Era más que evidente que el artículo no era para ella. Tras cepillar con la mano una mancha de grasa sobre el pantalón de apicultor, pasó impacientemente la página.

Asuntos de bodas, fue el siguiente titular que llamó su atención. Perfecto. Siendo la dama de honor de Tess, estaba completamente sumergida en planes de boda. El artículo le aconsejaba sencillez. «Justo», pensó Isabel. Con Tess y Dominic nada era sencillo. Dominic tenía dos hijos de un matrimonio previo y un montón de parientes, algunos de los cuales llegarían desde Italia. Controlarlos a todos era un auténtico acto de malabarismo. Pero Tess estaba radiante, cualquiera que viera la luz que reflejaba su mirada lo comprendería.

De niña, solía soñar con su propia boda, pero ese sueño había quedado aparcado junto con el de estudiar cocina y sacarse el título de *chef*. Había encontrado otras cosas en las que centrarse, *Bubbie*, cuyo diagnóstico de cáncer y subsiguiente tratamiento se había posado como un negro nubarrón sobre todos los habitantes de Bella Vista, un nubarrón que crecía a medida que la anciana empeoraba y al final moría. Le siguieron los problemas económicos de la hacienda, la lucha contra la compañía de seguros que se negaba a pagar el tratamiento de *Bubbie*. Para colmo, el abuelo se había caído de una escalera en el manzanar y había pasado varias semanas en coma. Tess, a quien Isabel no había visto en su vida hasta entonces, había surgido de la nada, un pelirrojo recordatorio del hecho de que su padre común, Erik, había sido todo un mujeriego hasta el momento de su muerte en un terrible accidente de coche.

Pero, como solía decir *Bubbie*, de los peores inviernos siempre surgía la más espléndida primavera. Tess e Isabel se habían convertido en las mejores amigas y, gracias al infatigable trabajo de investigación de Tess, cuando estaban al borde de la ruina, se habían recuperado y la suerte de Bella Vista había cambiado.

Isabel reflexionó sobre lo mucho que podía distraerte la vida. Por suerte. Pues le impedía obsesionarse con cosas que no podían cambiarse, como el hecho de que no había terminado sus estudios de cocina, o que había permitido que una relación fallida la mantuviera encerrada en su rígida coraza. Y en esos momentos estaba ocupada en un nuevo proyecto que le consumía cada instante del día, la escuela de cocina. Cierto que no poseía la titulación oficial de una prestigiosa academia, pero tenía algo que no podía enseñarse: un talento innato para la cocina.

Y a ese talento se aferraba, agradecida de que la pasión la consumiera y llenara sus días de un feliz propósito. Estaba convencida de que uno solo podía vivir y sentirse bien si comía bien, si apreciaba lo que la vida ofrecía y pasaba tiempo en compañía de amigos y familiares, y ese era el objetivo de la Escuela de cocina Bella Vista. Lo último que necesitaba era alguien que la distrajera de su objetivo de crear el mundo con el que siempre había soñado.

Cormac O'Neill regresó a la sala de espera, vestido con una bata de hospital, de algodón estampado, abierta por delante desde el cuello hasta el ombligo, revelando su torso y abdominales. Unos abdominales con tableta. ¡Y qué tableta!

Por suerte no pareció darse cuenta del modo en que ella lo devoraba con la mirada.

—El paciente vivirá para luchar contra el enjambre un día más —anunció—. Tengo que ir al coche a por una camiseta limpia y mi cartera.

Apoyado sobre el bastón, salió de la clínica y regresó casi al instante, vestido con una camiseta negra que mostraba el logotipo de los Iluminati. El tejido se tensaba sobre el torso, marcando la musculatura.

—Me alegra que se encuentre mejor —observó Isabel mientras fingía no fijarse en esos músculos.

—Estoy bien para conducir —anunció él mientras entregaba la carpeta con pinza y una tarjeta de crédito al recepcionista—. La llevaré a casa.

—De acuerdo.

Isabel hacía todo lo que podía para que no se notara que lo estaba mirando fijamente. De todos modos, sin duda él se había dado cuenta ya. Un tipo no podía pasearse con ese aspecto por el mundo, los llamativos cabellos, los anchos hombros, los penetrantes ojos verdes, y pretender no atraer las miradas.

Se llevó la revista, de todos modos era un ejemplar antiguo y a nadie le iba a importar si la tomaba prestada para terminar de leer un par de artículos.

—... si no le importa —decía Cormac.

—¿Eh? —Isabel no se había dado cuenta de que ese tipo seguía hablando y se obligó a prestar atención—. ¿Importarme el qué?

—Tengo que parar en la farmacia. El médico me ha encargado un par de recetas. Dijo que estaba aquí al lado.

—La farmacia de Vern, con el toldo a rayas —le explicó ella mientras abandonaban la clínica—. Le espero fuera.

Lo vio dirigirse a la farmacia. Incluso con la cojera y el bastón, daba la impresión de pavonearse al caminar.

Tara Wilson, cajera del banco, se cruzó con él portando una caja de cartón de la que escapaba el humo de varias tazas de café de la cafetería local, Brew Ha Ha. Al mirar a Cormac por segunda vez, estuvo a punto de tirar la caja al suelo.

«O sea que no soy la única», pensó Isabel mientras se sentaba en el Jeep. Por primera vez en años intentó recordar cuándo había salido por última vez con un chico, o cuándo se había llevado uno a casa. Las citas siempre se le habían dado mal. Sencillamente no eran una prioridad para ella. No le gustaba esa sensación de vulnerabilidad que la asaltaba cuando se sentía atraída hacia alguien, y por eso no se permitía a sí misma sentirse atraída hacia nadie. En ocasiones, sin embargo, no podía evitarlo.

Mientras esperaba, siguió hojeando la revista escamoteada mientras se esforzaba por no cotillear el interior del Jeep. Imposible. El contenido de un coche decía mucho sobre su dueño. Y ese en particular estaba abarrotado, pero no sucio. El salpicadero estaba cubierto de recibos y un par de mapas con los bordes desgastados. En la era de los Smartphone y los dispositivos de navegación, ¿quién seguía utilizando mapas de papel? La radio también era obsoleta, el dial fijado en Pacifica Radio. También había algún CD de The Smiths, David Bowie, Led Zeppelin. ¿Quién seguía escuchando CD en esa época? En la visera había algunas tarjetas, una especie de tarjeta de aparcamiento, un permiso de conducir extranjero. Estiró el cuello e inclinó la cabeza para verlo mejor. Las letras eran de otro idioma y en la foto aparecía con barba y bigote.

—Arabia Saudita —le aclaró él mientras abría la puerta.

–¿Disculpe? –ella carraspeó.
–El permiso de conducir. Es de Arabia Saudita.
–¿Vive allí?
–Yo no vivo en ninguna parte –Cormac arrojó la bolsa de la farmacia sobre el asiento trasero y puso el motor en marcha.

Capítulo 3

Isabel se quedó muy quieta y permitió que el agua caliente de la ducha cayera sobre ella. Aún no era mediodía y su jornada ya había descarrilado. Intentó olvidar sus problemas, el enjambre perdido, el extraño que había aparecido inesperadamente, el apresurado trayecto hasta la clínica y, para colmo, encontrarse con Calvin Sharpe.

Le gustaba pensar que había pasado página, que era inmune a su presencia, pero no había olvidado la ingenua confianza que había depositado en él, el *chef* instructor en la academia de cocina, su mentor, su amante.

Sin embargo un día todas esas ilusiones habían saltado por los aires. Lo había acompañado a una de las cocinas que hacían las veces de aula para montar la cámara web del portátil y así poder grabar una presentación. Se había sentido especial por ser elegida como su preferida. Y ese fue el momento elegido por ella para confiarle que no le había bajado la regla y que la prueba de embarazo casera había dado positivo.

No había esperado que se mostrara encantado, pero jamás habría podido prever su reacción. La ira se apoderó de él en un instante. La había golpeado contra la encimera de acero inoxidable, manteniéndola sujeta mientras le hacía pedazos con sus insultos y la acusaba de haberle preparado una encerrona. La había abofeteado, arrojado al suelo. Su cabeza había golpeado el enlosado con tal fuerza que había visto las estrellas. Había sido como ser atropellada por un coche que circulara a toda velocidad. Rápido y violento.

Pasado el tiempo, al rememorar el incidente que la había destrozado, había reconocido las señales. Siempre habían estado allí, pero ella no había sabido interpretarlas. Calvin había sido el típico, e increíblemente convincente, seductor, arrastrándola a su excitante mundo.

No se había dado cuenta del sutil poder y control que ejercía sobre ella. Había conseguido que ignorara a los demás instructores de la academia de cocina. En su juego del mentor había incluido sutiles humillaciones que habían minado su confianza de un modo que no había comprendido hasta que ya fue demasiado tarde. Siempre tenía respuestas para todo, para la ropa que debería ponerse, para cómo debería peinarse, cómo inclinar el cuchillo al cortar en juliana o en pequeños dados. Siempre esperaba que ella estuviera disponible. Al principio, Isabel se había deleitado con su atención, pero a medida que pasaba el tiempo había empezado a comprender que ese hombre lo había eclipsado todo, incluyendo sus logros.

El embarazo no deseado le había supuesto una pérdida de control, y seguramente fue ese el motivo que le hizo estallar, que hizo que su furia se transformara en pura violencia.

De algún modo había conseguido levantarse del suelo y, con las amenazas de Calvin resonando en sus oídos, había recogido sus enseres y se había marchado de la escuela de cocina. Para siempre. Pero Calvin no había tenido en cuenta un detalle: la cámara web del portátil había grabado el incidente. De todos modos, había estado demasiado asustada para poner una denuncia en la academia, mucho menos en la policía. Así pues, había enterrado su vergüenza y se había ocultado en el único lugar seguro que conocía, Bella Vista.

Y en esos momentos se enfrentaba a otra inesperada aparición, la de un hombre con el que no le unía ningún pasado. Cormac O'Neill no parecía cruel, pero la afectaba de otra manera. Le hacía pensar en lo sola que se sentía en ocasiones, incluso cuando se mantenía ocupada.

«Lávalo», se aconsejó a sí misma. «Deja que el agua de la ducha lave todo el día y vuelve a comenzar». Aspiró el aroma del jabón que siempre usaba, elaborado con la miel y la lavanda de Bella Vista, y deseó poderse quedar todo el día bajo la ducha. Imposible. Había demasiado que hacer. No iba a permitir que un extraño llamado Cormac O'Neill alterara sus planes, aunque ya le había retrasado un par de horas según su agenda.

Se vistió con una falda ligeramente fruncida, sandalias y una blusa suelta y vaporosa, perfecta para el calor. Sus oscuros y espesos rizos, herencia de una madre a la que no había conocido, tendrían que secarse al sol. La primavera estaba en todo su esplendor y tenía muchísimas cosas que hacer, empezando por supervisar a los obreros que estaban fijando una pérgola sobre la nueva sección del patio, ampliado para poder albergar a los invitados a la boda.

Con la fuente central, sillas de hierro forjado y mesitas de azulejos esmaltados, el espacio quedaría convertido en un lugar de encuentro, primero para la boda de Tess y Dominic, y posteriormente, a partir del otoño, para los asistentes a la escuela de cocina. Isabel quería que fuera tan bonito y acogedor como cualquier hacienda estilo *vintage* de California, y había planeado el proyecto hasta el último detalle.

La hacienda siempre había sido una vivienda familiar, pero desde ese verano quedaría abierta al mundo. La propiedad había permanecido dormida como si se tratara de un reino sometido a un encantamiento, pero ya había llegado el momento de despertarse, de abrirse a una nueva energía. A una nueva vida.

Pero a pesar de todos los detalles de los que debía ocuparse, su mente no paraba de regresar a Cormac O'Neill. Tuvo que recordarse a sí misma que a ese hombre le interesaba su abuelo, no ella. Una biografía. ¿Por qué no le había mencionado nada su abuelo?

Camino de la cocina se detuvo en el vestíbulo, en el que había un espejo de pared a pared. No supo por qué, pero recordó el artículo que había leído en la sala de espera. «Ponte algo sexy». El problema era que no era su estilo. A ella le gustaba la ropa larga y suelta. Ropa que ocultara. La prenda más ajustada que poseía era el delantal de *chef*. En ocasiones lamentaba no poseer el ojo de su hermana para la moda, pero cada vez que Isabel intentaba vestir a la última, se sentía expuesta, como una niña jugando a los disfraces. Ni siquiera se había decidido aún por su vestido de dama de honor.

Encontró a Tess en la cocina, mirando por la ventana mientras mordisqueaba un trozo de tarta de picadura de abeja, llena de crema y cubierta del brillante almíbar de almendras caramelizadas en miel.

—Si no dejas de alimentarme con estas cosas —la regañó Tess—, no podré meterme en el vestido de novia.

—Eso era para los obreros —contestó Isabel, consciente de que los trabajadores de la construcción necesitaban buena repostería casera para rendir al máximo.

Tess se sacudió la brillante melena. Se la había dejado crecer para poder lucirla el día de su boda.

—No me he podido resistir. Lo siento. Cuéntame, ¿qué has estado haciendo durante toda la mañana?

—Me he ocupado de tu amigo, Cormac O'Neill.

—¡Oh! —el rostro de su hermana se iluminó—. ¿Está aquí?

«Todo su delicioso metro ochenta y pico».

—Le picaron las abejas y tuvo una reacción alérgica. Tuve que llevarlo a la clínica.

—¡Cielo santo! ¿Está…?

—Se pondrá bien. Dice que ha venido para trabajar en la biografía del abuelo. ¿Sabes tú algo de esto?

—Claro —Tess hablaba mientras repasaba el cuaderno de notas para la boda, repleto de listas, y recortes de prensa de flores, comida y decoración.

—¿Por qué no me lo mencionaste?

Isabel sintió una punzada de irritación mientras contemplaba a su hermana. En apenas un año se habían unido mucho, aunque a veces se producían momentos de tensión. Como ese. En algunos aspectos, aún no habían encontrado su terreno común.

—Hasta ayer no supimos que Mac estaría disponible.

Mac. Como los camiones.

—Te lo habría dicho, pero todo esto es una locura y tú ya tienes trabajo de sobra ayudándome con la boda y preparando tu escuela de cocina. El plan se forjó en muy poco tiempo. Mac no estaba disponible y, de repente, sí lo estaba, de modo que no dejé escapar la oportunidad. La historia de Magnus está pidiendo a gritos que alguien la escriba, y Cormac O'Neill es el hombre indicado para hacerlo.

—Deberías habérmelo consultado.

—Tienes razón. Escucha, si su presencia aquí va a suponer un problema, ya le encontraremos otro alojamiento. Podría quedarse en casa de Dominic.

—Tu prometido no necesita más invitados. Ya tendrá a la mitad de los habitantes del sur de Italia para la boda. No importa que se quede aquí un tiempo. Dios sabe que nos sobra sitio.

Isabel miró a su alrededor. La cocina era un espacio amplio y luminoso. Allí había aprendido a cocinar con su abuela.

—No es eso lo que me preocupa. ¿Querrá el abuelo que todo el mundo conozca la historia de su vida?

—Esa es la cuestión, ¿no? Pero él quiere que se haga bien. Y ahí entra Mac —Tess lamió indecorosamente las migas del plato–. ¡Madre mía qué rico está esto! Los obreros no se marcharán nunca. Si sigues dándoles de comer así serán capaces de realizar milagros. ¿Podemos tomar esto para el desayuno de boda? Me estoy obsesionando, ¿verdad?

–Eres la novia. Se supone que deberías estar obsesionada con tu boda.

–De acuerdo, pero, si me pongo insoportable, dímelo.

Isabel estaba entusiasmada por Tess, Dominic y los chicos, pero en ocasiones, cuando permanecía despierta en la cama, sentía una repentina punzada de envidia. Tess hacía que el amor pareciera sencillo, mientras que ella no había disfrutado de una cita en años. Era consciente de que debería dejar caer la muralla, pero ¿cómo se hacía eso?

–No intentes cambiar de tema –apartó de golpe la idea de su mente–. Cormac O'Neill.

–Te alegrarás de que sea él quien documente la vida de Magnus. Nuestro abuelo posee una historia singular. Importante. Y no es únicamente el orgullo familiar el que habla, Iz. Fue una pieza clave de la Resistencia danesa. Durante la ocupación alemana había ocho mil judíos en Dinamarca, y el grupo de Magnus ayudó a rescatar a más de siete mil. Es un foco de luz en medio de tanta oscuridad. Y, sobre todo, Magnus desea que se haga.

Isabel se recogió un mechón de húmedos rizos detrás de la oreja y miró por la ventana. Desde un lado de la cocina se veían las hileras de manzanos, algunos de varias décadas. Los brotes de la primavera empezaban a desprenderse para dar paso a los nuevos frutos, la señal tangible de la renovación. Adoraba Bella Vista, adoraba el paso de las estaciones. Y tenía suerte de formar parte de todo aquello.

–Sí –asintió con calma–. Eso dijo el abuelo –ninguna de las hermanas mencionó lo obvio, que el hombre se iba haciendo mayor–. Háblame de ese tipo.

—Ha recibido un premio por una novela de no ficción —comenzó Tess—. Ha ganado toda clase de premios literarios. Y ya tiene editor para este proyecto, suponiendo que salga adelante. En cualquier caso, lo importante es que está aquí, y creo que será perfecto para Magnus.

—¿Y dónde se va a instalar? —preguntó Isabel.

—Había pensado que en la habitación de Erik.

Erik, su padre. Había muerto antes de que ninguna de ellas hubiera nacido, dejando a dos madres distintas, solas y embarazadas, ignorante cada una de la existencia de la otra. A lo largo del último año, Isabel y Tess habían dedicado horas a hablar del tema, pero sin llegar a ninguna conclusión, pues habían sido incapaces de imaginarse qué había movido a Erik a comportarse como lo había hecho.

—¿Por qué la habitación de Erik? —preguntó Isabel.

—Porque está libre y él no necesita nada lujoso. Pensé que la habitación de Erik sería una buena opción. La historia, ¿sabes? Para hacer un buen trabajo, Mac necesita impregnarse de la familia.

—¿Y qué pasa si no queremos que se impregne de la familia? —a Isabel la idea le hacía sentirse incómoda.

—Nuestro abuelo quiere hacerlo. Te juro que saldrá bien. Muy bien —Tess llevó el plato al fregadero, se sirvió una taza de café y le dio un sorbo. Nunca parecía descansar del todo, ni física ni mentalmente. Siempre estaba pensando, planeando, haciendo. Poseía esa clase de energía desbordante—. De veras que lo siento, Iz. No te enfades conmigo, ¿de acuerdo?

—Yo nunca me enfado —contestó Isabel.

—Lo sé. Esto es una locura. Estoy a punto de convertirme en la madrastra de dos críos en edad escolar y necesitaré que me enseñes a tomarme las cosas con calma.

A la mente de Isabel acudió la imagen de Calvin Sharpe, y la sensación que le produjo fue de todo menos de calma.

—Cambiando de tema, ¿asististe a la última reunión de la cámara de comercio?

—Claro, soy miembro de la cámara. Van a incluir a Things Remembered en su página web en diciembre. Genial, ¿a que sí?

—Mucho. Y, eh... ¿se habló de ese nuevo restaurante que se va a abrir? Estaba en el boletín informativo.

—Sí, creo que va a ser algo importante. Un famoso *chef*... Cleavon, o Calvin...

—Calvin Sharpe. Un *chef* televisivo –Isabel mantuvo el gesto neutro. «Tú nunca te enfadas». Genial, sencillamente genial.

—Sí, ese. Superatractivo, y menudo séquito llevaba. Entonces, ¿conoces a ese tipo?

—Era profesor en el instituto de cocina al que asistí hace años.

—¿Y? ¿Cómo es?

—Es el típico tío que cree que el sol sale cada mañana con el único propósito de oírle cacarear –contestó Isabel–. Pero sabe cocinar. Y, al parecer, ha montado todo un imperio de restaurantes –no tenía ninguna gana de seguir hablando de ello. Ya le había concedido demasiado protagonismo en su cabeza–. Pero volvamos al otro tipo, Cormac O'Neill. Tú le llamas «Mac».

Tess la tomó de un brazo y la condujo hasta el salón.

—Ven aquí –le anunció–. Quiero enseñarte algo.

Su hermana la condujo hasta la estancia más grande, que ya se estaba remodelando para la escuela de cocina. Era una estancia despejada y luminosa con paredes de yeso recién pintadas y techos altos. Estaba atestada de libros de cocina y muebles antiguos, y el piano de *Bubbie*. Cuando ella era pequeña, la escalera móvil apoyada contra la estantería de la pared había sido su camino a otro mundo. Los libros le habían ofrecido todos los viajes que le hubiera gustado hacer. Incluso siendo muy pequeña había sido una consumada viajera de sillón, viendo el mundo desde la seguridad de su hogar.

Y desde hacía un tiempo se había convertido en la administradora de ese hogar. Para ella, Bella Vista destilaba y respiraba la esencia de la vida, representaba la seguridad y permanencia en un mundo que no siempre había sido amable con ella. Su misión era revivir esa casa, resucitarla después de haber pasado por malos tiempos. El accidente de su abuelo el año anterior había sacudido los cimientos de Isabel. Magnus era la figura paterna para ella y, junto con Tess, su única familia.

Isabel conservaba su afición a bucear entre las imágenes de castillos del Rin, Ayers Rock en Australia, la costa italiana de Amalfi. En ocasiones, cuando contemplaba las fotos sentía una profunda añoranza. Pero cuando había surgido la oportunidad real de viajar a esos lugares, siempre había habido algo que se lo había impedido. Para ella, la aventura siempre resultaba más atractiva entre las páginas de una guía de viajes.

Tess tomó unos libros, aparentemente nuevos, de una estantería y los depositó sobre la tapa del piano.

–La primera vez que vi a Mac fue cuando yo estaba en Cracovia. Estaba siguiendo el rastro de unos cuadros antiguos escondidos por los nazis y él escribía un artículo sobre la necesidad de devolver lo que los nazis habían saqueado. De hecho, mi nombre se menciona en uno de sus libros –Tess abrió un grueso tomo que llevaba por título *Tras el telón de acero*–. Aquí es donde menciona el tesoro de Cracovia.

Isabel sintió una oleada de admiración por su hermana. Se habían criado separadas y en circunstancias completamente diferentes. Isabel, en Bella Vista, y Tess viajando por el mundo con su madre, una experta en adquisiciones para museos. A Isabel no le resultaba difícil imaginarse a Tess examinando objetos antiguos, descubriendo la verdad sobre ellos. Había ostentado un elevado puesto en una casa de subastas de San Francisco, para la que descubría viejos tesoros y rastreaba su origen. Y, de hecho, sus expertos conocimientos habían sido claves para salvar Bella Vista de la bancarrota.

Pero junto con el regreso de la fortuna a la hacienda, también había llegado una buena dosis de atenciones no deseadas. Isabel dudaba sinceramente que Cormac O'Neill hubiera querido conocer a su abuelo de no haber sido por las historias que Tess había descubierto en sus investigaciones. Y también estaba la demanda interpuesta por la más astuta abogada de Archangel, Lourdes Maldonado. Era vecina y amiga, antigua amiga, y de repente deseaba llegar a algún acuerdo.

–Tu carrera era impresionante –observó mientras aparcaba sus inquietantes pensamientos–. ¿No la echas de menos?

–De vez en cuando, sí. En la ciudad tenía un buen trabajo, y durante mucho tiempo fue estupendo, pero aquí encontré algo mejor –la expresión de Tess se dulcificó, como siempre sucedía cuando pensaba en su prometido–. Sé que parezco ridícula, pero, sinceramente, Iz, nunca pensé que el amor pudiera ser así. Ya lo verás tú misma uno de estos días. Cuando aparezca el tipo adecuado.

–Pues no pienso contener la respiración.

–¿Ni siquiera por este tipo? –Tess le entregó el libro sobre el telón de acero.

Isabel lo tomó y le dio la vuelta para estudiar la fotografía que aparecía en la contraportada, una versión muy pulida del tipo gruñón y palabrotero, cubierto de picaduras de abejas que había conocido.

–¡Madre mía!

–De nada –contestó Tess con la mirada brillante–. Por supuesto no lo elegí por su aspecto, pero tampoco puede hacer ningún daño, ¿verdad? Si vamos a tener a alguien por aquí investigando la historia familiar, por lo menos que sea guapo. Y está soltero.

–Pues eso significa que hay algo malo en él. O que es alérgico al compromiso.

–Ninguna de las dos cosas –la sonrisa de Tess desapareció–. Es viudo.

Capítulo 4

–Permítame acompañarlo a su habitación –Isabel salió al encuentro de Cormac, que sacaba el equipaje del Jeep.
–Apuesto a que siempre quiso decir algo así, ¿verdad? –él se volvió con una amplia sonrisa–. Le acompaño a su habitación –repitió con exagerada formalidad.
–Exactamente –contestó ella–. Quería decir que es exactamente por aquí –continuó imitando el tono formal.
–Gracias. Y gracias por ayudarme esta mañana. Supongo que no tenía prevista en su agenda una rápida incursión a urgencias.
–Eso nunca lo tengo en la agenda. ¿Cómo se encuentra?
–Bien. No hay nada como un chute de adrenalina sintética para empezar bien el día. He dado un paseo por la propiedad y hecho algunas llamadas. ¿Está su abuelo en casa?
–Siempre está. Le gusta trastear en el taller de máquinas o acompañar a los trabajadores en el manzanar. Estoy segura de que estará ansioso por conocerlo –Isabel lo guio hasta la puerta.
El aspecto de la entrada era imponente. Un bonito arco daba acceso al soleado patio central. Los márgenes laterales de la hacienda se arqueaban generosamente al-

rededor de la colina sobre la que se asentaba la casa con sus paredes encaladas amplias y brillantemente recortadas contra el cielo azul. En el centro del amplio espacio abierto burbujeaba una fuente, el agua reflejando el sol. De todas las paredes colgaban macetas y jardineras repletas de flores. Dos gatos, Lilac y Chips merodeaban por el lugar. Lilac parecía querer impedir que su compañero atigrado se acercara a la fuente. Los obreros casi habían terminado la pérgola que proporcionaría un lugar sombreado para las mesas de café.

–Esto es fantástico –se admiró Cormac. Bajó la vista al sentir a Chips, el gato más viejo, frotarse contra su tobillo–. Hola, amigo.

–Ese es Chips. El siamés blanco es Lilac, nuestro último rescatado. Lo llamamos Lilac porque lo encontramos en primavera y las lilas estaban en flor, y como tiene un color poco usual… Le cuesta un poco más acostumbrarse a la gente.

Cormac se agachó para acariciar a Chips que giró la cabeza en su dirección y cerró los ojos en un gesto de pura felicidad antes de, con perezosa dignidad, marcharse tranquilamente.

–¿Está bien? Parece un poco titubeante.

–Chips sufre una especie de Parkinson felino y le cuesta un poco moverse –le explicó Isabel.

–El blanco parece cuidar de él –observó Cormac.

Lilac rodeaba con cautela al gato más viejo.

–Y así es –ella asintió–. Chips rescató a Lilac, y ahora es Lilac quien cuida de Chips.

–¿Lo rescató? –él se apoyó sobre el bastón y, agachándose, alargó una mano hacia el gato blanco. Lilac levantó la cabeza y se acercó con cautela.

–Bueno, fue él quien lo trajo a casa un día y empezamos a darle de comer. Al principio pensé que Lilac era salvaje por lo asustadizo que se mostraba. Solo permitía que se le acercara Chips, eran inseparables. Pero entonces me di cuenta de que sabía jugar con los juguetitos y parecía conocer los cuencos de comida para gatos, de manera que no debía ser salvaje. Debieron echarlo de su casa.

Para sorpresa de Isabel, Lilac frotó la cabeza contra la mano de su invitado. Cormac le rascó entre las orejas.

—No eres el único al que le ha pasado, amigo. ¿Quién te abandonó?

—Por desgracia, son cosas que suceden —observó Isabel—. Un dueño se muda o se muere y el gato es soltado a la calle. Lilac tuvo suerte de que Chips lo trajera a casa. Y ahora el que tiene suerte es Chips. En una ocasión Lilac lo salvó de ahogarse.

—¿En serio? —él se irguió, apoyado en el bastón.

—Oímos a Lilac maullar en el patio —ella asintió y se estremeció ligeramente al recordarlo—. Al salir descubrimos que Chips se había caído a la fuente. Podría haberse ahogado, pero Lilac llamó nuestra atención.

—Ambos tienen suerte —afirmó Mac—. ¿Qué pensáis, chicos? ¿También yo voy a tener suerte?

Isabel supuso que la pregunta era retórica, por lo que no se molestó en contestarla.

—Tess me dijo que esto me iba a gustar —continuó él mientras los gatos se alejaban para hacer la ronda del patio—. Dice que esto es como vivir en un sueño.

—¿Eso dijo Tess? —Isabel no pudo reprimir una sonrisa.

—Sí.

—Bueno, quiere que se instale en la habitación de Erik. Aún no está arreglada, pero Tess opina que le gustará.

—¿Quién es Erik?

—Nuestro padre. Murió antes de que naciéramos las dos. Estoy segura de que el abuelo le contará toda la historia —ella lo condujo hasta el vestíbulo y la escalera que, al llegar al descansillo, se separaba en dos partes, como dos alas de hierro forjado, para discurrir paralelas a las curvas exteriores de la casa. Bella Vista había sido construida en sus orígenes como residencia para una numerosa familia y sus empleados. Las tres plantas estaban repletas de habitaciones que Isabel estaba reformando, una a una, para los invitados.

Continuaron por un ancho pasillo hasta una habitación al final. Ernestina la había limpiado. La ropa de cama estaba impecable y desprendía un sutil olor a lavanda, y la ventana estaba abierta para dejar entrar la brisa. Sobre un antiguo lavamanos había un cuenco con fruta fresca, y los accesorios del cuarto de baño relucían.

—Mis abuelos no tocaron nada tras la muerte de mi padre, simplemente cerraron la puerta —ella se volvió hacia Cormac.

La seguía tan de cerca que casi chocó contra él, contra ese ancho torso. Desprendía un olor aún más masculino que aquella mañana.

A medida que se hacía más mayor, Isabel había llegado a comprender por qué sus abuelos se habían limitado a cerrar la puerta de la habitación de Erik. Aunque Ernestina, la criada, la mantenía limpia y ventilada, la tragedia de su muerte parecía impregnar la atmósfera. Se respiraba un aire a asuntos inconclusos, a vida inconclusa. Todo había quedado congelado en el tiempo, como si su padre se hubiera limitado a salir por la puerta para nunca regresar. Isabel se preguntó si Cormac O'Neill también lo percibiría, o si era solo ella la que se imaginaba esa conexión con un hombre al que nunca había llegado a conocer.

Cormac dejó su bolsa de viaje sobre un arcón de cedro que había a los pies de la cama de pino. La habitación juvenil de Erik seguía abarrotada de pósteres de AC/DC, equipamiento deportivo, banderines de universidad, anuarios, libros de texto de francés y español. Cormac se acercó a la estantería empotrada y deslizó un dedo por los lomos de los libros, algunos descoloridos por la luz.

—A su padre le gustaban los libros —observó.

—Eso decían mis abuelos. De pequeña, me propuse leer cada uno de los libros de su librería.

—¿Por qué? ¿Para entrar en su mente?

—Tanto como puede uno entrar en la mente de una persona a la que nunca ha conocido. Hice un valiente intento. Mis preferidos eran *Kon Tiki* y *La isla del tesoro*.

—Buena elección. A mí me encantaban esos libros —tomó un ejemplar de *Colmillo Blanco* y lo abrió. En el interior había una etiqueta donde Erik había escrito su nombre, la caligrafía inclinada en un garabato descuidado o, quizás, apresurado. Cormac dejó el libro en su lugar y pasó a una serie de guías de viaje sobre Zanzíbar, Mongolia, Tánger, o Patagonia—. Era aficionado a viajar. O al menos a los libros de viajes.

—Estudió en la universidad de Salerno, en Italia —Isabel asintió—, como parte del programa de intercambio de la universidad de Davis, en California. Allí conoció a mi madre.

—¿Los libros franceses y españoles también son suyos?

—Según el abuelo —ella volvió a asentir—, Erik tenía mucho talento para los idiomas. Se crio hablando en danés con sus padres, español con los empleados y francés porque le gustaba. Y luego italiano, porque amaba a mi madre.

—¿Su madre es italiana?

—Ella, bueno, murió al dar a luz. A mí —la madre de Isabel era otro fantasma más en esa casa.

En la mirada de Cormac surgió un destello de compasión que hizo que Isabel se sintiera avergonzada después de que Tess le hubiera contado que Cormac O'Neill era viudo.

—Ya sé que sueno como «Annie la huerfanita», pero en mis abuelos tuve a unos fantásticos padres. Si pierdes a alguien antes de conocerlo, ¿cuenta como una pérdida?

—Cada muerte es una pérdida —Cormac enganchó los pulgares en los bolsillos del pantalón y miró por la ventana.

—Por supuesto. Solo quería decir que no me afectó del mismo modo en que afectó a los padres de Erik. O a Francesca. Así se llamaba mi madre, Francesca.

Cormac se acercó a una diana y examinó varias notas de papel fijadas con dardos.

—Parece que Erik también sabía cómo meterse en líos. ¿Estas son multas impagadas por exceso de velocidad?

—Sí. Conducía un Mustang descapotable.

—¿Y qué es todo esto? —él pasó a inspeccionar una colección de cintas.

—Bueno, era el típico chico de su época, pero también tenía sus rarezas —contestó Isabel—. Era maestro pastelero. Ganó el lazo azul de la feria del condado de Sonoma en su categoría juvenil, desde 1978 hasta 1982, en varias modalidades —ella acarició una de las descoloridas cintas—. Examinar todos estos objetos es como juntar las piezas de un puzle, pero uno defectuoso. Tengo todo esto, las cosas que dejó atrás, fotos, relatos de mis abuelos y la gente que lo conoció. Pero yo misma no llegué a conocerlo, de manera que la fotografía general nunca estará completa —abrió un cajón de un viejo escritorio de madera—. Lo que más me gusta es su colección de recetas de cocina.

Aunque no lo mencionó, cuando más próxima se sentía a Erik era cuando elaboraba una receta que su padre había marcado con una estrella, o anotado con su descuidada caligrafía.

—En esta foto es un adulto —Cormac sacó una fotografía del cajón.

Era la imagen de Erik preferida por Isabel, la que solía sacar del cajón de pequeña para estudiarla. La foto lo mostraba de pie en la playa de Shell, en la costa de Sonoma. Las colinas se extendían a su espalda y el mar se estrellaba a sus pies. En su rostro se dibujaba una amplia sonrisa, quizás estuviera riendo. Llevaba una gorra roja de béisbol con la visera hacia atrás, unos anchos pantalones cortos y ninguna camiseta. La cámara lo había inmortalizado en un momento de libertad y felicidad.

–Aquí era más joven de lo que soy yo ahora –Isabel ignoró una oleada de pesadumbre y cerró con decisión el cajón–. ¿Le apetece una visita rápida o…?

–Claro –él se volvió y tomó el bastón.

–¿Qué pasó con su pierna? –preguntó ella.

–Ojalá pudiera presumir de haberme destrozado la rodilla mientras hacía algo impresionante, pero lo cierto es que sucedió en el aeropuerto JFK mientras corría para no perder un vuelo –Cormac se encogió de hombros–. Se pondrá bien.

En medio de la segunda planta estaban las dos *suites* más grandes, una mirando al sur, la otra al norte.

–Acabamos de remodelarlas –explicó Isabel–. Cuidado porque puede que la pintura siga fresca en los marcos de las puertas.

Él estudió el escaso mobiliario, las resplandecientes paredes y los asientos bajo las ventanas.

–Esto es estupendo, Isabel.

–Gracias. Desde luego ha sido una obra de amor.

–¿Adónde conducen esas escaleras?

–A la tercera planta. Allí está mi dormitorio, unos cuantos dormitorios más de invitados…

Apoyándose en la barandilla, Cormac subió las escaleras. Isabel se dijo a sí misma que más le valdría acostumbrarse. El abuelo había invitado a ese tipo para que husmeara en sus vidas, y supuso que eso significaba que iba a asomarse a cada habitación de la casa.

Le mostró las habitaciones de invitados de la tercera planta, incluyendo la *suite* que Erik y Francesca habían ocupado después de casarse. Aunque estaba sin terminar, la idea era convertirla en la *suite* nupcial, romántica e íntima, dotada de materiales de lujo y un vestidor especial para la novia.

—Y este —anunció mientras abría la puerta de una pequeña terraza acristalada—, era el dominio de mi abuela. Tampoco ha sido remodelado aún. Y no estoy muy segura de qué hacer con ella.

Aunque hacía diez años que *Bubbie* se había marchado, su presencia seguía patente en la terraza. En una esquina descansaba la máquina de coser, todavía enhebrada, la aguja alzada como si esperara una orden. Bajo la cristalera había un pequeño sofá cama donde *Bubbie* había vivido los últimos días de su enfermedad. Había pasado tiempo haciendo lo que más le importaba, cosas sencillas como recibir a familiares y amigos, escribir cartas, mirar por la ventana, disfrutar de una taza de té con una galleta de mantequilla, reafirmando su amor hacia Isabel y Magnus.

Pero *Bubbie* nunca había revelado el mayor secreto de su vida.

La terraza acristalada inspiró repentinamente a Isabel.

—Quisiera convertir este espacio en algo que le hubiera gustado a *Bubbie*.

—¿Necesita ayuda?

«De ti no», pensó ella.

—Me gustaría que fuera un lugar para soñar, para sentarse a pensar.

—Pensar me da dolor de cabeza.

—Sin duda preferirá un gimnasio con enormes altavoces de los que surja *heavy metal* —Isabel señaló las ventanas.

—Muchas gracias por reducirme a un cliché. Lo cierto es que iba a sugerir colchonetas de yoga y música de *gong*.

La sugerencia sorprendió a Isabel. Al instante se imaginó un retiro de yoga. Quizás el que Cormac O'Neill echara un vistazo por todas partes y aportara sus comentarios iba a suponer el comienzo de algo bueno.

Y sin embargo, la idea de un extraño cubierto de picaduras de abeja alojándose en esa casa, soltando juramentos a diestro y siniestro, le resultaba inquietante.

—¡Mierda! —como si le hubiera leído el pensamiento, Cormac se trastabilló y tuvo que agarrarse al pomo de la puerta.

—¿Qué sucede? —Isabel lo sujetó del brazo—. ¿Está bien?

—Sí, lo siento, me pondré bien. Es el bajón post–adrenalina —le explicó—. Es como el vértigo.

—¿Qué puedo hacer?

—A lo mejor si descanso un poco y me doy una ducha.

—De acuerdo —ella lo guio de regreso a la habitación de Erik. De nuevo se sentía nerviosa—, creo que encontrará todo lo necesario.

—Ya lo he hecho —contestó él tras detenerse y observarla atentamente.

Cormac O'Neill había estado en muchos lugares diferentes a lo largo de su vida, demasiados para contarlos. Pero mientras miraba por la ventana de su habitación en Bella Vista, no consiguió recordar otro que pudiera competir con la belleza de la hacienda de Sonoma. Al contemplar los manzanares y campos se sintió a un millón de kilómetros de las zonas de guerra del mundo, sus aeropuertos y mugrientas ciudades, las largas y desiertas extensiones de tierra calcinada de los países que había visitado. A lo largo de su carrera, había vivido en chozas de adobe y tiendas de campaña, en cuchitriles y a cielo abierto. Lo habían devorado los insectos y había tiritado de frío en una habitación sin calefacción. Desde luego mucho peor que la lujosa villa de Archangel.

Tras desembarcar de un vuelo transoceánico aquella misma mañana, había tomado prestado el Jeep de un amigo, bebido de un trago un expreso doble y conducido del tirón desde el aeropuerto internacional de San Francisco hasta Archangel, esperando poder descansar y superar el *jet lag*. En cambio se había tropezado con la asustadiza y desconfiada Isabel que le había propinado un rodillazo en la entrepierna. Después había sido atacado por un enjambre de abejas y lo habían trasladado a urgencias. No pudo evitar preguntarse qué desastre le aguardaría a continuación.

Cuando Tess le había hablado del proyecto para un libro no había dicho nada sobre mujeres hostiles y enjambres de abejas. En realidad había descrito más bien un complejo vacacional, un lugar para que pudiera recuperarse de la maltrecha rodilla zambulléndose en los encantos del condado de Sonoma.

Bella Vista era un lugar exuberante y seductor, el colorido paisaje abarcaba desde el verde oscuro hasta el oro bañado por el sol. Jardineros, obreros y granjeros corrían de un lado a otro de la propiedad. Isabel Johansen estaba a cargo de todo, eso había quedado claro desde el primer instante. Pero al mostrarle la habitación de Erik había parecido vulnerable, indecisa. Otro podría considerar esa habitación como un mausoleo lleno del deprimente peso de las cosas que había dejado atrás el finado. Para él, era un tesoro. Estaba allí para averiguar la historia del lugar, de la familia, y cada detalle, desde la colección de cromos de *béisbol* hasta los libros sobre países lejanos, iba a convertirse en una pista.

Y, maldita fuera, la Isabel que le había enseñado la propiedad no tenía nada que ver con la otra. A diferencia de la arpía disfrazada de colmenero, la Isabel recién duchada parecía una diosa romana con su ropa vaporosa, sandalias y los oscuros rizos de sus cabellos al aire.

Mac tuvo que recordarse a sí mismo que el propósito

de ese viaje era conocer a Magnus Johansen. Pero, por el momento, no le apetecía conocer a nadie. Los medicamentos que había tomado, unidos al bajón tras la inyección de epinefrina, había convertido su cerebro en una bola de algodón de azúcar.

Revolvió en su bolsa, sacó la crema que había comprado en la farmacia y se untó una buena cantidad sobre las picaduras de los brazos, piernas y manos. Había algunas en la espalda que no alcanzaba y recurrió a frotarse contra el poste de la cama.

Esperaba que las abejas no fueran un mal augurio. Siempre cabía la esperanza de que los desastres de aquella mañana fueran inusuales. El plan era sencillo, reunir información sobre Magnus Johansen, un héroe de guerra convertido en cultivador de manzanas, y luego retirarse para escribir la historia. A eso se dedicaba. Era lo que se le daba bien, contar la historia de otras personas.

A la gente de relaciones públicas que trabajaba para su editor le gustaba darle mucha importancia a su pasado. Había sido criado, con sus cinco hermanos, por unos padres que pertenecían al cuerpo diplomático y viajaban por todo el mundo. Su misión era llevar paz y comprensión allí a donde fueran. Todo sonaba muy exótico y glamuroso, aunque para un crío la realidad había sido muy diferente: una interminable sucesión de aeropuertos y hoteles, sofocante calor tropical, dolorosas vacunas y un colegio distinto cada año. Criarse así le había enseñado mucho sobre el mundo, además de unos cuantos idiomas y a estar siempre preparado para partir de inmediato. Pero esa forma de vivir no le había enseñado a instalarse en un lugar. El concepto de hogar le era ajeno.

Entró en el impoluto cuarto de baño y se dio una ducha rápida en la anticuada bañera con patas. A su disposición encontró jabones perfumados y elegantes lociones y champús. Qué bien sentaba lavar de su cuerpo el viaje y el *jet lag*. Le hubiera gustado quedarse bajo el chorro del agua todo el día, pero tenía un trabajo que hacer. Tras vestirse con unos pantalones cortos y una camisa volvió a colocarse la rodillera. La cicatriz de la operación no era bonita, pero al menos la rodilla ya no parecía estar en llamas. Se suponía que debía estarse cuidando. El médico había dicho que la rodilla nunca se curaría si no seguía un programa de rehabilitación y ejercicio.

Alguien llamó a la puerta.

—¡Mac! —sonó una voz—. Soy yo, Tess.

Apoyado en el bastón, Cormac cojeó hasta la puerta y la abrió.

Estaba tan guapa como siempre, los cabellos rojos, alta y delgada. Lo cierto era que estaba más guapa de lo que recordaba, pues no recordaba esa deslumbrante sonrisa.

—Tess Delaney. Qué alegría verte aquí.

—Yo también me alegro de verte —saludó ella—. No sabíamos cuándo llegarías.

—Tomé un vuelo de reserva desde Taipei. Luego pedí prestado un coche en San Francisco y aquí estoy.

—Pues sí que ha sido rápido. ¡Madre mía cuánto tiempo ha pasado! —Tess concluyó sus palabras con un breve abrazo—. Me alegra que nos mantuviéramos en contacto, Mac. Gracias por venir —la sonrisa se reflejó en la chispeante mirada—. ¿Qué? —preguntó—. Me miras de un modo raro.

—Tienes un aspecto estupendo, Tess. Radiante. Oye, ¿no estarás…?

—A punto de casarme con el amor de mi vida, sí. Embarazada, no. Este lugar no tiene nada que ver con el último en el que coincidimos. Es mucho mejor, literal y figuradamente.

Cormac notó una dulzura en la joven que no recordaba de otras ocasiones, como si sus aristas se hubieran limado. Quizás fuera aquel lugar, Bella Vista. Quizás conseguiría suavizarlo a él también. Claro que él no necesitaba ser suavizado.

—No tienes tan mal aspecto —Tess dio un paso atrás y lo analizó de pies a cabeza—. Isabel dijo que te habían picado.

—Acribillado, en realidad —murmuró él—. Estaré bien. Ella fue lo bastante amable para llevarme a una clínica.

—Qué bien. Mi hermana es supermaja.

—Te tomaré la palabra.

Ella apoyó las manos en las caderas. Había engordado un poco y las curvas le sentaban bien. En Cracovia había estado demasiado delgada. Delgada y estresada.

—Me dijo que te habías levantado con mal pie esta mañana.

—Ja, ja.

—¿Qué pasó? —Tess se fijó en la rodillera.

—Rotura de ligamentos. Se curará.

—¿Tienes hambre?

—Ya me conoces. Siempre tengo hueco para un poco más.

—Pues entonces has venido al lugar indicado. Vamos a buscarte algo de comer en la cocina, y luego te presentaré a Magnus.

El «algo», para comer resultó ser una porción de la tarta más impresionante que Cormac hubiera probado jamás. Estaba rellena de crema y cubierta de un glaseado crujiente de almendras y miel. Tras engullir media porción de un bocado, soltó un gemido.

—¡Joder, qué buena! —exclamó con la boca llena—. ¡Joder!

—Ya he encargado una igual para mi desayuno de boda —anunció Tess.

—Se llama *Bienestich*, tarta de picadura de abeja —explicó Isabel que en ese momento entraba en la cocina—. Muy adecuada, dadas las circunstancias.

Cormac se volvió hacia ella con la boca llena de comida.

—Está deliciosa —afirmó después de tragarse una parte–. ¿La has hecho tú? –preguntó, tomándose la libertad de tutearla y sin apartar la mirada de su rostro.

No se parecía a su hermana. Mientras que Tess tenía el cabello rojo y muchas pecas, Isabel tenía la piel olivácea, ojos oscuros y labios carnosos, como una bailarina de flamenco, o quizás una actriz italiana cubierta de velos.

–Sí, la hice yo –Isabel asintió–. Es típica de Alemania, y debería tomarse con una taza de café –se dirigió a la máquina de café, que imitaba la parte delantera de un maserati, y la puso en marcha.

Café. Por fin.

Mac hundió la mano en el bolsillo y sacó el móvil, que también hacía las veces de ordenador, grabadora y organizador de su vida.

–Aquí no hay buena cobertura. ¿Hay una contraseña para la red wi-fi?

–Debería recordarla –contestó Tess–, porque acabamos de instalarla. Cuando llegué a este lugar, ni siquiera había señal. Isabel, ¿te acuerdas de la contraseña?

–¡¡SEXODEGATO!!, todo en mayúsculas y con dos signos de exclamación –Isabel se encogió de hombros–. Yo no la elegí.

–Isabel es la mejor cocinera del mundo –explicó Tess, alzando la voz sobre el sonido de la máquina de café–. En Bella Vista comemos así siempre.

Cormac conectó el teléfono a la red y repasó una deprimentemente larga lista de correos sin leer. Era el dilema del *freelance*, uno nunca se tomaba un descanso de verdad. Simplemente pasabas de un trabajo a otro. Borró algunas notas sin importancia, guardó el teléfono de nuevo en el bolsillo y se sirvió otra ración de tarta. Su opinión sobre esas abejas que habían producido la deliciosa y densa miel que había servido para hacer la cobertura mejoró varios puntos. No recordaba la última vez que había comido algo tan delicioso.

Tras la cacofonía de molienda, hervido, silbido y escupitajo de la cafetera, Isabel le sirvió una taza de espumoso capuchino. El delicioso aroma ascendió en una nube de vapor.

–Ya está, decidido –Cormac se limpió la boca con una servilleta–. Me quedo. Para siempre.

–¡Ja! –exclamó Tess–. Tú nunca te quedas.

Lo conocía mejor de lo que él creía. Lo más que se había quedado en un mismo lugar había sido durante el período de universidad. Desde entonces, su dirección era la del despacho de su agente literario en Manhattan.

Allí se sentía como un extraño en una tierra extraña, y tremendamente seductora. A diferencia de los lugares de su pasado, Bella Vista parecía aguantar el peso de la permanencia, la vieja casa de campo con sus patios, el rústico granero de piedra y la sala de máquinas, edificios exteriores y cobertizos desgastados, acres de viejos y nudosos manzanos, que en esos momentos estaban cubiertos de flores primaverales. Se preguntó cómo sería observar el cambio de las estaciones, año tras año.

–Lo dices como si fuera algo malo –se quejó ante Tess.

–Él nunca se queda –Tess soltó un bufido antes de volverse hacia su hermana–. Nunca se queda. Es un vagabundo.

–Me alegra saberlo –Isabel le ofreció un cuenco con terrones de azúcar moreno.

–Me siento herido –protestó Cormac mientras se echaba el azúcar en el café–. ¿Por qué te alegra?

–Me gusta saber con quién estoy tratando. ¿Cómo prefieres que te llame, Mac o Cormac?

–Me da igual –el punzante gemido de una motosierra llegó desde el exterior–. Estáis de obras aquí. Si es mal momento…

–El momento es perfecto –lo interrumpió Tess.

Cormac comprendió lo que su amiga callaba. Magnus Johansen se hacía mayor.

—¿Qué te parece el proyecto de Isabel? —preguntó Tess cuando el agudo ruido de la motosierra cesó.

¿Y qué podía importarle? La mera idea de dirigir una enorme hacienda, independientemente de su historia, ya le parecía a Cormac un exceso de compromiso.

—Está transformando la casa en una escuela-residencia de cocina. ¿No te lo ha contado ella? —Tess resplandecía de orgullo.

—«Ella», está aquí mismo —les recordó Isabel.

—¿A que es una idea estupenda? —continuó su hermana, ignorándola por completo.

—Lo es si te gusta la cocina —contestó Mac—, y dar clases.

—Tengo la impresión de que a ti no —puntualizó Isabel.

—He venido por Magnus —respondió él—. Mientras tanto, intentaré no estorbarte.

—Ernestina me dijo que estaba fuera con los obreros, en la nueva sección del manzanar —ella lo miró de arriba abajo, la mirada imposible de descifrar—. Está a unos cientos de metros de aquí. ¿Podrás caminar esa distancia?

Él asintió mientras aferraba el bastón e ignoraba la punzada de dolor en su pierna.

—Claro, iré a por mi cámara.

—¿También eres fotógrafo? —preguntó Isabel cuando lo vio regresar con su equipo—. Eso parece un bazuka.

—Hago muchas de mis fotos —le explicó Mac.

Había descubierto que, en su oficio, colocar una cámara entre su cuerpo y el sujeto en cuestión creaba en ocasiones una barrera necesaria. O, en caso de que no hiciera falta tal barrera, era el modo de capturar un instante, un gesto, un detalle cuando las palabras no bastaban.

Los tres atravesaron una cristalera que daba al patio central, atestado de obreros. Isabel los condujo hacia unos peldaños de piedra caliza amarilla que descendieron. Cormac no pudo evitar realizar un examen visual de su cuerpo por detrás. Casi deseó que no se hubiera puesto esa ropa tan holgada y vaporosa, porque presentía que cubría algo mucho más interesante.

Las mujeres bonitas eran una de sus debilidades. Había algo en el pelo largo, las piernas torneadas, la piel morena, suave, sedosa... No recordaba cuándo había sido la última vez que había tenido una mujer en sus brazos, aspirado el aroma de sus cabellos, apretado los labios contra su cuello. Casi tropezó con la raíz de un árbol mientras se imaginaba cómo olería, cómo sabría, Isabel Johansen.

–¿Estás bien? –ella se volvió y lo miró con el ceño fruncido.

–Bien –Mac se aclaró la garganta–. Me estaba impregnando de la atmósfera.

Encontraron a un grupo de obreros equipados con tijeras de podar de mango largo. En un español que sonaba fluido y natural, Isabel le preguntó a uno de ellos por Magnus.

–Está junto a los árboles nuevos del vivero –uno de los hombres gesticuló hacia el final de una fila de árboles.

Se dirigieron por el camino indicado y, al otro extremo de la fila, Mac vio la silueta de un anciano recortada contra la ladera de la colina. En una mano llevaba una escalera y en la otra un bastón. Alto y delgado, vestía un mono y una camisa de trabajo. Los cabellos grises sobresalían de una gorra plana. Magnus Johansen se movía con la agilidad de un hombre más joven.

Isabel lo llamó para captar su atención y el anciano se detuvo y dejó la escalera en el suelo. Después se quitó la gorra y la agitó en el aire para saludarlos.

Mac se detuvo para hacer una foto mientras Isabel y Tess seguían adelante, enmarcadas por las filas de árboles en flor. Una oportuna brisa levantó un revuelo de pétalos que llenaron el aire como una tormenta de nieve. La lente de la cámara capturó el cuadro que formaban el anciano y sus dos hermosas nietas, el momento embellecido por la luz del sol que se filtraba entre las hojas. Sencillamente bonito.

Mac volvió a colocar la tapa sobre la lente y se acercó al hombre.

—Cormac O'Neill —saludó mientras le estrechaba la mano—. Me alegra conocerlo en persona.

—Y yo me alegro de que haya podido venir con tan poco tiempo —el apretón de manos de Magnus fue firme, aunque breve. En su pronunciación se adivinaba ligeramente su origen danés—. Bienvenido a Bella Vista. Veo que ya conoce a mis nietas —aunque pálido de piel, el hombre resplandecía de orgullo al mirar a Tess y a Isabel—. Espero que lo hayan recibido como se merece.

Cormac miró de reojo a Isabel y pensó en el rodillazo en la entrepierna y el ataque de las abejas asesinas.

—Desde luego, ella me ha hecho sentirme como en casa.

—Ha llegado en una época de mucha actividad, pero la primavera sigue siendo mi favorita.

—El paisaje es impresionante —observó Mac mientras recorría la zona con la mirada.

El tiempo era casi insoportablemente perfecto, un marcado contraste con los ardientes desiertos, áridas tundras y húmedas selvas que a menudo debía visitar por cuestión de trabajo. Aparte de los obreros de la construcción en la casa, en todas las secciones del manzanar se veía gente, alguna trabajando sola, alguna en equipo. Mac era tan ajeno a la vida en una granja como lo era a elegir cortinas para su casa.

—Y la casa es preciosa.

—Sí, he tenido mucha suerte en mi vida.

La afirmación resultaba sorprendente dado lo que Mac ya sabía de ese hombre. Magnus Johansen había perdido a su familia durante la guerra, y había sobrevivido a su único hijo y a su mujer. Hacía poco había superado una lesión en la cabeza. Y allí estaba, anciano, pero orgulloso, resplandeciente junto a sus nietas. Mac sintió aumentar repentinamente el interés por Magnus, ansioso por descubrir cómo había soportado ese hombre todo aquello y aun así considerarse afortunado.

–Y bien –continuó Magnus–. Creo que debemos conocernos mejor.

–Me ha leído el pensamiento.

–He leído alguno de sus libros y me siento honrado de que haya decidido escribir sobre mí. Sin embargo, le advierto que la historia que tengo que contar es muy larga.

La mirada de Cormac se desvió hacia Isabel. Era evidente que no le gustaba y, a pesar de lo que le indicaba su libido, a él tampoco le gustaba esa mujer. Aun así, tenía algo, no solo los delicados tobillos y bonitos cabellos oscuros, sino también una energía que lo atraía a pesar de que no dejaba de decirse a sí mismo que era una complicación que no necesitaba en su vida.

–Tengo tiempo –contestó.

Capítulo 5

–¿Cómo te preparas para la primera entrevista con el sujeto? –preguntó Isabel a la mañana siguiente.

Tras arrastrarse fuera de la cama, Mac necesitaba un café, no preguntas. Oyó un pequeño siseo proveniente de la máquina de café.

–A propósito de ese increíble capuchino que me preparaste ayer, ¿podría tomar otro?

–Eso depende de cómo me lo pidas.

–Por favor. Te lo suplico. Cóbrame lo que quieras. Ponlo en mi cuenta.

–Puede que lo haga –Isabel no sonreía, pero su mirada era luminosa mientras molía un poco de café para preparar una taza.

Mac aspiró el aroma y la observó preparar el café y calentar la leche con una varita. Le gustaba verla trabajar, cada movimiento medido, eficaz. Le gustaba mirarla, punto. ¿Qué demonios? Si iba a quedarse en ese paraíso durante un tiempo, lo mejor que podía hacer era disfrutar de las vistas.

–El abuelo y tú podéis tomar café en el patio antes de poneros a trabajar en el proyecto. Hasta que lleguen los obreros se está tranquilo. Después, puede mostrarte algo más de Bella Vista.

–Gracias. ¿Nos acompañaréis Tess y tú?

Ella dudó, miró hacia atrás y de nuevo a él.

—Se trata de la historia del abuelo.

—Ya. Bueno, supongo...

—Claro que lo haremos —anunció Tess mientras hacía su aparición en la cocina. Llevaba un tocado muy extraño en la cabeza, una redecilla blanca con una enorme flor hecha con plumas. De inmediato captó la mirada de Mac—. ¿Te gusta mi tocado?

—¿Tu... qué? —se parecía sospechosamente al velo del traje de colmenero de Isabel.

—Mi tocado. Estoy probando distintas opciones para la boda —giró la cabeza hacia uno y otro lado.

Tess era una mujer bonita, y ¿a quién no le gustaban las pelirrojas?, pero el casco ese que llevaba no le favorecía mucho.

—Nunca doy consejos sobre moda antes de tomarme un café —fue la respuesta de Cormac.

—Buena respuesta —Isabel le sirvió una taza de capuchino.

—Que Dios te bendiga —exclamó Mac al tomar el primer sorbo.

—Déjame ayudarte —Tess tomó una bandeja.

—Gracias —Isabel sujetó la puerta que conducía al patio. Mac las siguió con su taza de café y el bastón, y una carpeta con documentos y fotografías que había estado estudiando hasta altas horas de la noche. Magnus aguardaba sentado a una mesa de hierro forjado y baldosas, con su café y los dos gatos girando alrededor de sus tobillos.

—Abuelo, ¿te parece bien si os hacemos compañía durante un rato?

—Por supuesto. Sobre todo dado que habéis traído el avituallamiento —contestó el anciano sin apartar la mirada de la bandeja.

Parecía una presentación para una revista culinaria. La bandeja incluía una variedad de quesos con bayas, dispuesta en un plato de porcelana italiana de vivos colores, un pequeño cuenco de cristal con miel y la cuchara más pequeña que Mac hubiera visto en su vida.

Isabel vertió un poco de miel sobre los quesos.

—Estos son mis quesos preferidos para maridar con miel. *Comté*, *Appenzeller* y ricota. Conseguí mi primera cosecha de miel el verano pasado, una muy pequeña. Y ahí fue cuando me di cuenta de que necesitaba ayuda experta para mis colmenas.

—Siento no haber sido el tipo adecuado —se excusó Cormac.

—Por favor, siéntese y disfrutemos de la mañana —Magnus señaló las sillas con una mano.

Mac tuvo que contenerse para no engullir toda la bandeja. Lo había educado la mejor, su formidable madre, que había enseñado a sus seis hijos el protocolo diplomático y su etiqueta, como si ese fuera su trabajo. Así pues, se sirvió un plato pequeño, bebió el café a sorbos y se acomodó, curioso por averiguar más cosas sobre Magnus, sus hermosas nietas y el lugar que llamaban «hogar».

Magnus deslizó las ajadas manos sobre las perneras del pantalón.

—Y bien, aquí estamos. Me cuesta imaginar mi vida en un libro. No sé por dónde empezar.

—No importa —lo animó Mac—. Cuénteme lo primero que pase por su cabeza.

—Bella Vista —contestó Magnus sin dudar—. Este lugar está siempre en mi cabeza. Puede que lo imaginara ya antes de comprender que existía de verdad —flexionó los dedos y apoyó las manos sobre las rodillas—. De niño, en Dinamarca, solíamos ir al cine los sábados por la tarde y, por supuesto, mis películas favoritas eran las de indios y vaqueros en el salvaje Oeste. Siempre me imaginé los Estados Unidos de Norteamérica como una tierra amplia y salvaje, un lugar de infinitas oportunidades. Pero en las películas nunca tenía este aspecto. Mis compañeros de clase y yo nos moríamos por venir aquí, pero jamás pensé que yo lo haría. Era más bien un lugar con el que soñar.

En cierto modo, Mac sentía lo mismo. Él también se había criado lejos de ese país, y él también se había sentido atraído por su aspecto imponente, casi mítico. Esa idea había nacido del visionado de las viejas cintas en VHS de las series de Nickelodeon. En lugar de con imágenes sobre el salvaje Oeste de Magnus, a él le habían llenado la cabeza con imágenes mentales de escuelas llenas de chicas guapas peinadas con cola de caballo, filas de taquillas y profesores estrictos, aunque de buen corazón, capaces de resolver los problemas de los chicos antes de que acabara el capítulo de media hora.

—¿Recuerdas cuándo tomaste la decisión de venir aquí? —preguntó Isabel.

—No tomé ninguna decisión —el anciano colgó la gorra de la empuñadura del bastón—. Fue un acto de desesperación y de supervivencia.

—Tengo una aplicación en mi móvil para grabar —Mac dejó el teléfono sobre la mesa—. ¿Le importa?

—No, claro que no. Para eso has venido.

Por el rabillo del ojo, Cormac percibió cómo se tensaba el cuerpo de Isabel, pero solo tardó un instante en recuperar la calma.

—No era lo que mi familia deseaba o aspiraba para mí. De buena gana nos habríamos quedado a vivir en Dinamarca. Nosotros, mis padres, mi abuelo y yo, llevábamos una vida bastante desahogada en Copenhague —prosiguió Magnus—. No nos faltaba de nada. No éramos ricos, aunque nuestra posición sí era acomodada. Mi padre trabajaba como funcionario y mi madre llevaba la casa y alimentaba su pasión por cultivar cosas. Estaba muy orgullosa de sus manzanos y a todo el barrio le encantaba la variedad Gravenstein que cultivaba. Quizás no sea la fruta más hermosa que uno pueda disponer sobre la mesa, pero sí la más sabrosa.

El hombre se reclinó en el asiento, sus pálidos ojos contemplando un pasado que Mac únicamente era capaz de imaginar.

—Yo no era más que un niño cuando los nazis los arrestaron, llevándoselos a todos. Un crío en edad escolar no está en disposición de tomar ninguna decisión, sobre todo una como la de emigrar, o no, a Estados Unidos de Norteamérica. Pero era lo único que podía hacer para que no me atraparan.

—¿Sabe por qué los arrestaron?

—Por alojar a un judío y a su hija. Mi tío, Sweet, y la pequeña prima, Eva. Por supuesto no éramos parientes, pero esa fue la historia que contamos a todo el mundo.

—Eva... la mujer con la que acabaste casándote.

—Sí —él sonrió a Isabel—. Mi Eva. Aunque en 1940, cuando vino a vivir con nosotros a Copenhague me parecía una pesada. Sweet había nacido danés, como mi padre, pero su esposa era miembro de los *chalutzim*, el término hebreo para designar a los pioneros. Llegaron a Dinamarca a millares desde Europa del Este o Alemania, y fueron recibidos por los daneses, y por el rey Christian. Su objetivo al venir había sido el de recibir formación agrícola para luego trasladarse a Palestina. Pero la esposa de Sweet no sentía el menor interés por la agricultura —la boca de Magnus describió brevemente una mueca de desagrado—. Ella solo quería ser rica y vivir rodeada de comodidades, y creía que Sweet le proporcionaría todo eso. Sin embargo, a Sweet no le importaba el dinero. Era fotógrafo, y muy bueno. Convirtió el sótano de nuestra casa en un cuarto oscuro.

—¿Fue él quien hizo estas fotos? —Mac abrió una carpeta y sacó cuatro instantáneas que mostró a Magnus y a las dos hermanas.

—Sí —Magnus asintió—. Cuando vine a Estados Unidos de Norteamérica traje conmigo un gran baúl, y estas fotos estaban metidas entre la ropa.

—Háblenos sobre la vida en Copenhague al comienzo de la ocupación. ¿Cómo era la convivencia con otra familia?

—Al principio la vida parecía... normal. Siempre la misma rutina. Desde mi perspectiva de hijo único era divertido tener a alguien con quien jugar. Sí, fue la misma rutina, hasta que Sweet y Eva desaparecieron en medio de la noche.

—¿Recibieron el aviso de que iba a realizarse una redada en busca de judíos? –preguntó Mac.

—Veo que ha leído algunas cosas –contestó Magnus–. Pero lo cierto es que eso llegó años después, en el otoño de 1943. No, el motivo por el que Eva y su padre tuvieron que marcharse fue porque los alemanes descubrieron el mayor secreto de mi padre.

Cormac pensó que los secretos parecían abundar en esa familia. Miró a las dos hermanas, ambas hermosas, aunque completamente diferentes y que no se habían conocido hasta ser adultas.

—Entonces, ¿qué precipitó su marcha? –insistió Mac.

—Un agente afiliado a la resistencia fue capturado y torturado. Dimos por hecho que la operación había quedado comprometida. Eva y su padre tuvieron que huir en secreto mucho antes de que comenzara la acción oficial. Los enviaron a una pequeña ciudad costera llamada Helsingør, que ahora se conoce como Elsinore gracias a la obra de Shakespeare. Poco después de su huida, llegaron los soldados para registrar la casa, pero, para entonces, ya no había nada que encontrar. Los nazis se enfurecieron porque el chivatazo no había dado sus frutos y se llevaron a mis padres para interrogarlos.

Magnus cerró los ojos y permaneció inmóvil, tanto que Mac pensó que se había quedado dormido. Intercambió una mirada con Isabel que permanecía muy quieta, tensa, los dedos entrelazados.

Y entonces Magnus volvió a abrir los ojos.

—Nunca más volví a verlos. Desde esa noche estuve solo. Y esta ha sido mi extensa manera de explicar lo que quise decir al afirmar que no tomé ninguna decisión sobre mi futuro. Me limité a reaccionar, decidido a sobrevivir, como haría cualquier animal salvaje. Viví de mi ingenio, o de su falta, día a día. Por tanto, en ese sentido, no hubo ninguna decisión que me trajera a Estados Unidos de Norteamérica. Fue por pura casualidad, buena suerte, aunque no recuerdo haberme sentido afortunado ese día.

El anciano sacudió la cabeza e hizo una pausa para probar un trozo de queso y miel con pan.

—Visto desde la perspectiva de hoy, es fácil mirar atrás y echarnos en cara no haber visto llegar la tormenta. Pero hay que comprender que éramos simples daneses viviendo nuestras vidas y ocupándonos de nuestros asuntos. Tuvo que pasar bastante tiempo hasta que comprendiera siquiera que había una división entre judíos y gentiles. Nosotros éramos, sobre todo, daneses. Dinamarca no obligó a los judíos a registrar sus propiedades ni a identificarse, y Dios sabe que jamás fueron obligados a renunciar a sus casas y negocios.

—Eso llegó más tarde, ¿verdad? —observó Tess mientras miraba a su abuelo con ternura. Levantó los brazos y se retiró el tocado con plumas de la cabeza.

—Todo se produjo de una manera gradual a medida que los alemanes reforzaban su control. Rompieron sus promesas una detrás de otra, sustituyendo cada edicto por otro. Los alemanes incluso aseguraron que los judíos escandinavos no serían incluidos en la Solución Final. Pero para entonces, todo el mundo sabía que era mentira.

Segunda parte

Para la abeja, la miel es la realidad última. Representa la culminación de su misión en la vida, el triunfo sobre sus enemigos, la continuidad de la colmena, la justificación para matarse a trabajar. La miel es para las abejas lo que el dinero en el banco para las personas, una medida de prosperidad y bienestar. Pero no existe nada abstracto o simbólico en la miel, como sí lo hay en el dinero, que carece de valor intrínseco. Hay más riqueza verdadera en un kilo de miel, o un montón de estiércol, para el caso, que en todo el dinero en el mundo. A menudo destruimos la verdadera riqueza del mundo para crear una ilusión de riqueza, confundiendo el símbolo y el fundamento.
La reina debe morir
William Longgood,

Fruta de verano con aderezo de miel

Siempre que sea posible, los ingredientes deben ser frescos y locales. La comida sabe mejor cuando se sabe de dónde viene.

1/3 taza de miel
1/3 taza de jugo de limón o lima
6 hojas frescas de menta, finamente cortadas
2 tazas de trocitos de melón
2 tazas de uvas verdes sin pepitas
1 taza de arándanos frescos
1 taza de trozos de piña fresca

Con unas varillas o batidora, batir la miel hasta conseguir una consistencia espesa y opaca. Añadir el limón o la lima y las hojas de menta. Mezclar las frutas en un cuenco de cristal o cerámica. Verter la miel por encima y remover bien para que la fruta se impregne. Servir inmediatamente con un vaso de agua o de *prosecco*.

(Fuente: original)

Capítulo 6

Copenhague, 1940

—A ver, deja que te arregle el pelo otra vez —la madre de Magnus se lamió la palma de la mano y la pasó sobre su cabeza—. Este remolino no hay manera de controlarlo.

El niño rechinó los dientes, soportando la sesión de peinado para poder acabar cuanto antes con las fotos.

—Cielos —exclamó mamá—. De repente te has hecho más alto que yo. ¿Cuándo ha sucedido?

—Va a ser más alto que todos nosotros —intervino *Farfar*, el abuelo, mientras alargaba una mano para ajustar la corbata de Magnus.

Aunque no era domingo, todos llevaban puestas sus mejores ropas de domingo. El cuello almidonado de la camisa le arañaba el cuello.

El tío Sweet había dispuesto sobre un trípode una enorme cámara negra con forma de cubo, la lente, que se replegaba como un acordeón, apuntaba hacia el manzano del patio trasero, donde la familia se estaba reuniendo para el retrato familiar. Sweet no era en realidad tío de Magnus. Y la hija de Sweet, Eva, no era realmente prima de Magnus. Pero el niño lo conocía desde hacía mucho tiempo como «tío Sweet». Papá les había explicado que habían ido juntos al colegio, que eran amigos de la infancia, igual que Kiki Rasmussen lo era de Magnus, su mejor amigo.

Sweet era fotógrafo y se ganaba la vida fotografiando personas y edificios. Solía tener un estudio y laboratorio fotográfico en Strøget, pero le habían obligado a cerrar el negocio poco después de la invasión de Dinamarca por los alemanes. Papá había dicho que lo habían hecho porque el tío Sweet era judío.

–Todos juntos –indicó mientras señalaba hacia Magnus y sus padres, y también *Farfar*, para que se colocaran bajo el árbol–. Tú también Eva. Qué guapa estás con esas cintas en el pelo.

A diferencia de Sweet, a Eva parecía gustarle vestirse con elegancia. En cuanto se colocó a su lado empezó a atusarse. Y entonces el tío Sweet se metió entre el grupo y disparó el obturador a través de un botón que, mediante un cable, se conectaba a la cámara. Repitió la misma operación varias veces hasta que estuvo satisfecho.

–Bien hecho todo el mundo –declaró mientras aplaudía. Tenía una divertida sonrisa y de las orejas le salían pelos negros. A Magnus siempre le había parecido que tenía aspecto de payaso, un payaso alto y delgado–. Bajaré al sótano para procesar las placas. Eva, quítate esa ropa y termina de colocar tus cosas en tu nueva habitación.

–Sí, *Poppy* –la niña echó hacia atrás sus gruesas coletas y siguió a su padre al interior de la casa.

Papá le había explicado a Magnus que el tío Sweet y Eva habían sido expulsados de su casa y que iban a vivir con ellos. Por cuestiones de seguridad debían fingir que eran realmente de la familia. El fotógrafo iba a fomentar esa ilusión colocando el retrato sobre el pianoforte de mamá, junto con las demás fotos de familia.

–¿Cuánto tiempo se quedarán con nosotros? –le preguntó Magnus a su madre.

—El tiempo que necesiten, supongo —el semblante de la mujer se volvió triste—. Esa pobre niña. No sé en qué estaría pensando su madre al abandonar a la familia.

Sweet tenía una preciosa mujer llamada Katya, pero Magnus siempre la había encontrado un poco rara. Casi nunca participaba en los picnics y fiestas con la familia de Magnus, y siempre se estaba quejando porque Sweet no ganaba bastante dinero. Le gustaban las cosas bonitas y decía que él nunca le compraba suficientes.

—¿Quieres decir que la madre de Eva no va a venir a vivir con nosotros?

—No —mamá hizo un gesto, como si acabara de tragar algo muy amargo—. Se escapó con un oficial alemán.

—¿Por qué dices que escapó? —le preguntó a su madre—. La semana pasada, Kiki y yo la vimos por la ventana del salón de té Crown Prince, y no escapaba.

—Es una expresión —contestó su madre—. Significa que ya no quiere vivir con su familia —la boca de la mujer se cerró con fuerza y la expresión de desaprobación se acentuó.

—Porque el oficial alemán puede regalarle cosas bonitas para que prefiera quedarse con él —concluyó Magnus, repitiendo un chismorreo que había oído.

—Insisto en que no sé en qué estaría pensando. Pero no hables de ello delante del tío Sweet y Eva. A Eva le pone muy triste.

—Yo nunca diría nada —le prometió Magnus. Intentó imaginarse cómo sería ver a su madre con un extraño, y alemán además. La mera idea le provocó escalofríos.

El tío Sweet había convertido el sótano en su taller y laboratorio. A Magnus le fascinaba la colección de cámaras, grandes y pequeñas, y el funcionamiento del cuarto oscuro. En ocasiones, Sweet le permitía mirar mientras revelaba una foto. La imagen aparecía sobre el papel en el baño químico, como un fantasma que apareciera desde otro mundo. La mayoría de las fotos conmemoraba sucesos, bodas y cumpleaños, nacimientos y graduaciones. Algunos de sus clientes se hacían tomar la foto con caballos o perros, o rodeados de jardines.

Por lo que Magnus sabía, hasta ahí llegaba su trabajo.

Descubrió el secreto de Sweet un día, poco antes de Navidad. La primera helada seria había llegado al parque Golden Prince, y Magnus quería ir a patinar sobre hielo con sus compañeros de colegio. Todavía le valían los patines, pero las cuchillas estaban desgastadas. Bajó al sótano en busca de la piedra de afilar, iluminándose con una vela. Tenían una linterna, pero, por culpa de la guerra, las pilas no eran fáciles de conseguir.

Cerró la puerta para que su madre no se quejara de la corriente. El olor a humedad se mezclaba con el más punzante de los productos químicos del tío Sweet. Magnus dejó la vela sobre una estantería y buscó la piedra para afilar las cuchillas de sus patines.

Bajo las escaleras había un arcón de madera que contenía herramientas. El niño se arrodilló para iniciar la búsqueda. Y justo en ese instante la puerta del sótano se abrió, cerrándose de inmediato, y apagando la vela de Magnus con la ráfaga de aire que se generó.

Tres sombras descendieron las escaleras portando lámparas de aceite. Magnus se quedó helado. No se atrevía a respirar.

—¿Le han visto? —preguntó el padre de Magnus. ¡En inglés!

—No lo creo —contestó una voz desconocida—. Además, ¿qué importaría, si voy vestido como si fuera su vieja y estrafalaria abuela?

—Nunca se toman demasiadas precauciones —intervino Sweet, también en inglés—. Los alemanes son como perros guardianes. Nunca duermen.

Magnus llevaba estudiando inglés en el colegio desde que había empezado a perder los dientes de leche, y lo entendió perfectamente. Todas las noches oía las emisiones de radio en inglés en la radio de *Farfar*. Pero ¿qué hacía un inglés en su sótano?

Magnus se habría manifestado, pero todo había sucedido tan deprisa, y se había asustado tanto que se había quedado petrificado, clavado en el suelo bajo las escaleras.

–Si nunca duermen –decía el extraño–, ¿no acabarán por darse cuenta?

–No con el permiso de viaje que le vamos a fabricar –contestó el tío Sweet–. Podrá ir a donde quiera sin que nadie le haga preguntas.

Magnus asomó la cabeza entre las contrahuellas de la escalera justo en el momento en que el extraño se quitaba el pañuelo y el echarpe. Era un hombre de cabellos oscuros, aunque sus rasgos permanecían ocultos en las sombras.

–¿Cuánto tiempo llevan en Princes, caballeros?

Magnus apretó los labios con fuerza para ahogar una exclamación. Princes era una oscura organización de oficiales de inteligencia del ejército danés. Aunque no se había demostrado nada, según los rumores, Princes enviaba periódicamente informes a Londres, corriendo grave riesgo. La idea de que su padre y Sweet trabajaran en secreto para el grupo hizo que Magnus se estremeciera de miedo.

–No sabemos nada de ese grupo –murmuró su padre–. Si no conocemos la respuesta, no podrán sacárnosla mediante tortura.

Magnus apretó los labios un poco más.

–Por favor, siéntese sobre este cajón para la foto –el tío Sweet preparó la cámara sobre el trípode y sujetó el *flash* en alto.

–No se mueva. Gesto neutro. No sonría –le indicó el padre de Magnus.

El *flash* saltó, iluminando el rostro del extranjero, y

evidenciando que necesitaba un afeitado. Llevaba una camisa ancha y unos pantalones oscuros. Sweet echó las cortinas negras del cuarto oscuro y, rápidamente se puso a trabajar.

El inglés puso una caja de madera larga y plana sobre un par de caballetes y sacó lo que parecía un arma de fuego hecha con tubos. Magnus encajó la mandíbula para que no le castañetearan los dientes.

–Aquí está –anunció el hombre–. El STEN, tal y como habíamos prometido. De fabricación británica, sencilla y potente. Dispara diez ráfagas por segundo. Me han dicho que es capaz de desmontarla y fabricar otra a partir de cada pieza individual.

El padre de Magnus asintió y tomó una pieza del arma desmontada.

–¿Ve qué aspecto tiene? Podría ser cualquier cosa. Parte de un reloj. El mecanismo de una bomba para inflar neumáticos. Separada por piezas, un arma es irreconocible. Ni siquiera un ojo entrenado sería capaz de distinguir el gatillo de un arma letal. En los bocetos cada parte será medida y etiquetada como la pieza de una máquina de coser.

–¿Máquina de coser?

–Como he explicado –su padre se encogió de hombros–, separada por piezas, los planos tendrán un aspecto lo bastante inofensivo.

–¿Y tienen una fábrica para hacerlo?

De nuevo su padre asintió.

–Suponiendo que hayamos reunido todo el material, tendremos los recursos para fabricar cientos de estas.

–Bien, entonces…

–Yo no diría que bien. Pero sí necesario en estos tiempos.

–Sí, por supuesto. Somos conscientes de ello.

Sweet descorrió la cortina del cuarto oscuro.

–Los papeles están listos –anunció.

—Según estos papeles es un cultivador de manzanas —le informó el padre de Magnus.

El hombre sonrió y alrededor de los ojos se le formaron arrugas. Parecía encantado, aunque nervioso.

—En Shropshire, mi hogar, mi familia posee un manzanar.

—Muy apropiado entonces —observó el tío Sweet.

—Verán no soy un simple transportista de subfusiles, sino un granjero —continuó el inglés. Después del modo en que papá le había hablado, parecía un poco a la defensiva.

—Todos hacemos lo que debemos hacer —Sweet asintió.

—Y no es la primera vez que lo hace —sugirió el extranjero—. No quiero parecer desagradecido, pero...

—Lo entendemos —intervino su padre—. Le aseguro que el documento pasará cualquier escrutinio.

—¿Y cómo puede hacer una promesa así?

—Soy funcionario —contestó él—. Tengo acceso a todas las herramientas —mostró algo que parecía un sello oficial—. Utilice el sentido común. Este negocio en el que nos hemos metido es muy peligroso.

—No más que permitir que los nazis se hagan con toda Europa. Los alemanes están trayendo aquí municiones para almacenarlas, conscientes de que los aliados no van a bombardear Copenhague. No podemos permitir que los nazis conviertan su ciudad en el satélite de su base de operaciones.

—Buen hombre —intervino Sweet. A pesar de su sonrisa, el semblante siempre dejaba traslucir cierta tristeza.

Magnus supuso que esa tristeza se debía a todo lo que ese hombre había perdido, no solo el negocio y su casa, también a su esposa. A pesar de que ella había hecho algo terrible, Magnus sabía que Sweet la echaba de menos. En ocasiones, por las noches, el tío Sweet solía beber el aguardiente que había en la botella de cristal de *Farfar*, y entonces se lamentaba por no haber cuidado mejor a su Katya. La madre de Magnus se había encarado con él y había dicho que Katya debería haber cuidado mejor a su familia.

—De acuerdo —dijo su padre mientras inspeccionaba el documento que acababan de crear—. Oficialmente es un agente infiltrado. Claro que nada de esto es oficial.

—Recemos para que continúe así —murmuró el inglés.

—Hará falta algo más que oraciones —contestó su padre.

El inglés se movió a una zona iluminada y Magnus se fijó en la profunda cicatriz que iba de la mandíbula al cuello.

—Les agradezco su ayuda —dijo el hombre—. Sé cuánto están arriesgando.

—No más que usted —le aseguró el padre de Magnus.

El chico sintió cómo se le hinchaba el pecho de orgullo.

—Muy bien —intervino Sweet—. Puede salir por la puerta de atrás. Encontrará una carretilla que podrá utilizar en la operación de esta noche. Buena suerte.

Los tres hombres abandonaron el sótano, sus zapatos arrancando nubes de polvo de las escaleras. A Magnus le empezó a picar la nariz y tuvo que contener la respiración para aguantar un estornudo. Los hombres tardaron una eternidad en marcharse y, en cuanto se cerró la puerta, el niño soltó un estornudo.

Las pisadas se detuvieron al otro lado de la puerta.

—¿Habéis oído algo? —preguntó el tío Sweet.

—Nada —contestó el padre de Magnus tras un prolongado silencio.

Capítulo 7

–Y así –anunció Magnus a su entregado público–, fue como descubrí que mi padre y su amigo, Sigur, el tío Sweet, trabajaban para la resistencia. Fue toda una revelación para mí, saber que mi padre, tan recto, poseía una identidad secreta. Descubrir su secreto fue como revelar que Clark Kent era Superman. Muy emocionante. En mi mente, mi padre pasó de ser un simple ingeniero civil a héroe de guerra.

–Tu padre aseguró que no estaba arriesgando más que ese tipo británico –meditó Tess–. Pero no es verdad. Puso a toda su familia en peligro.

La sonrisa de Magnus desapareció.

–Era otra vida. Al comienzo de la ocupación la vida siguió su curso durante un tiempo con aparente normalidad. Quizás por eso no comprendimos el verdadero riesgo. No fue hasta más tarde que vimos el peligro y la gravedad de las actividades encubiertas. En total, los daneses fabricaron unos diez mil subfusiles, y muchos tuvieron su origen en los planos dibujados por mi padre. Lo dibujaba todo hasta el último detalle y luego etiquetaba mal las piezas, siguiendo un código secreto para que pareciera cualquier cosa menos un arma. Para los alemanes los dibujos eran completamente mundanos, partes de bicicletas o de máquinas de coser. Las armas se montaban en distintos lugares por toda la ciudad, en tiendas de bicicletas, en pequeños talleres, en tiendas de reparaciones, bajo el pretexto de ser algo completamente diferente.

Mac se conectó a una página web con su portátil.

—Entonces, ¿estos diseños de fabricación que se conservan en la Sociedad de Historia Danesa, fueron hechos por su padre?

—Los etiquetados como «Bruder Petersen», los hermanos Petersen, seguramente son suyos. Los Petersen eran dos hermanos detectives, niños, de una serie de novelas que solíamos leer de jóvenes, por lo que en realidad no existían como empresa —el anciano estudió un dibujo ampliado en la pantalla—. Este tiene la etiqueta de «balancín para bomba de relés», pero en realidad es el gatillo de un STEN. Supongo que después de que mi padre dibujara, midiera y etiquetara cada parte por separado, otra persona sería la encargada del montaje.

Isabel soltó un tembloroso suspiro, un aliento que ni se había dado cuenta que había contenido mientras escuchaba la historia. La tensión descrita por su abuelo, oculto bajo las escaleras del sótano, había sido palpable.

Sobre la mesa había algunas fotos de Magnus cuando era niño. No era la primera vez que Isabel las veía. Había sido alto y apuesto, bien vestido y de aspecto serio. De ojos grandes y oscuras pestañas, casi demasiado guapo para ser un varón. Pero, por muchas veces que hubiera visto esas fotos, no había establecido plenamente la conexión entre ese adolescente y su abuelo. Y de repente ese joven se había materializado en su mente, un chiquillo, ávido lector de cómics, o ansioso por irse a patinar sobre hielo con sus amigos, o agazapado bajo las escaleras del sótano, demasiado asustado para manifestar su presencia.

—Ha sido un relato impresionante. ¿Por qué no me lo habías contado nunca? —le preguntó.

Su abuelo se inclinó hacia delante y le dio una palmadita en la mano.

—La vida es larga —contestó—. Tengo muchísimos momentos que recordar, grandes y pequeños, y hacía décadas que no pensaba en ese incidente. Supongo, teniendo en cuenta lo que sucedió después de mi descubrimiento en ese sótano, que no pensé que tuviera ningún interés para ti. Ni para nadie.

—Pues claro que lo tiene —le aseguró Tess—. Tu padre y su amigo debieron ser personas increíbles.

—Estoy convencido de que se consideraban hombres normales y corrientes que, simplemente, hacían lo correcto para poder vivir con ellos mismos. Pero sí, a mis ojos, fueron héroes.

—A los ojos de cualquiera —precisó Isabel—. Me gusta creer que yo podría ser así, alguien capaz de arriesgar su propia vida.

—Esperemos que nunca debas averiguarlo —sentenció su abuelo—. Yo estaba muy orgulloso de mi padre, y aún hoy lo echo de menos —Magnus dirigió la mirada hacia algo distante e invisible—. Sin embargo, en ocasiones no puedo evitar pensar en cómo habrían sido nuestras vidas si no hubiera elegido abrazar la causa. Muchos de nuestros vecinos se limitaron a agachar la cabeza y soportar la ocupación para luego, terminada la guerra, regresar a su habitual rutina. Por supuesto que una gran parte de mí, la que necesitaba desesperadamente a mis padres y a mi abuelo, deseó que papá hubiera elegido ese camino en lugar de ponerse en peligro. Poner en peligro a toda la familia, en realidad.

—Eres humano —lo consoló Tess—. Es normal desear algo así.

—¿Sabe a qué grupo de la resistencia pertenecía su padre? —preguntó Mac.

—No estaba con el «Princes», puesto que era civil, aunque tengo entendido que hizo algún trabajo para ellos. Hubo una facción de la resistencia conocida como «Holger Danske». No estaban muy bien organizados, pero consiguieron hacer cosas, actividades subversivas, rescates, sabotajes. Creo que esa era su principal conexión.

Isabel estudió el «retrato» familiar tomado por el tío Sweet hacía años, girándolo hacia la luz. El abuelo era un muchacho desgarbado a punto de convertirse en un hombre, pero el rostro era perfectamente reconocible. Estaba de pie junto a su propio abuelo, su adorado *Farfar*, un distinguido médico viudo. Su madre se sentaba en un anticuado sillón que no encajaba con el entorno. En su rostro se dibujaba una débil sonrisa. Estaba flanqueada por el tío y la prima de mentira, una niña delgada con el pelo recogido en coletas. Miraba directamente a la cámara con una candidez que sobrecogió a Isabel, porque la niña de la foto no tenía ni idea de lo que estaba a punto de sucederle. Por último posó la mirada sobre el padre de Magnus, Karl Johansen, de pie y con una mano apoyada sobre el hombro de Ilsa, perfectamente peinado con raya, la corbata impecable.

La idea de que los Johansen hubieran cobijado a un judío y a su hija hizo que Isabel también se sintiera orgullosa. Pero comprendía el deseo de su abuelo. Si su padre no hubiera hecho nada para resistirse a los nazis, el futuro de la familia al completo se habría desarrollado de otra manera.

–Se ocultaban a plena vista –Mac se inclinó hacia la foto que observaba Isabel.

–Al principio –Magnus asintió–, estoy seguro de que nosotros, todos, subestimamos el peligro. Las noticias de atrocidades no eran más que eso, noticias. Todo el mundo supo lo de *Kristallnacht* cuando sucedió en 1938, pero el mundo se encogió de hombros. La mayoría de la gente pensó que la noche de los cristales rotos fue un espectáculo repugnante, pero también un incidente aislado. Todavía no conocíamos hasta dónde llegaban las actividades de los nazis. Miradnos en esa foto. Ninguno de nosotros imaginaba lo que estaba a punto de suceder.

—Te pareces muchísimo a tu padre —observó Isabel—. Siento que lo perdieras.

—Lo perdí todo —contestó el abuelo mientras se apoyaba en los brazos de la silla para levantarse—. Estoy cansado. Creo que voy a entrar en casa a leer el periódico.

Isabel intercambió una mirada con Mac, que guardó el móvil en el bolsillo y se hizo a un lado.

—¿Estás bien, abuelo? —preguntó ella, colocándose a su lado—. ¿Necesitas que te ayude?

—Estoy bien —Magnus acarició con ternura la mejilla de su nieta—. Bien. Es curioso lo que llega a agotar revivir el pasado. Me apetece estar un rato a solas con mis recuerdos, y descansar un poco.

—¿Estás seguro? Puedo prepararte una taza de manzanilla con hielo, o unas *honig kik*, tus galletas preferidas.

—No te preocupes tanto —el hombre rio—. ¿Cómo he podido criar a una persona tan aprensiva? Te prohíbo estar tan pendiente. Quédate aquí y atiende al señor O'Neill. Theresa, tú puedes ayudarme a entrar. Mañana hablaremos un poco más, a lo mejor.

Isabel lo vio marcharse con Tess caminando lentamente a su lado. Aunque se había encorvado con los años, seguía teniendo un orgulloso porte al caminar. El corazón de su nieta estaba lleno de amor por ese hombre, pero también de preguntas. Sabía que la conversación a la que acababa de asistir no era más que la primera de las muchas que seguirían en las semanas venideras.

—Solo para que te quede claro —ella se volvió hacia Mac—, no pienso atenderte.

—Y yo que me relamía ante la idea —él sonrió mientras recogía las fotos y documentos, guardándolo todo en la carpeta verde con goma—. Tu abuelo tiene una gran historia que contar.

—Siempre lo supe, pero él nunca habló con tanto detalle, como cuando ha contado la historia del sótano. Me preocupa. Va a revivir la muerte de toda su familia, y Dios sabe qué más.

—Si es demasiado para él, me lo hará saber.

Mac parecía muy seguro de sí mismo. Isabel lo estudió bajo la dorada luz del sol, observando detenidamente cómo esa luz jugaba con sus rasgos y la brisa con sus cabellos, observando esas grandes manos mientras recogían las notas y el material. El cuaderno de espiral ya tenía varias páginas escritas con una letra cuadrada y precisa. Lo había observado tomar notas mientras el abuelo hablaba. Parecía poseer la habilidad de escuchar y redactar al mismo tiempo.

—Todo el mundo sabe lo que sufrió la gente durante la guerra, pero oírle hablar sobre esas cosas que vivió, le habrá hecho regresar a su casa.

—Estará bien. Las personas procesan los traumas cada uno a su manera.

Isabel recordó lo poco que Tess le había contado sobre el pasado de Mac y se preguntó cómo se ocupaba de su propio trauma. Era viudo. No le resultaba fácil hacerse a la idea de que ese hombre hubiera estado casado, y que su esposa hubiera muerto. En su mente, un viudo era siempre alguien como su abuelo, no un hombre joven y vital que exudaba *sex-appeal*. Parecía más mayor que ella, pero no mucho más. Quizás unos treinta y cinco.

Se preguntó qué le habría sucedido a su mujer. Tess no había sido capaz de contestar a esa pregunta, pues no había llegado a conocerla. A juzgar por su nombre, Yasmin, supuso que sería extranjera, quizás de Oriente Medio.

—¿Sucede algo? —preguntó él.

Isabel comprendió que lo había estado mirando fijamente. Aunque tentada a preguntarle por su pasado, sentía también la necesidad de guardar las distancias. Apenas conocía a ese tipo.

—Yo... Pareces muy seguro de ti mismo. Y muy seguro de que él va a ser capaz de hablar de estas cosas.

—Confía en mí —Mac sonrió—, soy un profesional.
—Eso dice Tess.
—Pues entonces confía en ella. Es tu hermana.
—Sí —Isabel asintió—, pero no crecimos como hermanas. Es... complicado.
—Yo no tengo ninguna hermana, pero he oído que siempre son complicadas.
—Tess y yo nos conocimos hace poco. ¿Te lo ha contado?
—Dijo que no conocíais la existencia de la otra cuando erais niñas.
—Entramos en contacto cuando vino aquí hace un año, y ella nos cambió la vida a todos.
—Pues parece que Bella Vista, y tú y tu abuelo, le cambiaron la vida a ella.
—Eso es muy bonito —el corazón de Isabel dio un vuelco.
—En ocasiones la verdad es bonita. Muchas veces, en realidad —Mac retiró las sillas de madera del camino—. ¿Significa eso que me has perdonado por hacerte perder la colonia de abejas?
—Eso nunca —contestó ella.
—Eso ha sido muy duro.
—Sí. Así soy yo. Una mujer dura.
—Mis preferidas.
—¿En serio?
Él la miró detenidamente, prolongadamente, antes de contestar.
—Ya veremos.
—¿Qué tal está la rodilla? —preguntó ella impulsivamente—. ¿Podrás dar un pequeño paseo?
—¿Contigo? ¡Ya lo creo!
Isabel se volvió bruscamente, fingiendo no sentirse halagada ante el entusiasmo de su invitado.
—Podemos subir a la cima de esa colina con el enorme roble. Allí arriba hay algo que puede darte una idea sobre

mi abuelo… y sobre mí. Quizás te resulte algo macabro, pero forma parte de la historia.

—Soy capaz de soportar lo macabro —contestó él.

Aunque tentada a preguntarle sobre qué cosas macabras era capaz de soportar, decidió reservar su curiosidad para otra ocasión. Lo guio ladera arriba por un prado de lupinos cubierto de hierba que les llegaba al tobillo.

—Es el cementerio de la familia —anunció al llegar a la cima.

La zona, de diseño rectangular, estaba orientada al oeste, bañada por la luz del atardecer y rodeada de una verja de hierro forjado. Solo había tres sencillas lápidas de piedra. Oscar Navarro, el encargado del mantenimiento, conservaba la hierba bien cortada, aunque dejaba que las flores silvestres crecieran alrededor de las tumbas. Había amapolas de California, de color amarillo, salvia morada y unos diminutos y delicados iris silvestres. A no mucha distancia crecía un extenso roble de California, las largas ramas creando una amplia zona sombreada.

—¿Ves a lo que me refería? —preguntó ella—. Macabro.

—A mí me inspira una sensación de paz —contestó Mac—. Un lugar de descanso. Y, sí, es triste —contempló las lápidas—. Tu abuela, Eva, tu madre, Francesca, y tu padre, Erik.

—El cementerio familiar —insistió Isabel—. A mí ya no me pone triste. No asocio este lugar con la gente que he perdido.

—Aun así… Isabel, lo siento. Lo siento muchísimo.

—Gracias. No conocí a mis padres, pero mi abuela, *Bubbie*… —incluso en esos momentos le faltaban palabras para expresar lo mucho que la echaba de menos. En ocasiones, si cerraba los ojos, aún era capaz de sentir la mano de *Bubbie* cepillándole los cabellos y trenzándolos con mano experta mientras cantaba una dulce canción en yidis sobre un cerezo.

—¿Te apetece hablar de ello?

–No lo sé. La primera vez que Tess me habló de este proyecto, en realidad ayer mismo, no me apetecía la idea de hablar sobre nada.
–¿Y ahora…?
–Parece que mi abuelo sí lo desea. Pero su historia se entremezcla con la mía –ella se inclinó y arrancó una ramita de salvia para aspirar su delicioso aroma.
–Pues cuéntamela. Explícame por qué no me quieres aquí haciendo preguntas íntimas sobre tu abuelo, tu familia.

La franqueza de la petición le sobresaltó, pero, curiosamente, no se sintió amenazada. Isabel se mordisqueó el labio y se preguntó si podría confiar en ese hombre.

Mac la contemplaba detenidamente y alzó una mano con la palma hacia arriba.

–Adelante. No estoy aquí para juzgar. Te lo juro.

Isabel no estaba segura de si esas maneras tranquilizadoras eran genuinas o tan solo un truco de reportero. «Por favor, que sea genuino», suplicó en silencio.

–Ya te he dicho que es un poco complicado. Tess y yo somos medio hermanas. Nacimos el mismo día.

–Qué gracioso. Pero ¿por qué es complicado para vosotras dos compartir el cumpleaños?

–No solo nacimos el mismo día –ella respiró hondo y apartó la vista de Mac–. También el mismo año. De dos madres diferentes que no sabían de la existencia de la otra. Por eso nos criamos separadas. Mis abuelos me criaron aquí, en Bella Vista, y Tess y su madre vivieron por todo el mundo, principalmente en grandes ciudades.

–Entiendo –Mac cruzó los brazos sobre el pecho mientras procesaba la información–. Eso sí que es inusual. En cualquier caso, una circunstancia inusual hace una buena historia.

–No es simplemente una historia –espetó ella.

–Eso lo entiendo –contestó él–. Lo que sigo sin entender es por qué debería suponer un problema para vosotras. Nada de lo que me has contado puede hacerte quedar mal. Ni a tus abuelos. A tu padre... quizás.

La tensión de Isabel se aflojó ligeramente. En ocasiones, cuando la gente conocía la heterodoxa situación, se comportaba como si Tess e Isabel fueran defectuosas en algún sentido, por tener como padre a un granuja lo bastante descuidado como para dejar embarazadas a dos mujeres, y luego matarse en un misterioso accidente de coche.

Mac estudió el nombre de Erik, grabado sobre la lápida junto a una frase:

Erik Karl Johansen, amado hijo. No midas su vida por su duración sino por la profundidad de la felicidad que nos trajo. Saltó a la vida y jamás tocó fondo. Nunca volveremos a reír del mismo modo.

–Nuestro padre era un poco granuja –reconoció Isabel–. Más que un poco. A veces me pregunto qué diría en su descargo. «Saltó a la vida y jamás tocó fondo» –leyó en voz alta–. En una ocasión le pregunté al abuelo qué había querido decir con eso, pero solo me explicó que Erik poseía un gran apetito por la vida.

–Dio dos hijas al mundo. No me imagino a tu abuelo lamentando la existencia de Tess, o de ti. Y después de todos estos años, el hecho de que tu padre se estuviera tirando a dos mujeres ya no parece tan importante.

¿Había dicho «tirando»? Qué refinado.

–¿Te ha contado Tess algo más sobre Erik?

–No. Algo me dice que a tu hermana últimamente le preocupan otras cosas.

–La boda. Me encanta que se esté divirtiendo tanto con los preparativos.

–Nunca me pareció de las que se casan.

–¿En serio?

–Era muy ambiciosa. Parecía casada con su profesión.

—Y así era cuando la conocí –admitió Isabel–. Pero ahora va a convertirse en esposa y madrastra, y algún día seguramente en madre. Supongo que eso te demuestra que el amor puede cambiarlo todo.

—Qué bonito –observó él–. Eres una romántica incorregible.

—No, solo una buena observadora –de repente, Isabel se sintió incómoda bajo la escrutadora mirada–. En cuanto a Erik, nuestro padre, una de las cosas que vas a averiguar, gracias a Magnus, es que Eva, *Bubbie*, no fue su madre biológica.

—¿Era adoptado?

—Sí. El abuelo es muy abierto de mente... últimamente. Pero durante mucho tiempo nadie lo supo –Isabel respiró hondo antes de continuar aceleradamente–. El abuelo sí era su padre biológico.

—¡Oh! Entonces, él...

—Por favor, no vuelvas a repetir «tirando» –le suplicó ella–. Él tendrá que explicarlo, y tú tendrás que averiguar cómo encaja en la historia que estás escribiendo. La madre biológica de Erik es una mujer llamada Annelise Winther.

Cormac permaneció callado, los brazos cruzados sobre el pecho. Isabel no pudo evitar fijarse en lo bien que le sentaban la camiseta blanca y los vaqueros, el color más oscuro gracias a la luz del atardecer.

—¿Aún vive? –preguntó él al fin.

—Sí. Vive en San Francisco.

—¿La conoces?

—Ahora sí, gracias a Tess. Annelise es otra danesa superviviente de la guerra –le explicó ella–. Mi abuelo y ella se conocieron durante la guerra. Lo cierto es que es... maravillosa. Espero poder llegar a conocerla mejor.

—Entonces esa mujer tuvo un bebé que fue criado por Magnus y Eva.

—Eso es. Lo averiguamos el año pasado mientras repasábamos viejos certificados y descubrimos que Eva no podía tener hijos. En su momento fue un gran secreto.

—Hace años se le daba mucha importancia a esa clase de cosas.

—Cierto. Y ahora el abuelo quiere ponerlo todo sobre la mesa, por mí y por Tess. Vas a tener que preguntarle a qué clase de acuerdos tuvo que llegar para poder llevarlo a cabo, porque al parecer fueron muy cuidadosos. Incluso los Navarro, que trabajaron y vivieron en Bella Vista durante décadas, aseguran que no lo sabían.

—No me digas más, Tess tiene una habilidad especial para descubrir esta clase de cosas.

Ella asintió sorprendiéndose... de sí misma. Estaba revelando información, cantando como un canario. Había algo en la manera de escuchar de ese hombre que le hacía querer hablar. ¿Otro truco de reportero? ¿O en realidad se le daba bien escuchar? Un rasgo poco habitual en un hombre.

—Tess es muy buena investigadora —continuó Isabel—. Entre todos los montones de viejos papeles y certificados familiares encontró un informe médico de los años sesenta. A partir de él, dedujimos que Eva nunca pudo tener hijos —el corazón se le llenó de ternura hacia su abuela fallecida.

Era muy capaz de imaginarse a *Bubbie* como una ilusionada y joven esposa, recibiendo la noticia de que sufría un cáncer de útero y que necesitaba una histerectomía. En un cruel instante, la noticia le habría arrebatado cualquier sueño que hubiera podido tener de ser madre.

—¿Hasta qué punto le va a afectar a tu abuelo cuando salga el tema? —preguntó Mac.

—Desde el accidente que sufrió el año pasado —contestó ella tras reflexionar un momento—, está obsesionado con contárnoslo todo. Casi pareció aliviado cuando Tess y yo le preguntamos sobre la madre biológica de Erik.

—Ya. Entonces lo que te preocupa es cómo te va a afectar a ti.

«¡Ay!».

—*Bubbie* es la única madre que he conocido. Descubrir después de todos estos años... aún estoy asimilándolo. Y me resulta muy raro que estés planeando publicar toda esta historia sobre mi familia. Sigo intentando convencerme de que no resultará irrespetuoso.

Isabel contempló la tumba de *Bubbie* y deseó poder sentir de nuevo su presencia, oír su voz, oírla cantar una vez más la canción sobre el cerezo.

—Por mi experiencia te diré que la gente se siente más cómoda con la verdad que con las mentiras —le aseguró Mac—. Al menos al final.

Ella se agachó y arrancó algunas hierbas de la base de una de las lápidas, y luego inició el camino de regreso hacia la casa.

—Lo entiendo. El hecho de que mi abuelo tuviera un hijo fuera del matrimonio es una pieza clave de esta historia. Lo que no entiendo es por qué hizo lo que hizo.

—¿Se lo has preguntado alguna vez?

—No.

—Pues deberías. Es impresionante todo lo que se puede aprender solo con preguntar.

—Eso es cierto, pero intenta preguntarle a tu abuelo sobre un tema así.

—No, gracias. Mi abuelo era analista freudiano. Seguramente le habría encantado el tema. A mi otro abuelo no lo conocí. Era el dueño de un pub en Irlanda y murió cuando yo era niño.

—¿Y el abuelo freudiano?

—Un adicto al trabajo, pero sabía escuchar.

«Y tú también», pensó Isabel, sorprendida ante la fugaz idea.

—El fuerte de mi abuelo siempre ha sido la lealtad —meditó ella—. Lo verás a medida que lo vayas conociendo. Cuando descubrí lo suyo con Annelise casi me desmayo. Es difícil imaginarse al abuelo engañando a su mujer. Era, y siempre ha sido, mi referente en cuanto a moralidad.

—¡Uf! Eso es una gran responsabilidad para una persona.

—Cierto. A mí no me gustaría ser el referente moral de nadie –admitió Isabel.

Cormac sujetó la puerta de hierro forjado que conducía al patio desde el que surgía una repetitiva canción *hip-hop* emitida por la radio de uno de los obreros.

—Apuesto a que se te daría muy bien, Isabel.

—No me conoces –ella alzó bruscamente la cabeza mientras cruzaba la puerta.

—No –él asintió, la voz un susurro, casi una caricia–. Pero me gustaría.

Tercera parte

Una semana después de salir de la celda, la abeja reina abandona la colmena para aparearse en vuelo con varios zánganos. Para evitar la endogamia, debe volar a cierta distancia de la colonia. Por tanto, describe varios círculos alrededor de la colmena para orientarse, para poder encontrar el camino de regreso.

Se marcha sola y permanece lejos de la colmena durante trece minutos. Por la tarde, a unos seis metros del suelo, se apareará con un número de zánganos que oscilará entre siete y quince. Si el mal tiempo retrasa más de tres semanas este crucial vuelo de apareamiento, su capacidad para aparearse habrá desaparecido. Y sus huevos sin fertilizar darán lugar a nuevos zánganos.

Limonada de lavanda con miel

La mejor miel es aquella que proviene de una fuente conocida, y que ha sido procesada en frío. La miel cruda y sin filtrar conserva la jalea real, el polen de abejas y el propóleo, tres fuentes de antioxidantes, vitaminas y minerales.

1 taza de miel orgánica cruda y local
2 ½ tazas de agua
1 cucharada de lavanda seca
1 taza de zumo de limón recién exprimido
Cubitos de hielo o hielo picado

Se lleva a ebullición en una cacerola la miel con las dos tazas y media de agua, sin dejar de remover para que se diluya la miel. Cuando la mezcla comience a hervir se añade la lavanda y se retira del fuego. Dejar infusionar durante 20 minutos.

Se cuela la lavanda y se añade el zumo de limón recién exprimido y otras dos tazas de agua. Se puede emplear agua con gas si se desea. Verter en vasos con hielo y servir adornado con un ramito de lavanda o menta.

(Fuente: original)

Capítulo 8

—¿Isabel? Alguien pregunta por ti —Ernestina Navarro entró en el estudio de Isabel, una pequeña habitación oculta en una despensa junto a la cocina principal. Una de las paredes estaba forrada del techo al suelo con estanterías abarrotadas de libros de cocina que llevaba coleccionando desde que era pequeña. La pared de enfrente estaba cubierta de fotografías que había ido guardando como inspiración para la reforma de la casa, y con listas e ideas para la inminente boda. Un pequeño bordado a punto de cruz, regalo de una amiga, rezaba «Vive el día a día».

Isabel levantó la vista del *moodboard*, un *collage* de ideas, que llevaba demasiado tiempo estudiando. El día siguiente de la incómoda conversación mantenida con Cormac O'Neill se había escondido en el trabajo. Pero de lo que no se podía esconder era de sus pensamientos. Ese hombre tenía una manera de decir las cosas que le calaba hondo, que le hacía repasarlo una y otra vez en su mente mientras especulaba con el posible significado.

«No me conoces».

«No, pero me gustaría».

«Concéntrate», se ordenó a sí misma. Había muchas cosas que hacer. La tarea que tenía frente a ella consistía en repasar una y otra vez el *moodboard* para poder elegir colores y acabados para las dos habitaciones de invitados al final del pasillo de la segunda planta. Tan solo un año antes, no tenía ni idea de qué era un *collage* de ideas, pero desde entonces se había familiarizado muchísimo con esa herramienta, empleada por diseñadores para probar las distintas opciones de colores, texturas y diseños. Isabel se había descubierto capaz de pasarse el día entero estudiando *moodboards*, y seguir sin tomar una decisión.

El diseñador a cargo de las habitaciones de invitados en Bella Vista ofrecía demasiadas opciones. ¿La tapicería en estampado azul marino o dibujos abstractos en crudo? ¿Color beige arena o verde apio para las paredes? ¿Apliques de hierro forjado o de cristal? Y eso solo para una de las *suites*. A Isabel le sobrepasaba, aunque era consciente de la importancia de los detalles.

–Gracias –le contestó a Ernestina mientras se volvía hacia el ordenador para redactar una nota destinada al diseñador en la que le comunicaba su elección: marino, arena y hierro forjado. «Ya está», pensó mientras se apartaba del escritorio–. ¿Quién es?

–Jamie Westfall.

–Menos mal. El colmenero –Isabel se calzó unas sandalias y se dirigió pasillo abajo hasta la entrada principal.

Era una lástima que el hombre no hubiera aparecido durante el incidente con el enjambre. Pero era primavera y en esa época del año siempre había mucho trabajo.

Sorprendida, se quedó parada en el vestíbulo.

Pues Jamie Westfall era una mujer. Una mujer muy joven. Llevaba el cuerpo cubierto de tatuajes y el pelo rapado teñido de morado. Y eso, no cabía la menor duda, era una barriga de embarazada. La chica, muy delgada, poseía unas largas piernas. Vestía unos ajustados pantalones cortos y una camiseta del grupo Queensryche abrazaba su prominente barriga.

–Hola, soy Isabel –saludó ella tras recomponerse–. Te envié un mensaje el otro día.

—Sí —la chica sonrió tímidamente y agachó la cabeza—. Lo siento, no lo leí a tiempo.

—No pasa nada. El enjambre escapó. Pero seguimos teniendo algunas colmenas abarrotadas que necesitan ser divididas, y me estoy dando cuenta de que el tema me supera. Me gustaría que me aconsejaras sobre mis colmenas.

—Claro, puedo intentar ayudarte —hablaba de una manera dulce, casi tímida, en contraste con su pelo y tatuajes.

—Permíteme traerte algo de beber, y después iremos a ver las colmenas. He preparado una jarra de limonada de lavanda con miel, hecha con la miel de Bella Vista.

—Suena estupendo. Gracias —la chica miró a su alrededor con los ojos muy abiertos, deteniéndose en el decorado del vestíbulo, una mesa rústica apoyada contra la pared donde, con el tiempo, iban a colocar un libro de invitados. Por encima de la mesa había un enorme espejo colgado de la pared. Lo había encontrado Tess en un mercadillo. En la pared de enfrente colgaba lo más llamativo de aquel lugar, un impresionante cuadro estilo misión pintado por Arthur Frank Mathews. Un original. Isabel ni se había atrevido a preguntarle a su hermana cuál era el valor calculado. Estaba segura de que la cifra le provocaría un ataque de ansiedad.

—Eh… ¿podría usar el baño? —preguntó Jamie.

—Sí, por supuesto. Está ahí, por ese pasillo —señaló Isabel—. Tómate tu tiempo, mientras voy a por la limonada.

Mientras se dirigía a la cocina y servía la limonada, Isabel reajustó mentalmente su concepto del colmenero. Había esperado un hombre en una destartalada camioneta, no una adolescente embarazada.

Dispuso en una bandeja unas galletas de miel para acompañar a la limonada mientras recordaba a su abuela, siempre presta a ofrecer un refrigerio a cualquiera que tuviera la suerte de aparecer por la puerta de esa cocina. Al tratarse de una granja de labor, Bella Vista siempre estaba llena de trabajadores, algunos estacionales y otros permanentes. «En mi cocina, todos somos familia», solía afirmar *Bubbie* con expresión resplandeciente mientras observaba a los trabajadores del manzanar, mecánicos o jardineros engullir alegremente sus dulces.

Tras descubrir lo que ya sabía sobre su abuela, Isabel se preguntó si las palabras de *Bubbie* tendrían un significado más amplio.

Jamie entró en la cocina y soltó su desgastada mochila de estilo militar. Se había lavado y el pelo enmarcaba un rostro húmedo.

—Esto es muy bonito —observó mirando a su alrededor—. Un lugar muy agradable.

—Gracias. He vivido en Bella Vista toda mi vida. Me fui durante un breve período de tiempo para estudiar, pero tuve que dejarlo y volví aquí —a menudo Isabel se sentía incómoda cuando explicaba que no había viajado a ningún lugar. Le hacía sentir en cierto modo incompleta. Le ofreció a Jamie un vaso de limonada—. ¿Vamos a echar un vistazo a las colmenas?

—Claro.

La chica tenía el coche aparcado en una zona de grava, junto al Jeep de Cormac O'Neill. El vehículo había conocido mejores días. La puerta del copiloto estaba llena de abolladuras, como heridas sin curar, cubiertas de masilla color arcilla. En el asiento delantero había una funda de guitarra, amarrada al asiento con el cinturón. La bandeja trasera estaba abarrotada de ropa y un par de almohadas arrugadas. En los asientos traseros solo se veían cajas de cartón. También había una cesta llena de tarros de conserva.

—Estoy en fase de transición —explicó Jamie—. Aún no me he acomodado.

—¡Oh! —Isabel se sonrojó, consciente de que debía haber estado mirando fijamente–. ¿Quieres decir que acabas de mudarte a la ciudad?

–Eso es. Espero tener el trabajo suficiente para mantenerme ocupada.

–Pues creo que Archangel te va a encantar. Y yo puedo mantenerte todo lo ocupada que desees porque tengo muchos planes para la miel de Bella Vista. Las colmenas están por aquí, en la ladera este, junto al algodoncillo.

–Genial –Jamie asintió–. El algodoncillo es lo mejor.

–Estaba pensando que quizás ese lugar sea demasiado expuesto y ventoso.

Jamie estudió la zona, utilizando la mano a modo de visera para contemplar el manzanar y los jardines, los edificios de piedra, los patios y pérgolas.

–Esto es muy bonito –repitió–. No creo que el viento suponga ningún problema.

Isabel sintió un ramalazo de orgullo. Bella Vista era realmente hermosa y las obras de renovación iban a poner en valor la propiedad para crear un lugar irresistible.

–Me alegra que te guste. Este año he estado muy ocupada, pero no quiero renunciar a mis abejas y por eso esperaba que te interesara ocuparte del proyecto.

–Para eso he venido –Jamie asintió sin dejar de mirar a su alrededor.

–Voy a abrir una escuela de cocina con productos de la granja a la mesa, y la miel será uno de nuestros ingredientes principales. Por aquí –ella señaló el prado verde con un camino que conectaba el granero de piedra con el de madera–, este es el espacio para eventos. El granero se ha convertido en un salón para bailes y banquetes. Mi hermana se casa este verano y será nuestro primer evento.

–Qué guay –exclamó Jamie.

–Huelga decir que habrá miel en el menú. Es la temática de Tess para su boda. La planificación es divertida, pero da muchísimo trabajo.

Jamie desvió la atención hacia un roble en el prado, sus ramas tan anchas como alto era el árbol. Allí estaba sentado Magnus con su nuevo fiel compañero. Mac se sentaba del revés en una silla, los brazos apoyados en el respaldo mientras el anciano hablaba. Se habían conocido hacía tan solo unos días, pero ya eran inseparables. Resultaba gratificante, y quizás un poco inquietante, observar la creciente intimidad entre los dos hombres.

–Mi abuelo, y nuestro invitado, Mac. Están trabajando juntos en un proyecto.

Isabel se preguntó de qué estarían hablando. Cormac parecía relajado y afable en compañía del abuelo, pero, a juzgar por la conversación que había mantenido con él el día anterior, había llegado a la conclusión de que no era una persona madrugadora. Lo cierto era que tampoco era trasnochador. Quizás fuera un gruñón permanente. En cualquier caso había decidido mantener las distancias y dejarle seguir solo con el proyecto de Magnus. Ya tenía bastante con lo suyo. Sin embargo, no podía negar que Mac era de esas personas que distraían. Y mucho.

–Mi abuelo siempre ha optado por dejar crecer el algodoncillo –explicó Isabel–, y nunca lo ha considerado una plaga, como algunos cultivadores.

En esa época del año, las flores moradas estaban repletas de vida, y no solo gracias a las abejas sino también a las mariposas y mariquitas, colias y escarabajos de color esmeralda, colibríes y libélulas zafiro. El dulce aroma de las flores lo impregnaba todo.

–Cuando era niña –continuó Isabel–. Solía atrapar mariposas, pero las abejas me daban miedo. Pero ya lo estoy superando.

Las abejas sobrevolaron despacio las flores, el constante zumbido extrañamente relajante. Era la banda sonora de sus veranos infantiles. Incluso de mayor, Isabel era capaz de cerrar los ojos y recordar sus paseos con *Bubbie* y cómo atrapaban con una red la mariposa monarca, o la macaón, para encerrarlas en un frasco de cristal, estudiarlas y luego liberarlas de nuevo. Siempre las liberaban.

Mientras contemplaba la actividad de los insectos, un recuerdo acudió a su mente, *Bubbie* explicándole con calma por qué había que abrir el tarro.

—Ninguna criatura debería vivir encerrada en contra de su voluntad —solía decir—. Se destrozará intentando escapar.

Como superviviente de un campo de concentración, *Bubbie* solo hablaba de la experiencia de manera evasiva.

Una libélula sobrevoló la cabeza de Jamie. La chica alargó una mano y el insecto se posó tranquilamente sobre ella.

—Mi abuela solía advertirme que la libélula te cosía los labios si soltabas una palabrota —recordó Isabel.

—¿Y eso evitó que las dijeras? —Jamie sonrió tímidamente.

—¡Ya te digo! ¿Bromeas? Y sigo vigilando mi lenguaje.

—Pues yo no, aunque seguramente debería —la libélula despegó del dorso de la mano de la joven—. ¿Hay agua por aquí cerca?

—El arroyo Angel. Discurre por en medio de nuestra propiedad y la del vecino, Dominic Rossi. Es él quien se convertirá en mi cuñado este verano. Es genial, cultiva vides y elabora vino.

—¿Y tú estás casada? —la chica escudriñó el rostro de Isabel.

—No. Felizmente soltera —era la respuesta habitual—. ¿Y tú?

—De eso nada —Jamie se acarició la barriga—. Solo nosotros dos.

Esa chiquilla apenas parecía lo bastante mayor para tener un bebé.

—Qué emocionante. Felicidades.

—Gracias. Sobra decir que no fue buscado. Sigo habituándome a la idea —Jamie contempló a una abeja zumbando furiosa mientras intentaba despegarse de una flor—. Solía intentar liberarlas —explicó mientras observaba a la agotada abeja—. Pero siempre regresan a la pegajosa flor y vuelven a quedar atrapadas. No pueden resistirse.

La chica fue de colmena en colmena, levantando alguna que otra tapa. Parecía perdida en sus pensamientos.

—A juzgar por el enjambre que describiste, tienes algunas colmenas con exceso de población. Yo podría separarlas por ti.

—Eso me encantaría. Me he estado documentando sobre cómo hacerlo. Pero el proceso parece bastante complicado.

—No lo es, pero hace falta saber qué buscar. Hay que elegir los marcos adecuados para trasladar a la nueva colmena, y hay que encontrar a la reina para trasladarla con ellos. Y luego no puedes meter una reina nueva en la antigua colmena demasiado pronto. A mí me gusta esperar tres días. Si lo haces antes, las otras abejas podrían matarla.

—¡Uf! ¿En serio?

—A veces sucede. Pero después de unos días sin reina, aceptarán a una nueva. Todo consiste en aguardar al momento adecuado.

—Genial. Me encantaría que me ayudaras con esto. ¿Cómo tienes la agenda? ¿Tienes hueco para trabajar aquí?

—Tengo todo el tiempo del mundo —contestó Jamie—. No he recibido demasiadas llamadas y ya empezaba a pensar que iba a tener que trasladarme a otro sitio —observó, casi ensimismada, un pequeño enjambre de abejas—. Me encantaría ayudarte.

—¿Crees que debería agrupar esta hilera de colmenas? —Isabel señaló una fila de colmenas pintadas en tono pastel que se veía a los lejos.

Jamie alzó la barbilla y abrió las aletas de la nariz,

como si estuviera olisqueando el aire. Isabel se fijó en una pequeña sombra bajo la barbilla. ¿Una mancha de tierra? ¿Un cardenal? Quizás solo una sombra.

—Están bien ahí —contestó la joven al fin—. Me gusta dónde están situadas las colmenas —dio un buen trago a la limonada mientras Isabel aprovechaba para contemplar esa barbilla de nuevo. Pero en esa ocasión, Jamie la pilló—. ¿Sucede algo? —preguntó mientras se limpiaba la boca con el dorso de la mano.

Isabel dudó, no queriendo parecer una chismosa. En ocasiones, sin embargo, y recordando su propia experiencia, decidió que era necesario. A la edad de Jamie, que no parecía tener más de diecinueve o veinte años, si alguien hubiera formulado las preguntas adecuadas, quizás todo habría sido diferente para ella.

—Parece que te has lastimado.

Jamie se llevó una mano de uñas sucias al punto exacto. Era evidente que sabía de qué hablaba Isabel.

—No —contestó antes de agitar los cubitos de hielo en el vaso.

«Entonces, ¿quién lo hizo?». Sin embargo, Isabel optó por no preguntar más. Acababan de conocerse. Le había caído bien Jamie Westfall y deseaba conocerla mejor.

—Volvamos a casa —propuso mientras iniciaba la marcha—. ¿Por qué trabajar con abejas?

—Crecí cerca de Chico. Cuando estaba en el instituto, trabajé en una granja de fresas en la que había colmenas. Empecé a trabajar con ellas y ya no lo dejé. Fue un poco como enamorarse. Cada día despertaba ansiosa por comprobar las colmenas. Luego aprendí el proceso de cosechar y elaborar la miel. Empecé a vender miel orgánica por los mercados, y esa ha sido mi vida desde entonces.

En la mirada de Jamie, Isabel vio esa luz. La pasión por un objetivo era la mejor sensación que uno podía tener. «Como enamorarse», una descripción muy adecuada. Aunque, al igual que Jamie, Isabel nunca se había enamorado, a pesar de que en una ocasión se había engañado a sí misma creyendo que sí.

—¿Y ahora intentas salir adelante en Archangel?

—Esa es la idea. Yo... también canto un poco, y toco la guitarra.

—Me encantaría oírte cantar algún día –Isabel la guio de regreso a la cocina–. Seguro que podemos organizar algo. ¿Dónde vives, Jamie?

Un instante de duda. Dos.

A Isabel le llevó todo ese tiempo juntar los puntos: el coche abarrotado, las ropas arrugadas, el aspecto agotado y sin lavar de la chica. No tenía casa.

—Aún no he encontrado casa –Jamie dejó el vaso en el fregadero y se lavó las manos, lenta y concienzudamente, como si se deleitara con la sensación del agua caliente y el jabón de lavanda.

—Sí –contestó Isabel, sin permitirse ni un instante de duda. Su intuición guiaba sus palabras–. Sí que la has encontrado.

—Teníamos un trato –Mac se sentó de golpe en la cama, despertado por una pesadilla–, un trato, hijo de p... –se oyó a sí mismo exclamar.

Dejó de hablar con la pesadilla y dejó caer la cabeza de golpe sobre la almohada. Estaba empapado en sudor, y el frío y húmedo rescoldo del pánico.

Su cabeza estaba abotargada con imágenes que deseó no ver. La gente a menudo afirmaba que lo envidiaba por tener un trabajo que le concedía la libertad de viajar por el mundo, hacer fotos y escribir libros y artículos. Pero la libertad tenía un precio. Para conseguir una historia en ocasiones se veía obligado a mirar de frente a la boca del infierno, a ver y oír cosas que hacían que una pesadilla pareciera un cuento de hadas, como ver a su mujer asesinada a sangre fría.

Respiró hondo una vez más y se recordó a sí mismo que debía concentrarse en el presente, en la habitación soleada en esa hermosa casa, en los deliciosos olores que surgían de la planta baja, en el sonido de... ¿una canción?

En efecto, alguien estaba cantando. Y preparando el desayuno. Ya no estaba en el infierno. Se puso unos pantalones cortos y se cepilló los dientes antes de dirigirse a la cocina, apoyado en el bastón, en busca del origen de la canción.

La chiquilla sentada en la banqueta, tocando una maltrecha guitarra acústica, era la viva imagen de una joven y más tatuada Alanis. Su voz era ronca y conmovedora. Magnus se sentaba en un extremo de la barra, bañado por el sol de la mañana. Muy cerca de él, Isabel estaba elaborando algo con pan tostado y huevos escalfándose en salsa de tomate. El olor era impresionante.

—Esto podría convertirme en una persona madrugadora —afirmó Mac mientras cruzaba la cocina, disfrutando de la sensación de frescor de las baldosas de terracota bajo sus pies—. Soy Cormac O'Neill.

La chiquilla dejó a un lado la guitarra. A pesar del pelo y los tatuajes, tenía un aspecto más bien tímido.

—Jamie Westfall.

—El colmenero —él recordó el nombre.

—La primera vez que lo vi, pensé que Mac eras tú —explicó Isabel mientras colocaba una rebanada de pan tostado en un plato y vertía por encima los huevos con tomate. Sus maneras en la cocina eran gráciles y naturales. Mac podría contemplarla todo el día, una mujer en su elemento—. Fue el nombre de Jamie lo que me despistó —continuó—. ¿Un huevo o dos?

—Dos —contestó Mac de inmediato y sin dudar.

—Las damas primero —Isabel le dedicó una mirada de reproche.

—Ninguno para mí —se disculpó Jamie—. Quizás una tostada con miel. No tengo mucha hambre por las mañanas.

—Yo me tomo los suyos –se ofreció Mac.
—Huele delicioso, Isabel –intervino Magnus.
—¿Puedo ayudar? –preguntó Cormac.
—¿Podrías poner la mesa? –el gesto de Isabel se suavizó.
—Claro –Mac encontró los cubiertos y las servilletas.
—Jamie ha accedido a quedarse en Bella Vista y trabajar aquí –anunció Magnus–. Ya es oficial, tenemos nuestro colmenero particular.
—También va a supervisar la producción de miel –añadió Isabel–. Ella opina que habrá de sobra para la escuela de cocina, y un remanente para vender en la tienda de Tess.
—Colmenero in situ y músico residente –observó Cormac–. Este sitio me gusta cada vez más.
—Bella Vista siempre ha alojado a sus trabajadores –continuó Magnus, como si hubiera adivinado la pregunta que Cormac no había formulado–. Los *piscadores* son esenciales para el éxito del manzanar, y nos aseguramos de que el alojamiento de los obreros invitados sea de primera categoría.
—Lo agradezco –Jamie sonrió con timidez–. Me encanta la pequeña cabaña.
—Es tuya durante el tiempo que desees permanecer aquí –contestó el anciano mientras se ajustaba una servilleta a modo de babero–. Isabel, gracias por este delicioso desayuno. Termíneselo, señor O'Neill. Tenemos muchos asuntos que tratar hoy.

—Hasta ahora he disfrutado con nuestros paseos –comenzó Magnus mientras le conducía por una amplia sección del manzanar–. Parece que tengo mucho más que contar de lo que pensaba.
—Eso le sucede a la mayoría de la gente –Mac asintió–. Los recuerdos son como las puertas cerradas. En

cuanto consigues abrir una, te lleva a otra que te lleva a otra, y así sucesivamente. Lo más complicado es encontrar la llave de la primera puerta y atravesarla.

—Para ser tan joven, es muy sabio —observó el anciano.

—He hecho unas cuantas estupideces —Mac sintió una punzada de dolor al pensar en el proyecto en el que se embarcaría después de aquel. Había prometido explorar e investigar su peor equivocación, y no había manera de escapar de ello.

—Supongo que como todos —le aseguró Magnus—. De lo contrario, ¿cómo puede alcanzarse la sabiduría? —señaló una fila de cabañas al estilo del Oeste, pegadas unas a otras a un lado del manzanar. Un par de ellas tenía un coche aparcado en la parte de atrás y ropa tendida de las cuerdas—. El alojamiento para el obrero invitado está por ahí. Cuando vine aquí por primera vez no había electricidad ni fontanería. Hoy en día resulta bastante cómodo.

—Isabel me contó algunas cosas sobre su padre.

—¿En serio? —Magnus recuperó el ritmo, el bastón golpeando el suelo—. Ojalá hubiera llegado a conocer a Erik. Él era toda mi vida, hasta el instante mismo en que me la destrozó. Echo de menos a mi hijo cada día que pasa, pero por otro lado veo detalles suyos en sus dos hijas. Es muy triste, pero me ha ayudado a cavar más hondo para encontrar la felicidad —hizo una pausa para observar a un pájaro volando en círculos sobre el prado—. Algunos días, cuesta encontrarla.

—Lo siento mucho.

—Llegó a mi vida y a la de Eva cuando ya habíamos renunciado al sueño de tener un hijo —le explicó Magnus—. Supongo que Isabel ya le habrá explicado que Erik fue adoptado.

—Sí, lo hizo.

—Su madre biológica, Annelise Winther, es una mujer maravillosa, de una generosidad que escapa a toda comprensión. Nuestro acuerdo fue... ortodoxo, por decirlo suavemente.

A Mac le hubiera gustado que el anciano se explicara mejor, pero no quiso presionarle. A menudo, lo más importante en una conversación era callar y esperar.

Magnus apretó con fuerza el bastón. Tenía manos de obrero, fuertes y ásperas, cubiertas de manchas de vejez.

–A veces me pregunto si la pérdida de Erik no sería un castigo. Y luego, por supuesto, desecho esa idea. Las cosas suceden como está previsto que sucedan. No existe ningún gran plan, solo seres humanos defectuosos que se abren paso a trompicones en la vida.

El anciano se giró bruscamente y se dirigió por un camino de gravilla hacia un edificio de piedra y madera, de aspecto sencillo, que poseía varias naves con puertas de persiana. Unas viñas en flor trepaban por el decrépito muro de piedra. Del interior surgía el olor dulzón a aceite de motor y goma vieja. El sol que entraba por las ventanas iluminaba varias naves y una impresionante colección de vehículos y máquinas. En algún lugar sonaba una canción de rock en una radio, y en las vigas más altas anidaban las golondrinas. También había un par de escritorios abarrotados y un muro y un banco de herramientas que emocionaría a cualquier hombre.

–Fantástico. Esto es el sueño de cualquier hombre –comentó Mac.

–Sabía que le gustaría mi taller de máquinas. De joven me escondía aquí para fumar en pipa.

–Hoy en día sería la cueva de un hombre.

–Solía ser un granero, de ahí la altura de las vigas. Mi capataz se encarga de este lugar. Ya no reparamos tanto como antes. Cuando vine aquí, recién terminada la guerra, el mecánico más cercano estaba en Petaluma. Aprendimos a reparar cualquier cosa nosotros mismos, o a arreglárnoslas sin ello. En Dinamarca desarrollé cierta aptitud para la mecánica.

Mac decidió profundizar en ese tema más adelante.

—Mi difunta esposa me acusaba de ser un acaparador, y últimamente mis nietas también —se quejó Magnus—. Los hábitos son difíciles de cambiar. Durante la guerra poseía poco más que una mochila llena de unos pocos recuerdos y posesiones encontradas. Cuando me establecí aquí, me resultó muy difícil deshacerme de nada. Y esa costumbre me ha resultado muy útil, pues siempre tengo la herramienta adecuada para una reparación.

Mac dedicó un buen rato a curiosear entre las polvorientas y grasientas herramientas del taller. Había agitadores de ramas, cajones multiusos y remolques, tractores y segadoras de diferentes tamaños, carretillas y portadores de cubos de basura, herramientas y piezas, viejas y nuevas.

Apartado del resto, en un rincón abarrotado que parecía no haber sido tocado por nadie en mucho tiempo, vio una forma de gran tamaño cubierta por una polvorienta lona.

—¿Qué hay ahí?

Magnus titubeó. Se quitó las gafas y las limpió con la camisa antes de ponérselas de nuevo.

—Algo en lo que hacía décadas que no pensaba. Si es capaz de abrirse camino hasta ese rincón, puede echar un vistazo.

Mac se abrió camino entre las abarrotadas estanterías y máquinas en proceso de reparación. Un calendario de pared, del año 1984, le indicó que Magnus no había exagerado con lo de las décadas. Levantó una esquina de la lona y dejó al descubierto una vieja scooter.

—Es una Vespa —afirmó, sorprendido.

—En efecto. Perteneció a Francesca, la esposa de mi hijo Erik.

—La madre de Isabel, ¿verdad?

—Sí. Francesca era la chiquilla más adorable que se pueda imaginar.

Cormac permaneció en silencio mientras analizaba detenidamente la scooter de un extremo a otro. A juzgar por la forma, la posición de la luz y algunos otros detalles, era un modelo de los años cincuenta.

–Es genial. Trabajé en una tienda de Piaggio en Nueva York cuando iba al instituto, de modo que entiendo un poco de estas máquinas. ¿Sabe de dónde vino?

–La hizo traer desde Italia. Nació y creció en una pequeña ciudad de ese país y cuando conoció a Erik se vino a los Estados Unidos de Norteamérica para casarse con él... en contra de la voluntad de su familia.

–¿Y eso por qué?

–Debían ser bastante chapados a la antigua –el anciano se encogió de hombros–. Muy católicos. La madre de Erik, mi Eva, era judía. Francesca hablaba muy poco de la ruptura con su familia. Nunca recibía cartas o llamadas y nosotros no le hacíamos preguntas. Pero sí mencionó que el scooter había pertenecido a su padre. Eso explicaría su antigüedad. Sin embargo, funcionaba bastante bien y Francesca lo mantenía en buen estado. Solía llevarlo cuando iba al mercado local y regresaba con las cestas llenas.

Una deliciosa imagen se dibujó en la cabeza de Mac. Una joven de piernas bronceadas, largos cabellos, circulando con su scooter. En su mente, esa mujer era idéntica a Isabel.

–Y lo ha conservado todo este tiempo –observó.

–Siempre tuve la intención de mantenerlo en funcionamiento, para dárselo a Isabel llegado el momento. Pero Eva no lo permitió. Ella insistía en que era demasiado peligroso.

Y a la luz de lo que le había sucedido a Erik, era comprensible.

–Eva y yo jamás habríamos superado la muerte de Erik, y luego de su esposa, dos días después de que él muriera, de no haber sido por Isabel. Ella se convirtió en nuestra razón para vivir –Magnus acarició el manillar del scooter y pulsó el botón de encendido que, por supuesto, no produjo ningún efecto–. Últimamente me pregunto si no habré protegido en exceso a Isabel.

Mac reflexionó sobre su propia y dura infancia con sus hermanos, mudándose de un extremo a otro del mundo en función de las misiones asignadas a sus padres. Sin duda había disfrutado de una escasa supervisión, que en ocasiones le había metido en algún lío.

–La crie lo mejor que pude –insistió el anciano–. Le di amor, pero ¿le enseñé a vivir? No, eso tendrá que descubrirlo por ella misma. Aquí en Bella Vista ha encontrado cierta felicidad. Pero no se siente a gusto ahí fuera. Me preocupé demasiado de protegerla de ello.

–Estoy seguro de que hizo un gran trabajo –Mac quitó el polvo del sillín–. El resto depende de ella. Nunca es demasiado tarde para cambiar.

Mientras la tarde cubría el manzanar con un manto anaranjado, Mac esparció sus notas sobre una de las mesas del patio central. Con un tiempo así era imposible permanecer en el interior de la casa. No estaba acostumbrado a la casi irreal perfección de ese clima, de la palpable dulzura del aire, del silencio interrumpido únicamente por el canto de los pájaros y el suspiro de la brisa. Estaba más acostumbrado al polvo y el humo de las ciudades, al aire caliente plagado de sonidos de motores, cláxones, gritos y sirenas. Incluso las zonas rurales que conocía carecían de ese silencio especial de Bella Vista. Los lugares que había visitado, muchos en países en desarrollo, estaban dominados por el ruido de los generadores, familias peleándose y perros ladrando. Día y noche.

En la etapa inicial de cualquier proyecto, siempre abordaba la historia con la mente de un principiante. A pesar de la insistencia de sus maestros de Lengua, nunca pensaba primero en el tema. ¿Quién demonios sabía cuál sería el tema hasta tener el trabajo hecho? En cambio, organizaba sus ideas en torno a un calendario, consciente de que si hacía el trabajo duro y sincero de narrarlo todo, palabra por palabra, la verdadera historia surgiría por sí misma.

Ya tenía una vaga idea de cuál sería el tema de Magnus Johansen: resistencia y compromiso, el hábito de aferrarse a las cosas, como ese scooter, un diamante en bruto en toda regla. Cuanto más conversaba con el anciano, más se acercaba a la esencia de lo que exudaba.

—Este es el banco de trabajo del contratista —anunció Isabel mientras cruzaba el patio en su dirección. Charlie, el pastor alemán, trotaba a su lado y los dos gatos se deslizaban a su sombra.

—Sí —contestó Mac—, pero todos se han marchado ya por hoy. No pensé que fuera a importarles.

Ella frunció los labios como solía hacer, consiguiendo que la irritación resultara sexy.

—Si necesitas más espacio para trabajar, hay un despacho por ahí —señaló hacia un edificio que se veía hacia la carretera principal.

—No lo necesito. Pero me gusta estar al aire libre. Mira dónde vives, por Dios, esto es un pedacito de cielo —las flores silvestres en los campos habían cerrado los pétalos ante la inminente llegada de la noche y un búho volaba en círculos sobre el prado, preparado para cazar.

—¿Eso crees?

—Pues claro que sí. Tienes manzanares y aire fresco, un abuelo que te mima, un perro muy listo y dos originales gatos que te siguen a todas partes. Ah, y esas abejas, no las olvidemos. Si de repente te pones a cantar, sabré que estoy viendo una película de Disney.

Los labios fruncidos se transformaron en una sonrisa y luego en una risa.

—Eso no sucederá. Jamás canto si alguien puede oírme. Pero gracias por opinar que mi perro es listo y que Chips y Lilac son originales. Estoy segura de que se lo tomarán como un cumplido.

—Tienes suerte de vivir aquí.

—Estoy de acuerdo —Isabel contempló el paisaje y los edificios que se recortaban contra el cielo—. Ese granero de ahí... cuando yo tenía ocho años me fabriqué un par de alas con cartón y cinta adhesiva y salté desde el pajar, convencida de que podía volar.

—Apuesto a que acabó mal.

—Aterricé en un montón de paja. En cuanto comprobaron que no estaba herida, me cayó una buena bronca. Ese granero se conoce ahora como «el salón de baile». Es nuestro espacio para bodas, reuniones, cenas, etc. La boda de Tess será el primer evento que se celebre allí.

—Piensas a lo grande —observó él—. Me gusta.

—Cuando el proyecto esté terminado —la sonrisa de Isabel se hizo más amplia—, creo que esta parte del jardín podría ser un sitio estupendo para que se reunieran los invitados. Estamos construyendo una ducha exterior junto a las escaleras de piedra.

—A todo el mundo le gusta una ducha exterior. Pero te olvidas de un elemento clave.

—¿El qué? —ella se cruzó de brazos, recorrió la zona con la mirada y frunció el ceño.

—La piscina.

—Es que no hay.

—Ya me he dado cuenta. Un terrible olvido. Necesitáis una.

—¿Una piscina? —el gesto contrariado de Isabel se convirtió en uno de preocupación—. Eso no estaba en el proyecto inicial.

—Bromeaba —le aclaró él—. Más o menos. ¿A quién no le gusta una piscina?

—Maldita sea.
—¿Qué?
—Que ahora quiero una piscina.
—Entonces deberías tener una.
—Me gusta tu manera de pensar. Una piscina. Claro, ¿qué son otros cien de los grandes?
—No tengo ni idea. Nunca he visto esa cantidad.

¿Qué haría él si de repente le cayera una fortuna en las manos? Seguramente lo mismo que estaba haciendo esa mujer, construir un sueño. Salvo que su sueño parecía muy distinto del de ella. Isabel formaba parte de ese lugar, pero él no se imaginaba en un mismo sitio más de cinco minutos, desde luego no toda una vida.

—Soy muy afortunada por poder crear mi escuela de cocina. Supongo que el abuelo ya te habrá contado que Bella Vista estuvo a punto de ser embargada, hasta que Tess apareció y agitó su varita mágica. Aunque no tuvo nada que ver con la magia. Simplemente había que saber qué buscar y dónde buscarlo.

—Sí, tu abuelo dice que esa es su parte favorita de la historia.

—Es increíble de repente no tener ninguna preocupación económica —continuó ella—. A veces aún me cuesta creer que sea verdad.

—Debe haberte cambiado la vida.

—Pues sí, y no. Nunca he deseado más de lo que poseía, amigos y familia, Bella Vista, mi cocina.

—¿No corriste a comprarte un bonito coche o un barco?

—¿Eso harías tú?

—Sí, seguramente —Cormac sonrió.

—No es verdad.

—Difícil saberlo. Nunca me he encontrado en tu situación. Vamos, cuéntame qué lujos te diste.

—Tuve un breve flirteo con un par de zapatos Hey Lady, pero soy demasiado práctica para llevar tacones de diez centímetros. Además, siempre me he centrado en lo práctico. En lo respetuoso, honrar la herencia recibida de mis abuelos.

—Eso es maravilloso. Pero sigo pensando que deberías comprarte esos zapatos. Por no hablar de la piscina.

—Piscina —Isabel sacó el móvil del bolsillo y comenzó a anotar sobre la pantalla—. No me puedo creer que no lo haya sugerido nadie.

—¿Al paisajista no se le ocurrió?

—No, y me parece una idea maravillosa. Voy a añadirla a mi lista de deseos.

—¿Tienes una lista de deseos?

—Pues claro —ella levantó la vista y sonrió. La sonrisa provocó extrañas sensaciones en Mac—. ¿No la tiene todo el mundo? ¿Tú no tienes una?

—No. Al menos no en mi teléfono.

—Pero sin duda desearás cosas, ¿no? ¿No tienes planes y esperanzas?

—¿Cosas? ¿Te refieres a una cámara Leica, o mi cortaúñas favorito que los de seguridad me confiscaron en el aeropuerto?

—Muy gracioso. Cualquier cosa.

—Señora, las cosas que yo deseo no las puede proporcionar un contratista con pelos en los sobacos.

—No te gusta hablar de ti mismo, ¿verdad? —ella lo escudriñó con los ojos entornados.

«Bingo».

—¿Y qué más hay en esa lista? —Cormac le arrebató el teléfono de las manos.

—¡Eh! Devuélvemelo —Isabel intentó recuperarlo, pero él lo sostuvo en alto.

—Pues sí que tienes una buena lista —concluyó él tras echar una ojeada a la pantalla—. Está genial.

—No es asunto tuyo. Devuélvemelo.

—Veamos… piscina, horno de leña para pizzas, paneles solares para cargar la Tesla eléctrica, ¿dotación para la fundación sin ánimo de lucro? ¿Para qué?

—Eso tampoco es asunto tuyo, pero no es ningún secreto. Estoy creando un programa de becas para que alumnos aspirantes a cocineros puedan estudiar aquí sin coste alguno por su parte.

—Eso me gusta —Cormac continuó consultando la pantalla hasta el final de la lista—. Todo lo que hay aquí es para la escuela de cocina. ¿No quieres algo como, por ejemplo, un tratamiento de Botox o pendientes de diseño?

—Gracias por trivializarme. ¿Insinúas que necesito Botox?

—Me han dicho que hace maravillas con el ceño fruncido.

—¡Oye…!

—Ravello —continuó leyendo él—. ¿Ravello, Italia?

—Allí nació mi madre —Isabel apoyó las manos en las caderas y su mirada se perdió en la distancia.

—¿Y cómo es que está al final de la lista?

—Porque, en caso de que no te hayas dado cuenta, estoy ocupada montando una escuela de cocina y organizando la boda de mi hermana. Apenas tengo tiempo de ir a la peluquería para cortarme el pelo, mucho menos de viajar a Italia.

—¿Y para qué necesitas cortarte el pelo? Tienes un pelo precioso.

Esa mujer estaba firmemente anclada a Bella Vista. La boda, la escuela de cocina, crear una vibrante comunidad en la hacienda. Ese era su futuro, y todo estaba sucediendo allí mismo.

Isabel se sonrojó. ¡Se sonrojó! Y se acarició la larga y gruesa trenza.

—Las abejas tienen la costumbre de enredarse en el pelo largo.

—Acabas de contratar a una colmenera. Ya no tienes que preocuparte por las abejas.

—Me gusta manejar a las abejas.

Cormac la miró incrédulo, las ampollas aún le picaban después de los días transcurridos.

—Entonces, ¿para qué está ella aquí? —señaló hacia la ladera de las colmenas, dispuestas entre la hierba y el algodoncillo. Estaba atardeciendo, el cielo era un caleidoscopio de tonos rosas y morados, la colmenera se divisaba como una silueta negra y delgada moviéndose entre las colmenas—. Esta mañana no me contó gran cosa. En realidad parece haber adoptado esa actitud de chiquilla furiosa cubierta de tatuajes.

—¿Las chiquillas furiosas cubiertas de tatuajes te asustan?

—No más que las abejas furiosas.

La chica utilizaba humo para calmar a las abejas y, dibujado contra el cielo, el efecto era de nubes rosadas.

—Está dividiendo las colmenas. Las mías están sobrecargadas y eso provoca los enjambres. Te llevaría a dar una vuelta para mostrártelo, pero sospecho que prefieres mantener las distancias.

—Muy acertada.

—Aunque acabo de conocer a Jamie, me da un buen pálpito. Necesitaba un lugar donde alojarse y yo se lo he ofrecido en Bella Vista durante el tiempo que sea necesario. Espero que sea la persona adecuada para trabajar con los panales y encargarse de la producción de miel.

—Has acogido a dos vagabundos en la misma semana —observó él—. Por no mencionar a esos gatos. ¿Se trata de una costumbre en ti?

—Depende del vagabundo —Isabel lo contempló detenidamente. A Mac le gustó la sensación que su escrutinio le produjo.

—Lo he pillado. Y volviendo a la lista —Mac volvió a consultar la lista—. Si Italia estuviera en mi lista, puedes apostar a que no estaría al final.

—Has dicho que no tenías ninguna lista.

—Yo no escribo las cosas, pero eso no significa que no

tenga una lista –contestó él antes de volver a desviar el tema hacia ella–. ¿Cómo es Ravello? Conozco la costa Amalfitana, pero nunca he subido a las colinas de Ravello, aunque he oído cosas buenas.

De repente, en su mente se materializó la famosa ciudad sobre la colina, con sus plazas adoquinadas, viejos fumando frente a la farmacia, las tiendas de cerámica con su género expuesto en la calle, y el olor a limones por todas partes. Y más sencillo aún le resultó imaginarse a sí mismo sobre una Vespa, como la que Magnus le había enseñado en el taller, con Isabel sentada detrás, los largos cabellos sueltos al viento. Sí, claro que tenía una lista. La llevaba siempre en la cabeza. A lo mejor algún día le hablaría de ella.

Isabel repitió el gesto de apoyar las manos en las caderas y mirar a lo lejos.

—No sabría decirte. Nunca he estado en Italia.

—Espera un momento —Mac sin duda lo había entendido mal–. ¿Nunca has estado…? –imposible. Italia era uno de los primeros lugares del mundo que había que visitar–. Pues eso está muy mal. No sé cómo puedes aguantar las ganas de ir, sobre todo si tienes lazos familiares allí.

—Tampoco es para tanto. Solo es el lugar que mi madre abandonó hace mucho tiempo. Mi abuela me contó que llegó a Archangel con mi padre cuando solo hacía seis semanas que se conocían. Su familia la repudió porque Erik no era católico. Nadie de la rama italiana de la familia acudió a la boda —Isabel suspiró, despertando en Cormac un repentino deseo de ahuyentar esa tristeza que se reflejaba en su mirada, con sus besos.

La historia concordaba con lo que Magnus le había relatado.

—Las personas son impredecibles.

—A *Bubbie* le gustaba pensar que, tras mi nacimiento, se habrían reconciliado –ella asintió–, pero Francesca murió y supongo que para ellos debió resultar demasiado doloroso. Cuando era niña solía preguntarme si mis parientes italianos conocían mi existencia, si querrían conocerme algún día. A lo mejor, de haber vivido mi madre, habría vuelto a establecer contacto con ellos –se retorció distraídamente un mechón de cabellos entre los dedos–. Pero la respuesta se ha perdido.

–Podrías intentarlo tú –sugirió él–. Nada te impide ir allí, busques o no a tu familia. Italia es impresionante. ¡Por Dios! Esa comida, la gente, el vino, el paisaje. Maldita sea. Es un lugar mágico. Tienes que ir.

–No soy muy aficionada a viajar –Isabel inició el regreso al interior de la casa con paso firme y decidido–. Ni siquiera tengo pasaporte.

–¿En serio? Muy bien, pues eso sí que tiene que estar en tu lista –Mac tecleó rápidamente sobre la pantalla.

–¿Y desde cuándo gestionas tú mi lista de deseos? –ella se detuvo en medio del patio y lo miró furiosa.

–Desde que dijiste que querías ir a Italia, sin tener un jodido pasaporte.

–Eso es problema mío, ¿no te parece?

–No tiene por qué ser un problema siquiera. Limítate a conseguir ese maldito pasaporte.

–Eres exasperante –Isabel se sacudió la melena, mostrando esa bonita y larga trenza.

–Y tú...

–¿De qué discutís vosotros dos? –interrumpió Magnus, que se acercaba con una bandeja con pequeñas copas–. Las discusiones no casan bien con el oporto. Este pertenece a una vieja añada, muy apropiada para nuestro proyecto, ¿no? –dejó la bandeja y levantó una de las copas–. Salud. Por esta preciosa tarde de primavera. Por los recuerdos del pasado, y por los sueños de futuro.

Magnus se sentó a la mesa. La luz del atardecer bañaba los manzanares y jardines, pintando de color fuego las paredes de estuco.

Mac se sintió algo tímido al levantar su copa y chocarla contra la de Magnus y luego con la de Isabel. La discusión con esa mujer le había resultado agradable, como flirtear. Se recordó que flirtear estaba bien, pero con alguien como Isabel podía ser un juego peligroso. Había algo en ella que le hacía desear que hicieran mejor pareja.

Capítulo 9

—Al despertar esta mañana caí en la cuenta de que había estado soñando con atados para el respaldo de las sillas —comentó Tess al entrar en la cocina–aula de su hermana junto con Dominic, su prometido.

—¿Qué son los atados para sillas? —preguntó Dominic—. ¿Y por qué tengo la sensación de que son importantes?

Isabel, subida a una escalera desde la que inspeccionaba la colocación de un espejo, intercambió una mirada con su hermana.

—Los atados para sillas son una de las diez mil decisiones de decoración que debe tomar Tess para la boda.

—¿Puedo ayudar de alguna manera? —se ofreció él.

—Lo dudo —Isabel se bajó de la escalera—, a no ser que Tess se vaya a conformar con cuadros escoceses o diseño de camuflaje.

Tess le mostró una serie de fotos de la enorme carpeta del organizador de la boda.

—Fíjate… atados para sillas.

—Sin los cuales la boda será, sin duda, un desastre —Dominic asintió con expresión grave.

Tess lo fulminó con la mirada y él reculó con las palmas de las manos levantadas.

—Acabo de recordar que tengo trabajo en la bodega. Hasta la vista, Isabel.

—¡Gallina! —gritó Tess a sus espaldas.

—Ese soy yo. Hasta luego, nena —el novio saludó con la mano y se marchó a la carrera.

—¿Me estoy comportando como la novia Godzilla? —le preguntó Tess a Isabel—. Dime que no estoy siendo una novia Godzilla.

—Pues claro que no. Estás siendo elegante. Bella Vista va a tener un aspecto imponente, y apoyo totalmente tu empeño en que todo esté a tu gusto.

Isabel dejó sobre la mesa un colador lleno de ciruelas recién recolectadas, las primeras de la temporada, y empezó a sacarles brillo, una a una, mientras echaba una ojeada al espejo alto, parte crucial de la cocina–aula. El espejo ofrecía al alumno una visión de la isla sobre la que se estaba cocinando, con sus quemadores industriales de gas y una amplia zona para la preparación.

—¿Y bien? ¿Ya conoces a Jamie?

—Nuestra colmenera residente. Tomé el té con ella esta mañana y luego dimos una vuelta por la tienda. Es muy vergonzosa.

—¿Fui demasiado impulsiva al invitarla a quedarse sin pedir referencias?

—Seguramente. Pero algo me dice que va a salir bien.

—Está embarazada —se defendió Isabel—. Y no tiene casa. ¿Hablasteis de ello?

—No, pero tengo la sensación de que tú sí lo harás.

—Parece algo perdida —Isabel asintió—. Y me imagino que no está recibiendo cuidados prenatales. Sé que acabamos de conocernos, pero ya me siento responsable de ella.

—Isabel, eres guay. ¿Lo sabías?

—No soy guay, solo… responsable.

—Bueno, pues hazme saber si puedo hacer algo para ayudar —Tess le enseñó una foto a su hermana—. A mí me gustan los lazos de organdí. Son bonitos y etéreos.

—Encantadores. Creo que son los mejores.

—Yo también. ¡Oye! ¿Podríamos inventar un cóctel de autor para la boda? Algo con miel.

—Ya estoy trabajando en uno con sirope de miel, zumo de manzana y calvados. Decorado con una rodaja de manzana, por supuesto.

—¿En serio? Isabel, eso suena fantástico. Me muero por ver el resultado. Pero en serio, si me paso de rosca y me pierdo en el infierno de las bodas, dímelo.

—Tú disfruta con tu papel de novia. Te lo mereces.

—Pero hay algo que no me merezco —Tess resplandecía—. A ti. Y a Dominic. Y esta vida que estamos a punto de iniciar juntos. ¿Cómo he podido tener tanta suerte?

—¿Ha sido cuestión de suerte? —preguntó Isabel.

—¿Te sientes afortunada hoy? —preguntó Mac que en ese instante entraba en la estancia.

Vestido con unos desgastados pantalones cortos y una camiseta ligeramente arrugada, con el logotipo de una escuela de surf de Bali, tenía un aspecto relajado e informal, como si ya se sintiera parte de ese lugar. Robó una ciruela del cuenco y, muy lentamente, empezó a comérsela.

El corazón de Isabel falló un latido.

—Todos los días me considero afortunada —puntualizó Tess—. No me hagas hablar de lo emocionada que estoy con la boda. Me pondré tan tierna y melosa que te entrará un coma diabético.

—¿Melosa tú? —Cormac se terminó la ciruela y se limpió con la camiseta—. ¿Desde cuándo? No te recuerdo melosa jamás.

—La gente cambia —Tess soltó un bufido—. A mí me bastó con encontrar mi alma gemela. Así de sencillo. Y no pongas esa carita. Yo también era una escéptica. Pero cuando la persona adecuada se cruce en tu camino, ya lo verás.

—Tess... —Isabel le dedicó una mirada de advertencia a su hermana. Sabía que ese tipo era viudo. ¿Cómo había podido hacer un comentario tan insensible? ¿Y si ya había encontrado a su alma gemela, y la había perdido?

—Es lo que pienso —Tess se encogió de hombros a la defensiva—. Escucha, cuando llegué aquí, no había persona, y lo digo en serio, más cínica que yo. Y ahora estoy tan locamente enamorada que me siento hasta ridícula.

—Total, una tarjeta de felicitación andante —observó Mac.

—Y orgullosa de serlo.

—Y me alegro por ti —insistió él—. Sería estupendo que lo tuyo fuera contagioso. Pero no funciona así.

«Qué razón tienes», pensó Isabel. Había terminado de leer el artículo de *Cómo actuar si él no te hace caso*, y había llegado a la conclusión de que no era la clase de persona para la que se escribían esos consejos. Lo cierto era que no quería llamar la atención, no de ese modo, ni de Mac ni de nadie. Tenía otras cosas que hacer. Al menos otras cien.

Entró en la despensa en busca de cardamomo fresco para el postre de esa noche. Una de las estanterías estaba a demasiada altura. Durante una época, alguien, seguramente *Bubbie*, había colocado allí una colección de fotos familiares, fotos de *Bubbie*, de Erik siendo niño, pelirrojo y sonriente, sin la menor idea del destino que lo aguardaba. Incluso había una foto de Francesca con un bonito vestido que parecía diseñado por un modisto de verdad.

Cuando Isabel era pequeña, solía inventarse conversaciones con los protagonistas de esas fotos, preguntando al joven Erik qué árboles eran sus preferidos para trepar, o pidiéndole consejo a Francesca sobre cómo trenzarse el pelo. Recordaba mirar fijamente esa imagen plana y congelada, en busca de la persona que había en su interior. Su madre tenía un diminuto lunar sobre uno de los pómulos, e Isabel solía soñar con tener uno también. *Bubbie* le había contado que Francesca era zurda y siempre se había enorgullecido de parecerse en eso a su madre.

Su mirada se detuvo un rato más sobre esas fotos antes de regresar a la cocina.

—Le he hablado a Mac sobre la madre biológica de Erik —le contó a su hermana.

—Tampoco era imprescindible que lo supiera, ¿no? —contestó Tess bruscamente.

Al no haber llegado a conocer a Bubbie, se mostraba más filosófica sobre el drama de los progenitores de su padre, y seguramente veía las cosas desde otra perspectiva.

—El abuelo nunca ha hablado gran cosa sobre ese tema —le explicó Isabel a Mac.

—A lo mejor porque nunca preguntasteis sobre ello —Magnus se reunió con ellos en ese instante.

Isabel se volvió bruscamente, lanzando los cabellos al viento. Era consciente de que debería dar por terminado el tema, pero no pudo contenerse.

—Nunca se me dieron bien las conversaciones incómodas.

—A mí sí —Mac tomó otra ciruela del cuenco—. A mí sí se me dan bien. Soy capaz de formular cualquier pregunta incómoda que desees.

«Qué encantador», pensó Isabel.

—¿De qué hablamos hoy? —preguntó Magnus—. ¿De Eva?

—Claro —contestó Cormac.

—Muy bien. Podemos sentarnos en el salón —sugirió el anciano mientras dirigía una mirada a sus nietas—. Estáis invitadas, niñas. A lo mejor obtenéis algunas respuestas a esas preguntas que tanto os cuesta hacer.

—No estoy segura de estar preparada para oírte hablar sobre tus complicados amoríos —observó Tess.

—El amorío es sencillo —contestó Magnus con un brillo en la mirada—. Lo complicado es la vida. Pero supongo que eso es algo que todos acabamos por descubrir, ¿no?

Isabel tenía por delante un día abarrotado. Además

de trabajar con el contratista, esperaba pasar más tiempo con Jamie, constantemente ocupada con el colmenar, dividiendo las colmenas y creando otras nuevas. La cocina-aula seguía en proceso de montaje, y el diseñador de páginas web tenía previsto reunirse con ella. Iban a buscar un fotógrafo para que hiciera fotos y vídeos para la página web de la escuela de cocina.

Aun así, se encontró en el salón con los hombres. Conservaba unos vívidos recuerdos de su abuela en esa estancia de techos altos. *Bubbie* había sido una lectora empedernida, y allí solía permanecer sentada durante horas, enfrascada en un libro iluminado por la luz que entraba por los altos ventanales.

Isabel sentía una irresistible curiosidad por lo que su abuelo tuviera que contar sobre su prolongado matrimonio, lleno de amor, tragedia y secretos que estaba empezando a revelar.

Mac puso en marcha la grabadora del móvil y se sentó en el sofá, estirando sus largas y musculosas piernas mientras repasaba las notas. Después se masajeó la rodilla con ambas manos.

—¿Se encuentra mejor? —preguntó el abuelo.

—Sí, gracias. Ya no necesito la rodillera.

—Eso es estupendo. Para la boda estará completamente repuesto.

Mac desvió la mirada, pero no antes de que Isabel leyera en ella un destello de duda. Su intención era marcharse mucho antes de ese día, nunca lo había ocultado. La joven esperaba que su abuelo no se hubiera encariñado en exceso con él.

—Y bien —comenzó Cormac—. Estuvo casado durante cincuenta años. Un hombre con suerte.

—Mi Eva —el anciano asintió—. Es difícil recordar una etapa de mi vida en que no la conociera ya —tomó el retrato de boda de la repisa de la chimenea.

Se les veía muy jóvenes, posando con rigidez para la

cámara. Magnus aparecía fuerte y orgulloso, Eva delicada, cubierta por un anticuado velo que enmarcaba sus ojos hundidos y la sonrisa tensa. Sabiendo a lo que su abuela había sobrevivido durante la guerra, Isabel quiso adivinar una expresión atormentada en esa joven.

—No había nada que no estuviera dispuesto a hacer por ella —aseguró Magnus—. La amaba profundamente.

«¿Y por qué la engañaste?», se preguntó Isabel. «¿Por qué engendraste un hijo con otra mujer?».

—Sin embargo —continuó el anciano mientras dejaba el retrato en su sitio—, lo nuestro no empezó con amor. Empezó con una promesa que yo había hecho.

Cuarta parte

El primer día de recolección en una nueva zona, las abejas exploradoras son enviadas en avanzadilla para probar el néctar y el polen. Si alguna de ellas sufre una reacción adversa, se la expulsa de inmediato de la colmena y la colonia evitará alimentarse en esa zona.

Además, en cuanto empieza la recolección, las abejas enfermeras de la colmena limpian a las recolectoras cuando regresan. Estas estrategias protegen a la colonia de la exposición masiva a cualquier contaminante con el que hayan podido entrar en contacto.
Soil Association (www.soilassociation.org)

PIERNIK

Piernik es un pan húmedo y dulce de miel, resulta delicioso cuando es servido tostado con un poco de mantequilla y una taza de té. Gracias a la intensidad de las especias, el pan se conserva durante mucho tiempo.

Existe una antigua tradición polaca de preparar *piernik* para festejar el nacimiento de una niña. El pan se entierra para preservarlo y se saca para comerse el día de la boda de esa niña.

Hoy en día, esta práctica no se recomienda.

½ taza de mantequilla reblandecida
1 ½ taza de miel, calentada en un cazo o microondas
1 ¾ de taza de azúcar
1 cucharada de jengibre
1 cucharadita de clavo
3 o 3 ½ tazas de harina
2 tazas de fruta y frutos secos: pasas, naranja confitada, avellanas, orejones de albaricoque, dátiles, etc.
½ taza de aceite
6 huevos, separadas las yemas de las claras
1 cucharadita de canela
1 cucharadita de nuez moscada
1 taza de cerveza tostada
2 cucharaditas de levadura

Se bate la mantequilla, el aceite y la miel calentada. Se añaden las yemas de los huevos una a una. Se bate todo junto con el azúcar y las especias. Se añade la cerveza y la harina. Por último, se incorporan las claras a punto de nieve, la fruta y los frutos secos.

Se hornea en un molde untado con mantequilla durante una hora aproximadamente, hasta que la parte superior se empiece a partir y el bizcocho esté hecho.

Cantidad para 3 panes o 6 panecillos.

(Fuente: tradicional)

Capítulo 10

Copenhague, 1941

—*Poppy* dice que tenemos que marcharnos —le comunicó Eva a Magnus, saliendo al huerto donde el joven estaba realizando sus tareas.

Su madre le había pedido que arrancara malas hierbas. Desde que los alemanes los habían invadido un año antes, los suministros escaseaban y su madre estaba decidida a conseguir una buena cosecha de tomates y judías.

—Sí —Magnus asintió mientras pensaba en las reuniones secretas que se celebraban en el sótano.

—¿Por qué tenemos que marcharnos?

No creía que ella conociera el secreto. Quizás su madre tampoco lo conocía. Después del incidente del que había sido testigo en el sótano, Magnus había seguido husmeando y había descubierto que el tío Sweet y su padre estaban muy implicados. Formaban un buen equipo. Su padre se ocupaba de sus asuntos, acudía al trabajo todos los días con su maletín de cuero y su bombín, y regresaba a casa a la hora de la cena, a tiempo para leer el periódico, interesarse por el día de Magnus y darle a su esposa un afectuoso abrazo. Después se reunía con su «primo», Sweet y la pequeña Eva, terminando el día con una deliciosa cena.

Pero desde hacía unos días, Magnus sabía que su padre hacía más que eso. Su padre, callado y reservado, que nunca creaba problemas, era un héroe clandestino.

–Tu padre y el mío no confían en que los alemanes dejen en paz a la gente –le indicó a Eva.

Ella tomó un palo del suelo y lo hundió en uno de los tres panales del sauce de su madre.

–¡Eh! No hagas eso –le advirtió Magnus–. No deberías molestar a las abejas.

–No las estoy molestando. Solo quiero ver.

–Pero ellas no lo saben. Si las molestas, pueden picarte.

–He visto a tu madre sacar la miel. A ella no la pican.

–Porque sabe lo que hace –insistió Magnus, con exasperación.

–¿Adónde van las abejas en invierno? –preguntó Eva.

–A ninguna parte. Se quedan en la colmena. Las obreras se agolpan en torno a la reina para darle calor.

–¿Y cómo saben que ya es primavera y que pueden salir?

–Se dan cuenta de cuándo sube la temperatura. Si quieres hacerlas salir, basta con llevar el panal a un lugar cálido, pero no es una buena idea. No es bueno que salgan todas precipitadamente. Si creen que la colmena está amenazada, atacarán.

–¡Oh! Entonces las dejaré tranquilas.

A Magnus le hubiera gustado que lo dejara tranquilo a él también. Pero Eva se asomó por encima de su hombro mientras arrancaba una hierba.

–¿Qué es la censura?

–Es cuando a la gente no se le permite leer la verdad – contestó Magnus–. Los alemanes han estado censurando los periódicos para ocultar lo que realmente está sucediendo en el mundo.

—Papá dice que la verdad no se puede ocultar, al menos no durante mucho tiempo. Dice que siempre acaba saliendo a la luz –la niña contempló a unas cuantas abejas arremolinadas en torno a la entrada de un panal.

Magnus se preguntó si estaría pensando en su madre, que había dejado de llamar y de ir a verla. Trabajó en silencio durante un rato, agradecido de que sus padres se fueran fieles el uno al otro, y lo bastante valientes para abrir su hogar al tío Sweet y a Eva.

—Papá dice que ya no vamos a la sinagoga porque los alemanes contrataron a unos matones para prenderle fuego –continuó ella.

—Sí, esa noticia no la pudieron censurar porque la gente vio cómo sucedía.

—La policía local se lo impidió. La policía está de nuestra parte, ¿verdad?

—Sí.

—Entonces, ¿por qué tenemos que abandonar Copenhague?

—Porque los alemanes podrían hacerse con el control de la policía, y entonces ya no estaríamos tan seguros.

Eva arrancó un diente de león y formando una «o», perfecta con sus labios sopló para dispersar las pequeñas simientes al viento.

—Yo no quiero marcharme –se quejó mientras se agachaba para arrancar otro diente de león y volver a soplar–. Me gusta estar aquí. Me gustas tú.

Las palabras de la niña le habían provocado una extraña sensación a Magnus. Una mezcla de placer y vergüenza.

Un tercer diente de león sufrió el mismo destino.

—Oye, para ya con eso –protestó Magnus–. Estás extendiendo las malas hierbas.

—Es que es muy bonito ver flotar las simientes en el aire –contestó la niña–. Parecen miles de diminutos paraguas. O paracaídas, más bien.

—Pues lo único que yo veo es a una niña tonta sembrando mi jardín de malas hierbas.

—Son como diminutos paracaidistas —insistió la pequeña con una expresión meditabunda—. Los paracaidistas aterrizan detrás de las líneas enemigas, ¿verdad? *Poppy* dice que eso es lo que hacen, caen sobre el campo de batalla.

—Eso he oído.

—Los alemanes quieren ver muertos a todos los judíos —continuó Eva sin rastro de emoción en la voz.

—¿Quién te ha contado eso? —un nudo se formó en el estómago de Morgan.

—He oído a *Poppy* hablar de ello con tu padre. Dice que intentó convencer a mi mamá para que se viniera con nosotros, pero ella no le cree. Dice que si es amable con los alemanes, ellos serán amables con ella.

Magnus clavó la pala en la tierra y desenterró una raíz de acedera. No se le ocurrió nada que decir sobre la amabilidad de los alemanes.

—Tengo miedo —admitió Eva.

Tampoco se le ocurrió nada que decir sobre eso. No podía decirle que no tuviera miedo. No podía decirle que era tonta porque, por una vez, tenía toda la razón del mundo.

—Si algo sucediera, ¿cuidarás de mí? —preguntó ella sin rodeos.

—Haré lo que pueda —Magnus no tenía ni idea de cómo iba a poder hacerlo, pero la niña parecía tan preocupada...

—¿Me lo prometes?

—Sí.

—¿Para siempre?

—Sí.

—Me alegro. Eso me hace sentir mejor.

«Pues no debería», pensó Magnus. Lo cierto era que estaba tan asustado como ella. Las promesas eran sencillas de hacer, y sencillas de romper. Pero esa tenía intención de cumplirla.

El jardín floreció ese verano porque la madre de Magnus estaba decidida a alimentar a su familia a pesar de los estragos de la lejana guerra. En el otoño tuvieron judías y tomates y pepinillos para embotar. Y también tarros y más tarros de compota de manzana. Las colmenas de su madre habían producido miel antes de que las abejas se retiraran para el invierno. Ya no volverían a salir hasta que subiera la temperatura y regresara el sol. Algunos días, Magnus se sentía capaz de creer que la vida seguía siendo normal, pero bastaba con que saliera a dar un paseo y viera algo: un estúpido decreto pegado en una parada de autobús, un negocio judío abandonado y tapiado. Entonces recordaba que el país había sido invadido.

Poco después de Navidad, el tío Sweet y Eva desaparecieron. Magnus despertó una mañana fría y gris en una casa excepcionalmente silenciosa. Entró de puntillas en la habitación que Eva y Sweet solían ocupar. Estaba vacía. Las dos camas y los dos lavamanos, vacíos. El armario donde guardaban sus cosas, vacío.

–¿Dónde está Eva? ¿Dónde está el tío Sweet? –le preguntó a su madre durante el desayuno.

–Se han marchado a un lugar más seguro –contestó la mujer mientras le servía un tazón de avena y manzanas asadas–. Tuvieron que marcharse de la ciudad. Las… autoridades –la voz de su madre se apagó y sus labios se apretaron en un gesto de amargura–. Son tiempos difíciles.

–¿Adónde fueron?

–No lo sé. De verdad que no lo sé. Es mejor si no hacemos preguntas.

Algo en su tono de voz hizo que a Magnus se le pusiera la piel de gallina. Pensó en algo que había oído en el sótano. «Si no conocemos la respuesta, no podrán sacárnosla mediante tortura».

—¿Cuándo volveremos a verlos?

—Solo Dios sabe —ella lo abrazó con fuerza, solo un instante, quizás durante tres latidos de corazón, antes de aplastarle el remolino con la mano y darle un beso. Lo que hacía todos los días.

Su madre olía a colonia de flores, y a la canela de sus bizcochos, un olor reconfortante.

Magnus intentó comer, pero no tenía hambre. No dejaba de pensar en la promesa que le había hecho a Eva sobre mantenerla a salvo.

Durante los días que siguieron, oía a sus padres hablar por la noche, sus murmullos de preocupación un constante zumbido en la casa. Algo sucedía, algo malo.

Y una gélida noche, mientras estaba fuera buscando leña en el cobertizo, los alemanes llegaron. Magnus los oyó en el interior de la casa, las pesadas botas pisoteando el suelo, las bruscas voces haciendo preguntas. Aterrorizado y acurrucado oyó cómo saqueaban su casa, el único hogar que había conocido. El instinto hizo que se mantuviera oculto mientras se preguntaba si habrían encontrado el material de su padre en el sótano. Esperó, agazapado en la oscuridad, hasta que el ruido cesó y el aire se llenó del sonido del motor de un camión. Aún después de que el sonido hubiera desaparecido, permaneció oculto. Y entonces regresó a la casa.

La casa había sido saqueada. Objetos de valor, licores, comida, todo. El árbol de Navidad estaba caído en el suelo y las velas habían prendido fuego a las cortinas y los muebles. Tosiendo, Magnus rescató la caja de dinero que sus padres escondían bajo una trampilla debajo de la alfombra del salón, y huyó de allí.

Su amigo Kiki Rasmussen lo acogió durante un tiempo. Compartían una habitación y, en ocasiones, les resultaba divertido permanecer despiertos en la oscuridad, susurrándose secretos hasta altas horas. Pero la mayor parte del tiempo, Magnus tenía en la garganta un grueso nudo de ardientes lágrimas que lo ahogaban, y entonces solía hundir el rostro en la almohada y llorar hasta que tenía la sensación de que no le quedaba nada dentro. Los padres de Kiki acudieron al *Hauptsturmführer* y exigieron saber adónde se habían llevado a los Johansen, pero nadie les informó. Los rumores asolaban la ciudad como una tormenta de invierno. Se llevaban a la gente, separaban familias, los invasores alemanes destrozaban hogares.

Un gélido día del mes de enero, Magnus cruzó el puente sobre el Sankt Jørgens Sø, un lago urbano muy apreciado por los patinadores sobre hielo. Sin embargo, no tenía ningún interés en patinar y continuó camino hacia el centro de la ciudad. Los nazis habían levantado barricadas, hechas con caballetes envueltos en alambre de espino, con las que bloqueaban el acceso a las calles laterales junto al puente y desviaban el tráfico hacia la avenida principal, facilitándole a Magnus la tarea de camuflarse entre la gente. Llevaba el uniforme del colegio y un sencillo abrigo de lana, demasiado grande para él, que le había pasado el hermano mayor de Kiki. La gorra de lana verde daba calor, pero picaba. Toda la ropa de Magnus se había quemado en el incendio.

Arrastraba tras de sí el viejo trineo, el que su padre y él solían lanzar por las cuestas del parque Golden Prince. Sobre el trineo descansaba una pesada caja atada con una cuerda. Sin duda el hielo y los trozos de asfalto estropearían las cuchillas del trineo, pero a Magnus le daba igual.

Una profunda ira ardía en sus entrañas, tanto que apenas sentía el frío mientras se acercaba al edificio, antigua sede central de la compañía Royal Dutch Shell, pero desde hacía poco convertido en la sede de la *Geheime Staatspolitzei*, la Gestapo. La fachada estaba cubierta de pintura gris y verde para ocultar el edificio de los bombardeos aéreos británicos, y guardias vestidos con largos abrigos y provistos de cascos permanecían inmóviles frente a la entrada con forma de U.

Aunque apenas eran las tres de la tarde el cielo invernal hacía que pareciera de noche y, tras las ventanas, las luces estaban encendidas ofreciendo una engañosa calidez. A través de los cristales se vislumbraban despachos y salas de conferencias. Algunos de los amigos de su padre solían trabajar en el *Shellhus*, pero ya nada era igual. El lugar estaba dirigido por extranjeros de uniforme con la misión de evitar que los daneses alteraran sus planes de guerra. Y no era ningún secreto que empleaban cualquier medio necesario, incluso la tortura, para lograrlo.

Magnus no soportaba la idea de pensar que sus padres hubieran sido llevados allí, torturados. Se detuvo en la acera y contempló a través de una ventana una sala llena de soldados alemanes celebrando una reunión, como hacían todas las tardes desde que había empezado a espiarles. Tenían aspecto muy serio y repasaban muchos papeles mientras fumaban elegantes cigarrillos liados a máquina. En un lado de la sala ardía un alegre fuego que impregnaba la escena de un cálido resplandor.

Alguien tropezó con él y Magnus casi se cayó sobre el trineo.

—Disculpe —se excusó mientras agarraba la cuerda del trineo con más fuerza y se volvía hacia un barrendero.

El hombre lo miró furioso, el rostro sin afeitar con aspecto sombrío, el mono gris de trabajo estaba manchado. Olía a alcohol y cigarrillos. Llevaba una escoba y un recogedor de mango largo, lleno de basura.

—Ten cuidado, muchacho —le advirtió, el sonido sibilante por la ausencia de varios dientes. Señaló con la cabeza hacia el *Shellhus*—. Ahí solo encontrarás problemas.

Pero Magnus rodeó al barrendero y se encaminó decidido hacia uno de los guardias de la entrada.

—Tengo una entrega para el coronel Achtzehn.

–Déjalo aquí –contestó el soldado tras dirigirle una mirada impasible–. Hay que inspeccionarlo primero.

Una inspección. Magnus no había contado con eso.

–Es un regalo de mi colegio –insistió con su mirada más infantil–. La escuela Juana de Arco. El viernes habrá una presentación sobre historia. ¿No podría entregarlo en mano?

–Echemos un vistazo –el soldado cortó la cuerda de la caja con una navaja y la destapó–. ¿Qué demonios es eso?

–Miel del jardín –contestó el niño–. Una delicia. Habría que meterla cuanto antes para que no se estropee con el frío.

–La llevaré yo.

–Sí, pero... –aquello no estaba saliendo como lo había planeado Magnus.

–Lárgate, muchacho. Estoy seguro de que el coronel Achtzen enviará sus cumplidos al director –el guardia levantó la caja y se dirigió al patio.

Magnus se quedó quieto hasta que el otro guardia sacudió una mano en el aire.

–Márchate ya.

El niño se dio media vuelta, arrastrando el trineo, y pasó por delante del barrendero que barría la suciedad hacia la alcantarilla. Giró en una esquina junto a un aparcamiento y se deshizo del trineo en una zanja antes de correr calle abajo, fundiéndose con compradores, escolares y oficinistas que esquivaban el tráfico. Con un rápido movimiento de la mano se quitó la gorra verde y la lanzó tras una parada de autobús. Después recuperó la mochila del colegio y la gorra marrón que había dejado junto a un portal y siguió su camino. Sentía el impulso de quedarse cerca e intentar ver algo más de la reunión en el *Shellhus*, pero no se atrevió por si acaso lo estuvieran buscando.

Ante él surgió el puente sobre el lago. Ya era casi de noche y había menos gente. Por primera vez desde que se había acercado al *Shellhus*, se atrevió a soltar un profundo suspiro de alivio. El corazón le latía alocadamente y temblaba, pero no solo de frío. Y por primera vez desde el arresto de sus padres, sintió formarse en su rostro una diminuta y tensa sonrisa.

Cuando estaba a punto de alcanzar el puente, una mano grande y enguantada se cerró sobre su boca y un brazo lo rodeó con tal fuerza que Magnus sintió que le faltaba la respiración. A continuación fue arrastrado detrás de la barrera de caballetes y alambre de espino y hacia un portal. Peleó e intentó gritar. Su asaltante olía a alcohol y tabaco, y al hedor del invierno.

—Tranquilízate —la voz rugió rabiosa. La voz del barrendero—. No hagas ni un ruido o te rajaré la garganta. Y no creas que no lo haré, ¿has comprendido?

Magnus asintió con fuerza. De todos modos no era capaz de emitir ningún sonido. Estaba demasiado asustado.

—Vi lo que hiciste.

—Yo... yo no he hecho nada —protestó Magnus con voz temblorosa. No iba a llorar. Ya había derramado suficientes lágrimas por su familia. Un apestoso barrendero no iba a hacerle llorar.

—Eso es mentira —insistió el hombre—. Te estuve observando, y luego vi lo que sucedió. Lo vi todo por la ventana —giró a Magnus y hundió un pulgar en su brazo—. Había un panal en esa caja que entregaste.

A pesar de su miedo, Magnus sintió una punzada de orgullo. Era el mejor panal de su madre, almacenado en una colmena de paja trenzada con una abertura en la parte inferior. Amparado por la oscuridad de la noche había regresado al hogar de los Johansen y se lo había llevado.

—¿Tienes idea de lo que sucedió cuando el panal fue llevado al interior de la sala?

—No —Magnus agachó la cabeza.

—¿Te gustaría saberlo?

El chico no contestó, consciente de que ese hombre se lo iba a contar de todos modos. Se preguntó cuál sería el castigo por ser descubierto. Tratándose de los nazis uno nunca sabía. Había oído rumores de que en Alemania disparaban a la gente solo por acudir al templo.

–Yo te diré lo que ocurrió, estúpido bribón. Las abejas salieron en un enorme enjambre.

–Señor, eso fue porque el aire caliente las hizo salir, y porque sintieron que la colmena estaba en peligro.

–La gente recibió picaduras y se produjo una alocada estampida hacia la puerta. Durante unos minutos aquello fue una auténtica locura.

Magnus mantuvo la cabeza agachada... para ocultar su sonrisa triunfal.

–¿Te parece divertido? –al barrendero no se le escapó la sonrisa.

–Creo que se merecen algo mucho peor que ser picados por unas abejas –Magnus levantó la cabeza y fulminó al hombre con la mirada–. Y no he hecho más que empezar.

El hombre lo miró boquiabierto, y Magnus comprendió que había hablado de más. Sin embargo, su miedo se había transformado en una desafiante ira.

–Entonces será mejor que me prestes atención –el barrendero agarró a Magnus por la camisa.

–¿Y por qué iba a prestarle atención? –el crío intentó zafarse, pero el hombre lo sujetaba con fuerza.

–Porque sé lo que hago. Si pretendes volver a cometer algún acto de sabotaje contra los nazis, por lo menos que sirva de algo –apartó a Magnus de un fuerte empujón.

–¿Disculpe? –Magnus lo miró perplejo, asimilando el consejo.

–Ya me has oído. ¿Crees que eres el único al que no le gusta vivir bajo el régimen alemán? No estás solo a la hora de intentar desestabilizar los planes de guerra nazis, empleando los medios que sean necesarios.

–¿Quiere decir que... también está en contra de los alemanes? –preguntó Magnus, sorprendido y aliviado.

—Cualquier danés que se precie lo está —contestó el barrendero—. Pero no malgastes tu tiempo y tus esfuerzos con chiquilladas. ¡Una colmena! ¿Y si te hubieran atrapado hoy? Te habrían encerrado para siempre, ¿y todo ese riesgo para qué? ¿Para que unos cuantos estúpidos Gestapo recibieran una dosis de picaduras de abeja?

—Ya lo he explicado. Acabo de empezar.

—Pues entonces ya es hora de que aprendas a hacer daño de verdad.

Capítulo 11

—Y así fue como conocí al Profesor —le contó Magnus a Mac y a Isabel.

A Mac le había impresionado el relato. Anotó varias preguntas en la lista que estaba elaborando, porque sabía que habría muchas más. Su agente literario le había prometido que el alcance del proyecto sobrepasaría la memoria de un anciano. Se moría por saber más.

—¿El barrendero era un profesor? —preguntó Isabel.

—No, ese era su nombre en clave. Yo no lo llegué a conocer por ningún otro nombre. Por cuestiones de seguridad, nadie utilizaba su nombre verdadero. De modo que ese hombre fue el que me metió en la resistencia. Y, aunque no era ningún profesor, aprendí mucho de él. Me enseñó a ocultarme a plena vista, cómo utilizar armas calientes y armas frías, cómo manipular dinamita y montar bombas caseras.

—¿Armas calientes y frías? —preguntó Isabel.

—Un arma caliente es un arma de fuego, una pistola o una bomba. Las armas frías están fabricadas con metal o cables. No es la clase de cosas que un chico aprendería en la escuela, pero seguramente le debo la vida a ese hombre. Me enseñó a defenderme, y me enseñó tácticas de supervivencia —Magnus se quitó las gafas y se pellizcó el puente de la nariz—. Más tarde, aquel mismo año, los nazis lo acribillaron. Yo fui testigo, y estuve a punto de no escapar con vida.

—¿Viste cómo asesinaban a un hombre? —la pregunta de Isabel fue susurrada.

—Ojalá pudiera decirte que fue la única ocasión —el anciano asintió—. Antes de morir me dio cobijo e hizo todo lo que pudo por localizar a mi familia. Pero no volví a ver a mis padres, aunque no dejé de buscar. Mi abuelo, mi adorado *Farfar*, también había desaparecido y, hasta el día de hoy, no he sabido qué le pasó. La familia de Kiki dijo que podía quedarme a vivir con ellos, pero no quise ponerles en peligro, cosa que acabaría haciendo puesto que estaba comprometido con la resistencia. Ese año perdí mi infancia. Jamás volví a sentirme como un niño.

—Lo siento, abuelo —se compadeció su nieta—. Ojalá pudiera hacer desaparecer esos terribles recuerdos.

—Ya lo haces, cariño —el anciano le dio a Isabel una palmadita y el corazón de Mac dio un vuelco—. Cada día.

Cormac comprendió que Magnus estaba agotado. Los hombros del anciano estaban hundidos y la vívida luz en su mirada se había apagado.

—¿Qué os parece si nos tomamos un descanso y lo dejamos aquí?

—Sí —Magnus asintió—. Me gustaría mucho. Creo que voy a escuchar un poco de música.

Isabel le entregó el iPad y unos cascos. El hombre abrió una aplicación de música y pulsó sobre un icono antes de levantar la vista y sonreír tímidamente.

—¿Quién hubiera dicho que sería tan fácil escuchar una sinfonía de Carl Nielsen?

—¿Es su favorito?

—Efectivamente, danés de nacimiento. Cuando oigo su música veo el paisaje de mi país con toda claridad, las islas y prados, la luz y el aire helado de los bosques y granjas. No hay nada como el tonificante olor del mar en una fría y soleada mañana.

—¿Alguna vez regresó?

—No. Cuando me marché sabía que sería para siempre. Allí ya no me queda nada, salvo los recuerdos, y esos me acompañan a todas partes.

—Haré que te traigan una taza de té —le ofreció Isabel—. *Alt vil være okay*—. Añadió, recibiendo una mirada de sorpresa de Mac.

—*Ja, jeg ved* —Magnus asintió y le dio una palmadita en la mano antes de colocarse los cascos y cerrar los ojos.

Mac salió de la estancia con ella.

—Te diste cuenta de que estaba cansado, ¿verdad? —preguntó ella.

—Claro. Cuando se rememoran tiempos como ese, a veces, simplemente quedarte sentado puede ser agotador.

—Emocionalmente agotador, sí. Olvidamos con facilidad que no era más que un preadolescente cuando su familia desapareció y él se unió a la resistencia. Revivir ese trauma no puede ser bueno para él. Esto era precisamente lo que me preocupaba cuando viniste con la intención de llevar a cabo este proyecto —ella alzó la barbilla y lo miró desafiante.

Esa mujer no tenía ni idea de lo sexy que estaba cuando lo miraba así.

—Escucha, lo último que deseo es alterar a tu abuelo. Si todo esto está produciendo un impacto negativo sobre su salud, me marcho de inmediato.

—¿En serio?

—Pues claro que en serio. No tengo por costumbre atormentar a mis sujetos.

—Entonces… si pensaras que esto es malo para el abuelo, abandonarías el proyecto. Y no habría libro.

—Eso es —Mac la observó asimilar la información.

Resultaba desgarrador ver la devastación que la asolaba. Cormac sintió el irrefrenable impulso de tocarla, de darle una palmadita en la mano, o en el hombro o… algo.

—Pero él quiere hacerlo. Quiere que su vida quede registrada.

—Te voy a hacer una promesa. Voy a escribirlo bien. Escribiré la verdad y lo haré de manera respetuosa. Ese hombre lleva viviendo con sus recuerdos, los haya formulado en voz alta o no. Ya le has oído, siempre lo acompañan.

—¿Y crees que es bueno que hable de ellos?

—¿A ti te da la impresión de que va a caerse muerto cada vez que habla conmigo? No. Es un viejo muy duro, Isabel. Tess me contó que el año pasado sobrevivió a una lesión en la cabeza. No creo que un viaje por los recuerdos vaya a tumbarlo. Es un adulto. Si cambia de idea sobre esto, te aseguro que me lo dirá.

—Pero cuanto más nos cuenta, más confusa me siento —Isabel asintió, aparentemente dándole la razón.

—Tengo la impresión de que es a ti a quien preocupa todo esto de desenterrar el pasado, no a tu abuelo.

—No estoy preocupada —ella desvió la mirada—. Solo... confundida. Mi abuelo amaba a Eva, pero luego está toda la cuestión de la madre de Erik.

—Annelise Winther —Mac asintió—. La madre biológica. Me gustaría conocerla.

—Imagino que lo harás —Isabel lo miró—. De vez en cuando viene de visita. Magnus y ella recuperaron el contacto después de su accidente del año pasado. Estará aquí para el fin de semana de despedida de soltera de Tess.

—¿De verdad?

—Es la soltera viva más vieja del mundo.

—¿Y cómo es una despedida de soltera? Nunca he asistido a una.

—Porque es solo para chicas. Comida y regalos, cuanto más tontos y bonitos, mejor. Me encanta dar fiestas —Isabel sonrió con timidez.

Y de nuevo Cormac sintió el deseo de tocarla. Esa mujer le resultaba sencillamente... deliciosa. Y no lo entendía. Jamás se había sentido tan atraído hacia una mujer, su olor, sus suaves curvas, los rizos que enmarcaban su rostro, los labios carnosos. Era más que atracción.

Ella lo conmovía por el modo en que se preocupaba por su abuelo, por Bella Vista, por su sincera entrega a su familia y amigos. Por su impresionante cocina. Por los pequeños latidos que se notaban bajo la delicada piel de su cuello. Y también hacía que él se preocupara, porque esa atracción no era racional ni controlable. Le encantaba hablar con ella, incluso cuando se metía con él. Le gustaba la dulzura que se reflejaba en su rostro cuando la observaba en el jardín, o con su abuelo. La deseaba. Sin más.

Aquello era totalmente inesperado, por no mencionar que también era endemoniadamente inconveniente. Estaba allí para hacer un trabajo, y en cuanto estuviera terminado se marcharía. Lo último que necesitaba era complicarse la vida emocionalmente. A él no se le daban bien las relaciones. Lo había demostrado una y otra vez.

«Pero esto podría ser diferente», se sorprendió a sí mismo pensando. De repente, Mac lo vio claro. Lo que estaba mal de toda esa situación era lo bien que parecía estar.

—... imposible imaginarse lo difícil que debe ser para una mujer tomar esa decisión —decía Isabel.

—Lo siento, ¿cómo dices? —Cormac se sacudió mentalmente. «Céntrate».

—Hablaba de Annelise Winther —le explicó ella con cierto tono de exasperación mientras aceleraba el paso hacia el cobertizo de las herramientas—. He intentado imaginarme cómo sería verme enfrentada a una decisión así.

—¿Entregar a un bebé en adopción? —él controló sus pensamientos y retomó la conversación.

—Sí, porque es... —al girar la esquina se topó con Jamie que llevaba una caja con herramientas de colmenero—. Ah, hola, Jamie.

Para perplejidad de Mac, Isabel parecía nerviosa.

Pero cuando Jamie dejó la caja en el suelo lo comprendió. La chica se acarició la barriga en ese gesto tan universal que utilizaban las mujeres cuando estaban embarazadas. La chica miró a Isabel con expresión atormentada

–Últimamente me lo he estado imaginando con mucha frecuencia.

Era un curioso personaje, intenso con un destello de desconfianza en la mirada cada vez que la posaba en él. Isabel la había acogido con los brazos abiertos. Otro punto más a su favor.

–¡Cielos! Estaba hablando de algo que sucedió en mi familia hace muchos años –le explicó Isabel–. No de...

–No pasa nada, en serio.

–Si hay algo que pueda hacer para ayudarte, dímelo, ¿de acuerdo?

Jamie miró fijamente al suelo. Mac tenía la sensación de que esa chica tenía muchas cosas que decir, pero no delante de él. Eso era evidente.

–Tengo que volver al trabajo –anunció mientras se apartaba de ellas–. Hasta luego.

Isabel lo observó marcharse, su desgarbada silueta moviéndose con elegancia, aunque aún destacaba la cojera. Aún no estaba del todo convencida de que debiera quedarse y terminar el proyecto, pero, al mismo tiempo, no quería verlo marchar. Y, tal y como había dicho, ella no era quien debía tomar la decisión.

Jamie suspiró ruidosamente, como si hubiera estado conteniendo la respiración.

–¿Estás bien? –preguntó Isabel–. ¿Te encuentras bien?

–Sí. No. No lo sé –la joven se mesó los cabellos–. Tengo la sensación de que un alienígena se ha apoderado de mi cuerpo. No tengo ni idea de lo que es eso, pero me lo estoy imaginando.

—¿Qué puedo hacer?

Jamie señaló la caja de rejillas nuevas que había encargado para las colmenas.

—Tengo que revisar las rejillas adicionales y luego asegurarme de que hemos eliminado los ácaros que encontramos el mes pasado. Iba a realizar otro tratamiento anti ácaros más, por si acaso.

—Por descontado que me gustaría ayudarte con eso —le aseguró Isabel—, pero me refería a ti. ¿Hay algo que pueda hacer para ayudarte?

Caminaron juntas por el camino que conducía hacia el colmenar. Isabel llevaba el material. Bajo el deslumbrante y ardiente sol, las colmenas bullían de actividad. Las abejas sobrevolaban el algodoncillo y la lavanda, la milenrama y el tomillo. El sordo zumbido seguía inquietando a Isabel, pero parecía ejercer un efecto calmante sobre Jamie.

Cuando la joven se encontraba entre las colmenas, se la veía en su elemento, confiada y elegante en sus movimientos. Solo utilizaba productos naturales para controlar las plagas: aceite de tomillo y azúcar en polvo. Tenía un sexto sentido para saber cuándo y cómo reemplazar a las reinas, y las nuevas colmenas que había instalado ya parecían prosperar.

—La cuestión es —comenzó Jamie mientras se movían entre las colmenas—, que sé que tengo que sincerarme conmigo misma, y lo cierto es que no soy capaz de criar a un bebé. No puedo. No tengo nada que ofrecerle. Si no me hubieras acogido, no tendría un lugar en el que vivir. Tengo el dinero justo para sobrevivir y... simplemente no tengo la intención de traer un bebé al desastre en que he convertido mi vida.

Isabel dio un respingo ante el dolor que se traslucía en la voz de la joven.

—No te subestimes tanto. Eres fuerte y sana, y tienes todo el amor del mundo que ofrecer.

—Eso ha sido muy amable por tu parte. Pero no puedo permitirme ninguna estupidez. Dios sabe que ya he hecho unas cuantas.

—La pregunta es, y por favor siéntete libre para decirme que me ocupe de mis asuntos si te parece muy personal, es, ¿qué pasa con el padre del bebé? Ya sé que no estáis juntos, pero a lo mejor se responsabiliza y te ayuda.

—Fue de lo peor, ¿entiendes?

Isabel pensó en el moratón que había visto en la barbilla de Jamie.

—De manera que no forma parte del cuadro general.

—No.

—Y, siento mucho el tercer grado, pero ¿estás a salvo?

—Ahora sí —ella asintió.

—¿Algún tipo de Napa?

Jamie agachó la cabeza, pero no antes de que Isabel viera algo en sus ojos, un destello que no fue capaz de interpretar.

—Sí —contestó Jamie—. De Napa.

—Entonces, ¿vivías aquí? ¿Trabajabas aquí?

De nuevo ese destello.

—Yo tenía un trabajo como cantante en un pequeño restaurante. Y suministraba miel orgánica a la academia de cocina, y también a algún otro restaurante. La academia de cocina es algo grande, ¿lo sabías?

—Lo sé —Isabel dudó antes de continuar—. Yo estudiaba allí cuando tenía tu edad.

—¿Y?

—Y tampoco me fue bien. No era el lugar adecuado —Isabel había acudido a la academia de cocina cargada de esperanzas. Y qué rápido se habían derrumbado.

—¿En serio? ¿Qué tuvo de malo?

—Es una larga historia —Isabel suspiró—. Y estás intentando cambiar de tema.

—Él no vendrá a buscarme, si es eso lo que te preocupa —le aseguró Jamie.

—Me preocupas tú.

—No hay motivo. Mi... el tipo... al principio era agradable, pero se volvió malo. Muy, muy malo.

Isabel tuvo una extraña sensación en el estómago al recordar cómo era darse cuenta de que alguien en quien confiabas, al que quizás incluso amabas, te había engañado.

—Y lo abandonaste –sugirió–. Bien por ti.

Jamie asintió y echó la cabeza hacia atrás, casi desafiante. Su mirada estaba cargada de desprecio... hacia sí misma.

—No lo has entendido, Isabel. Yo no me marché. Aquello no era bueno para mí, y lo sabía, pero no me marché. Solo reaccioné cuando él me echó. Soy una idiota.

—No, no lo eres. Eres... —«como yo», pensó Isabel. En ocasiones una persona perfectamente racional e inteligente tomaba una decisión estúpida–. Por favor, no seas tan dura contigo misma –insistió.

—Perdonarme a mí misma no cambiará mi situación. Pero no se me ocurre cómo voy a poder criar a un bebé.

—Es el mayor compromiso que tendrás en tu vida, y es genial que te lo tomes tan en serio.

La joven asintió mientras separaba las rejillas adicionales de una colmena, con una herramienta especial.

—Nunca pensé que me encontraría en una situación como esta, ¿sabes? Pero lo estoy, y tengo que decidir qué voy a hacer.

—Tienes tiempo de sobra para pensártelo bien y considerar todas las opciones –la tranquilizó Isabel.

—Me alegra tener tiempo –Jamie asintió–. Pero también hay una fecha límite, y no estoy preparada para ser madre. Quizás no lo esté nunca. Desde el principio tuve claro que interrumpir el embarazo no era una opción para mí, y ahora solo me quedan dos: quedarme con el bebé o renunciar a él.

—Nunca me ha gustado esa frase, «renunciar». Realmente no describe la situación –Isabel hizo una pausa y pensó en sus abuelos. La acción de Annelise Winther había cambiado la vida de su abuela. No había renunciado a ningún bebé. Les había dado a Magnus y a Eva un regalo de valor incalculable.

—Un niño necesita una familia —continuó Jamie, cuyo dolor era patente en la voz—. Una madre y un padre, un hogar estable.

—Hay muchas clases de familias —señaló Isabel—. A mí me criaron mis abuelos. Mi hermana Tess tendrá una familia completa en cuanto se case con Dominic. Y a ella la crio una madre soltera.

—Lo sé y siento un profundo respeto hacia las madres solteras, pero no es lo que quiero para este bebé.

—Hay muchos recursos y ayudas a las que podrías acceder —insistió ella—. Escucha, nunca he estado en una situación como la tuya, pero te aseguro una cosa, tu vida mejora cuando permites entrar a la gente en ella.

—No si se trata de la gente equivocada.

En eso la chica tenía razón.

—Y por cierto —señaló Jamie—. No veo que sigas tu propio consejo.

—¿Qué quieres decir con eso?

—Como si no lo supieras. Ese tipo, el escritor, está colado por ti y tú te comportas como si no te importara lo más mínimo.

¿Tanto se notaba?

—Jamie, estamos hablando de ti. ¿Estarías dispuesta a reunirte con un experto en estos temas? Yo puedo ser tu amiga, pero no puedo aconsejarte en algo de tanta envergadura.

—Yo, eh... —el pánico se reflejó en la mirada de la joven—. Me lo pensaré. Escucha, iba a terminar aquí y luego dirigirme a la ciudad para hacer unos recados...

—Sí, claro —Isabel notó que la chica reculaba—. Te estoy agobiando, ¿verdad?

Jamie entornó los ojos y frunció los labios.

—Estás siendo más amable de lo que ha sido nadie conmigo —aclaró secamente mientras devolvía la rejilla a la colmena.

Capítulo 12

La despertó un fuerte grito en medio de la noche, aunque, de todos modos, Isabel no estaba durmiendo sino mirando fijamente a la oscuridad, pensando en Jamie. Había estado en el lugar de esa chica, siquiera brevemente, y recordó la irreal emoción, y el terror, que había sentido al descubrir que estaba embarazada. Aunque había supuesto una conmoción, aunque no había estado preparada, le había embargado la emoción.

Reaccionando al ruido, Charlie se puso en pie de un salto y soltó un ladrido de advertencia. Isabel permaneció tumbada en silencio y escuchó, pero no oyó nada más. Quizás el abuelo se había quedado levantado hasta tarde, viendo la televisión. Aun así, no consiguió dormirse. No dejaba de pensar en lo agobiada que debía estar Jamie. A Isabel no le costaba nada ponerse en su lugar: joven, embarazada, arruinada y asustada. Y sola, muy sola. Nunca veía a Jamie hablar con nadie por teléfono, ni yendo a visitar a algún amigo. Isabel al menos había tenido un hogar, y también familia y amigos. Pero compartía un aspecto clave con esa joven. Había estado con un hombre que se había vuelto contra ella.

Y de repente Calvin Sharpe había regresado, más triunfador que nunca, con idea de abrir su nuevo restaurante allí mismo, en Archangel. Isabel se odió a sí misma por no denunciarlo en su momento. Pero el delito había prescrito y ya era demasiado tarde. Sin embargo, conocer la experiencia de Jamie hizo que Isabel deseara haber reaccionado a tiempo. Los hombres que lastimaban a las mujeres no deberían quedar impunes.

El gritó resonó de nuevo y en esa ocasión estuvo segura de que no se trataba de la televisión, o su imaginación. Charlie salió trotando por el pasillo e Isabel lo siguió. El ruido provenía de la habitación de Mac.

—¡Hijos de puta! Teníamos un trato. Teníamos un trato —la voz de Cormac sonaba furiosa, lo bastante para que ella diera un respingo.

¿Hablaba por teléfono con alguien? ¿En mitad de la noche?

—¡Hola! —gritó ella mientras golpeaba la puerta con los nudillos—. Mac, ¿va todo bien?

La puerta estaba abierta y Charlie entró corriendo. La habitación estaba completamente a oscuras y Mac no hablaba por teléfono. Estaba tumbado en la cama y golpeaba el colchón repetidamente con el puño.

—Teníamos un trato —repitió.

—¿Qué sucede? —Isabel encendió la luz.

Mac se volvió bruscamente hacia ella y la miró fijamente. Su mirada resultaba escalofriante, pues en realidad no la miraba a ella, sino a través de ella. Le llevó solo un segundo comprender que estaba sufriendo una pesadilla.

—Mac —dijo ella suavemente, antes de insistir con más fuerza—. ¡Mac!

—No —contestó él, todavía con la mirada perdida—. No lo hagas, no...

—Mac, despierta —ella cruzó la habitación y le tocó un brazo.

Cormac retiró bruscamente el brazo. El movimiento debería haber asustado a Isabel, pero, por algún motivo, no fue así. En realidad lo que hizo fue despertar una extraña ternura hacia ese hombre. Parecía perdido, vulnerable.

—Eh, no pasa nada —lo tranquilizó ella—. He oído que no hay que despertar a nadie de una pesadilla, pero ¿qué tal si te despiertas tú solito?

Charlie gimoteó y arañó el suelo. Mac miró a su alrededor con expresión enloquecida. Dijo algo en un idioma que ella no entendió antes de parpadear perplejo y tumbarse en la cama mientras un suspiro, que sonó como una rueda desinflándose, escapaba de sus labios.

—¿Quién demonios ha encendido la luz? —gruñó.

—Estabas sufriendo una pesadilla.

—Mierda. Lo siento.

Ella no pudo evitar fijarse en que dormía desnudo. Desviar la mirada no resultó fácil.

—¿Estás bien?

—Sí —él se incorporó sobre un hombro y se frotó la mejilla—. Sí, estoy bien —se cubrió con la sábana, aunque sin apresurarse demasiado—. Ya es la segunda vez que me ves desnudo —observó—, y ni siquiera hemos tenido nuestra primera cita.

—¿Qué te hace pensar que vamos a tener una cita alguna vez? —preguntó Isabel.

—Me estabas evaluando. Te gusto. Se nota —Cormac alargó una mano y rascó al perro detrás de las orejas—. ¿Verdad, muchacho?

Isabel se deslizó lentamente hasta los pies de la cama, consciente de que la camiseta de los Giants que llevaba puesta era un camisón.

—¿Sufres pesadillas?

—Sí, siento el ruido. ¿He despertado a tu abuelo?

—Lo dudo. Por la noche se quita el audífono. ¿Hay algo que pueda hacer?

—Meterte en la cama conmigo —él sonrió con gesto cansado.

Isabel lo fulminó con la mirada antes de ponerse en pie y arrojarle una bata de felpa que encontró colgada de la puerta del baño.

—Reúnete conmigo en la cocina. Te prepararé un sándwich.

—No hace falta que me prepares un sándwich.

—Pero lo voy a hacer —Isabel abandonó la habitación antes de que él pudiera protestar de nuevo.

Una vez en la cocina, amontonó lonchas de panceta frita, tomate y lechuga sobre gruesas rebanadas tostadas de pan de masa madre. Después, añadió a la mayonesa unos pepinillos picados, mostaza de Dijon y estragón recién cortado. En Bella Vista, sus sándwiches vegetales eran legendarios.

Mac no llevaba puesta la bata al entrar en la cocina. Se había puesto un par de viejos pantalones cortos, desteñidos en los lugares estratégicos, y una camiseta arrugada, aunque limpia, que llevaba el logotipo de un alojamiento de *kitesurf* en Australia.

Isabel cortó el sándwich en cuatro trozos y lo dispuso sobre un plato de cerámica junto con unas uvas y trocitos de parmesano, y una cerveza servida en una jarra helada.

—Espero que no te importe que gima de placer mientras me como esto —Mac contempló el pequeño festín dispuesto sobre la mesa.

—Pues preferiría que no lo hicieras —contestó ella mientras tomaba uno de los trocitos—. El impuesto del cocinero —le explicó.

—Me parece justo. Gracias, Isabel.

Isabel no acababa de entender por qué le resultaba tan agradable estar allí sentada con él, o por qué había sentido el impulso de prepararle un tentempié a medianoche. En medio de la pesadilla le había sentido asustado y perdido. Supuso que le debía pasar a todo el mundo, pero verlo así la había conmovido extrañamente.

Mac estaba sentado a la vieja mesa de cocina de madera de pino y sus piernas sobresalían por los lados. Incluso en la penumbra se veía la cicatriz de la rodilla.

—Ya no utilizas el bastón.

—Odio esa cosa —él se encogió de hombros—. Los paseos que he estado dando con tu abuelo me han venido muy bien para la rodilla. Creo que el ejercicio me ayuda.

—¿No se supone que deberías estar yendo a rehabilitación?

—Sí —Mac tomó un buen trago de cerveza—. Y también a masajes y bañera de hidromasajes. Y lo hice, justo después de la operación, pero no continué. ¿Quién tiene tiempo para esas cosas?

—Si quieres curarte y quedar bien, encontrarás el tiempo —impulsivamente, Isabel se acercó a la alacena donde encontró un tarro de aceite de coco. Tras untarse bien las manos, agarró la rodilla de Cormac—. Al abuelo le pusieron hace años una prótesis de rodilla. Estoy convencida de que si camina como un campeón es gracias a haber realizado toda la terapia que le mandaron.

—Eh…

—Relájate. No te va a doler. Se lo hice al abuelo mientras se recuperaba.

Isabel llevó a cabo el masaje de tejidos conectivos que le habían enseñado para Magnus, rotando los pulgares a lo largo de la cicatriz. No recordaba la última vez que había tocado íntimamente a un hombre. Y, desde luego, no recordaba haberse sentido así nunca.

—La *suite* de invitados de la planta principal tiene *jacuzzi*. Deberías utilizarlo.

—De verdad que no tienes por qué hacer esto —insistió Cormac.

—Cierto. Podría dejarte cojear por toda Bella Vista durante el tiempo que permanezcas aquí.

—¿Por qué estás siendo tan amable conmigo?

Ella mantuvo la cabeza agachada y los pulgares en movimiento alrededor de la cicatriz.

—¿Por qué te cuesta tanto permitir que alguien te cuide?

—Nunca lo he necesitado.

—Pero ¿alguna vez lo has deseado?

—Podría estar abierto a la posibilidad –él mantuvo la mirada fija en las manos que masajeaban su rodilla y bebió otro trago de cerveza.

Prepararle a Mac un sándwich en mitad de la noche había distraído a Isabel de los inquietantes pensamientos sobre Calvin Sharpe. Pero al día siguiente regresaron todos de golpe cuando las damas de honor y las amigas de Tess llegaron a Bella Vista para participar en la fiesta de despedida de soltera. Una de las damas de honor no paraba de hablar de la fabulosa comida que había disfrutado en el restaurante CalSharpe de Napa.

La sola mención de ese nombre puso a Isabel de los nervios. Su abuelo aseguraba que no quería abandonar el mundo arrepintiéndose de nada. Pues ella tampoco. Y no pensaba esperar a tener ochenta años para desahogarse.

Se negaba a dejarse arrastrar por su triste historia y su falta de valor para denunciar a Calvin Sharpe. Todo el mundo tenía un pasado, se recordó. Todo el mundo sufría dolor. Pero no todo el mundo se escondía detrás de él.

Se reunió con las amigas de Tess en el patio. Estaban poniéndose de acuerdo para hacer una visita a los viñedos y bodega de Dominic, cuya hermana, Gina, sería la anfitriona de la despedida de soltera a celebrar en la bodega. Las chicas iban cargadas con bolsas de regalos y cajas adornadas con papeles y cintas de brillantes colores.

Las amigas que Tess conservaba de su anterior vida en el mundo del arte de San Francisco se mostraron encantadas con Bella Vista. Las jóvenes charlaban mientras acariciaban a Charlie, que disfrutaba indecorosamente de sus atenciones. Los gatos se mostraban más esquivos, pero Suzanne y Kelly tenían buena mano con ellos, incluso con Lilac, el más tímido. Lilac, como de costumbre, se mantuvo ocupado apartando a Chips de la fuente.

–De acuerdo, retiro todo lo que dije sobre la idea de Tess de abandonar la ciudad –observó Lydia–. Esto es precioso, tanto que me duelen los ojos.

–Espero que en el buen sentido –intervino Neelie.

–Tess nos ha estado hablando de la escuela de cocina –anunció Lydia–. Solo tengo una pregunta, ¿dónde hay que apuntarse?

–Una semana después de la boda –Isabel sonrió–, se pondrá en marcha nuestra página web.

–Y por cierto, ¿dónde está la novia? –preguntó Lydia.

–Terminando sus clases de baile. No se nos permite verlo –contestó Oksana.

–Iré a buscarla –anunció Isabel.

Tess y Dominic estaban aprendiendo a bailar un tango especial para bodas con el que iban a abrir el baile en la recepción. Isabel se dirigió hacia el edificio de madera y piedra convertido en salón de baile y de banquetes para eventos. Incluso antes del número de magia protagonizado por la florista, ya era un lugar hermoso. El anterior trabajo de Tess en una casa de subastas internacional había tenido mucho que ver a la hora de decorarlo. Había conseguido encontrar auténticos tesoros que habían transformado el edificio en algo especial. Lámparas *vintage* y faroles de coches de caballo, chimeneas de cristal, raso irlandés y muebles antiguos. Todo añadía un toque de elegancia en yuxtaposición con el viejo suelo de piedra y vigas desnudas.

«Mira lo que hemos creado», pensó Isabel con una punzada de orgullo y felicidad. La estancia despejada y luminosa estaría pronto llena de amigos y familiares para festejar tan feliz ocasión, y no era más que el comienzo.

Para la clase de baile se habían retirado mesas y sillas. Los últimos acordes de *Por una cabeza* surgieron del aparato de música mientras los novios ejecutaban su movimiento final: deslizamiento, pausa sobrecogedora y por último la típica pose del tango, con Tess rodeada por el fuerte brazo del novio. El altísimo y moreno joven se alzaba protector sobre su novia, delgada y pálida en su abrazo. La imagen era preciosa, aunque no llevaran puestos los trajes de boda.

Parada en la entrada, sin ser vista, Isabel sintió un inesperado nudo en la garganta. Se alegraba sinceramente por su hermana. En brazos de Dominic, Tess se había transformado de una mujer tensa, incluso iracunda, en una encantadora novia cuyo corazón florecía como una rosa de verano. Y sin embargo despertaba una sensación agridulce en Isabel, ya que la reciente felicidad de Tess se alzaba ante ella como un espejo, forzándola a contemplar su propia soledad.

La música del tango terminó, sustituida por el aplauso de la profesora de baile.

—Bravo por los dos —exclamó con su acento cantarín—. Buen trabajo. Vais a estar espectaculares.

Isabel manifestó su presencia uniéndose a los aplausos.

—No he visto nada —les aseguró—, pero confío en la profesora —miró a la mujer—. Cuando Tess me dijo que eras profesora, no me imaginé que fuera de bailes de salón.

La siguiente pieza musical empezó a sonar, y Annelise Winther bajó el volumen.

—Y yo nunca pensé que tendría el placer de enseñar a bailar el tango a mi nieta y su prometido —contestó—. Los bailes de salón fueron una actividad secundaria —añadió—. Durante el día enseñaba arte a los niños de San Francisco.

Isabel se acercó y abrazó a la mujer. A pesar de su edad, seguía siendo robusta.

—Me alegra que hayas venido —le aseguró Isabel, a

pesar de que seguía sintiendo cierta incomodidad en presencia de Annelise. Ambas se estaban acostumbrando a sus lazos familiares–. ¿Has dormido bien?

–Ya lo creo –contestó una resplandeciente Annelise–. Has transformado Bella Vista en un lugar de ensueño, Isabel. Las habitaciones remodeladas son absolutamente hermosas.

–Gracias. Ha sido una obra de amor.

–Y se nota. Estoy emocionada por ti. Es maravilloso imaginarse todos los eventos que vas a celebrar aquí, todos los recuerdos que te dejarán.

–Gracias por ordenar mis dos pies izquierdos –Dominic se inclinó para besar a Annelise en la mejilla–. Será mejor que me vaya. He oído algo sobre media docena de hermosas damas que van a venir a comer a la bodega.

–Y traerán regalos –aclaró Tess–. ¿Tienes idea de lo mucho que me gustan los regalos? Además, he puesto como norma que no sean nada prácticos.

–Me prepararé para lo peor –se despidió el novio.

Cuando Dominic se hubo marchado, Annelise adoptó una actitud pensativa antes de sacar algo de su bolso de tela.

–Quería darte esto sin mucha gente alrededor porque es muy personal –le explicó mientras le ofrecía una sencilla caja blanca–. Será lo «algo viejo», que llevarás el día de la boda.

Tess palideció al tomar la caja de manos de la mujer.

–Intentaste regalármelo en una ocasión, pero yo no quise.

–Y ahora vuelvo a intentarlo –Annelise sonrió con dulzura–. Ahora tienes un buen motivo para aceptarlo.

–Por el amor de Dios, Tess, ¿qué es? –Isabel se acercó para echar un vistazo.

Tess abrió la cajita y sacó con reverencia una hermosa y antigua gargantilla con una piedra rosa.

–Es un colgante que perteneció a la madre de Annelise en Dinamarca –le explicó a su hermana–. Nuestra bisabuela.

—Es precioso —Isabel se volvió hacia Annelise—. Qué gesto más hermoso.

—Tess lo recuperó el año pasado y me lo trajo. En realidad, fue gracias a este colgante que nos reunimos todos. Es curioso cómo un pequeño giro en los acontecimientos puede situarnos sobre un nuevo camino —observó la mujer—. Si no hubiese visto a Tess en ese programa del canal de historia, en el que hablaban de los tesoros robados por los nazis, ahora no estaríamos juntos. Este collar era el favorito de mi madre, un regalo de mi padre, traído de un viaje a Rusia durante la época de los Romanov. Intenté regalárselo en una ocasión, pero no quiso aceptarlo.

—Ahora sí lo hará —aseguró Isabel volviéndose hacia Tess—. Lo harás y sin discusiones. Es tan propio para una novia.

—No aceptaremos una negativa por respuesta —Annelise asintió.

—Lo haré —Tess asintió. Le costaba pronunciar las palabras—, y nunca podré agradecértelo lo suficiente. Pero lo hago con una condición.

—¿Cuál? —preguntó la anciana.

—Que Isabel también lo lleve puesto el día de su boda.

—No seas ridícula —Isabel se sonrojó.

—Júralo —insistió Tess—. Por el amor de Dios, se trata de un auténtico Fabergé. Lo autentifiqué yo misma.

—De acuerdo, lo juro, pero es prematuro hablar de mi boda cuando ni siquiera estoy saliendo con alguien.

—Eso sí que es una estupidez —opinó Annelise—. Una chica tan bonita como tú debería disfrutar de la compañía de varios pretendientes.

—Lo mismo podríamos decir de ti —señaló Tess—. ¿Por qué nunca te casaste?

Annelise frunció los labios y su mirada quedó empañada de una repentina oscuridad, como si acabara de situarse debajo de una nube.

—Esa historia es más apropiada para otro momento.

Tess comprendió que había tocado un tema delicado.

–El colgante es un bien preciado por todos nosotros, y me sentiré muy honrada de llevarlo el día de mi boda. ¿Me lo puedo probar?

–Por supuesto.

Isabel ayudó a su hermana. El hermoso colgante descansó sobre su garganta, combinando a la perfección con los cabellos rojos.

–Es maravilloso –susurró Tess.

–A mi madre siempre le gustó el color rosa –explicó Annelise–. Lo llevaba a menudo, y a mí me encantaba cómo la piedra parecía absorber la calidez de su piel.

–No sé qué decir –Tess acarició con ternura el cabujón.

–Deberías pintarte las uñas de rosa pálido para que hagan juego.

–Hecho –Tess soltó una carcajada–. Vamos a enseñárselo a las chicas.

La felicidad de su hermana barrió la melancolía de Isabel. En ese momento su corazón solo tenía cabida para la esperanza y la felicidad. Las bodas producían ese efecto en las personas.

El fin de semana estuvo plagado de juegos triviales, chismorreos, abundante comida y bebida, y muchas risas. Annelise y Jamie Westfall se habían hecho amigas de inmediato y también participaron de la diversión. Las damas de honor que estaban solteras revoloteaban alrededor de Mac, lógico dado su porte y afable personalidad. A pesar de sus maneras bruscas con Isabel, sabía cómo desplegar encanto.

–Deberías haber salido de la tarta, no servirla –opinó Neelie mientras aceptaba una porción de tarta de crema italiana que Mac les sirvió después de cenar.

–Qué idea más tentadora –él sonrió–. He estado pensando en cambiar de profesión.

—Yo trabajo en el departamento de recursos humanos de la casa de subastas Sheffield –intervino Oksana–. Envíame tu currículo.

Isabel intentó encontrar divertido el coqueteo, pero lo cierto era que le resultaba irritante.

—Hoy han llegado las invitaciones –anunció Tess–. Venid a verlas.

Las mujeres se arremolinaron en torno a una bonita caja llena de tarjetas. Sobre cada invitación estaba impreso el dibujo de un clásico panal.

—«El baile del colmenero»–, leyó Jamie.

—No me apetecía el típico anuncio. Ya sabéis: «el señor y la señora tal y tal tienen el honor de invitarle a la boda de su hija, bla, bla, bla». No puede aplicarse a nuestro caso. A Dominic y a mí se nos ocurrió lo del baile del colmenero porque todo lo que vamos a servir en el menú lleva miel.

—Qué guay –Jamie hizo un esfuerzo por sonreír.

—Supongo que sabes que estás invitada –Tess le entregó una tarjeta–. Todo el mundo en Bella Vista lo está, por supuesto.

—¡Oh! –la chica parecía un poco nerviosa–. Yo no… Yo…

—Limítate a aceptar –le aconsejó Lydia–. Tess es muy mandona. Y nunca acepta una negativa por respuesta.

—Es verdad –confirmó la aludida–. Y sería estupendo que llevaras la guitarra.

La velada culminó con las canciones de Jamie. Tenía una preciosa voz, dulce y llena de sentimiento, y tocaba muy bien la guitarra. Al día siguiente, las damas de honor regresaron a la ciudad tras convertir a Tess en la orgullosa propietaria de los más extraños objetos: una cuchara para absenta, un molde para el típico bollo danés, el æbleskiver, ropa interior de seda y satén, una piedra para pizza, tenacillas para espárragos y varios palitos mieleros.

Annelise se quedó en Bella Vista. Magnus y ella disfrutaron de tiempo juntos, paseando tranquilamente por el jardín, visitando el mercado del pueblo en la plaza de Archangel, tomando café o jugando a la petanca en el parque municipal. Había accedido a aportar su contribución al libro de Mac, y tanto Isabel como Tess estaban ansiosas por oír su versión. Formaba parte de la historia del abuelo, pero, sobre todo, era parte de la familia.

Isabel no era quién para juzgarla, ni a su abuelo, por lo sucedido. Aun así, necesitaba comprender.

Se reunieron todos una noche a la hora del cierre de Things Remembered, la tienda de antigüedades que había montado Tess tras instalarse en Archangel. La tienda estaba situada en un edificio estilo *vintage*, en el cruce donde el camino de Bella Vista se encontraba con la carretera que conducía a la ciudad. Años atrás, Eva Johansen había regentado un puesto de productos de la granja en ese mismo rincón. Remodelado y pintado de blanco, tenía el aspecto de una tienda de ultramarinos de otra época, pero, gracias a Tess, también poseía un toque exquisitamente moderno. Los turistas y los habitantes de la región podían detenerse allí y revolver entre los diversos tesoros, o adquirir productos frescos de Bella Vista y otras granjas cercanas.

En un rincón de la tienda había una zona de descanso junto a una vieja estufa de hierro. Al lado se exponía una colección especial en cajitas de cristal *vintage*, marcadas *no se vende*. Se trataba de una colección de viejos papeles y objetos que Tess había encontrado a lo largo del año anterior mientras revolvía entre los enseres de Magnus. La mayor parte de los objetos estaban relacionados con la granja y la vida en el campo durante el siglo anterior, viejas fotos de Bella Vista, incluso alguna de la infancia danesa de Magnus.

—¡Vaya! Esto es una mina de oro —exclamó Mac mientras contemplaba la exposición.

—Ya me había olvidado de la mayoría de estas cosas, pero ahora tenemos un maravilloso conservador —el anciano sonrió a Tess.

—Gracias —contestó su nieta mientras cerraba la caja—. Aún está en proceso. La sociedad histórica local me está ayudando. Al final se convertirá en un proyecto comunitario. Espero que algún día la exposición pueda tener un lugar propio junto a la tienda.

—Magnus me ha hablado de ello —intervino Annelise—. Y he traído algunos objetos para añadir a la colección.

Isabel dispuso una bandeja con una tetera de porcelana de Belleek y un cestillo de magdalenas de mantequilla que había horneado aquella misma tarde. También había un decantador de cristal con jerez añejo, y pequeños vasos de cristal de colores.

—Hay algo que me gustaría contaros —anunció Magnus—. Cuando le dije a Annelise que el señor O'Neill estaba escribiendo mi historia, le ofrecí la opción de abortar el proyecto.

Los dos ancianos compartieron una prolongada mirada. Isabel ni se atrevía a imaginar los recuerdos que habían cruzado entre ellos en esos escasos segundos. Magnus alzó su vaso a la luz y tomó un sorbo. Annelise juntó las manos sobre el regazo.

—Os contaré lo que le contesté a Magnus. Le dije que jamás me interpondría en el camino de alguien que estuviera contando la verdad sobre su vida.

—Y tú eres parte de la historia —él le dio una palmadita en la mano—. No quisiera imponértelo.

Una sucesión de emociones se reflejó en el rostro de la mujer. Isabel casi podía ver a la anciana asomada al precipicio de la decisión. Mac esperó, inmóvil.

Annelise tomó un vasito de jerez y lo apuró de un solo trago.

—Por supuesto que debes continuar con esto —anunció al fin mientras se volvía hacia Mac—. Supongo que comprenderá que mi contribución a la historia no resultará fácil de aceptar para ninguno de vosotros, ni para mí contarla. Pero el pasado tiene mucha importancia, y quiero ayudar si puedo.

—Señora, si lo prefiere, puedo omitir cualquier referencia a usted en el libro.

—Es todo un detalle —la anciana murmuró apresuradamente algo en danés al abuelo.

Isabel entendió perfectamente la respuesta. «*Jeg har ingen anelse*». No tengo ni idea.

La anciana dejó el vaso vacío sobre la bandeja. Se irguió, adoptando la postura de una mujer mucho más joven.

—Mi historia y la de Magnus están entrelazadas. Si cuenta una sin la otra, no estaría completa.

—Eso es cierto —admitió Cormac—. Pero su intervención es totalmente opcional. Si necesita algún tiempo para pensarlo...

—Ya lo he hecho —contestó ella con rapidez—. Las cosas que sucedieron... son importantes. Y me alegra que lo esté escribiendo —su mirada se suavizó mientras la posaba en todos los presentes.

—Escribirá la historia con sinceridad y respeto —aseguró Magnus con voz firme y clara, casi autoritaria—. ¿Verdad, Cormac?

—Tiene mi palabra —contestó Mac.

Su actitud era muy discreta, pero Isabel tenía la sensación de que no se le escapaba ni un solo detalle de la extrañamente tensa conversación.

—Mac es un magnífico escritor —intervino Tess mientras cerraba la vieja caja registradora y tomaba una magdalena—. Tú eres muy importante para nuestra familia —añadió mientras posaba una mano sobre el hombro de Annelise.

La anciana asintió y le dio una palmada a Tess.

—Más de lo que te imaginas —murmuró Magnus.

El silencio estaba cargado de preguntas sin responder. La profunda conexión entre el abuelo y Annelise era casi palpable. ¿Cómo habían llegado a estar tan unidos? ¿Cómo se había transformado en infidelidad una pasión secreta, y de nuevo en amor? ¿Cómo podían vivir con el pasado que albergaban sus corazones?

Magnus se levantó y abrió las cajas de la exposición con una vieja llave. Sacó un objeto y le dio vueltas en las manos.

—El mango de esta navaja es de marfil. Las ilustraciones fueron hechas por mi abuelo. El aguafuerte era una de sus aficiones —sostuvo el objeto en alto para que todos pudieran verlo. El marfil amarillento tenía un delicado diseño de arte popular, representando a unos osos, a ambos lados—. La traje conmigo desde Dinamarca, y durante unos años estuvo perdida. Las chicas la encontraron en la habitación de Erik.

—Recuerdo esa navaja —intervino Annelise—. La utilizabas para grabar cajas rompecabezas mientras navegábamos camino de Estados Unidos de Norteamérica.

—¿Vinisteis juntos? —preguntó Tess con gesto de sorpresa.

—Vinimos con mucha gente —explicó la anciana—, a bordo de un barco noruego llamado *SS Stavangerfjord*, atestado de personas que intentaban empezar una nueva vida. Había sido tomado por las autoridades alemanas, y utilizado como transporte de tropas durante la guerra, pero devuelto a la línea de navegación Norwegian America poco después.

—No tenía ni idea de que hubierais venido juntos —observó Isabel sin dejar de contemplar el rostro de su abuelo. El anciano sonrió fugazmente antes de tomar asiento junto a Annelise.

—Compartí un camarote con vuestra abuela, Eva —continuó Annelise—. Y Magnus hizo lo propio con Ramón Maldonado, si no recuerdo mal.

–No conoce a Ramón –Magnus asintió y se volvió hacia Mac–. No se encuentra bien, pero quizás podamos visitarlo si tiene un buen día –apoyó ambas manos sobre el bastón–. Somos amigos desde que éramos unos críos en la resistencia.

–¿Amigos? –Annelise sacudió la cabeza–. Yo lo recuerdo de otra manera.

–Estoy seguro de que al señor O'Neill le gustaría conocer esa historia –los ojos de Magnus brillaban de una manera especial.

–Para eso estoy aquí –Cormac extendió las manos con las palmas hacia arriba–. Sería estupendo poder oír el punto de vista de ambos.

Annelise juntó las manos sobre el regazo y luego las separó para darle una palmadita a su bolso.

–He traído algunas cosas para la exposición –se volvió hacia Mac–. Al final va a resultar ser una magnífica oportunidad.

–Estamos aquí para escuchar –él asintió con calma.

Isabel observaba las maneras de Mac con el abuelo y con Annelise. Tenía un don para mantenerse neutral y, al mismo tiempo, compasivo. Parecía tranquilizar a la gente. La tranquilizaba a ella, lo cual no era habitual cuando se encontraba en la compañía de hombres.

–Cuando era niña –le explicó Annelise–, los nazis arrestaron a mis padres. Mi padre era el administrador de un hospital en Copenhague, y mamá trabajaba allí como enfermera voluntaria. Los nazis descubrieron que formaban parte de una organización afiliada a la resistencia. Desde el hospital en el que trabajaban, sacaban a personas del país en bolsas para cadáveres, o disfrazadas como víctimas de enfermedades, y transportadas en camillas. Fueron delatados y se los llevaron, quizás del mismo modo que les sucedió a los padres de Magnus, sin previo aviso. Les enviaron a morir en campos de trabajo sin haber sido juzgados. A mí seguramente también me habrían capturado, de no ser por Magnus que me ayudó a escapar –hizo una pausa y compartió con el anciano una mirada cargada de solemnidad–. Me metió en un barco y me envió a casa de mi abuela en Helsingør. Ella era una viuda que se dedicaba a dar clases de música a los niños del pueblo –respiró hondo y se volvió hacia Tess e Isabel–. Allí conocí a Eva. Y nos hicimos las mejores amigas.

–¿Eva y tú ya erais amigas en Dinamarca? –intervino Isabel–. No sabía que os conocierais.

«Amigas». *Bubbie* y Annelise se conocían, habían compartido camarote en su viaje a los Estados Unidos de Norteamérica.

–De no haber sido por la guerra, no nos habríamos llegado a conocer. Ella y su padre estaban en Helsingør para ocultarse y evitar ser deportados. Era un pequeño pueblo de pescadores situado sobre un pequeño estrecho. Las personas que necesitaban desaparecer rápidamente solían tomar un barco, incluso un pequeño bote, y cruzar el estrecho hasta Suecia. Eva y yo nos conocimos durante el otoño, en el mercadillo de los miércoles. Ella vendía manzanas y yo le hice un retrato.

La anciana rebuscó en su cartera y sacó una descolorida carpeta de cartón atada con una cuerda.

–Es un cuaderno de dibujo que he conseguido conservar todos estos años –desató la cuerda y rebuscó entre las hojas amarillentas antes de elegir un sencillo boceto de una niña de grandes ojos y dos coletas que sujetaba una cesta de manzanas.

–Qué bonito –apreció Isabel. Estaba muy logrado, aunque no reconoció a su abuela en esa niña sonriente.

–Annelise es una artista –intervino Magnus.

–Solo aficionada –le corrigió ella.

–Fue durante muchos años profesora de arte en San Francisco –añadió él.

–Cuarenta y cinco años para ser más exacta, y todos

en el colegio Sherman –Annelise sonrió y los ojos se le empañaron con los recuerdos–. Ahora pienso que me jubilé demasiado pronto. Echo de menos a esos chicos cada día, incluso con sus ruidos y jaleos. Mi vida es demasiado tranquila ahora –dejó la carpeta a un lado–. ¿Por dónde iba?

–Eva, la niña del retrato –contestó Mac con delicadeza–. Nos hablaba de su amistad con Eva Solomon.

–Ah, sí, por supuesto –la anciana parpadeó lentamente, el pálido rostro mostrando toda su vulnerabilidad.

Isabel cruzó una mirada con Tess. El abuelo y Annelise eran fuertes para sus años, pero momentos como ese ponían en evidencia su edad y fragilidad.

–El mismo día que hice el dibujo nos hicimos amigas. Yo la adoraba. Pero, como supongo ya os habréis dado cuenta, la nuestra fue una historia larga y complicada. Ella era una persona maravillosa que superó todos los reveses que sufrió. Isabel, tuviste mucha suerte al ser criada por ella, y estoy segura de que ya lo sabes.

Isabel asintió, sin saber muy bien qué decir. Se moría de ganas de preguntar por qué, si Annelise consideraba a Eva una persona tan maravillosa, había tenido un bebé con su marido. ¿Habían estado Magnus y Annelise enamorados, o simplemente habían sucumbido a un momento de pasión? Hizo un esfuerzo por mantener la boca cerrada. Estaba aprendiendo de Mac que escuchar era, en ocasiones, la mejor manera de participar en una conversación.

–De modo que ambas vivieron en Helsingør –Cormac la animó a continuar.

–Durante un tiempo, ojalá pudiera recuperar esos días, todo pareció estar cubierto de una pátina dorada. Éramos dos niñas y, a pesar de lo que nos había sucedido, vivíamos el día a día como niños –Annelise se sirvió una taza de té y le añadió un poco de miel–. Los niños tienen la facultad de recuperarse hasta de las pérdidas más terribles. Seguramente será un mecanismo de supervivencia. Por supuesto que todos portábamos profundas cicatrices por lo sucedido, pero la vida continuaba día a día. Descubrimos que era imposible estar continuamente dolido y triste. Aprendimos a encontrar la felicidad en las pequeñas cosas, y a atesorar esas pequeñas cosas en nuestro corazón. Estoy segura de que Eva estaría de acuerdo conmigo. Al rememorar esos días, lo que recuerdo son la risa y el sol.

–La memoria es una cosa extraña –Magnus dejó el bastón a un lado y se reclinó en la silla–. Hay momentos que recuerdo con todo detalle, y épocas enteras perdidas en una neblina.

Annelise volvió a hundir la mano en el bolso y arrugó la nariz en un gesto de desagrado.

–Siempre me he sentido obligada a conservar esto por su sentido histórico. Pero, desde luego, no posee ningún valor sentimental para mí –aclaró mientras le entregaba a Mac un cuadernillo de delicadas hojas–. Lo considero un recordatorio de nuestra capacidad para superar la historia, pero nunca podemos borrarla del todo. He pensado mucho en este proyecto. Hay cosas que sucedieron de las que nunca he hablado, ni siquiera contigo, Magnus. Con nadie. Pero ahora deseo que formen parte de la conversación.

Cormac estudió el cuadernillo, los colores de la portada diluidos por el tiempo.

–¿*Poesiealbum*? –preguntó–. ¿Es un libro de poesías? ¿Puedo echarle un vistazo?

–Adelante –Annelise asintió–. Son pequeñas trivialidades que seguramente nunca habrá visto –en su voz había un ligero temblor que a Isabel le recordó mucho a la ira.

–¿Es algo malo? –ella se inclinó sobre el hombro de Mac que seguía pasando las páginas desgastadas y escritas a mano.

Un par de ilustraciones de brillantes colores estaban encajadas entre las páginas. Mac se detuvo a estudiar una de ellas. La ilustración representaba a niños de mejillas sonrosadas y cargados de ramos de flores, que saltaban con sus regordetas rodillas al aire. Sus ropas estaban decoradas con la esvástica. Isabel se dejó caer contra el hombro de Mac, su sólida fuerza un consuelo, hasta que se dio cuenta y se apartó bruscamente.

—No tengo piojos —murmuró él.

—Eso decís todos —Isabel se volvió hacia su abuelo y Annelise—. Entiendo que no estés orgullosa de esto.

—Los pequeños dibujos se conocen como *Oblaten* —explicó Annelise—. Son algo así como las pegatinas o cromos que tanto gustaban a mis alumnos. Los miembros de la Liga de las Niñas Alemanas solían coleccionarlos e intercambiarlos. Los *Oblaten* estaban muy de moda, algo así como los Hello Kitty de la época.

—Aunque no tan inocentes. Era una forma de propaganda encubierta destinada a los niños —observó Magnus.

—Nunca había oído hablar de la Liga de las Niñas Alemanas —se extrañó Isabel. Aunque, por algún motivo, sabía que lo iba a descubrir enseguida.

—La liga se conocía en Alemania como BDM —continuó Annelise.

—Eso sí me suena —intervino Tess—. Seguramente lo leí durante mis investigaciones. Las letras representan *Bund Deutscher Mädel*. Es el brazo femenino de las juventudes nazis.

—Da escalofríos —se estremeció Isabel.

—Definitivamente no es una de mis lecturas preferidas —Mac continuó hojeando el cuadernillo de aspecto inocente, lleno de garabatos infantiles—. ¿De dónde ha salido?

Annelise carraspeó e hizo un gesto de desagrado mientras apartaba la mirada.

—Era mío. Hace mucho tiempo.

El corazón de Isabel dio un vuelco.

–¿Quieres decir que perteneciste a las juventudes hitlerianas?

–No, claro que no, aunque me animaron a unirme a ellos –la anciana miró a Magnus a los ojos y una conversación entera, aunque sin palabras, se cruzó entre ellos–. Lo cierto es que casi me obligaron a hacerlo.

El abuelo dijo algo en danés. Isabel no lo entendió, pero la expresión de su rostro era inconfundible.

–Eso es horrible –exclamó Tess–. Lo siento, Annelise. Debió ser horrible.

–¿Y esto? –Mac sostuvo en alto un pequeño pin triangular con el logotipo de las SS y una palabra escrita encima. El oxidado pin estaba enganchado a la contraportada del cuadernillo.

–Otro terrible recordatorio –explicó Annelise–. Veréis. En Helsingør solo estuve a salvo durante un corto periodo de tiempo, hasta que mi abuela murió. Yo no tenía más familia y no conocía a nadie que pudiera acogerme. Quizás algún vecino podría haber cuidado de mí, pero en aquellos tiempos había mucho miedo. Cuando hui, después de su muerte, yo estaba sumida en una nebulosa de confusión. Y ahí fue cuando me uní a *Holger Danske*, viviendo gracias a mi ingenio, más o menos como hacía Magnus. Siendo una niña, casi nunca desperté las sospechas de las autoridades, y pronto me convertí en una experta en actividades clandestinas. Me pillaron por culpa de mi arrogancia juvenil. Me detuvieron mientras participaba en un acto de sabotaje –clavó la mirada en Magnus–. Supongo que te acordarás de aquella noche.

–Sí, yo estaba contigo. Siento...

–No podrías haber hecho nada por evitar mi arresto –ella se volvió hacia el resto de los presentes–. Tras ser capturada por los soldados me enviaron a un orfanato en una isla del mar Báltico. Era un lugar conocido, aunque no por mí, dada mi juventud, por ser el lugar donde algunas chicas jóvenes eran obligadas a participar en el experimento *Lebensborn* de Himmler. ¿Os suena?

Un escalofrío recorrió el cuerpo de Isabel. «¡Por Dios santo!».

—Fue un horrible intento de crear una raza superior —Annelise asintió—. Los alemanes secuestraban chicas jóvenes por toda Europa, pero algunas provenían de orfanatos. Había una obsesión con un determinado aspecto físico: nórdicas y altas, de cabellos rubios y ojos azules. Se conocía como la raza «aria», considerada racialmente pura. Todo el mundo sabe que es una tontería, pero bajo el régimen de los nazis, el programa era aceptado y financiado por el Estado —la anciana hizo una nueva pausa—. Yo tuve la desgracia de encajar en sus características físicas ideales.

El vello de la nuca de Isabel se erizó, aunque se mantuvo muy quieta. Esa conversación le daba una muy mala sensación.

—Esto me lo hicieron para una tarjeta de identidad —Annelise les mostró una foto.

Cubierta de la pátina de una foto antigua, Annelise tenía una expresión mortalmente seria, como una estatua de mármol, pero extremadamente hermosa. Incluso ya de anciana, seguía siendo una mujer hermosa, más alta que la media, ojos de color azul aciano y una delicada estructura ósea facial. Las manos también eran delicadas y femeninas.

—Es como una horrible historia de ciencia ficción —observó Tess.

—Salvo que no era ninguna historia —puntualizó Annelise—. A las chicas se las trataba como ganado, obligadas a aparearse con hombres elegidos, o violadas, hasta que se quedaban embarazadas. Muchos de esos hombres eran oficiales de las SS, o algún otro oficial de alto rango. Había varios hogares especiales para ellas distribuidos por los países europeos bajo ocupación nazi. Se las llamaba casas de partos. Las chicas eran enviadas allí para tener a sus bebés en secreto, y aun así los alemanes aseguraban que era un privilegio engendrar un hijo en nombre del *Reich*. Estos hogares eran como hoteles de lujo, con cuidadoras que nos trataban como princesas cautivas. Y luego nos obligaban a entregar a los bebés a familias nazis.

«Nos, nos...». Isabel la miró perpleja. El cosquilleo en la nuca se extendió por los brazos y la garganta.

—¿Quieres decir que tú...? —no pudo terminar la frase.

Annelise se puso en pie y se dirigió a la ventana. Cruzó los delgados brazos sobre su cintura.

Magnus corrió hasta ella con zancadas propias de un hombre mucho más joven. Se colocó detrás de ella con gesto protector y, acariciándole los hombros, murmuró algo en danés.

Isabel captó algunas de sus palabras: «Nunca me lo mencionaste...».

La respuesta de Annelise fue incomprensible. Pero no la réplica de Magnus. «No hace falta que hables de esto con nadie, nunca».

En esa ocasión, Isabel sí entendió las palabras de Annelise. «Mantenerlo en silencio es tan doloroso como contar la verdad. Nada lo hará...». La siguiente palabra le resultó incomprensible.

—Tiene razón —intervino ella, dirigiéndose a Annelise, aunque mirando a Mac—. No estás obligada a hablar de esto.

—Lo sé. Y llevo la mayor parte de mi vida guardando silencio —la anciana se volvió hacia ellos y pareció crecer a medida que se cuadraba de hombros. La luz del atardecer que entraba por la ventana enmarcaba su silueta—. Creo que me apetece ser escuchada.

—¿En serio? —Tess se acercó a la mujer y la tomó de la mano.

La anciana volvió a asentir.

—Si sobreviví al tormento, entonces podré sobrevivir a su relato.

Tanto Tess como Magnus la urgieron a sentarse.

—No puedo discutir eso —Magnus habló en danés—. Siéntate, amor, y tómate tu tiempo.

«Amor». El apelativo cariñoso confundió a Isabel. Le resultaba a la vez extraño, y extrañamente apropiado, oír a su abuelo referirse a ella como su amor.

Annelise permaneció un rato en silencio, aunque su expresión era vivaz y comprometida. Al fin comenzó a hablar.

—La única manera en que puedo soportar recordar lo sucedido es imaginarme que le sucedió a otra persona, en otra vida —les explicó con voz suave y desprovista de emoción.

O quizás, pensó Isabel mientras veía a la mujer juntar las manos sobre el regazo, la emoción estaba tan profundamente enterrada que resultaba inalcanzable.

—Cuando tenía trece años, me obligaron a tener al bebé de un oficial nazi de las SS.

Isabel sintió náuseas y el pulso latió con fuerza en las entrañas.

Tess acercó su silla a la de Annelise. Tenía los ojos brillantes de la emoción mientras rodeaba los hombros de la anciana con un brazo.

—Estamos aquí para escucharte.

—Y lo agradezco más de lo que te imaginas —contestó la mujer—. Lo que me sucedió a mí no fue tan inusual durante el régimen nazi. Aun así, hoy en día el programa *Lebensborn* ha caído en el olvido, salvo para unos cuantos.

—Eso es verdad —Tess asintió—. Mac, ¿tú habías oído hablar de esto antes de hoy?

—Sí —contestó él, el rostro pétreo—. Fue un programa de crianza creado por Himmler, pero la idea es tan descabellada que jamás lo consideré en términos humanos –su mirada destilaba simpatía al mirar a Annelise–. Hasta ahora. Señorita Winther, lo siento muchísimo.

La anciana apretó las manos sobre el regazo y asintió.

–El bebé nació en una clínica especial a unos cuarenta kilómetros de Copenhague. Era un sitio lleno de hermosos muebles, cortinas de raso, enfermeras con uniformes inmaculados, ropa de cama bordada y hermosos jardines. La comida era abundante y deliciosa, inhabitual en tiempos de guerra. Allí fue donde me entregaron el *Poesiealbum*. Yo no quería escribir ni una palabra en ese cuaderno, pero al final cedí... porque todo el tiempo que me obligaron a permanecer allí me dediqué a preparar mi huida.

–Me alegro que escaparas –susurró Isabel.

–¿Sabes qué le ocurrió al bebé? –preguntó Tess.

Annelise separó las manos y tomó la de Magnus.

–El bebé me fue arrebatado aún con el cordón umbilical colgando. Nunca lo llegué a ver, aunque estoy casi segura de que oí a alguien mencionar que se trataba de un niño. Durante el parto me habían suministrado un narcótico, seguramente alguna clase de morfina, y mis recuerdos de esas horas son vagos y confusos. Seguramente es una bendición que sea así. Estoy segura de que me habrían obligado a tener más bebés. Otra chica de la residencia había tenido dos en el mismo tiempo que yo uno. Eso fue lo que me decidió a escapar. Había desarrollado algunas habilidades, por pura necesidad e instinto de supervivencia.

–Debiste ser muy valiente –susurró Tess.

–A veces la desesperación se confunde con el valor –aseguró Annelise–. Después del parto hubo un momento en que las enfermeras estaban ocupadas con el bebé. Y ese fue el momento que elegí para escapar de allí, con la sangre todavía corriendo por mis piernas.

Sufriendo por la niña cautiva que había sido Annelise, Isabel sintió una lágrima rodar por su mejilla. La imagen de esa niña aterrorizada la angustiaba.

Annelise debió leer el horror y la tristeza en su mirada.

—Discúlpame, pero debo hablar con claridad.

—Por supuesto —la animó Mac.

—Robé alguna ropa de la lavandería de la clínica y salí de allí empujando un carrito de sábanas sucias.

—Por favor, dinos que enseguida encontraste ayuda —imploró Tess.

—La casa de partos estaba en una isla. Le conté a un pescador local una historia absurda sobre necesitar ir urgentemente a la ciudad, y le convencí para que me llevara en su transporte diario de ferry a Copenhague. Una vez allí, acudí a una iglesia católica en un barrio de granjeros. Había oído cosas sobre ese lugar, que era un puerto seguro. Una mujer laica me acogió en su casa y me instaló en una habitación del ático. Dormí durante días, despertando únicamente para beber un poco de sopa y agua. En cuanto recuperé las fuerzas me marché, no quería ponerla en peligro. Al final encontré mi puerto seguro en *Holger Danske*, el grupo de la resistencia con el que había trabajado antes de mi captura.

Annelise prosiguió.

—En cuanto me recuperé, reanudé mis actividades con ellos. Era peligroso, pero supongo que necesitaba recuperar algo de poder y control sobre mi propia vida. Me convertí en una temeraria, más vengativa que nuca. Apenas tomaba precauciones porque, llegados a ese punto, todo me daba igual.

—Eres increíble —exclamó Tess—. Y desgarradora.

—No, soy una superviviente.

—Se convirtió en una de las más jóvenes, y mejores, agentes de la organización —intervino Magnus antes de continuar en danés—. Por el amor de Dios, deberías habérmelo contado.

—Quería olvidarme de todo el asunto lo antes posible —ella sacudió la cabeza—. Sin embargo, terminada la guerra, intenté averiguar el paradero de ese niño. Resultó ser una misión imposible. En cuanto los nazis comprendieron que su régimen estaba a punto de derrumbarse, se apresuraron a ocultar sus crímenes. Los niños nacidos en este experimento pasaron a ser conocidos como los huérfanos de la vergüenza, aunque habían llegado al mundo completamente inocentes. Muchos fueron abandonados en las casas de partos cuando se evacuaron a toda prisa, y los registros fueron destruidos. Se supone que los bebés que sobrevivieron lo hicieron gracias a la bondad de desconocidos, pero, comprensiblemente, su origen se mantuvo en secreto.

Tess contempló el cuadernillo de poesía con expresión nauseabunda.

—Me llevó muchos años perdonarme a mí misma, aunque siempre tuve claro que nada de lo sucedido había sido culpa mía —Annelise suspiró—. Sucedió hace tanto tiempo. A una persona diferente, en otra vida. Después de escapar, supe que Eva había sido enviada a Theresienstadt, y comprendí que mi propio sufrimiento palidecía ante el suyo. Mi suerte mejoró en cuanto volví a serle útil al *Holger Danske*. Y allí me reencontré con Magnus.

—Al principio no la reconocí —les contó el anciano—. De haber sabido...

—¿Habrías sido más civilizado conmigo? —ella le ofreció una sonrisa cargada de afecto.

Isabel tuvo la sensación de secreto compartido.

—Fui de lo más civilizado.

—¡Ja! —Annelise bufó y se volvió hacia Mac—. La primera vez que nos vimos, me metió a empujones en un barco...

—O eso, o enfrentarse al interrogatorio de los camisas marrones —se defendió Magnus.

—La segunda vez que nos vimos —continuó ella—. Me cortó el pelo. No estoy segura de haberlo perdonado aún.

—¿Qué quieres decir con que te cortó el pelo? —Isabel frunció el ceño.

—Me convirtió en un chico.

Quinta parte

En una colmena típica, diez mil abejas recolectoras deben coordinar su búsqueda de néctar. Lo hacen a través de la conocida «danza circular», mediante la cual se comunican unas a otras la dirección del vuelo y la distancia hasta la fuente del néctar. La complejidad y precisión de esta danza es sobrecogedora y el éxito radica en la integridad de su sistema nervioso, en el que cada sinapsis es crucial. No es extraño que las abejas mieleras posean más receptores neurológicos que otros insectos.

Soil Association (www.soilassociation.org)

Pollo frito con mantequilla de miel

Salmuera:

470 ml de suero de mantequilla mezclado con 2 cucharaditas de sal kosher y ½ cucharadita de pimienta.

Pollo:
1 taza de harina
¼ cucharadita de pimienta negra
1 pollo de corral cortado en ocho trozos
2 cucharaditas de sal
2 cucharaditas de pimentón
½ taza de mantequilla

Salsa:

4 cucharadas (¼ de taza de mantequilla)
¼ taza de zumo de limón
¼ taza de miel

Para preparar una salmuera de suero de mantequilla para el pollo, se mezcla el suero de mantequilla con la sal y la pimienta en una bolsa de plástico con cierre. Se echan los trozos de pollo a la bolsa y se deja todo en la nevera durante toda la noche. Antes de utilizar se escurre la bolsa.

Se precalienta el horno a 200ºC. Se mezcla la harina, la sal, la pimienta y el pimentón en una bolsa y se agita en ella cada trozo de pollo para que se impregne bien de la mezcla de harina.

Se derrite un poco de mantequilla en una bandeja resistente al horno. Se añade el pollo y se impregna bien con la mantequilla.

Se hornea con la piel hacia abajo durante unos treinta minutos.

Se funde el resto de la mantequilla en una sartén pequeña y se le añade la miel y el limón.

Se da la vuelta a los trozos de pollo, se vierte la salsa de mantequilla y miel por encima y se hornea otros veinte o treinta minutos más, hasta que el pollo esté tierno.

(Fuente: adaptado de Mr. Food Test Kitchen)

Capítulo 13

Junio de 1942

—¿Por qué tengo que ir siempre yo el primero? —murmuró Magnus con la respiración agitada por el nerviosismo.

—¿Porque eres el más pequeño? —contestó Kjeld, un chico con el que había estado durmiendo en un embarcadero en un extremo de la ciudad vieja, cerca del puerto. Habían acampado en un desvencijado barco pesquero de madera, abandonado desde hacía mucho tiempo y con la quilla apuntando hacia el cielo como la aleta dorsal de un tiburón. Para el observador casual, los barcos viejos del embarcadero parecían estar en proceso de putrefacción en la marisma orientada al este. Pero, en realidad, las naves abandonadas se habían convertido en la madriguera para esconder suministros, desde sacos de pescado salado hasta cajas de dinamita para los fugitivos de la ley. También servían para esconder brevemente de los nazis a los judíos y miembros de la resistencia.

—Esto es lo que tienes que hacer —continuó Kjeld.

Era un chico rubio y corpulento con los dientes torcidos y una endiablada puntería con el brazo. Las armas de fuego eran difíciles de conseguir, pero alguien con buena puntería podía hacer mucho daño con trapos empapados en gasolina, una piedra y una caja de cerillas. Kjeld era conocido por haber roto una ventana con una piedra de río desde una distancia de cincuenta pasos.

—El barco alemán cargará los suministros hacia las diez de la mañana. Tú subirás a bordo escondido en un barril de manzanas. Ven.

Magnus contempló con desconfianza el barril.

—¿Y se supone que debo esconderme en el fondo de esa cosa?

—Sí, ingenioso, ¿verdad?

El barril estaba provisto de un doble fondo con espacio suficiente para que Magnus encogiera su delgada figura y se acurrucara allí. La parte superior estaba llena de trozos de madera y manzanas de la cosecha anterior.

Cuando los alemanes invadieron y ocuparon Dinamarca, habían hecho numerosas promesas sobre la seguridad de los daneses. La justificación, que nadie se creía, era que los daneses quedarían a salvo del ataque del enemigo británico al estar bajo la protección alemana.

El verdadero motivo para capitular había sido una simple cuestión de números. El ejército danés no tenía ninguna posibilidad contra la máquina de guerra nazi.

Pero eso no significaba que no fueran a contraatacar. Desde que hubo conocido a «el Profesor», Magnus había aprendido cosas que jamás se habría imaginado.

Antes de la llegada de los alemanes había sido un chico inocente y formal al que habría espantado la idea de organizar algún acto atrevido o arriesgado para desafiar a las autoridades. Pero la noche en que los nazis se habían llevado a su familia, también se habían llevado su inocencia.

Y, en esos momentos, tenía menos escrúpulos que un gato callejero empeñado en sobrevivir. Al servicio de la resistencia había mentido, engañado y robado. Había colocado dinamita en almacenes y taladrado agujeros en los cascos de los barcos. Jamás había matado a un alemán, pero lo haría en caso necesario.

Aunque esperaba que ese caso no se produjera.

—¿Y cuando esté a bordo?

—Alguien te explicará cuál es tu objetivo.

Magnus asintió. Ningún miembro de la resistencia conocía todos los detalles de una operación. Así, si eran apresados, no podrían facilitar demasiada información, aunque los torturaran. Magnus estaba casi seguro de que el nombre de ese chico no era Kjeld. Y fue otra persona quien le explicó lo que debía hacer una vez estuviera en la zona de carga del barco.

Debía encontrar una serie de cajas muy concretas y sustituir las etiquetas de instrucciones que llevaban. Así se asegurarían de que esas cajas fueran dejadas en el muelle aquella noche en lugar de ser cargadas en los camiones de transporte. Magnus no tenía ni idea de qué contenían, y seguramente tampoco quería saberlo. Podrían estar llenas de cualquier cosa, desde suministros de oficinas hasta munición.

Kjeld lo ayudó a meterse en el barril y colocó la tapa, sin cerrarla del todo. Magnus aguardó en el reducido y oscuro espacio que olía a manzanas maduras y a paja. Fue izado y zarandeado mientras apretaba los dientes con fuerza para evitar hacer ruido. No estaba asustado. Concentrarse en la misión le impedía sentir miedo. La sed de venganza era como una cuchilla fría y afilada.

En cuanto estuvo a bordo, esperó unos minutos hasta asegurarse de no oír ningún ruido. Había llegado el momento. Empujó la tapa del barril. A su alrededor reinaba la oscuridad, pero llevaba una pequeña linterna para iluminar su camino. Tal y como le habían dicho, había una pila de cajas etiquetadas. Sustituyó las etiquetas por otras que llevaba consigo, asegurándose de que el destino de los suministros fuera otro. Alguien iba a meterse en un buen lío, pero ese alguien no era él. Rápido y sigiloso como una rata de muelle, se alejó de la bodega y saltó por la borda, aterrizando silenciosamente sobre el muelle.

Faltaba ejecutar la segunda parte de su misión. Le habían proporcionado una palabra en clave y debía reunirse con otro agente en Gammel Strand, una vieja calle, y mercado, junto al canal donde mujeres cubiertas con un pañuelo blanco, y provenientes del pueblecito pesquero de Skovshoved, vendían pescado. Recorrió la plaza con la mirada. A mediodía siempre bullía de actividad. Incluso los sempiternos soldados esquivaban a la multitud. Los daneses ya se habían acostumbrado a su presencia y, en su mayor parte, ambas facciones mantenían las distancias.

En una esquina de la plaza había un grupo de personas esperando el autobús tirado por caballos. La escasez de petróleo había obligado en algunas zonas de la ciudad a recuperar ese viejo medio de transporte, largos autobuses con asientos de banco y un toldo por encima. Los grandes caballos de tiro enganchados al camión tenían un aspecto viejo y cansado mientras avanzaban por las calles de Copenhague. Y seguramente eran viejos y estaban cansados. Los ejemplares más fuertes solían ser requisados por las autoridades alemanas y embarcados a zonas de guerra para tirar de los trenes de mercancías.

Junto a la parada del autobús había una vieja fuente de piedra empotrada en un muro cubierto de musgo del que caía un pequeño chorro de agua directamente a la rajada pila de cemento de la fuente. El lateral de la parada de autobús estaba cubierto de proclamas nazis, unos carteles que habían empezado a aparecer por toda la ciudad. *A efectos del uno de julio, todos los judíos sin excepción deberán llevar la insignia con la estrella de David amarilla sobre la parte superior de la manga derecha. Las insignias serán suministradas por la Autoridad Central. La negativa a cumplir con esta norma será considerada un acto de insubordinación. Por orden del* Reich.

Los daneses, judíos o no, despreciaron la proclama y por la ciudad corría el rumor de que iban a desafiar la orden fuera como fuera.

Magnus aguardó ansiosamente hasta que el autobús se marchó con sus pasajeros. La plaza seguía llena de estibadores, vendedoras de pescado y otras personas ocupadas en sus asuntos. Dos tipos tiraban de un carro con hielo, avanzando junto al muelle y ofreciendo paladas de hielo a las pescaderas.

Casi había llegado a la parada cuando apareció una lavandera, el uniforme azul grisáceo de trabajo colgaba de su cuerpo y los zuecos estaban sucios. Un pañuelo, también sucio, le cubría la cabeza, apartando los cabellos de su inexpresivo rostro.

«Genial», pensó Magnus. Justo lo que le faltaba, un testigo. Su contacto iba a tener que esperar para poder abordarlo.

La mujer se inclinó y sumergió una esponja en el cubo, pero, en lugar de limpiar el cristal de la parada del autobús, embadurnó la proclama con pintura negra. Trabajando con rapidez, escribió con grandes letras *Cuando vuelen los cerdos*.

Y tan tranquilamente vació el cubo de pintura negra en la alcantarilla y se lavó las manos en la fuente.

Magnus permaneció en la parada, haciendo verdaderos esfuerzos por contener una sonrisa de sorpresa. Resultaba que esa mujer era su contacto. Pues la palabra clave era «cerdos». No había esperado encontrarse así con el agente. El siguiente paso era cambiar de hombro la mochila llena de libros de texto, para así establecer el contacto. Segundos después, la chica regresó a la parada y soltó el cubo y el cepillo.

Él levantó la vista hacia el reloj de la fachada de uno de los altos y coloridos edificios, y fingió consultar la hora.

—Eso ha sido muy atrevido.

—Hago lo que puedo —la voz era dulce y sonaba más joven de lo que la muchacha parecía.

De hecho, seguramente era más joven de lo que parecía. Pero, al igual que él, sin duda había tenido que dejar atrás su infancia para poder sobrevivir. Su pálida piel, tensa sobre los pómulos, estaba sucia y el ceño fruncido. Tenía la mandíbula encajada. La ocupación alemana se cobraba su precio de muchas maneras que Magnus empezaba a descubrir. Aunque no hubiera combates y luchas, la tensión y la incertidumbre de la vida cotidiana bajo el régimen nazi machacaba los ánimos. La expresión de la joven exudaba ira y angustia.

Magnus se preguntó qué problemas habría tenido esa mujer, en realidad una cría, por culpa de los nazis.

—Supongo que no servirá de nada advertirte de lo peligroso que resulta provocar de ese modo a los nazis —continuó él.

—Hoy en día todo es peligroso —contestó ella sin ninguna emoción en la voz.

—¿Tienes algún mensaje para mí?

—Debes ir al muelle del este y buscar el *Selfors* —le indicó—, un barco de suministros. ¿Lo conoces?

Acababa de estar en ese muelle, arriesgando el cuello en un barril de manzanas para cambiar las etiquetas de las cajas.

—Por supuesto.

—Una vez en el muelle acude al despacho del capitán. Él tiene un paquete para ti. Deberás entregarlo en la tienda de los hermanos Ivarsen, en la calle Linden.

Magnus sintió una extraña oleada de orgullo. Sabía que el trabajo tenía algo que ver con la fabricación de armas de fuego, el mismo trabajo al que se había dedicado su padre antes de ser arrestado. De algún modo el participar en esa actividad ilícita le hacía sentirse más cerca de su padre. Cada día se preguntaba qué había sido de ellos después de la noche en que se los habían llevado, y sus cavilaciones siempre le conducían a terribles imágenes. Pero también le convencían más de su necesidad de sobrevivir y seguir con la lucha, ayudar a patriotas daneses a fabricar ametralladoras ante las mismísimas narices de los nazis.

–De momento no necesitas saber más –concluyó la chica–. Tómate tu tiempo, pero tampoco remolonees en exceso. Y, por el amor de Dios, que no te atrapen.

–A mí nunca me atrapan.

Tras una larga pausa, ella contestó.

–Lo sé.

–Oye, ¿nos conocemos? –Magnus frunció el ceño.

–Yo...

En ese momento sucedieron dos cosas. Un grupo de camisas marrones aparecieron en la plaza, marchando en formación, las botas pulidas, las armas brillantes. Su típico caminar y elevado tono de voz exigían atención. Magnus odiaba sus risas, su alegre confianza. Odiaba que fueran hombres jóvenes y bien alimentados con botas lustrosas y pistolas Luger. Odiaba ese aire despreocupado que portaban.

Los camisas marrones tenían una habilidad especial para detectar a los agitadores. Al unirse a la resistencia, Magnus había aprendido a hacer uso de su aspecto inocente de escolar. Normalmente, los nazis no solían prestarle más atención que a un gato callejero.

La segunda cosa que sucedió en ese momento fue que la muchacha agachó la cabeza y la hundió entre los hombros, en un gesto que despertó sus recuerdos.

–Esto es muy raro –observó él, sin mirarla–. Juraría que nos hemos conocido en alguna parte. ¿Nos conocemos?

–Hoy en día no es aconsejable conocer a nadie –ella apretó los labios con fuerza.

Era increíble lo endurecida que estaba para ser tan joven. Su mirada era vieja y fría como una roca. ¿Qué había tenido que soportar para blindarse de esa forma?

«Todos hemos sufrido».

Una ráfaga de viento le arrancó de la cabeza el pañuelo, que aterrizó justo ante los soldados nazis. Una maraña de cabellos dorados quedó liberada del sucio pedazo de tela. Ella alargó una mano hacia el pañuelo, pero un soldado lo clavó al suelo con la bayoneta y lo alzó a modo de bandera de rendición.

Magnus tuvo el impulso de agarrar a la chica y correr. Pero se limitó a rechinar los dientes mientras se obligaba a sí mismo a permanecer quieto. En la resistencia había aprendido muy pronto que uno no desafiaba a los camisas marrones. El primer verano tras la ocupación, su amigo Ikey había visto a unos soldados torturando a un perro en el parque Golden Prince. Ikey había protestado en un intento de salvar al perro. Aquello había terminado con su cara aplastada de un culatazo. Ya nunca volvería a tener el mismo aspecto.

El soldado de la bayoneta bromeaba con la chica rubia.

–¿Lo quieres? –se burlaba, manteniendo el pañuelo lo bastante lejos para que ella no pudiera alcanzarlo–. Pídemelo con educación.

–Por favor, devuélvame el pañuelo –suplicó ella con una mano extendida.

Habló en danés, no en alemán. Una vulgar lavandera no conocería el alemán.

Incluso a la distancia de los diez pasos que los separaban, Magnus sentía la ira que emanaba de la joven. La gente empezaba a mirarlos. Al igual que él, todos conocían el peligro de intervenir. Los nazis llevaban allí el tiempo suficiente para que los locales hubieran aprendido a guardar las distancias. Las personas se volvían más avispadas, o desaparecían. Como los padres de Magnus.

–Acércate, muchacha –la conminó uno de los camisas marrones.

En Dinamarca, ser hermosa era peligroso. Magnus se

irritó contra la chica por ser tan bella. ¿Es que no sabía que no debía?

—Da igual —contestó ella bruscamente—. Puede quedárselo de recuerdo. Tengo que irme. Tengo trabajo.

La chica se dio la vuelta, pero el soldado la agarró del brazo.

La visión de la mano del soldado sobre el brazo de la joven casi hizo estallar a Magnus. Quiso saltar, quiso defenderla. Pero el soldado estaba rodeado de otros tres. Siempre iban en manadas, como los lobos.

Y sin embargo no podía quedarse allí sin hacer nada.

—Greta —llamó—. Por fin te encuentro, Greta —Magnus se acercó al soldado y le ofreció una servil reverencia—. Gracias por encontrar a mi hermana. Se alejó y olvidó su cita en la clínica.

—¿Quién demonios eres tú? —preguntó el soldado.

—Su hermano, señor —él se tocó la visera de la gorra—. Intento cuidarla, pero es... —se señaló una oreja con el dedo y lo giró en círculos—. Boba. ¿Entiende?

—Pues lo cierto es que no, chico —contestó el soldado.

—A veces se mete en líos —mientras hablaba, Magnus arrancó el pañuelo de la bayoneta y se lo entregó a la muchacha—. Debo llevarla a la clínica para que le suministren su dosis de penicilina. Tiene un embarazoso problemilla —bajó la voz hasta convertirla en un susurro—. De esos que no se pueden eliminar con agua y jabón. No se habrá acercado demasiado a ella, ¿no?

El soldado dio un paso atrás mientras en su rostro asomaba una expresión de asco.

—Marchaos entonces —agitó una mano en el aire como si quisiera espantarlos—. Y llévate a esta andrajosa contigo —escupió en el suelo y se dio media vuelta.

Magnus tomó a la chica de la mano y la condujo por una callejuela lateral hacia el hospital de la beneficencia.

—¿Boba? —siseó ella furiosa—. ¿Un problemilla que no se elimina con agua y jabón?

—¿Qué tal si pruebas con algo mejor? —espetó él—. ¿Algo así como «gracias por salvarme de esos cerdos nazis»?

—No me hacía falta.

—¿En serio? Esos tipos estaban a punto de llevarte con ellos para violarte.

La espalda y los hombros de la joven se tensaron visiblemente, y algo le indicó a Magnus que esa chiquilla sabía muy bien lo que era una violación. Desgraciadamente, él también. El Profesor se lo había descrito con doloroso detalle. A veces los chicos también eran víctimas, pero en la mayoría de las ocasiones se trataba de un acto de violencia especialmente terrible contra las mujeres. En aquellos días le resultaba muy doloroso pensar en el Profesor. Porque ya no estaba. Lo había asesinado un francotirador alemán, ante la horrorizada mirada de Magnus. La sangre del Profesor lo había obsesionado durante días, bajo las uñas, en su nariz, en las orejas.

—Ya te lo he dicho —espetó ella—. Sé cuidarme sola. Llevo mucho tiempo haciéndolo —a pesar de sus palabras, se la notaba agitada, el rostro cenizo, las manos y la voz temblorosas.

—Bueno, pues ya no estás sola —murmuró él—. Estás conmigo.

Pasaron ante la iglesia de St. Stephen, donde solía acudir al oficio con su familia, que ya no estaba. Miró a su alrededor y comprobó que estaban solos. Bruscamente, la empujó al interior del templo, que también estaba vacío. El púlpito de madera tallada representaba a un dragón alzándose contra el elevado semicírculo de las coloridas vitrinas que rodeaban el altar. Sus pisadas resonaban sobre el suelo de piedra, rebotando contra las paredes apuntaladas.

Magnus la empujó al interior de un reclinatorio de madera que parecía una silla con el respaldo de listones.

–No te muevas –le ordenó antes de hundir la mano en el bolsillo y sacar la navaja. La cuchilla estaba muy afilada y a menudo resultaba útil para algún acto de sabotaje.

–¿Qué te crees que haces? –exigió saber la muchacha mientras se retorcía e intentaba apartarse de la navaja–. Gritaré. Yo…

–Te quedarás quieta.

Magnus tenía el corazón acelerado, pero sabía que estaba haciendo lo correcto. Había visto cómo la miraban los soldados.

–Pero…

–Cállate –con la mano que tenía libre, agarró un puñado de pelo rubio, el tacto de pura seda, el olor a hierbas y flores. Acercó la cuchilla a la cabeza de la chica y cortó con decisión. Medio metro de seda color miel cayó al suelo.

–¡No sigas! –ella gritó mientras saltaba del reclinatorio y caía de rodillas–. Estás loco. ¡Déjame en paz!

–Quédate quieta. Vuelve a sentarte y deja de graznar. Tengo que terminarlo.

–¡Ni hablar! Voy a gritar que eres un maldito asesino –presa de un pánico irracional, la joven intentó recoger del suelo los largos mechones de cabello.

–¿Y atraer así a los soldados para que vuelvan a atraparte? Quédate quieta, maldita seas –Magnus la sujetó por el huesudo hombro y acercó el rostro al suyo–. Escucha. Los camisas marrones toman lo que quieren. Y son extremadamente aficionados a jovencitas de sedosos cabellos rubios.

–Lo sé –la joven dejó caer los mechones de pelo–. Por eso llevo el pañuelo…

–Que no te ha servido de nada hoy. Conozco a una chica que se cortó la cara con una cuchilla de afeitar para mantener alejados a los soldados –él la empujó contra la silla y sostuvo la navaja delante de su nariz.

—Eso es mentira —ella le dio un manotazo al cuchillo.

Pero por la expresión salvaje de su mirada se notaba que era muy consciente de que Magnus no mentía.

—Otra cosa más —continuó él—. A algunas chicas se las llevan en secreto y las obligan a tener bebés con oficiales de las SS.

Era algo que Magnus no acababa de entender, pero hacía poco en una reunión, uno de los agentes había leído un artículo de *Land og Folk*, un periódico clandestino, en el que se describía el programa.

—Solo intentas asustarme —insistió ella.

—Ya estás asustada —Magnus le cubrió una mano con la suya. Tenía los dedos helados—. El pelo vuelve a crecer. Hay otras cosas, como la dignidad y la autoestima que no.

Ella lo miró furiosa, desafiante, pero al mismo tiempo, una gruesa lágrima se formó en su ojo y rodó por la mejilla. Él se tuvo que recordar a sí mismo que no era más que una cría. Una niña asustada, como todos ellos, con ojos intensamente azules y piel de porcelana, prácticamente indefensa contra los peligros de la Copenhague ocupada.

Y entonces lo entendió. Al fin recordó dónde había visto a esa chica. Al comienzo de la ocupación, poco después de que su familia hubiera desaparecido y él se hubiera unido a la resistencia, había rescatado a una chica de cabellos rubios y ojos aterrorizados. Aún recordaba ese luminoso día de abril, el aburguesado barrio repentinamente contaminado con la presencia de los camiones de transporte alemanes y la policía militar.

Magnus tenía como misión advertir a la familia Winther de su inminente arresto por actos de rebelión, actos que incluían salvar a la gente de ser capturada y trasladada. Pero no les había avisado a tiempo. Había llegado demasiado tarde. La señora Winther había sido arrastrada fuera de la casa ante los ojos de su hija mientras el señor

Winther había sido arrestado en el hospital en el que trabajaba. Pero habían dejado a la niñita rubia, que había conseguido zafarse de los soldados.

Magnus la había alcanzado mientras corría despavorida.

Aunque era una extraña, entendió perfectamente su terror y sentimiento de culpa. Le aterrorizaban los camisas marrones, pero al mismo tiempo le consumía la culpa porque se habían llevado a sus padres mientras que ella había sobrevivido. Lo mismo le había sucedido a él la noche del incendio. Esa noche había aprendido que la necesidad de huir y de sobrevivir era más fuerte que la pena. Incluso cuando una parte de él deseaba acurrucarse en el suelo y rendirse a la desesperación, un fuego interno ardía clamando justicia.

Y por eso se había empeñado en ayudar a la niña que huía, y por eso la había enviado a Helsingør para que pudiera reunirse con su abuela.

—Annelise —la llamó por su nombre—. Eres Annelise Winther.

—Yo ya no soy esa niña —el rostro de la muchacha adquirió una expresión de dureza—. Ella murió el día en que se llevaron a su familia.

Y sin más salió por la puerta de la iglesia y se marchó bajo la débil luz del atardecer.

Mientras caminaban juntos, Magnus averiguó que no había permanecido mucho tiempo en Helsingør, porque su abuela había fallecido. Al igual que él, había perdido a todos, lo había perdido todo. Y, al igual que él, había encontrado un propósito, una razón para sobrevivir, con los *Holger Danske*.

A lo largo del siguiente año, se encontró con ella en numerosas ocasiones. Ella era joven y ágil, nada que ver con la clase de amenaza que buscaban los nazis. Acostumbraba a tomar parte en operaciones que requerían que el agente se expusiera abiertamente.

Pero el peligro acechaba en cada esquina. En el mundo de las sombras en el que habitaba Magnus, un salto de fe podía convertirse rápidamente en una caída libre. Un pequeño error, establecer contacto visual con la persona equivocada, ejecutar una maniobra demasiado pronto, o demasiado tarde, en ocasiones podía conducir a ser descubierto y, a continuación, al desastre.

La ocupación alemana se volvía cada vez más despiadada. Los daneses continuaban con sus huelgas y actos de sabotaje. Cuando los alemanes intentaron forzar a los jueces para que castigaran a los saboteadores daneses, el gobierno en pleno dimitió. En esos momentos estaban bajo la ley marcial y los arrestos se extendían por todas partes, a judíos, no judíos, civiles daneses y personal militar. Cualquiera era presa fácil.

Las instrucciones de aquella noche eran sencillas. Magnus debía ponerse un delantal de algodón encerado de pescadero y un par de guantes de goma y dirigirse a los muelles donde estaba atracada la flota de pesca del arenque. En esa época del año había luz casi hasta medianoche y todo estaba iluminado con una fantasmagórica luz rojiza. Los botes se balanceaban sobre un agitado mar, estibadores y pescadores bebían whisky y fumaban cigarrillos liados a mano.

La organización cambiaba a sus miembros de un lado a otro. Habían aprendido por las malas que los agentes de la resistencia eran presa fácil para la Gestapo. Al rotar al personal, nadie llegaba a conocer demasiados detalles sobre una operación. Y, si no sabías nada, por mucho que te torturaran no podrían sacarte información.

Desgraciadamente eso significaba que, en ocasiones, Magnus se encontraba trabajando con agentes nuevos e inexpertos. Y ese era claramente el caso de aquella noche, no por la gorra plana de marinero con lengüetas blancas en la parte trasera, igual que el sombrero que él mismo llevaba. No, reconoció al inexperto compañero por la raya planchada del pantalón de trabajo, y porque fumaba un cigarrillo liado a máquina, un clara señal de que era un forastero. Y, por si fuera poco, ese tipo fumaba a toda velocidad, no al modo relajado y lacónico de un trabajador al terminar el turno, sino como un hombre a punto de enfrentarse a su propia ejecución.

–Tus pantalones están demasiado limpios –observó Magnus mientras le acercaba una carretilla de redes.

–¿Cómo? –el tipo bajó la mirada al mono azul.

–Todavía tienen marcada la raya en los pliegues.

–Pido mil disculpas.

Ese tipo incluso hablaba raro. Magnus no conseguía identificar el acento. Pronunciaba el danés de una manera extraña. Quizás fuera de alguna parte de Inglaterra.

–Lo que quiero decir es que tu aspecto es sospechoso –insistió Magnus–. Deshazte de ese cigarrillo antes de que te vean. Y deja de fumar como si fuera el último pitillo.

El hombre soltó el cigarrillo y lo aplastó con el zapato. A pesar de la escasa luz, Magnus comprobó que era joven, seguramente un adolescente como él mismo. Su piel era olivácea y los cabellos oscuros. Dese luego no era el típico danés.

–¿Tienes las instrucciones?

El tipo no contestó. Carraspeó y movió los pies, inquieto.

–¡Por el amor de Dios! –Magnus se desesperó–. Se suponía que hoy habría luna llena.

–Pero ¿cómo se sabe si la luz del verano no se apaga nunca? –el suspiro de alivio fue claramente audible.

Eran las frases que debían intercambiar. Y con esas breves palabras se convirtieron en compañeros de misión. El extranjero explicó sus órdenes y ambos se pusieron manos a la obra en los muelles de carga, cargando las cestas de arenque cuyo destino era, seguramente, los puestos de pescado en la plaza del mercado.

Magnus trabajaba sin dejar de mirar de reojo a su compañero. Se preguntó de dónde sería. Su aspecto era de español o italiano, aunque el acento era inglés. ¿Norteamericano? Magnus nunca había visto a un estadounidense, solo en las películas. Sus preferidas eran las de vaqueros. A todo el mundo le gustaban las películas de vaqueros. En el colegio estudiaba inglés, pero donde realmente había aprendido el idioma era en las películas.

Decidió comprobar su corazonada.

—Los soldados —comenzó, en inglés, intentando imitar a su vaquero preferido, Roy Rogers—, están siempre en alerta, como los perros entrenados, ¿sabes?

—Lo siento —el chico levantó bruscamente la cabeza, visiblemente aturdido—. No entiendo.

—Tienes que esperar tu oportunidad —continuó Magnus en inglés—. Esos bastardos son escurridizos. Observan cada movimiento. Observan a todo el mundo. Si ven a alguien que debería ser un obrero, pero cuyos pantalones son nuevos y con la raya marcada, sospechan, ¿entiendes? Si ven a un tipo fumando un cigarrillo de máquina, se imaginarán que eres o espía o ladrón. Y si consiguen oír tu conversación, se preguntarán por qué hablas danés con acento inglés. Y puede que lleguen a la conclusión de que eres de Inglaterra.

El muchacho continuó con su trabajo. Magnus se encogió de hombros y cargó con un cesto. Seguramente lo mejor sería no saber nada el uno del otro. Sin embargo, aquella era una manera dura de vivir. Desconectado, sin intimar con nadie. A veces se preguntaba si vivir tenía realmente algún sentido.

Pero entonces recordaba la promesa hecha a la pequeña Eva antes de que desapareciera. Y, a veces, pensaba en esa chica que había conocido en la plaza, la hermosa Annelise Winther, desprovista de su bonito cabello gracias a él. Y esos pensamientos lo impulsaban a superar los malos momentos. No obstante era horrible, porque nada parecía capaz de detener a los nazis. Lo más probable era que decidieran permanecer allí y desmantelar lo que quedaba de Dinamarca.

Magnus sabía que tenía que marcharse, aunque no cuándo llegaría ese día. Ni adónde iría.

—Estados Unidos de Norteamérica —contestó al fin el chico—. California, para ser más exacto.

Oír esas palabras aceleró el corazón de Magnus. Estaba orgulloso de haberlo descubierto, e intrigado por conocer a su primer estadounidense.

Magnus se moría de ganas de saber cómo un yanqui había acabado ayudando a la resistencia. Todo el mundo sabía que los Estados Unidos de Norteamérica se mantenía fuera de la guerra, incluso a pesar de los rumores de que tenían pensado unirse a las tropas aliadas para acabar con los alemanes de una vez por todas.

Cuando la pila de cestas de pescado fue lo bastante alta, Magnus se volvió bruscamente hacia el barco de mercancías alemán.

—Ahora, mantén los ojos bien abiertos. Tenemos que ir allí y recoger las cajas marcadas.

Escondieron las carretillas detrás de las cestas y se abrieron camino entre cajas apiladas. Buscaban unas que llevaran la etiqueta *Para distribución especial*.

—Aquí está —señaló el estadounidense, indicando un grupo de cajas marcadas en alemán—. ¿Las cargamos?

—Sí, pero no te apresures —las cajas no pesaban demasiado y Magnus no estaba seguro de qué contenían. Podrían ser suministros de munición, o incluso armas. O quizás estuvieran llenas de esos estúpidos panfletos que tanto les gustaba distribuir a los alemanes, panfletos en los que prometían a los daneses una vida mejor en cuanto se sometieran plenamente a la protección alemana. Esos panfletos no eran más que ruido y propaganda.

A Magnus le pudo la curiosidad y, con su navaja, levantó una esquina de la caja.

—¿Deberías estar haciendo eso?

Él se encogió de hombros y continuó. En la parte superior de la caja había papeles de periódico y debajo cuadrados de tela. Sacó uno y lo sujetó contra la luz. La sangre se le heló.

—Hijos de puta —susurró.

—¿Qué es?

—Insignias —contestó él mientras se lo mostraba a su compañero.

—¿Qué quieres decir con insignias? ¿Qué clase de insignias?

—Creo que ya lo sabes —le mostró mejor una de esas insignias, del tamaño de la palma de una mano, con la forma de una estrella amarilla de seis puntas y la palabra «Judío».

—Quieres decir que son para los judíos —el chico asintió—. Es la estrella de David.

—Bueno, desde luego no es la estrella de un sheriff, ¿verdad? Este no es el Salvaje Oeste —Magnus sentía frío a pesar de la cálida temperatura de la noche de verano—. Obligar a los judíos a llevar la insignia es el paso previo a aislarlos y deportarlos —le explicó a su compañero—. Es solo cuestión de tiempo.

—He oído hablar de las deportaciones. Los alemanes prometen a los judíos que serán llevados, por su propia seguridad, a campos de trabajo en Polonia. Pero ahora sabemos que en realidad se trata de campos de exterminio donde la gente muere a millares.

—Yo había oído lo mismo —susurró Magnus—. ¿De dónde has sacado la información?

—Hay un grupo en Polonia, conocido como «Bund», que envió a un testigo ocular a Inglaterra para que informara de los hechos en la primavera del año pasado. Desde entonces ha habido numerosas comprobaciones, incluyendo fotografías e informes de testigos.

La horrorosa verdad sobre los campos era tan siniestra que algunas personas no se la creían. El propio Magnus había desconfiado de los primeros informes. Como todos. La idea de matar a una raza entera de personas, incluyendo a mujeres, bebés, abuelas, ancianos, niños inocentes… era demasiado descabellada, demasiado atroz. Sin embargo, en esos momentos estaba bastante claro que los alemanes habían instituido un sistema de deportaciones de judíos con el fin de matarlos a todos.

Al principio, los nazis utilizaban escuadrones móviles de matanza, los *Einsatzgruppen*, para agrupar y masacrar a los judíos de Europa del Este disparándolos a sangre fría o asfixiándolos en cámaras de gas instaladas en camiones. Después se volvieron más sistemáticos en su empeño de exterminar a la raza entera. El término «Solución Final», se había hecho público y ya nadie se molestaba en fingir que los campos eran otra cosa que fábricas de muerte.

—Tenemos que cargar estas cajas en ese camión —Magnus señaló un vehículo que les aguardaba.

—Parece bastante sencillo.

—Si tú lo dices.

—¿Por qué los conservamos? —preguntó el estadounidense—. ¿Por qué no hundimos las insignias en el fondo del mar?

—Nosotros no sabemos el motivo. A lo mejor nuestra misión consiste en asegurar que las cajas no puedan ser recuperadas.

Llevaron las cajas hasta el camión. Las colocaron en el centro y a continuación las rodearon con las cestas de arenques. El conductor no dijo palabra alguna, se limitó a esperar en la parte delantera. Magnus y el otro chico se subieron a la parte trasera del camión y se sentaron con los pies colgando. Magnus se llevó dos dedos a los labios y silbó, la señal para que el vehículo arrancara.

—No olvides lo que te he dicho —le advirtió al estadounidense–. Hacemos esto a diario. No es más que otro cargamento de pescado.

–Entendido.

Al pasar por la puerta, Magnus balanceó los pies y asintió a modo de saludo. Los guardias solo miraron el camión por encima. Los carros de suministros eran habituales. Los perros tampoco alertaron sobre ningún olor especial. El hedor de los arenques era lo bastante fuerte. Pasaron por delante de los guardias y permanecieron en silencio hasta haberse alejado del puerto.

–¿Cómo puedo llamarte? –preguntó el extranjero.

Algunos agentes utilizaban nombres en clave, pero en opinión de Magnus, era una tontería y solo suponía un dato más que recordar.

–Magnus –contestó–, así me llamo de verdad. ¿Y tú?

–Ramón. Así me llamo.

–No suena muy estadounidense.

–Te sorprendería. Estados Unidos de Norteamérica es muchas cosas a la vez. Sobre todo California –el chico hizo una pausa–. Allí siempre hace calor. Siempre hace sol.

Un lugar en el que siempre hacía sol sonaba a algo inventado, como una película o un sueño.

–¿Y por qué te marchaste de allí? ¿Has venido para enfrentarte al avance del tercer *Reich*?

–No. He venido porque no me quiero casar con Evelyn Skeedy.

–¿Quién es Evelyn Skeedy?

–Una chica de California a la que conozco. Intentó atraparme. Tuve que huir.

Magnus sopesó la ironía. Desde hacía años la gente intentaba escapar de Copenhague.

–¿Y cómo es que, huyendo de California, acabaste en la Dinamarca ocupada? ¿Estás loco?

–Hay muchas maneras de escapar. Había una chica que me perseguía, en realidad su padre y sus hermanos. Tenía que huir deprisa.

–¿Qué quieres decir con que te perseguía? Si una chica me persiguiera, yo no correría. La recibiría encantado.
–A esta chica no. Buscaba un marido. Le contó algunas cosas a su padre, mentiras. Dijo que yo... la había comprometido, ¿sabes a qué me refiero?
–Creo que sí –Magnus pensaba a todas horas en chicas, pero era demasiado tímido para hacer nada.
–Yo jamás haría eso –Ramón cerró los puños con fuerza–, pero ella era muy convincente.
–Y así pues huiste.
–A San Francisco. Una ciudad portuaria muy grande.
–He oído hablar de ese sitio.
–Me alisté en la marina mercante. ¿Sabes lo que es?
–Sí, por supuesto.
–No te hacen muchas preguntas. Si tienes aspecto de ser fuerte y de ser capaz de cumplir órdenes, te aceptan.
–¿Y así acabaste en Copenhague?
–El hermano del capitán es el dueño del barco. Ambos son daneses. Los hermanos Gundersen.
–Sí, los conozco –Magnus se agarró con fuerza cuando el camión empezó a traquetear sobre una carretera cada vez más llena de baches. Los Gundersen eran una familia naviera local. Desde el principio se habían opuesto claramente a la ocupación. El patriarca había acudido ante el consejo del rey Christian para oponerse a la rendición.
–¿Dónde aprendiste a hablar danés?
–No se me da muy bien, pero poseo cierto don para los idiomas. Hablo español, inglés y alemán, y me manejo.
–¿Y sigues en la marina mercante?
–No. Abandoné el barco aquí, en Copenhague. Ahora trabajo para una agencia llamada Cruz Roja. ¿La conoces?
–Claro, todo el mundo conoce la Cruz Roja.
–Este tipo de trabajo se me da mejor, ¿me entiendes?
–Ramón lo miró fijamente.

Magnus comprendió que no era más que una tapadera para su verdadero trabajo. Se suponía que la Cruz Roja era totalmente neutral, y cuando aparecía un agente al servicio de las fuerzas aliadas, solían mirar para otro lado. La gente afiliada a la Cruz Roja no solía verse sometida a escrutinio. Cruzaban fronteras a su antojo y se les concedía acceso a los prisioneros de los campos de guerra para que pudieran inspeccionarlos.

A medida que la comunidad internacional comprendía el verdadero propósito de los campos de trabajo alemanes, los esfuerzos para llevar a cabo rescates ganaron terreno. Los trabajadores de la Cruz Roja a menudo estaban limitados por regulaciones y papeleo, pero unos cuantos de ellos se pasaban a la clandestinidad.

—¿Y exactamente qué haces? —Magnus contempló a Ramón con renovado respeto.

—He estado trabajando en transporte. Me crie entre maquinaria agrícola y soy capaz de conducir casi cualquier cosa. Nadie me presta mucha atención. Y eso supone una ventaja.

El vehículo se detuvo.

—Todo despejado —anunció Magnus.

Lo sabía porque el conductor se había bajado, la señal de que había luz verde. Ramón y él saltaron y miraron a su alrededor. El camión se había detenido peligrosamente cerca de un mamparo de piedra en una zona desierta del puerto. El aire estaba cargado de un hedor a podrido.

—Pensé que íbamos a llevar estas cajas a algún almacén —le comentó Magnus al conductor.

—Y así era —contestó el conductor.

Magnus de inmediato reconoció la voz de Annelise Winther.

—¿Qué demonios haces tú aquí? —hacía meses que no la había visto, quizás incluso más de un año. Bajo la escasa luz, se notaba la tensión dibujada en su rostro. Parecía... vieja.

—Lo mismo que tú.

—Casi has aparcado este trasto en el agua.

—Pero lo detuve a tiempo, ¿no? —ella se volvió bruscamente hacia Ramón—. ¿Quién es ese?

—Un compañero. Está bien —la tranquilizó Magnus. Miró a su alrededor y comprobó que estaban en un vertedero desde donde las basuras domésticas eran llevadas en barcazas hasta el continente para ser quemadas—. Se supone que deberíamos ir a un almacén de pescado. ¿Por qué nos has traído aquí?

—Porque he tenido una idea mejor —contestó ella—. Vamos a arrojar las cajas a la barcaza, como la basura que son.

—Yo sigo pensando que deberíamos arrojarlas al agua —insistió Ramón.

—Cuando baje la marea podrían quedar al descubierto —le explicó Magnus—. Por eso la barcaza está amarrada tan lejos.

—Buena observación. ¿Hay algún barco?

—Tomaremos un bote pesquero —Magnus señaló una pequeña barca de madera atada a un amarradero.

—Es muy pequeña. ¿Podrás llevarlas todas en un solo viaje? —preguntó Annelise.

—Podemos intentarlo. Tú vigila.

—Siempre me toca a mí vigilar —protestó ella—. Es aburrido. Nunca sucede nada.

—Y más vale que sea así —contestó Magnus—. Venga, en marcha.

Con un bufido de resentimiento, Annelise regresó al carro y se colocó del lado del conductor, de frente al callejón. La noche daba escalofríos, sin luz debido a las restricciones impuestas. Los únicos sonidos provenían de las tabernas de la cercana calle Harbour, voces roncas que discutían, cantaban o reían. De vez en cuando se oía el ocasional retumbar de un motor, aunque los vehículos tenían prohibido utilizar los faros.

Magnus empezó a descargar las cajas, una a una, llevándolas desde el camión hasta el bote. Ramón estaba a cargo de subirlas a la barca de madera, aprovechando la experiencia adquirida en la marina mercante.

—Puede que necesitemos hacer más de un viaje —observó Magnus tras echar una ojeada a la barca.

El viento se había levantado y el olor a basura lo inundaba todo.

—Bastará con uno. Solo faltan unas pocas cajas más —murmuró Ramón.

Les llegó el ruido de motores que se hicieron más fuertes, seguido del chirriar de unos frenos.

—Seguramente una patrulla nazi —les advirtió Magnus—. Hay que darse prisa.

Annelise les ayudó a cargar la última caja en la barca. Ramón se subió y aseguró la carga con una cuerda.

—Te vienes con nosotros —le ordenó Magnus mientras agarraba los remos—. No quiero que te quedes esperando aquí sola.

—No hay sitio —protestó ella mientras echaba una ansiosa ojeada a sus espaldas—. Esperaré aquí. Si os descubren puedo distraerlos.

—Ni hablar. Deja de ser tan tozuda y salta —de repente se oyeron otros ruidos, camuflados en las sombras de la noche. Pisadas. Botas sobre adoquines—. Sube…

—Daos prisa en volver —Annelise soltó el amarre y empujó la barca. En cuestión de segundos habían alcanzado la corriente de la marea.

—Empieza a remar —le ordenó Ramón—. No tiene sentido discutir con una cabezota.

—No me gusta dejarla allí.

Sin embargo, Magnus remó ágilmente hacia la barcaza, a unos cien metros de la costa. Alargó el cuello para ver más allá de las cajas e intentó no perder de vista a Annelise, pero pronto la oscuridad la engulló. No entendía por qué se sentía tan protector hacia ella. Era terca, pendenciera y mandona. Y, en el fondo, la admiraba precisamente por eso.

Aquella noche, no obstante, no se sentía cómodo con la operación. Los sonidos de las tabernas, los motores de los vehículos, la desconocida amenaza de la oscuridad.

Remó todo lo deprisa que pudo, ignorando las ampollas que empezaban a formarse en las palmas de las manos, y entre el pulgar y el índice. El dulzón hedor de la basura se volvió más intenso a medida que se acercaban a la barcaza. Lo más rápidamente posible, cargaron las cajas a bordo y, con un rastrillo de hierro, las enterraron entre los montones de apestosa basura doméstica. Ramón se ahogaba y sufría arcadas, pero Magnus apretó los dientes, trabajando con rapidez para terminar cuanto antes.

–Ya está, por fin –anunció mientras dejaba el rastrillo a un lado de la barcaza–. Vámonos. Esto no me gusta.

–Ahora me toca remar a mí –se ofreció Ramón.

–Gracias. Ya tengo ampollas –Magnus se sentó a popa y se secó el sudor del rostro con la manga.

–En California tenemos una ducha exterior que utiliza el agua caliente de un manantial –Ramón remó con facilidad hacia la costa.

–Sí, claro –contestó él–. Te lo estás inventando.

–De eso nada. Mi padre instaló una cuerda para que al tirar te caiga por encima el agua caliente, toda la que quieras. Maldita sea, cómo echo de menos el sol.

Magnus se imaginó una ducha de exterior bajo el sol de California, y la imagen le dibujó una sonrisa en el rostro.

Y, justo en ese momento, una luz parpadeó sobre la superficie del agua. Segundos después se oyó el ruido de un motor. Magnus se volvió bruscamente en dirección a la orilla.

–Tiene problemas. No pondría en marcha el motor del camión a no ser que hubiera sucedido algo –en su pecho sintió una apremiante urgencia–. Rema más deprisa.

—Ya lo hago. Tranquilo, seguramente no es más que...
De repente se oyó una explosión.
—Espero por Dios que sea el petardeo del motor del camión.

Pero Magnus sabía que no era así. Sus sentidos estaban muy habituados al sonido de las armas de fuego. Saltó hacia la proa de la barca y apartó a Ramón de un empujón.

—¡Oye!
—Yo soy más rápido –sintió cómo le reventaban las ampollas de las manos, pero ignoró el dolor–. Esa estúpida encendió los faros para distraerlos. Estúpida. Estúpida.

De nuevo se oyeron disparos y un estruendo metálico. De repente las luces se hundieron en el agua y Magnus soltó una exclamación de horror.

—Ha saltado al agua con el maldito camión.

Capítulo 14

—Magnus estaba en lo cierto —Annelise asintió mientras posaba la mirada sobre el rayo de luz que iluminaba una sección del suelo—. Conduje el camión directamente al agua. Fue un estúpido error cometido en un momento de terror al ver llegar a la patrulla nocturna. Al final conseguí crear una maniobra de distracción y Magnus y Ramón no fueron capturados.

—Pero tú sí —susurró Tess.

—Esa fue la noche en que me atraparon y me llevaron a la casa de partos en la isla. Me retuvieron allí casi un año. Hasta que escapé.

Todos permanecieron largo rato en silencio. Isabel pensó en esa joven y en lo que había sucedido en la casa en la que había estado prisionera. Una vena en la sien de Annelise palpitó, pero, por lo demás, la anciana permaneció inmóvil, sus elegantes manos delicadamente posadas sobre el regazo.

—Ojalá te hubiera salvado aquella noche —Magnus fue quien al fin habló con voz entrecortada—. Siento haberte fallado.

—Lamentarse no cambiará nada, y todos sobrevivimos.

Las manos del anciano temblaban al posarlas sobre las rodillas.

—Cuando volvimos a encontrarnos, deberías habérmelo contado, o si no a mí, por los menos a alguien que hubiera podido ayudarte.

–No se lo conté a nadie –Annelise miró a su alrededor, la mirada sosegada, sorprendentemente tranquila–. Hasta ahora.

Isabel no podía creerse que hubiera mantenido un secreto así durante tanto tiempo. Miró a Mac, que no había movido un músculo mientras la anciana había hablado. Sin embargo, sus ojos estaban húmedos, la mirada fácil de interpretar.

–Cuando escapé no dije nada porque tenía miedo, no solo por mí sino por el bebé. Temía lo que pudiera sucederle con tan inusual origen. Y, por supuesto, siendo tan joven, la vergüenza y la confusión eran un tormento constante.

Magnus le tomó una mano y la besó. Los hombros le temblaban.

–Por favor –le suplicó en danés–. Por favor, dime que encontraste el modo de...

Isabel no entendió la palabra que siguió.

Annelise retiró la mano delicadamente y continuó.

–Aquello fue hace muchos años, y aun así está profundamente arraigado en mi alma. No puedo deshacerme de aquello, como no puedo deshacerme del color de mis ojos, o del recuerdo de mi madre –con gesto resuelto se sirvió otra copa de jerez–. Quizás debería haberlo contado antes. Incluso los secretos más profundos parecen encontrar el modo de aflorar –continuó–. Se cuelan a hurtadillas. Ahora sé que lo sucedido influyó en cada elección que hice en mi vida. Quizás por eso me convertí en profesora de arte para niños, para ver de nuevo la belleza, y para poder volver a amar. Luego me convertí en profesora de baile para aprender de nuevo a tocar a las personas sin sentir miedo. Y así, otras decisiones surgieron del secreto que llevaba dentro.

El pecho de Isabel dolía de emoción y se preguntó si

Annelise se refería a su decisión de permanecer soltera, o a la de tener un bebé con Magnus y entregárselo a Eva para que lo criara.

—Te agradezco que nos lo hayas contado —le aseguró Tess—. No estás sola, y no tienes que llevar tú sola la carga del pasado.

—Haberlo contado al fin supone un alivio. Me siento más... ligera. Vosotros sois mi familia, las chicas y Magnus. Lo lógico es que seáis vosotros los que conozcáis primero la verdad.

La palabra, «familia», le provocó a Isabel un nudo en la garganta.

—Lo siento mucho —dijo—. Odio lo que te sucedió, a ti y a todas esas chicas como tú.

—Damos gracias porque sobrevivieras —insistió Tess—. ¿Llegaste a descubrir algo sobre ese bebé que te arrebataron?

—El «bebé», habrá cumplido ya setenta años, ¿verdad? —una sonrisa brilló fugazmente en los ojos de la anciana—. Por desgracia, lo único que sé es que era un niño, y ni siquiera estoy segura de ello. Estaba aturdida, y la única vez que conseguí verlo, estaba rojo y gritaba, eso fue justo antes de que las enfermeras se lo llevaran. No me hablaron de la familia que se lo había quedado. Al concluir la guerra, los expedientes fueron ocultados o destruidos. En el certificado de nacimiento no figuraría mi verdadero nombre, porque cuando me arrestaron la noche en que destruimos las insignias no les di mi verdadero nombre. Como la mayoría de los que estábamos en la resistencia, me había inventado un pasado, por si me atrapaban —miró a Magnus—. Me hacía llamar Greta Herman.

Todos permanecieron en silencio mientras el atardecer se adueñaba del paisaje que se veía a través del escaparate de la tienda. De vez en cuando pasaba algún tractor cargado con cajas rebosantes de las primeras ciruelas o fresas. En los verdes prados que flanqueaban la carretera, las golondrinas ofrecían sus espectaculares vuelos, como flechas negras apuntando hacia el cielo.

Mac fue el primero en volver a hablar.

—¿Qué sucedió con las insignias?

—Se las llevaron en la barcaza junto con el resto de la basura —explicó Magnus—, y supongo que fueron quemadas y eliminadas para siempre. Ningún judío en Dinamarca se vio obligado a llevar una.

—Fue todo un golpe —intervino Annelise—. Por toda Europa, los judíos debían lucir esas insignias cada vez que salían a la calle.

—Una victoria pequeña, pero buena para la moral —Magnus asintió—. Existe la leyenda de que muchos daneses, incluyendo el rey Christian, se colocaron esas insignias para confundir a los nazis y mostrar su apoyo a los judíos, pero no es más que un cuento.

—Porque no había insignias que repartir —observó Mac.

—Muy pocas personas saben que las insignias de la estrella de David de Dinamarca desaparecieron —añadió Annelise.

—Pero lo sabrán en cuanto mi amigo Cormac escriba la historia —dijo el anciano—. Sin embargo, de haber conocido el precio a pagar, jamás lo habría hecho —su rostro quedó cubierto de una expresión de desolación que hizo que sus arrugas parecieran más profundas y sus ojos se humedecieran con lágrimas.

—Pues yo no cambiaría nada —le aseguró Annelise con calma—. A saber por qué la vida nos lleva por unos caminos en concreto. De no haber sufrido lo que sufrí, no habría podido salvar a Ramón y rescatar a Eva más tarde.

—Eso es cierto —concedió Magnus.

Isabel se moría de ganas de saber cómo había sido rescatada su abuela de un campo de concentración, y por qué había necesitado Ramón que lo salvaran. Quería saber cómo habían acabado en un barco noruego con destino a los Estados Unidos de Norteamérica. Tenía muchas preguntas, pero se notaba, por los hombros caídos, que Annelise estaba emocionalmente agotada.

—¿Qué tal si lo dejamos por hoy? —sugirió—. Podemos conocer el resto de la historia en otro momento.

—Estoy de acuerdo —la anciana sonrió con una expresión de profundo agradecimiento—. Lo importante es que todos salimos adelante. ¿Qué más podríamos pedir? —se levantó de la silla y le ofreció a Magnus una mano—. Demos un paseo.

Mac, Tess e Isabel se levantaron mientras los ancianos salían de la tienda. La pareja tomó el camino de grava hacia la casa, los brazos entrelazados, las cabezas inclinadas mientras hablaban. Rodeados de flores y brotes primaverales, avanzaban con dignidad, su unión una fuerza tangible que podía sentirse incluso a lo lejos.

—Disculpadme —anunció Tess—. Tengo que ir a buscar a Dominic. Necesito derrumbarme para que me tome en sus brazos y se beba una copa de vino conmigo durante las próximas dos horas.

—No me extraña —Isabel la abrazó—. Esto ha sido muy intenso.

—Hazme un favor y conecta la alarma cuando te vayas —le pidió su hermana—. Ya conoces la clave. La puerta se cerrará sola.

—Supongo que eso no nos lo esperábamos —comentó ella en cuanto se quedó a solas con Mac.

—Pues no.

—Resulta a la vez fascinante y horrible. Y, sobre todo, me siento triste por ella, porque le arrebataron la inocencia a tan temprana edad.

—Sí, pero alégrate de que sobreviviera, que viniera a los Estados Unidos de Norteamérica, de que se convirtiera en maestra. Enseñó arte y baile.

—Así me gusta imaginármela, rodeada de críos, o enseñando a bailar el tango a una pareja. Pero, tal y como nos explicó, esa locura siempre formará parte de ella –se había dado cuenta de que Mac no había tomado ni una sola nota mientras Magnus y Annelise relataban su historia. Seguramente no le hacía falta. Al igual que ella, jamás iba a poder olvidar sus palabras–. En tu trabajo debes tener que oír cosas muy desagradables. ¿Cómo lo soportas?

–Me recuerdo a mí mismo que sus historias son importantes, y que se merecen lo mejor que yo pueda dar en mi trabajo. Pero sí, algunas de esas historias son difíciles de oír.

Ella asintió y se acercó a la ventana, mirando al exterior mientras intentaba imaginarse a una joven Annelise, sola en el mundo, huyendo, sangrando tras acabar de dar a luz.

–Simplemente el valor que debieron necesitar para sobrevivir ya me supera –continuó Isabel–. Y el hecho de que volviera a la resistencia también es impresionante.

–He leído estudios sobre supervivientes de traumas. Algunos se derrumban tiempo después, y otros continúan con sus vidas. Hay un elemento clave para quienes lo consiguen que parece repetirse una y otra vez, se implican en causas de envergadura. El trabajo les ayuda salir adelante.

A Isabel no le costaba nada entender eso. Tras abandonar la academia de cocina, habría acabado sufriendo un colapso si su abuela no la hubiera necesitado tan desesperadamente. La enfermedad de *Bubbie* había, en cierto modo, salvado a Isabel. Pero no podía evitar sentir una oleada de vergüenza cada vez que lo pensaba.

–Me pregunto si ser víctima del experimento *Lebensborn* no tendría algo que ver con su decisión de entregar a su hijo a Magnus y Eva –reflexionó Isabel mientras echaba un último vistazo a los objetos que Annelise les había mostrado, tan inocentes en apariencia, pero que parecían haber adquirido una siniestra fuerza–. Apuesto a que ese fue el motivo de que nunca se casara. Para alguien de su generación no era normal permanecer soltera toda la vida. Y conste que no hay nada malo en ser soltera –añadió rápidamente.

–Yo no he dicho que lo hubiera –contestó él.

No lo oyó moverse, pero de repente estaba detrás de ella, hablándole al oído. Y, aunque no la tocó, estaba lo bastante cerca para que pudiera sentir el calor de su cuerpo, oler el sutil aroma del jabón que utilizaba. Cuando se giró, se encontró con la nariz pegada a su pecho.

–¿Qué? –preguntó.

–Tengo una idea –contestó Mac–. Salgamos de aquí.

–De acuerdo –ella se dirigió al escritorio, otra antigüedad, de Tess y conectó la alarma–. Ya podemos irnos.

–Me refería a salir de verdad.

–No lo entiendo.

–Ya lo entenderás.

Salieron de Things Remembered y se dirigieron por el camino de grava hacia la casa. La tranquilidad del atardecer se instalaba a su alrededor, interrumpida ocasionalmente por el ulular de un búho o el sonido de un coche que cruzaba la carretera.

–Ha sido sobrecogedor –murmuró Isabel, el pecho aún dolorido tras escuchar el relato de Annelise–. No tenía ni idea... ninguno la teníamos.

Sus manos se rozaron mientras caminaban y, en un movimiento que pareció perfectamente natural, él entrelazó los dedos con los de ella.

–Siento mucho lo que tuvo que soportar. Siento que hayas tenido que oírlo.

–No me puedo creer que, después de sufrir todo aquello, siguiera adelante. ¿De dónde sacó el valor? –ella sacudió la cabeza–. Fue tan valiente. Y el abuelo y *Bubbie* también, y tantas otras personas de las que jamás oiremos hablar. A esas personas las arrancaron de la seguridad de su infancia sin previo aviso. Tuvieron que sobrevivir por su cuenta durante años antes de poder recomponer sus vidas. No tuvieron la posibilidad de cambiar lo que les sucedió y, aun así, no permitieron que el pasado los limitara. Me resulta humillante.

–¿Humillante en qué sentido?

Isabel se detuvo y contempló sus manos unidas.

–Saber cómo sobrevivieron me recuerda lo tímida que he sido con mi vida –con mucha delicadeza, retiró la mano, no porque no le resultara agradable el contacto, sino precisamente por lo mucho que le gustaba.

–¿A qué te refieres con «tímida»?

–Bueno, quizás la palabra sea más bien vacilante –ella reanudó la marcha–. Excesivamente cautelosa. No soy partidaria de la temeridad, pero sí que tiendo a permanecer excesivamente dentro de mi zona de confort.

–Y ahora empiezas a preguntarte que habrá más allá de esa zona.

–Sí. Me gustaría ser más atrevida. Más osada.

–¿Y organizar la boda de Tess no te parece arriesgado? Día tras día tomas las riendas de tu vida.

–Tampoco es para tanto –ella rio.

–¿Y qué me dices de la escuela de cocina? ¿Tampoco te parece arriesgado?

–Pues claro que lo es, pero no me refería a esa clase de riesgo –para ella, enamorarse era el mayor riesgo de todos, la pérdida de control definitiva. La vida resultaba mucho más sencilla cuando mantenía el corazón bajo control.

En lugar de dirigirse hacia la casa, Cormac se encaminó hacia la zona de aparcamiento y abrió la puerta del copiloto del Jeep.

–Sube –le indicó.

–¿Adónde vamos?

–Vamos a dar una pequeña vuelta.

–¿Adónde?

–Fuera de tu zona de confort.

—¡Oye!
—Sube, por el amor de Dios. Tampoco es que te esté raptando.

Isabel sintió un estúpido cosquilleo en el corazón. Aprensión. Le gustaba ese hombre. La historia de Annelise y su abuelo le había inspirado la voluntad de ser más valiente. Pero... ¿esa noche? ¿Con él? Sentía tensarse su cuerpo en respuesta a la idea y pensó que bien podría disfrutar de la compañía de ese tipo. De todos modos, pronto se marcharía. Y tal y como había dicho, solo sería una vuelta.

—De acuerdo —accedió al fin, ignorando su aprensión.

Se montó en el coche y se ajustó el cinturón. La radio estaba sintonizada en una emisora que emitía una vieja canción de The Clash. Cormac condujo hacia la ciudad.

—Ya ves que no había motivo para asustarse —observó él tras aparcar en una calle apartada de la plaza—. Solo quería invitarte a comer algo.

—Buena idea —Isabel asintió.

—Estoy lleno de buenas ideas —Mac guardó las llaves en el bolsillo—. ¿Adónde podemos ir? Suponiendo, claro está, que aquí haya algún restaurante a la altura de tus exigencias.

—Archangel está lleno de lugares estupendos. Demos un paseo por la plaza mientras me cuentas qué te gusta.

—Todo —contestó él mientras llegaban a la plaza. En el centro había un gran parque con jardines y paseos—. Me gusta todo.

—¿Abejas?

—No me molestan, salvo cuando pican.

—Y no pican a no ser que las amenaces.

Un grupo de jóvenes se dirigía hacia ellos, llenando el ambiente de risas y conversaciones. Junto a ellos había un tipo con un foco portátil y otro con una cámara de vídeo apoyada en el hombro.

Isabel estuvo a punto de tropezarse, pues, en medio

de esas personas, todas perfectamente arregladas, descubrió a alguien dolorosamente familiar. Llevaba su habitual atuendo: pantalones vaqueros negros, camisa negra, botas de vaquero con la puntera lo bastante afilada para pisotear a una cucaracha en un rincón.

—¿Y ahora qué? —preguntó Mac mientras apoyaba una mano en la espalda de Isabel para estabilizarla—. Parece que hubieras visto un fantasma.

—Calvin Sharpe —le explicó ella—. No es mi personaje favorito —rezó para que ese tipo no la viera.

Pero la vio. Su mirada se posó en ella como un rayo láser apuntando a su objetivo. Seguía teniendo esa habilidad especial para detectar su presencia. Incluso mientras atendía a sus admiradores, mientras era grabado por la cámara, la mirada estaba fija en ella, en la mano de Mac apoyada en su cintura. Durante un instante, una fracción de segundo, algo duro y amenazador fluyó de él a ella. Isabel se estremeció y se giró en dirección opuesta.

—¿No es ese el tipo con el que te encontraste el día que me picaron las abejas? —preguntó Mac.

—El mismo.

—No deja de aparecer, hasta en la sopa.

—Pues yo no veo ninguna sopa por aquí —ella cruzó hasta el otro extremo de la plaza.

—Se nota que te molesta —Cormac se encogió de hombros—. ¿Quién le rompió el corazón a quién?

—¿Por qué lo dices? —Isabel aceleró el paso.

—Porque está claro que tuviste algo con ese tipo. Venga, escúpelo.

—Fue hace mucho tiempo y, créeme, no se le rompió el corazón a nadie.

—Pues algo sí se rompió. Ese tío se pasea por la ciudad con su séquito, y solo con verlo te pones pálida.

—Eso lo dirás tú.

—Sé cómo hacerte confesar.

—Sí, claro —Isabel soltó una carcajada.

—Es cierto. Soy un profesional.

—De acuerdo —ella miró hacia atrás y contempló el grupo que estaba grabando el vídeo—. Si tanto te interesa, Calvin Sharpe era *chef* instructor de la academia de cocina en la que yo estudiaba en Napa. Era, y supongo que sigue siendo, supertriunfador, con un ego a la altura de su éxito. Y yo era, y quizás siga siendo, excesivamente ingenua. Lo seguía a todas partes como un cachorrito abandonado.

—Mierda. Dime que esto no va a acabar como me temo que va a acabar.

—Lo siento, sea lo que sea que estés pensando, seguramente sucedió. Yo respondía a todos los tópicos que te puedas imaginar. Era una estudiante, prometedora y entusiasta, enamorada de su carismático y adulto profesor —el estómago se le seguía encogiendo cada vez que recordaba aquellos días, cómo le había permitido que dominara su vida, a costa de sus sueños—. No era, no es, un buen tipo. Me trató como a una criada sin sueldo y yo fui lo bastante estúpida como para agradecerle el privilegio. Él se llevaba el mérito de mi trabajo y... —por suerte se detuvo antes de contarle el resto, el embarazo, la paliza.

—¿Y? —la animó Mac a continuar—. ¿Y qué? Acabó mal.

—Lo peor es que no acabó —Isabel sacudió la cabeza—. Me limité a abandonar el curso de cocina y nunca regresé. No terminé mis estudios, no volví a contactar con él. No hubo cierre, no hubo confrontación. Hasta donde yo sé, sigue considerándome un miembro de su club de fans.

—Ese capítulo puedes cerrarlo cuando quieras —sugirió Mac—. Depende de ti.

—Claro. Me acerco a él y... ¿qué? ¿Me pongo a hablarle de algo que seguramente ni recuerda ya? Y entonces, como por arte de magia, ¿habré superado a ese tipo?

—A quien necesitas superar es a ti misma.

—Sí, y eso estoy haciendo —Isabel era consciente de

que Cormac tenía razón, pero no le gustaba que la presionaran.

—¿Le has contado alguna vez a alguien la verdad sobre ese tío? —Mac se volvió hacia el grupo de Calvin—. ¿O a ti misma?

Isabel se sonrojó violentamente.

—¿Podemos, por favor, cambiar de tema?

—¿Cambiar a qué tema?

—Comida y vino —ella señaló hacia una hilera de establecimientos de comida y coloridos cafés.

—Mis dos necesidades básicas. Llévame a tu lugar preferido —él recorrió la zona con la mirada—. Me gusta esto. Buena energía. Buen olor. Música en vivo —señaló a un chico encaramado a un taburete que tocaba la guitarra.

—Tienes razón. Lo siento, Mac. Ver a ese tipo y su grupito me ha puesto de mal humor. Déjame que te lo enseñe todo, y luego buscaremos una mesa a la que sentarnos.

—Eso está mucho mejor.

La velada fue estupenda. La brisa soplaba entre los árboles, la gente paseaba de la mano por las pintorescas calles y la plaza. Las tiendas, bares y restaurantes estaban a rebosar. Isabel le mostró el lugar donde se celebraba el mercado de productos locales todos los sábados, y le enseñó sus lugares favoritos, la biblioteca municipal, un salón de cata de vinos de la cooperativa de viticultores locales, el café Ha Ha, y el Rose, un teatro comunitario de estilo *vintage*. En noches como aquella, sentía un orgullo especial por Archangel, con su alegre espíritu y espacios multicolor. No iba a permitir que ver a Calvin la desanimara. Ya le había arruinado muchas cosas, pero no iba a arruinar cómo se sentía por su pueblo.

Tras pensárselo un rato, al final optó por Andaluz, su establecimiento preferido para tomar vinos y tapas al estilo español. El bar se abría a la acera, iluminada por las luces que colgaban de los enormes parasoles. Las mesas eran pequeñas y creaban el ambiente propicio para una tranquila intimidad, aparte de garantizar que las rodillas de ambos entrarían en contacto en cuanto acercaran la silla a la mesa. Isabel pidió una garrafa de un Mataró local, un vino tinto, fuerte y con cuerpo, de uno de los más antiguos viñedos del condado, y una fuente de tapas con dátiles picantes, aceitunas marinadas, y atún especiado con pimentón ahumado. En la plaza, el músico seguía tocando la guitarra.

La comida estaba deliciosa, el vino aún mejor, sencillo y terrenal como las salvajes colinas en las que crecían las viñas. Terminaron con una copa de oporto al chocolate y unos churros con canela. El guitarrista cantaba *The Keeper*, su dulce voz flotando en la brisa. Isabel saboreó un trozo de churro y lamió una miga azucarada que se le había quedado pegada en la comisura de los labios.

—Espera —Mac la detuvo—. No te muevas.

—¿Qué sucede? —ella se quedó helada. A lo mejor tenía una abeja o un mosquito en la cabeza.

—Nada. Solo quería atrapar este instante.

—¿Qué?

—Es que me parece casi perfecto.

—¿Casi?

—Sip.

—¿Y qué haría falta para que se convirtiera en perfecto del todo?

—Saber que después iba a tener suerte.

—Tener... —ella se sonrojó al comprender de repente lo que quería decir y se terminó la copa de licor—. Tú no quieres tener suerte conmigo.

—Te equivocas. Nada me gustaría más.

—Estamos mejor como amigos —Isabel negó con la cabeza.

En cuanto las palabras surgieron de su boca, supo que era mentira. Se estaba enamorando perdidamente de ese hombre, pero al mismo tiempo sabía que el aterrizaje sería espantoso.

—¿Y cómo demonios sabes tú eso?

—Lo sé. No me interesa el sexo casual.

—¿Quién ha hablado de casual? Para serte sincero, yo tampoco practico el sexo casual. Solo un sexo cálido, íntimo, lento e impresionante —Mac fijó la mirada en los labios de Isabel—. Es mi preferido.

—Te tomaré la palabra —ella se retorció incómoda en la silla.

—Pues no deberías. Deberías obligarme a demostrarlo.

Isabel apartó la mirada para que él no pudiera leer el deseo que sin duda se reflejaba en sus ojos.

—Lo que quiero decir es que yo no... A mí no me interesa el sexo sin más, o un revolcón, o como quiera que lo llames tú.

—Eres una chica estadounidense de sangre caliente. ¿Cómo puede no interesarte? No me digas que eres una de esas mujeres a las que no les gusta el sexo.

—Claro que me gusta —protestó ella. Al menos le gustaba—. Pero discúlpame por tener normas. Cuando intimo con un hombre, me gusta pensar que existe una posibilidad de futuro.

—Y crees que conmigo no existe esa posibilidad.

—No, a no ser que estés considerando quedarte a vivir en Archangel.

Cormac miró a su alrededor. La música, la suave brisa, los deliciosos aromas, lo impregnaba todo.

—Este lugar no está nada mal.

—Tess dice que eres un trotamundos. Dice que nunca permaneces demasiado tiempo en un mismo lugar.

—Nunca había tenido un motivo para quedarme —Cormac se inclinó hacia delante, sin apartar la mirada de los labios de Isabel, bajo la mesa, las rodillas de ella quedaron entre las suyas.

Iba a besarla. Isabel lo sabía con toda seguridad. Y, con toda seguridad, lo deseaba.

—No lo hagamos —apresuradamente echó la silla hacia atrás.

—¿Y por qué demonios no?

—Somos malos el uno para el otro —ese hombre era una complicación que, desde luego, no necesitaba en su vida. Ni en ese momento, ni nunca.

—Puede que estemos hechos el uno para el otro. Pero si mantienes esa actitud, nunca lo sabremos.

«Mejor así», pensó ella. «Mejor no saberlo. Será más seguro y ordenado».

—Supongo que tienes razón. Nunca lo sabremos.

Sexta parte

El color, el aroma y el sabor de la miel es reflejo de una región en concreto y de una determinada época del año. La miel, en su forma más pura, no es traslúcida sino turbia debida al polen. Mientras que el azúcar y otros endulzantes son simplemente dulces, la miel desprende notas florales, herbáceas, afrutadas o de madera, todo en función de la fuente de néctar. La variedad considerada más dulce es la miel de las flores silvestres de verano.

Tarta de colibrí

3 tazas de harina
2 tazas de azúcar
1 cucharadita de levadura química
1 cucharadita de sal
1 cucharadita de canela molida
2 tazas de plátanos muy maduros, cortados en rodajas
3 huevos batidos
1 taza de nueces de pecana tostadas y picadas
1 taza de aceite vegetal
2 cucharadas soperas de miel
1 lata de piña troceada y sin escurrir

Se precalienta el horno a 180°C. Se mezclan los cinco primeros ingredientes en un cuenco grande y luego se añade el resto de los ingredientes, removiendo bien hasta que los componentes secos se hayan humedecido. Se vierte la masa en 4 moldes de tarta, cuadrados o redondos, de 23 centímetros, engrasados y enharinados.

Se hornea durante 20 a 25 minutos, o hasta que un palillo pinchado en el centro salga limpio. Se dejan enfriar las tartas en los moldes sobre una rejilla durante unos 10 minutos y luego se desmoldan, dejándolos sobre la rejilla hasta que se enfríen del todo.

Glaseado de mantequilla tostada

1 taza de mantequilla
450 gramos de azúcar en polvo
¼ taza de leche
1 cucharada de miel

Se funde la mantequilla a temperatura media en un cazo, removiendo sin parar durante ocho o diez minutos, o hasta que la mantequilla empieza a tomar un color dorado o marrón. Se retira inmediatamente el cazo del fuego y se vierte la mantequilla en un cuenco pequeño. Se deja enfriar durante una hora o hasta que la mantequilla empieza a solidificarse.

Se bate la mantequilla con una batidora eléctrica hasta que esté esponjosa y se añade poco a poco el azúcar con la leche. Se añade la miel.

Se cubre la tarta con este glaseado y se espolvorea con las nueces pecanas. Se deja enfriar al menos una hora antes de servir, para que sea más fácil de cortar.

(Fuente: adaptada de una tradicional receta sureña)

Capítulo 15

—A ver, prueba esto —Isabel le ofreció a Tess una porción de tarta—. Si te gusta, podría servir como tu pastel de boda.

A Isabel siempre se le habían dado bien las tartas. Tenía un talento especial para preparar tartas que fueran a la vez bonitas y deliciosas. Los ojos verdes de Tess brillaron al contemplar la porción glaseada de dos pisos que tenía frente a ella.

—Dime si estoy babeando. Porque si esta cosa sabe la mitad de buena de lo que parece...

—La mitad no —le interrumpió Isabel—. Completamente. Confía en mí.

—Y confío —su hermana se inclinó y olió el delicioso aroma—. Mantequilla y pecanas.

—El glaseado es de mantequilla tostada, y el relleno es un flan de crema de queso endulzado con miel.

—Para de hablar. Me vas a provocar un orgasmo.

—¡Tess!

—Pues un tartagasmo, entonces —Tess hundió el tenedor en la porción y saboreó el primer bocado con los ojos cerrados y una expresión de dicha en el rostro—. Increíble —dictaminó—. ¿Para que querría alguien comer otra cosa en el mundo habiendo tarta de colibrí?

—Exactamente. Me alegra que la apruebes.

—Bueno, espero que domines las técnicas de RCP, porque cuando los invitados a la boda prueben esta tarta van a desplomarse y morir.

—¿Entonces das tu visto bueno?

—¿Bromeas? Por supuesto. Ya puedes ir comprando el desfibrilador. Esta podría ser la mejor tarta de boda que se haya hecho en el mundo. Ah, y no intentes hacer que parezca otra cosa que no sea una tarta, ¿entiendes? No me gustan esas tartas con forma de campana de la libertad, o jaula de pájaro, o un muñeco en 3D. Una tarta de más de metro y medio apoyada sobre zancos. No necesitamos más.

—Entendido —Isabel asintió—. Haré que el encargado del *catering* la decore con flores frescas, nada de esculturas ni flores de azúcar.

—Eso es. ¡Oh, Isabel! Gracias.

—No hay de qué —el fuerte ruido de un martillo neumático rompió la tranquilidad del patio y la zona de la pérgola. A continuación se oyó un estruendo y una rápida sucesión de juramentos en español. Isabel dio un respingo antes de arrancarse el delantal y salir corriendo de la cocina.

—¿Qué ha pasado? —le preguntó al capataz.

El hombre agitó una mano en el aire y señaló un montón de piedras de albardilla que, al parecer, se había caído cuesta abajo de una carretilla elevadora.

—No pasa nada, señorita —le aseguró el capataz—. Pero el camino tiene bastante pendiente. Puede que tengamos que allanarlo.

—De acuerdo —contestó ella en español—. Haga lo que tenga que hacer.

—El topógrafo vendrá esta tarde para tratar el tema de la piscina —le recordó—. Se reunirá con nosotros, ¿sí?

—Por supuesto —contestó ella.

—¿La piscina? —preguntó Tess.

—Vamos a construir una piscina. Qué locura, ¿verdad?

—La mejor locura posible. ¿Y cuándo se te ocurrió esa genialidad?

—Fue algo impulsivo, y no estará terminada para la gran inauguración, pero está en los planes de la segunda fase. En realidad fue sugerencia de Mac.

—Una piscina... —Tess se protegió los ojos del sol utilizando la mano a modo de visera. La zona elegida para su construcción era en esos momentos una ladera con terrazas, salpicada de los postes del topógrafo—. Es muy emocionante. Pero tú pareces estresada.

—¿Eso crees? —Isabel se secó el sudor de la frente con la blusa—. Hoy está siendo el día más caluroso que hemos tenido en lo que va de año, he estado trabajando sin parar, el coche que debía recoger a Annelise llegó tarde, algo sucede con la fontanería de la cocina–aula y, ah sí, he añadido una piscina a esta locura de proyecto. ¿En qué estaría pensando?

—En que todo va a quedar fantástico —contestó su hermana—. Respira hondo.

—Entendido.

—Entonces, Mac y tú...

Isabel apoyó las manos en las caderas y fingió que no había estado pensando en él cada uno de los segundos en que había estado despierta desde la noche en la plaza.

—No sigas. Está aquí por el abuelo. Y nos estamos haciendo amigos. Fin de la historia.

—No tiene por qué ser el final. Sinceramente, Isabel, me muero de ganas de ver un poco de romance en tu vida. Desde que te conozco no has salido con nadie.

—Si tanto quieres saberlo —ella se secó el sudor de la frente—, la otra noche tuve una cita con Mac.

—¿En serio?

—No, nada serio. Fuimos a la ciudad a tomar unas tapas y vino. Pero eso cuenta como cita, ¿no?

—Completamente. ¿Por qué no me contaste nada? ¿Fue maravillosa?

—Fue agradable, y lo mejor de todo es que no fue nada serio.

—Es un buen comienzo. Me alegra que salieras un poco. Es un buen partido, ¿no crees?

—No quiere compromisos. Y, de todos modos, no estoy en el mercado en busca de novio.

—Pero te gusta.

—¿Hola? Ese tipo parece el hermano mayor de Thor. Estaría cerebralmente muerta si no me sintiera atraída hacia él. Pero eso no quiere decir que lo quiera como novio.

—Creo que voy a invitarlo a la boda —Tess sonrió resplandeciente.

—Ni se te ocurra.

—Observa —su hermana tecleó un mensaje de texto en el móvil.

—Se habrá marchado antes de que llegue el día de la boda —insistió Isabel—. No volveremos a verlo nunca más.

—¿Señorita Johansen? —el fontanero se acercaba a ella, carpeta en mano—. Ya tengo el presupuesto para la reparación de la cocina nueva.

—Aún no la hemos estrenado —contestó ella mientras empezaba a hiperventilar al ver el montante estimado—. ¿Cómo es que ya necesita ser reparada?

El hombre se lanzó a una explicación tan técnica que a Isabel se le nubló la vista. Al final dio el visto bueno y se marchó para ocuparse de un pedido de plantas para decorar el jardín. De pie en medio de una jungla de robinias de miel y ciruelos italianos, repasando el inventario, sintió una tremenda urgencia de escapar de su casa.

Y en ese instante apareció Mac.

—¿Querías verme? —preguntó.

—¿Cómo? No. ¿Por qué lo dices?

—Me lo dijo Tess. Recibí un mensaje de texto suyo.

—Y así es —Tess arrancó la lista de plantas de las manos de su hermana—. Necesita que te la lleves un rato a alguna parte lejos de aquí. Ha estado trabajando sin parar y necesita relajarse.

—¡Oye! –protestó Isabel–. No tengo tiempo para…

—Claro que lo tienes –la interrumpió Tess–. Confía en mí, yo sé bien lo tóxico que puede ser el estrés.

Isabel sabía que su hermana se refería al estado en que se había encontrado a su llegada a Bella Vista.

—Estaré bien –insistió.

—Sí, pero solo después de tomarte la tarde libre –Tess le arrebató el móvil a su hermana–. Fuera de contacto.

Isabel fulminó a Tess con la mirada antes de volverse hacia Mac.

—Gracias por ofrecerte, pero ahora mismo no puedo ir a ninguna parte.

—Claro que puedes –contestó él–. Vamos.

¿Qué parte de «no», no entendía esa gente?

—Por cierto, Tess –añadió Cormac–, gracias por el otro mensaje. Será un honor poder asistir a tu boda. Me han dicho que la comida va a ser impresionante.

—La lista de invitados ya está cerrada –intervino Isabel.

—Siempre hay hueco para uno más –le aseguró Tess antes de concentrarse en el pedido de plantas y contrastarlo con la lista.

—¿Qué te hace pensar que seguirás aquí para la boda? –preguntó Isabel.

—Tú –contestó Mac con calma–. Tú me haces pensar eso –y, tal y como había hecho la noche de las tapas, le tomó la mano–. Tengo una idea. Una idea estupenda. Te vas a quedar patidifusa.

—¿Qué…?

—Te lo enseñaré. Iba a esperar a que estuviera más avanzado, pero hoy es un día tan bueno como otro cualquiera.

Sin soltarle la mano, Mac echó a andar, pero no hacia la casa. La condujo hasta el almacén de maquinaria. El interior estaba tenuemente iluminado gracias a la luz del sol que se filtraba entre las planchas de madera de las paredes.

El tractor de su abuelo estaba aparcado allí, el mayal y las ruedas desbrozadoras muy cerca. También había un par de remolques para bidones y una carretilla elevadora, así como varios barriles, bidones y escaleras. El empalagoso olor del aceite de motor, proveniente de la zona de reparaciones, impregnaba el aire.

—¿Qué hacemos aquí? —preguntó ella, ansiosa por volver a respirar un poco de aire fresco.

—Cuando tu abuelo me enseñó esto, descubrí una cosa. Un tesoro. Creo que te va a gustar —Mac se acercó a la zona de reparaciones y quitó la lona que cubría el viejo scooter—. Supongo que no lo reconocerás.

—¿Debería? —Isabel frunció el ceño.

Él la empujó al exterior y ella lo siguió, todavía desconcertada. El scooter era un amasijo descuidado, la pintura de color verde cubierta de grasa y polvo. Un faro se apoyaba sobre el guardabarros delantero, y lo que seguramente había sido cromo estaba picado de agujeros negros. Y, sin embargo, su forma sencilla y redondeada resultaba curiosamente atractiva. Tenía un sillín triangular de cuero con muelles y otro más, cuadrado, detrás. Ambos relucían tras haber sido recientemente lustrados. Las ruedas parecían nuevas, y no encajaban con el aspecto deslavazado del resto.

—Perteneció a tu madre.

—¿Qué dices? —Isabel se quedó boquiabierta.

—La hizo traer desde Italia cuando se vino.

—Me estás tomando el pelo.

—De eso nada. Magnus me contó que cuando tu padre y ella se conocieron en Italia, lo utilizaba para ir a clase todos los días.

Isabel se acercó a la vieja motocicleta e intentó imaginarse a una joven circulando con ella por Italia.

—Mi madre iba a la universidad en Salerno. Sabía que era allí donde se habían conocido mis padres, pero nunca oí hablar de ninguna motocicleta.

Cada vez que hablaba de sus padres sentía una curiosa ambivalencia. Hablaba de dos extraños a los que no había conocido, pero sin los cuales jamás habría nacido. Una parte de ella ansiaba saber más, pero otra parte lo evitaba por miedo. ¿Y si descubría algo inquietante sobre su madre? Ya era bastante duro conocer la insoportable verdad sobre Annelise.

Pero, ¿un scooter? No podía haber nada triste en ello, ¿no?

—Magnus cree que Francesca la recibió de su padre, de modo que supongo que la conservaba por su valor sentimental. Es un modelo de 1952. La aparcaron aquí cuando descubrió que estaba embarazada de ti. Y después, supongo, cayó en el olvido.

Aquello era comprensible, considerando el drama desatado alrededor del momento de su nacimiento.

—¿Y según tú lleva aquí, en un rincón del almacén, desde entonces?

—Eso me dijo tu abuelo. También hay algunas bicicletas, incluyendo un tándem, pero esto es sin duda lo más interesante en mi opinión.

—Y tú la descubriste por casualidad.

—Magnus y yo hablábamos de su hijo, y la conversación nos llevó a Francesca, y descubrimos su vieja scooter bajo una lona en el almacén de maquinarias. Me dijo que nunca encontró el momento de deshacerse de ella, y que incluso había considerado la posibilidad de restaurarla, pero que luego se olvidó de ella.

—Siempre ha sido un coleccionista.

—Hemos estado trabajando a escondidas.

—De modo que aquí era donde os metíais todos los días.

—Sip. Hemos cambiado las ruedas y un montón de piezas –Mac asintió–. Y la buena noticia es… –agitó una llave delante de su cara antes de meterla en la ranura correspondiente y girar la palanca del combustible. Tras una explosión inicial se empezó a oír un traqueteo. Y con un suspiro de humo, la máquina se puso en marcha–, que he conseguido que funcione.

–No puede ser –ella dio un paso atrás.

–Pues sí –él cebó el motor.

–¡Vaya! Estoy impresionada. No puedo creer que hayas conseguido que funcione después de todo este tiempo.

–Vivir en países subdesarrollados tiene sus puntos buenos. Aprendes a arreglar cosas por ti mismo.

–Increíble –Isabel rio–. Algún día tendrás que hablarme de esos países.

–Pero hoy no. Hoy estamos en Italia. Aún queda mucho por hacer, pero de momento servirá –Cormac se subió al scooter, los pies apoyados en los reposapiés–. *Vieni, signorina*.

–¿Es seguro? –preguntó ella, alzando la voz sobre el ruido del motor.

–¿Por qué siempre preguntas eso?

–No tenemos casco –contestó Isabel–. Llevo chanclas.

–Estás viviendo al límite –le aseguró él–. Vamos, este trasto tiene tan poca potencia que no pasaremos de treinta, máximo.

–Estoy segura de que ni siquiera debe ser legal conducirlo por la carretera.

–Desde luego.

–Está cochambroso.

–Pues ensúciate conmigo, Isabel.

–Pero…

–Que te subas.

A pesar de su aprensión, Isabel se subió la falda y balanceó una pierna sobre la motocicleta para, ágilmente, sentarse a horcajadas sobre el sillín.

—Agárrate —le indicó Mac.

Lo único a lo que podía agarrarse era a él. Se sujetó a su cintura, agarrando un puñado de tela de la camiseta. Mac olía a sudor y agotamiento, una mezcla que le resultó salvajemente atractiva. Aquello era una locura, porque se suponía que le atraían los hombres que olían a colonia, que llevaban camisa de manga larga y pantalones con raya. No...

—Vamos allá.

Mac aceleró y el scooter se puso en marcha. Condujo por la carretera principal y giró a la izquierda para alejarse de la ciudad antes de darle más gas. Isabel se agarraba con fuerza a la camiseta, segura de que ese armatoste iba a desintegrarse en cualquier momento.

El paisaje de Bella Vista pasó ante ellos, una mancha de color bañada por el sol, exuberantes verdes, el morado del iris salvaje, amapolas del color de la yema de huevo, todo bajo un cielo del más intenso y prometedor azul. El scooter avanzó agónico hasta alcanzar el ritmo, el motor zumbando con un suave murmullo.

De repente Isabel se encontró imaginándose a su madre como nunca antes lo había hecho. Siempre había tenido la imagen de una Francesca en dos dimensiones, una joven y sonriente novia, cuidadosamente peinada y posando en las fotos de boda que empezaban a amarillear y que seguían pegadas en el grueso y mohoso álbum de fotos de *Bubbie*. Pero de repente era capaz de imaginársela vibrante, viva, montando un scooter. En lugar de a la sonriente mujer de una foto desteñida, Isabel podía imaginarse a su madre como un espíritu aventurero, joven y enamorada, dejando valientemente atrás todo lo que había conocido en Italia, y todo por un estadounidense llamado Erik Johansen.

Quizás por eso había hecho llevar la motocicleta a Archangel, para tener algo familiar, algo de su hogar. Isabel se preguntó si la Francesca recién casada había conducido por esos caminos, parándose en alguna granja para comprar algo para la cena, los paquetes transportados en la cesta que colgaba detrás del asiento.

—¿Tienes idea de adónde vas? —gritó ella al viento mientras pasaban junto a la extensa propiedad de los Maldonado, en dirección norte.

—No tengo ni idea. Llévame a alguna parte —contestó él.

«Llévame a alguna parte». Nadie le había pedido algo así jamás. De repente, Isabel quiso llevarle a todas partes, mostrarle todo. La cálida brisa le alborotaba los cabellos y le acariciaba la piel. La sensación era maravillosa. Una sensación de libertad.

—Los viñedos a ambos lados de la carretera pertenecen a la familia Maldonado —le explicó.

—¿Ramón Maldonado? —Mac giró el rostro hacia un lado y sus palabras, empujadas por el viento, rozaron el rostro de Isabel.

—El amigo del abuelo de la época de la guerra, sí. Fue la familia Maldonado la que le concedió Bella Vista al abuelo después de la guerra —continuó ella—. ¿Te ha contado ya cómo sucedió?

—Aún no.

—Lo hará, estoy segura. Desde entonces son mejores amigos —Isabel pensó en los problemas que tenían con Lourdes, la nieta de Ramón, pero de eso no tenía la culpa el anciano—. Puedo mostrarte unas vistas impresionantes. ¿Crees que este trasto conseguirá subir una colina?

—Sí, pero irá muy despacio.

—No me importa ir despacio —contestó ella.

Cruzaron un puente de un solo carril sobre el arroyo Angel, un serpenteante y pedregoso arroyo lleno de rocas desgastadas y flanqueado a ambos lado por granjas y viñedos. El paisaje se volvía más salvaje a medida que la carretera se hacía más y más estrecha en su ascenso hasta el pico Angel, la colina más elevada del valle de

Archangel. Isabel alzó el rostro para contemplar el cielo casi oculto por las ramas de eucaliptos que bordeaban la carretera. El aire se volvió más fresco y ella volvió a sorprenderse de sí misma por encontrarse en el asiento trasero de un scooter, como una inmadura adolescente escapándose con un tipo al que acababa de conocer.

Señaló hacia el estanque Elsinore donde, de niña, solía jugar entre los juncos o agacharse en la orilla para recoger huevos de rana que luego se llevaba a casa para ver nacer a los renacuajos. El estanque había sido bautizado por sus abuelos tras instalarse en Bella Vista, y de repente Isabel comprendió el significado de ese nombre. Inexplicablemente, nunca se había preguntado sobre ello.

A través de las historias que el abuelo le estaba contando a Mac, el pasado empezaba a tomar forma. No se limitaba a permanecer congelado como una vieja fotografía. Al fin empezaba a comprender el verdadero drama al que habían sobrevivido sus abuelos. Una cosa era deslizar delicadamente un dedo por encima de los números tatuados sobre el brazo de su abuela, como solía hacer Isabel, lamentando el sufrimiento de *Bubbie*. Pero de repente podía imaginarse a la pequeña Eva, gritando de dolor y terror mientras esos números eran grabados en su tierna piel. Y no solo eso, Isabel también se sentía capaz de imaginarse a una niña jugando en el jardín y cantando canciones, una niña que tuvo una amiga llamada Annelise.

En la ladera norte del pico había un bosque de secuoyas con ramas que se arqueaban sobre la carretera como los contrafuertes de una catedral. Intemporales centinelas, añadían una extraña quietud al frescor del aire. Los últimos trescientos metros del ascenso dieron paso a un prado y un robledal, y la cima misma del pico estaba cubierta de hierba y flores silvestres. La carretera terminaba en una zona de aparcamiento de gravilla de la que partía un sendero para caminar hasta el pico mismo.

El scooter seguía su camino agónico y petardeó cuando Mac apagó el motor.

Isabel se bajó y aguardó a que él sacara la pata de cabra.

—Bueno, de verdad que me parece increíble que encontraras la motocicleta y que hayas conseguido hacerla funcionar.

—Las vespas son increíbles —le explicó Cormac—. La palabra «vespa», en italiano, significa avispa.

—No tenía ni idea.

—Pues sí. La estructura recuerda a la de un avión, hecha de una única pieza de metal. Los scooter duran eternamente si los cuidas. Tu abuelo y yo tenemos grandes planes para este. Voy a desmontarlo y pulir cada pieza antes de volverlo a montar. Va a quedar mejor que nuevo.

«¿Por qué?», quiso preguntar Isabel. «¿Por qué ibas a hacer una cosa así?».

—Tu abuelo y yo vamos a terminar de restaurarlo juntos —continuó él—. Los tíos hablamos mejor si tenemos las manos ocupadas.

—Y no solo los tíos —ella asintió—. A mí se me da mejor hablar en la cocina, mientras preparo la comida. Por eso la academia de cocina es el proyecto ideal para mí. Cocinar y hablar son mis dos actividades preferidas. Adoro todo lo relacionado con la preparación de comida.

—Lo llevas en la sangre —observó Mac—. Erik y sus tartas de concurso. Encontré otra carpeta con sus recetas en la habitación.

—¿De verdad? —Isabel frunció el ceño—. Creía que ya las había encontrado yo todas hace años.

—Estaban dentro de un viejo libro de viajes. Te las enseñaré cuando volvamos.

—De acuerdo. Mi abuela decía que solía cocinar con Erik cuando era niño. Quizás por eso me encantaba hacer lo mismo de pequeña. Era una mujer impresionante en la cocina. Las cosas que era capaz de preparar con manzanas podrían hacer llorar a un hombre adulto.

–Tengo la sensación de que le encantaría lo que estás haciendo con Bella Vista.

–A ella le encantaba que viniera gente, preparar comida mientras reían y charlaban. Sabiendo ahora lo que sé de ella, a lo que sobrevivió y la vida que consiguió construirse después, esa mujer me impresiona aún más. En su honor, hemos pensado bautizar el jardín de plantas aromáticas como «Jardín de Eva». ¿Demasiado cursi?

–En absoluto. Me gusta. ¿Le habría gustado a Eva?

–Sin duda. Le encantaba cultivar hierbas, las cuidaba como si se tratara de sus hijos. *Bubbie* trabajaba en el huerto por las mañanas, siempre con un sombrero, en cuyo borde enganchaba cada día una flor fresca, para protegerse del sol –Isabel sonrió al recordarlo.

Cormac comprobó los niveles de aceite del scooter y limpió la tapa con la camisa.

–No está mal para haber sido una prueba.

–¿No lo habías probado hasta hoy?

–No con una pasajera, ni tampoco cuesta arriba durante... –comprobó el cuentakilómetros–, cinco kilómetros. Lo ha hecho genial, ¿a que sí?

–Tengo una pequeña mancha de aceite aquí –Isabel sacudió el borde de la falda.

–Cómprate una nueva. A las chicas os gusta comprar ropa.

–Culpable de todos los cargos –en efecto, a ella le encantaba ir de compras, cuando tenía tiempo.

Tenía pendiente una visita a Angelica Delica, su tienda de ropa favorita en la ciudad. Aún no había pensado en qué se pondría para la boda de Tess. Su hermana no quería que las damas de honor fueran todas a juego. Les había pedido que se pusieran un vestido que les gustara y zapatos que les hicieran querer bailar.

–¿A qué viene esa sonrisa? –preguntó él.

–¿Qué sonrisa?

–Esa tan difícil de ver.

–Pues yo sonrío todo el tiempo –protestó Isabel.

¿O no? Lo cierto era que ya no estaba tan segura. Mac O'Neill se fijaba en cosas. No sabía si era por su profesión de reportero, o sencillamente porque era observador. O porque, por algún motivo, estaba particularmente interesado en observarla a ella.

–Estaba pensando en todas las compras de ropa que tengo que hacer. Debo encontrar un vestido de dama de honor para la boda de Tess. Y algo que ponerme para la gran inauguración de la escuela de cocina –sintiéndose ligeramente incómoda, se acercó al cartel que indicaba *Pico Angel, altitud 674 metros*–. Ven a ver las vistas desde aquí. Hemos venido en un buen día. No hay bruma costera.

–¡Vaya! –exclamó él mientras se situaba detrás de Isabel–. Pues sí que es impresionante.

Ella respiró hondo el aire fresco y limpio. Hacia el oeste, el océano Pacífico estaba bordeado de arcos rocosos y escarpados acantilados. Al este, el verde valle de Archangel se extendía hacia el distante, y todavía más espectacular, valle de Sonoma. Las llanuras aluviales estaban flanqueadas por colinas arboladas y numerosas granjas.

–Esta es la tierra de Jack London –murmuró ella mientras señalaba hacia el norte, hacia el parque nacional que llevaba el nombre del escritor–. Una de mis regiones naturales preferidas.

–Uno de mis escritores preferidos.

–¿De verdad?

–Desde luego. Debo haber leído casi todas sus obras. Era un impresionante peluquero y contador de historias. ¿Y tú qué?

–Nací y crecí en este valle, de manera que, por supuesto que soy una admiradora suya. En el instituto, todos dedicábamos un semestre a leer a Jack London. Leí *La llamada de lo salvaje*, a una edad muy impresionable. Después de aquello, no volví a mirar a ningún perro del mismo modo. Y luego está *Love of Life*, ya sabes, esa sobre el tipo cuyo compañero lo abandona en el Yukón.

—Yo también leí esa en el instituto.

—Me tocó escribir un ensayo sobre el instinto de supervivencia, y decidí escribir sobre mi abuela. Le pregunté cómo había sobrevivido al campo de concentración y no supo darme ninguna respuesta. «Te limitas a seguir adelante», me dijo —Isabel miró a Mac—. Creo que la entendí mejor tras conocer la historia.

—Tengo muchos escritores favoritos, pero leer a Jack London fue lo que me decidió a convertirme en uno.

—¿En serio?

—De niño ya sabía que quería escribir, pero no deseaba vivir como un escritor, enterrado en una biblioteca o encadenado a un ordenador. Quería parecerme a Jack London, viajar, vivir aventuras y, después de vivirlas, contarlas. No al revés.

—¿Y eso es lo que haces?

—Siempre que puedo. Escribir no siempre me ha permitido pagar las facturas. He tenido unos cuantos trabajos.

—¿Cuáles?

—Mecánico de scooter fue uno, por ejemplo.

—¿De verdad?

—En la tienda de Piaggio Works de Giuseppe, en Little Italy, la pequeña Italia. Fue durante mi etapa en la universidad. La formación me ha venido bien en más de una ocasión.

Isabel se descubrió curiosa por saber más de la etapa universitaria de Cormac en Columbia, y también de sus viajes. ¿Por qué tenía que ser tan malditamente interesante ese tipo? Resultaba muy inquietante.

—Bueno —al final optó por cambiar de tema—. Desde

luego no te puedes marchar de aquí sin visitar el parque histórico de Jack London. Y lo mismo digo de las playas, no te las puedes perder.

—Nunca he estado en una playa que no me haya gustado.

—Desde aquí —ella asintió y se protegió los ojos del sol con la mano a modo de visera—, da la sensación de que la costa es escarpada, pero hay muchas calas apartadas.

—¿Tienes alguna playa que sea tu favorita?

—Desde luego. Se llama Shell Beach —ahí se había tomado su foto preferida de Erik. Cada vez que iba allí, solía quedarse varios minutos parada en el mismo punto, pensando en él.

—Podrías llevarme. Y también al parque nacional.

—Ya eres un chico grande. Te daré un mapa.

—Eso no es divertido. No te vas a morir por tomarte un día libre de vez en cuando y hacer de guía.

—Ya lo estoy haciendo. ¿O acaso ahora mismo no estoy ejerciendo de guía? Entre la boda y la escuela de cocina no me puedo permitir el lujo de tomarme un día entero libre. De hecho, deberíamos volver ya…

—No tan deprisa —la interrumpió Mac—. Confía en mí. El mundo no se acabará porque te tomes un par de horas de descanso del trabajo.

No le faltaba razón. Además, la idea de mostrarle ese lugar tan hermoso y querido por ella resultaba de lo más atractivo. Estaba ansiosa por descubrir qué cara ponía al caminar junto al lago creado por Jack London. Quería verlo de pie en la orilla, a su lado, contemplando las limpias olas color turquesa al estrellarse contra las rocas en alguna playa apartada, el mar rugiendo como una pequeña tempestad al entrar en las cuevas excavadas en la costa. Sin ninguna dificultad se los imaginaba a ambos caminando juntos, protegiéndose del viento…

Carraspeó nerviosa y se agachó para recoger una goma elástica del suelo y tirarla al contenedor de basura.

—Cuando estaba en el instituto, solía venir aquí con mis amigos.

—¿Y qué hacíais? –preguntó él.

—Cosas de chicos. Trepábamos a los árboles, construíamos fuertes, escuchábamos música, bebíamos la cerveza que habíamos robado de la nevera de nuestros padres, fumábamos hierba, nos enrollábamos…

—¿Con quién te enrollaste tú?

—Yo era demasiado tímida –Isabel se sonrojó al recordarlo.

—¿Incluso con la hierba?

—Aquello no era para mí. Nunca se me dio bien lo de enrollarme. Pero soñaba –ella suspiró al sentir regresar la vieja nostalgia. Habían sido años de inocencia, años en los que no se había impuesto ningún límite–. A veces pienso que esa primera tormenta que te asola, ese primer amor, es la mayor experiencia emocional que uno puede vivir. Te pasas el resto de la vida intentando encontrar de nuevo esa sensación. Y, por supuesto, nunca lo haces.

—Porque encuentras algo mejor. Si tienes suerte –añadió Mac.

Isabel se preguntó si sería eso lo que sentía sobre su esposa.

—¿Nunca has tenido tanta suerte? –preguntó con la esperanza de que se lo contara.

—No. Sigo esperando.

La respuesta fue inesperada. A fin de cuentas, se había casado con esa mujer. Desconcertada, apartó el rostro de su campo de visión.

—¿Y tú qué? –preguntó Cormac.

—¡Cielos, no! Si alguna vez hubiera tenido esa suerte, no estaría soltera.

—Pues entonces háblame de tu primer amor.

Incluso en esos momentos, quince años después, el recuerdo le tiñó las mejillas de rojo.

—Homer Kelly, noveno curso –admitió mientras se

volvía de nuevo hacia él–. Tenía el cabello largo y unos ojos soñadores de un azul muy clarito, y tocaba la batería sin camiseta. Estaba completamente perdida por él. Cada noche me iba a la cama pensando en él, deseando que me pidiera salir. Me sentaba detrás de él en clase de Educación Cívica y me pasaba todo el rato contemplando sus hombros y escribiendo unas horribles poesías en su honor –incluso en ese momento era capaz de rememorar el delgado cuerpo, los rizos color arena que se juntaban en la nuca–. Y él ni siquiera sabía que yo existía.

–¿Nunca se lo dijiste?

–Con palabras no. Cocinaba para él. A veces pienso que todas mis artes culinarias se las debo a ese chico. Perfeccioné mi *croissant* de mantequilla y la empanada de arándanos con la esperanza de llamar su atención.

–¿Y no funcionó? Conozco a más de uno que se casaría contigo solo por el *croissant*.

–Homer Kelly no. Engullía todo lo que le llevaba, pero nunca me pidió salir.

–Menudo imbécil. Seguramente se convirtió en un perdedor, atrapado en un trabajo sin salida y con una esposa que nunca le prepara la cena, por no hablar de los niños que no pararán de darle por culo.

–Toca con los Jam Session.

–¡Oh! Bueno, pero apuesto a que es un gilipollas. Y estará gordo.

–Sigue tocando sin camiseta –Isabel se encogió de hombros–. De todos modos, nunca habría funcionado. Era demasiado guay para mí. Casi tanto como tú.

–¿Te parezco guay? –Mac rio–. Me honras. Pero, ¿qué te hace pensar que soy guay?

–Te imagino fácilmente en el instituto como ese chico. El rompecorazones, el que tenía a todas las chicas detrás –le resultaba fácil y divertido imaginarse al joven Cormac O'Neill, no tan fuerte y atlético, pero con esa sonrisa infantil y esos ojos bailarines.

—¿Rompecorazones? Ni en mis mejores sueños —contestó él—. Mis padres cambiaban de destino cada pocos años y yo siempre era el chico nuevo. Nunca llegué a encajar en ningún sitio. Empezaba a encontrarme a gusto en el nuevo instituto cuando teníamos que hacer las maletas para trasladarnos de nuevo.

—¿Y tu primer amor?

—Demonios, enamorarme sí que me enamoraba.

—¿Y? Vamos, yo te he contado el mío.

—De acuerdo. Fue en noveno grado. Ese verano estábamos en Washington D.C., y vivíamos cerca de Embassy Row, en Georgetown. Se llamaba Linda Henselman, y era la estrella del equipo femenino de *lacrosse*. Cuando me dijo que saldría conmigo, pensé que estaba soñando. Aún no había besado a una chica. Durante toda la cita estuve sudando la gota gorda. Fuimos a ver *El día de la marmota*.

—Me encanta esa película —intervino Isabel—. Es una de mis preferidas.

—Pues yo no sabría qué decirte. No recuerdo ni un solo minuto de la cinta porque no dejaba de pensar en cómo rodearle los hombros con mi brazo. Tenía un par de... eh... era monísima. Cuando fui a darle un beso de buenas noches, en el porche de su casa, aquello fue un desastre.

—¿Tu primer beso fue un desastre? —en la cabeza de Isabel se formó una imagen de aparatos de ortodoncia enganchados, narices chocando, la típica escena.

—Sí, me impresionó tanto que di un paso atrás... y caí del porche a un arbusto de espinos.

—¡Ay!

—Ya te digo. Pero, no te preocupes, desde entonces he practicado.

—¿Practicado el qué?

—Los besos. ¿Quieres comprobarlo? —Mac besuqueó al aire varias veces.

—Te tomaré la palabra.

Odioso. Desde luego era el tipo más odioso que había. ¿Por qué iba a tener ella el menor interés en comprobar si besaba bien, como tan elegantemente le había propuesto? A pesar de su consolidada categoría profesional, su madurez estaba a la altura de un alumno de séptimo curso.

—Eso ha sido lo más íntimo que me has contado de ti mismo.

—Y lo dice una mujer que me vio bajarme los pantalones el día que nos conocimos.

—Otra cosa que he notado de ti es que siempre haces algún chiste o comentario sarcástico cuando el tema se vuelve demasiado personal. Me pregunto por qué.

—De manera que ahora me estás psicoanalizando.

—No, solo era una observación. Si me equivoco, puedes decírmelo.

—Escucha, yo no soy tan interesante. No soy ningún Jack London, eso te lo aseguro.

Isabel sintió la urgencia de admitir que todo en él le resultaba interesante, decirle que quería oírle hablar más sobre el beso de Linda Henselman y su trabajo como mecánico de scooter. Que cuando estaba con él, no tenía miedo. Quería decirle todas esas cosas, pero entonces él empezaría a preguntarse por qué no le gustaba estar a solas con los chicos, por qué se protegía tanto. En Andaluz había estado a punto de contárselo. A lo mejor lo haría algún día.

—¿Y por qué no dejas que sea yo quien juzgue lo interesante que eres? —preguntó ella.

—De acuerdo. Soy un libro abierto —Cormac extendió los brazos.

—Muy gracioso.

—Pregúntame lo que quieras.

—Tess me contó que habías estado casado, y que tu esposa murió —Isabel se lo soltó todo de golpe, como si las palabras hubieran estado aguardando para poder escapar de sus labios.

La expresión de Cormac permaneció imperturbable. La brisa de la montaña revolvió sus rubios cabellos.

—Esa no ha sido una pregunta.

—Siento tu pérdida —ella no apartó la mirada de su rostro. Mandíbula cuadrada. Impasible. No traslucía nada.

—Gracias.

—Me gustaría saber algo más de ella. Es decir, si no te resulta demasiado doloroso hablar de ello.

—No más doloroso que no hablar de ello.

—¿Y bien...? —ella aguardó.

—Señorita Johansen, ¿te estás tomando un interés personal en mí?

—Sí —admitió Isabel—. Es verdad. Denúnciame —suavizó el tono—. En serio, quiero saberlo.

Cormac encajó visiblemente la mandíbula y se mantuvo en silencio, la mirada fija en el suelo, los brazos cruzados.

—¿Tiene algo que ver con tus pesadillas?

—Es mi pesadilla —él dejó caer los brazos a los costados—. Se llamaba Yasmin Nejem. La conocí en un trabajo en Turkmenistán, ¿has oído hablar de ese lugar?

—Casi nada —admitió Isabel—. ¿Algo sobre las puertas del infierno?

—Eso es casi todo lo que los occidentales saben de Turkmenistán. Es famoso por su cráter de gas natural en activo. El fuego comenzó cuando los soviéticos provocaron un accidente de prospección hace cincuenta años y lleva ardiendo desde entonces —Mac apoyó las manos sobre las caderas y miró a Isabel—. Yo solía decir que conocí a mi esposa a las puertas del infierno. Después de que la mataran, el chiste ya no tuvo gracia.

—Mac, en serio, si no quieres hablar de ello...

—Puedo hablar, o puedo callarme, pero eso no cambiará lo sucedido.

Isabel asintió. Le parecía estar oyendo la sabiduría de Annelise en las palabras de Mac.

–Su padre era un ingeniero del sector petrolífero, y el protagonista del artículo que me habían encargado. Ella trabajaba para una ONG. Hubo un levantamiento de radicales, y tuvimos que largarnos de allí. Yo, bueno, de acuerdo, me casé con ella porque era el único modo que se me ocurrió para sacarlos, a ella y a su padre, del país. Teníamos que ser familia. Supuse que no habría ningún problema con la evacuación, dado que estábamos casados, pero la detuvieron junto a su padre y a mí me deportaron. Jamás volví a verla. De manera que cuando hablas de que mi esposa falleció, parece como si hubiera partido hacia un plácido sueño profundo. Pero lo cierto es que le cortaron el cuello mientras intentaba comprar su libertad.

Isabel sintió un escalofrío que no tenía nada que ver con la brisa que soplaba en la montaña.

–Cuánto lo siento, Mac. Cuánto lo siento.

–Sucedió hace mucho tiempo –Cormac hundió los pulgares en los bolsillos traseros de los pantalones cortos y se volvió para contemplar el horizonte azul–. Pero me sigue atormentando cada día.

–Debiste amarla mucho.

–Te daré una primicia. Le fallé.

Normal que sufriera terrores nocturnos. Normal que no pareciera ansioso por entregar su corazón a nadie. Ese corazón había quedado congelado en el tiempo, irrevocablemente unido a una persona con la que jamás volvería a estar. Isabel se preguntó qué buscaba realmente en ella, por qué seguía insistiendo. «El típico tío», concluyó, con las necesidades del típico tío. Y el corazón congelado.

–Las cosas que sucedieron hace mucho tiempo dejan huella, ¿verdad? –observó ella, sin recibir respuesta–. Gracias por contármelo.

–No tenías más que preguntar –él le dedicó una sonrisa cargada de ironía–. Y yo que tenía la intención de animarte llevándote a dar un paseo en scooter.

–Y lo has hecho –contestó Isabel–. Quiero decir que

lo estás haciendo. ¡Cielos!, no era eso lo que quería decir. Lo que le pasó a tu mujer fue horrible, y no me ha animado ni un poco. Jamás se me ocurriría...

—Calla —Cormac le presionó los labios con un dedo—. Lo he entendido, Isabel. En serio.

La tierna caricia la sorprendió a la vez que la estimuló. Aturdida ante su propia reacción, se apartó de él.

—Escucha —continuó Mac—. Por aquel entonces mi vida era otra. Yo era otra persona. Es verdad que siempre me acompañará, pero he pasado página.

—¿De verdad? ¿Sinceramente?

—No fue tan fácil como mis palabras han dado a entender, pero sí. Isabel, ahora estamos aquí, y esto es todo lo que tenemos, y solo porque en el pasado nos hayan sucedido hechos de mierda, no es motivo para ignorar lo que tenemos enfrente.

—¿Y qué es lo que tenemos enfrente? —Isabel sintió que el calor asomaba a sus mejillas.

—Ya lo sabes —él sonrió y su mirada la acarició como si el contacto fuera físico—. Ambos lo sabemos.

—Para.

—¿Por qué? Estamos solteros, nos sentimos atraídos...

—Y terminaremos por fastidiarla y, ¿qué sentido tendría entonces? —preguntó ella.

Cormac parecía a punto de contestar algo, pero de repente se volvió. Hizo unas cuantas fotos de la zona y guardó el móvil en el bolsillo.

—A este trasto aún le queda medio depósito de gasolina. Muéstrame algún otro sitio.

—Deberíamos regresar. Los dos tenemos trabajo.

—Esto es trabajo —contestó él—. Es investigación.

—Eso es lo que soy para ti —se quejó Isabel—. Investigación.

—Sí, eso es todo. Una cosa te diré, desde que he encontrado el scooter, quiero averiguar más cosas sobre tu madre.

—¿Para la historia de mi abuelo?
—A lo mejor —respondió Mac—. O quizás para la tuya.
Algo pasó entre los dos. Una fugaz sensación, innegablemente intensa. Durante un loco instante, ella sintió ganas de tocarlo, quizás de abrazarlo. Y entonces sonrió a medida que una idea tomó forma en su mente.
—Hay un sitio montaña abajo. Está siguiendo un camino lateral apartado de la carretera principal. Creo que te gustará.
—Estupendo —Cormac sonrió—. Vamos.
Isabel se sentía más cómoda en su compañía, y menos tensa al rodearle la cintura con los brazos. A medio camino del descenso, donde el robledal se espesaba, apuntó hacia un camino sin señalizar que conducía a un sendero lleno de baches.
—Vamos a tener que caminar, pero serán solo cinco minutos —mientras guiaba a Mac por el sendero arbolado, Isabel intentó recordar cuándo había sido la última vez que había ido a ese lugar. O la última vez que había hecho algo que no fuera vivir para la escuela de cocina y la boda de Tess. No consiguió recordarlo.
El camino se cruzaba con un arroyo y conectaba con un manantial rodeado de piedras.
—Se llama Mystic Creek Springs. No lo conoce mucha gente —le explicó ella—. Solo los de aquí.
—Muy bonito —admiró él—. Me gusta la piscina natural.
—Pues te va a gustar aún más en cuanto pruebes el agua.
Cormac se inclinó y metió la mano en las aguas cristalinas. Cuando levantó la vista hacia Isabel, su sonrisa estaba teñida de sorpresa.
—No puede ser.
—Claro que sí.
—Está caliente.
—Casi cuarenta grados todo el año, eso me han dicho.
—Unas jodidas aguas termales.
—Aquí mismo, en mitad de la nada.

—Maldita sea. Adoro las aguas termales.

—Pues por aquí hay unas cuantas –le informó ella.

Cormac se levantó y se quitó la camiseta.

—¿Qué haces? –el corazón de Isabel falló un latido.

Pero él continuó, quitándose las zapatillas, la rodillera y, por último, bajándose los pantalones.

—¿A ti qué te parece que hago?

—Mac... –ella intentó apartar la mirada.

—No puedes traerme a un manantial de aguas termales y no esperar que me meta –le explicó él en tono muy razonable mientras se metía en el agua–. ¡Ah!, esto es pura magia.

—No pensé...

Cormac avanzó hacia ella con el agua por la cintura y le ofreció una mano.

—Es maravilloso. No pienses. Métete.

—Por supuesto que no –sin embargo, y para su sorpresa, no le importó que la tomara de la mano. Le gustó. Muchísimo. Hacía mucho tiempo que un hombre no le había tomado de la mano, y le gustaba.

—Escucha, Isabel, porque esto lo digo muy en serio. O te quitas la ropa y te metes en el agua conmigo, o te arrastro al agua, completamente vestida y tendrás que volver a casa empapada. No tienes más alternativa.

—Olvídalo –ella apartó la mano a pesar de la tentación que suponían esas aguas limpias y calientes–. Te espero junto al scooter.

—Gallina –la acusó Mac–. ¿De qué tienes miedo?

«De todo».

—Es que no creo estar preparada para desnudarme contigo –ella bufó–. Bajo ninguna circunstancia.

—Vamos. ¿Qué es lo peor que podría suceder? –al no recibir respuesta, él continuó–. Te diré una cosa. Me voy a dar la vuelta y miraré al frente, a ese árbol de ahí, y no te miraré hasta que estés metida en el agua hasta el cuello. Palabra de *scout*.

Isabel era muy consciente de estar comportándose como una cría al montar tanto jaleo. Y, además, acababa de decidir ser un poco más atrevida, menos temerosa. Ante ella estaba la oportunidad perfecta para hacer algo fuera de su zona de confort. Asintió secamente.

—Date la vuelta.

Él obedeció complaciente y ella se quitó la falda y las braguitas, después el top, y rápidamente se hundió en el agua caliente. Cormac estaba en lo cierto, aquello era como el paraíso. Se hundió un poco más y se apoyó contra una roca plana.

—Ya está —anunció.

—Algún día repetiremos esto —Mac se volvió, agitando el agua—, pero no seré un caballero.

Las palabras deberían haberla ofendido. Sin embargo, Isabel sintió una punzada de excitación.

—Tú no eres ningún caballero.

—¡Eh! —Cormac se llevó una mano al pecho. A ese pecho lleno de músculo—. Me has herido.

Solo que no parecía herido. Hundiéndose en la cálida corriente, mantuvo la mirada fija en ella. Isabel se hundió un poco más, hasta la barbilla, empapándose el pelo.

—¿Qué? —preguntó ella, incapaz de interpretar su expresión.

—Tengo que confesarte algo.

—¿Qué?

—Mientras te quitabas la falda, eché un vistazo.

—Por supuesto. ¿Y por qué no me sorprende? —Isabel lo fulminó con la mirada y se alejó un poco más de él—. Dijiste «palabra de *scout*».

—Ya, pero yo nunca dije que hubiera sido *scout* —Mac juntó las manos y salpicó un poco de agua hacia ella—. Quería comprobarlo por mí mismo.

—¿El qué? —ella se secó el agua de los ojos.

—Cómo consigues ir por el mundo con ese palo metido por el culo.

Isabel se dirigió hacia él, salpicándole la cara con el agua.

—¡Pero, cómo se me pudo ocurrir que traerte aquí sería una buena idea!

Cormac extendió los brazos y abrazó el agua.

—Ha sido una idea estupenda. Me encanta esto. Incluso me gusta estar contigo. Y solo para que lo sepas, tienes un culo muy bonito.

—Me siento halagada —ella frunció el ceño—. Siempre es agradable que alguien te diga que tienes un palo metido por el culo.

—Solo era una broma —contestó Mac—. Más o menos —murmuró a continuación.

—¿Y qué se supone que quiere decir «más o menos»?

—No te pareces a nadie que haya conocido nunca.

Isabel podría haber dicho lo mismo de él, pero no lo dijo.

—Lo digo en el buen sentido. No seas tan desconfiada.

—Es que se te da muy bien la doble intención —ella deslizó una mano por el agua.

—Tranquila. Lo único que digo es que me gustaría conocerte mejor.

—Has venido aquí a hacer un trabajo —le recordó Isabel—. Y cuando termines te marcharás.

—Lo que me convierte en el tipo perfecto para ti.

Mientras guardaba el scooter en el taller de máquinas, Mac se descubrió cada vez más encantado con su trabajo.

Isabel era una caja de sorpresas. Se moría de ganas de comprenderla mejor y quizás, y solo quizás, ella acabaría por permitírselo. Sin embargo era asustadiza, no exactamente desconfiada, pero sí se protegía sobremanera. En la cima de la montaña le había mostrado un retazo de la niña que había sido, criada en un lugar tan exuberante y protegido. En las termas de agua caliente había visto una parte de ella que lo atormentaría en sueños. Porque había mirado. Por supuesto que había mirado. Era humano. Bajo ese vestido largo y estampado, que parecía lucir a modo de escudo, había un cuerpo que casi le había hecho gemir en voz alta, y que seguía provocándole el mismo efecto cada vez que lo recordaba.

Ignorante de sus pensamientos, Isabel se bajó de la motocicleta y se protegió los ojos del sol con la mano mientras dirigía su mirada hacia la ladera de las colmenas. La chica que había contratado, Jamie, estaba allí trabajando.

—Pareces preocupada —observó él al ver su ceño fruncido.

Incluso con el ceño fruncido esa mujer era salvajemente atractiva, con sus espesas y oscuras cejas y los carnosos labios.

—Lo estoy —contestó Isabel con dulzura—. Jamie es una cría estupenda, y hago énfasis en lo de «cría». ¿Cómo va a poder tener un bebé?

—¿Se lo has preguntado?

—No, pero pienso hacerlo. Por ejemplo, estoy bastante segura de que aún no le ha visto un médico. Ese será mi primer paso. Es fundamental, pero no quiero asustarla mostrándome demasiado avasalladora. Parece, no sé muy bien, nerviosa, supongo. Tengo la sensación de que necesito ganarme su confianza.

—Le has dado un techo. Un trabajo. Apuesto a que ya confía en ti.

—Cuando llegue el momento, estoy segura de que vamos a tener una importante conversación.

—En la cocina, ¿verdad? Allí dijiste que mantenías todas las conversaciones importantes.

—Todas mis conversaciones no —Isabel se sonrojó.

—Lo de hoy ha sido agradable.

—Sí. Gracias por llevarme. Y por hacer funcionar esta vieja Vespa.

La idea de reparar la vieja scooter de Francesca para Isabel le hacía feliz. Ella le hacía feliz. Al principio, la sensación había resultado tan extraña que casi no la había reconocido. Allí, en Bella Vista, había despertado algo nuevo e inesperado en él, algo incluso más sorprendente que la atracción que sentía hacia Isabel. Pues se sentía atraído hacia todo su mundo. Empezó a imaginarse la vida en ese lugar. Un hogar permanente, algo que nunca antes había considerado. ¿Lo haría? ¿Podría hacerlo? ¿Se sentiría así hacia Bella Vista si esa mujer no formara parte del cuadro?

La respuesta era sencilla. Para nada.

Lo cual significaba que se estaba enamorando de ella y ese, por supuesto, era el problema. La propia Isabel lo había señalado. ¿Qué sentido tenía enamorarse de alguien cuando en cuestión de unas pocas semanas iba a marcharse de allí?

Hacía tiempo que se había comprometido para el siguiente encargo. El padre de Yasmin había conseguido asilo en Turquía. La idea era trabajar juntos para contar la verdad sobre el asesinato de Yasmin. Mac se sentía obligado a hacerlo, no por él mismo sino por Ari Nejim.

Tras el proyecto de Magnus, él cambiaría de rumbo y haría lo que siempre hacía, pasar al siguiente proyecto. Pero durante esos días, cuando pensaba en Isabel y en Bella Vista, no le seducía la idea de marcharse.

Aunque tampoco sabía cómo quedarse. Ni siquiera sabía si tenía la base emocional para hacer algo así. Se había casado con una mujer para salvarle la vida, y había fracasado.

Sin embargo, Isabel lo inspiraba. Le hacía desear poder estar con ella sin destrozarla. Quizás incluso para siempre.

Capítulo 16

—¿Y por qué ibas a hacer algo así por mí? —Jamie Westfall estaba en la lavandería, una instalación reciente que ocupaba una habitación de la casa que nadie utilizaba. En poco tiempo tendrían que utilizarla para los invitados. Jamie doblaba la ropa con calma y determinación, formando pequeños montones de vaqueros desteñidos y tops de algodón, toallas y paños. Hizo una pausa para contemplar a Isabel desde el otro lado de la mesa.

—¿Te refieres a ofrecerte cobertura sanitaria? —preguntó Isabel mientras sacaba una toalla del cesto de la secadora—. Todos los empleados de Bella Vista tienen derecho a ello.

—¿De verdad?

—De verdad —ella alineó los bordes y dobló la toalla en un cuadrado perfecto—. Y espero que la utilices.

—Nunca he tenido seguro sanitario. Ni siquiera sé cómo funciona.

—No es lo más sencillo del mundo, pero lo necesitas, y te lo mereces. Todo el mundo se lo merece —Isabel sacó una tarjeta y una hoja de papel del bolsillo y se lo entregó a la chica—. Esta es tu tarjeta de cobertura temporal. Si quieres, puedo ayudarte con los formularios *online*.

—Gracias. Eso sería estupendo.

—Hay dos obstetras en la ciudad —ella señaló la hoja de

papel–. Los dos tienen muy buena fama. He anotado su número de teléfono. Sería bueno que tú y el bebé pasarais una revisión lo antes posible.

–Sí –Jamie agachó la cabeza y sacudió una camisa vaquera que había vivido mejores días–. Sobre eso…

–¿Ya has ido a que te vea alguien?

–No. Bueno, fui a planificación familiar en Napa y me dieron alguna información. Dijeron lo mismo. Tengo que ir a revisiones regulares, pero había una lista de espera kilométrica para la clínica gratuita. He leído un montón y estoy tomando vitaminas.

–Pero no has visto a ningún médico –Isabel sufría por esa joven. La incertidumbre debía resultarle aterradora. ¿Y si algo iba mal?

–No podía permitirme un médico –contestó Jamie con calma–. Menuda sorpresa, ¿verdad?

–Pero ahora sí puedes. Ya no tienes excusa, ¿de acuerdo? Sé que te estoy agobiando, pero lo hago porque me importa. No eres la única que se ha encontrado en esta situación.

–De acuerdo –la joven se guardó el trozo de papel–. Me pondré en contacto con uno de estos médicos.

–Pareces dubitativa.

–Y lo estoy –Jamie dobló un par de vaqueros y pasó la mano por encima de un agujero que había en la rodilla–. La última vez que fui a un médico estaba en el instituto. Tuve que acudir a urgencias porque me rompí un brazo.

–Pues ahora no hay nada roto. En serio, no deberías esperar.

–¿Y te crees que no lo sé? –espetó la chica.

–Entonces, ¿qué te lo impide? –espetó a su vez Isabel.

–¡Todo! –Jamie prácticamente gritó mientras empujaba el montón perfectamente apilado de ropa hasta hacerlo caer al suelo. Se quedó allí contemplándolo, el rostro enrojecido y jadeando–. Cada jodida cosa de este mundo. ¡Todo!

—¿Has terminado ya? —Isabel apoyó las manos sobre las caderas.

—No sé nada sobre tener un bebé —la joven dejó caer los hombros—. Ni sobre criar a un bebé. Tengo miedo. Si voy al médico voy a tener que decidir qué hacer. Sobre el bebé. Sobre todo.

—¿Y si no vas?

—Lo sé, lo sé —Jamie suspiró—. De todos modos voy a tener que tomar una decisión.

—Hay una decisión sobre la que no tienes que pensar. Tienes que cuidarte, por ti y por el bebé. Y eso significa que tienes que ir al médico. Y cuanto antes, mejor.

—¿Puedo contarte algo?

—Lo que sea.

—Ya he tomado una decisión. Voy a…

—Jamie —la irritación de Isabel se disipó al instante.

Rodeó la mesa y abrazó a la joven. Al principio, Jamie estaba tensa, preparada para saltar. Pero enseguida suspiró y se relajó. Cuando Isabel la notó suave, se sintió tremendamente protectora.

—El tiempo está de tu parte —le susurró—. Tienes tiempo de sobra para pensar en lo que quieres hacer, y aquí estás sana y salva con personas que se preocupan por ti. Apoyaremos cualquier decisión que tomes.

—Lo sé —susurró Jamie—. Lo sé.

Jamie vivía por su cuenta desde que había abandonado su hogar a los dieciséis años, y había hecho un trabajo extraordinario saliendo adelante por sí misma. Se había educado y obtenido experiencia práctica en el cuidado de abejas y la producción de miel. Se había enfrentado a desafíos que Isabel ni se atrevía a imaginarse. Pero un embarazo era algo a lo que una joven no debería nunca enfrentarse sola.

—¡Ay, Jamie! —suavemente, le dio una palmada en la espalda—, todo el mundo tiene miedo cuando está a punto de tener un bebé, eso me han contado. Pero también me han contado que es maravilloso.

—Y lo es —susurró la chica—. Sé que va a serlo. A veces cuando pienso en ello, creo que es lo mejor que le puede suceder a uno.

—Estoy de acuerdo. Me muero de ganas de que me llegue a mí —admitió Isabel dando un paso atrás para que Jamie pudiera recomponerse—. En mi caso, supongo, lo mejor será que encuentre a algún tipo que quiera ser el padre de mi hijo.

—Ese tío —Jamie sonrió—, Mac, ¿todavía no sois novios?

Isabel pensó en las aguas termales, y en cómo la había mirado Mac, en las cosas que le había dicho. En el modo en que ella lo había mirado, y en los pensamientos que habían acudido a su mente.

—No. ¿Por qué lo preguntas?

—Ya te lo dije —la joven se encogió de hombros—, se nota que está por ti. Y, últimamente parecéis... no sé.

Pero Isabel sí lo sabía, aunque no pensaba que fuera tan obvio para los demás.

—Pues no lo somos —insistió, «no podemos serlo»—. Estoy dedicada a otras cosas, como la boda de Tess o la escuela de cocina—. Se agachó y recogió la ropa tirada por el suelo para volverla a doblar—. Los hombres y las citas, no son mi fuerte.

—Ya, entiendo. ¿Y qué pasa con los demás tíos? Me refiero al pasado.

—Nunca se me ha dado bien salir y conocer gente, tener novio —lo último que le apetecía a Isabel era hablar de esas cosas—. Nunca encontré a nadie con quien conectara de una manera especial.

—Utilizas mucho la palabra, «nunca» —Jamie la miró fijamente.

—¿En serio? Nunca me había fijado... quiero decir que es una observación interesante.

—Eres bonita y distinguida, me cuesta creer que no haya nadie especial para ti.

Sí que lo había habido, pero había ido tan mal que apenas podía considerarse una relación. Más bien un error.

—Podría decir lo mismo de ti —señaló Isabel.

—Es que yo soy rara —la joven sacudió un top antes de doblarlo.

—¿Por qué dices eso?

—Entre otras cosas porque me lo decían constantemente en el instituto.

—Pues no permitas que otros te digan lo que debes pensar de ti misma —le aconsejó Isabel.

—De acuerdo, pero no gusto a los tíos. Al menos no a los tíos adecuados.

Isabel la entendía perfectamente.

—Y en cuanto al médico...

—Iré —Jamie recogió lo que quedaba de la ropa—. Sé que debo hacerlo. Gracias. De verdad que no sé cómo agradecértelo. Nunca me habían cuidado. Es muy amable por tu parte.

—Si necesitas algo, prométeme que me lo harás saber.

La joven colocó su ropa en un ordenado montón en un cesto de ropa.

—¿Vendrás conmigo? —preguntó con un hilillo de voz, en un tono casi infantil.

—Por supuesto. Desde luego. Dime cuándo.

—A lo mejor, quiero decir, si te parece bien, podríamos llamar ahora.

La doctora Wiley tenía un hueco para esa misma semana y a Isabel le emocionó formar parte del proceso. La perspectiva de la llegada de un nuevo ser al mundo la llenaba de asombro. Estaba a años luz de experimentar algo así ella misma, pero se alegraba de que Jamie la hubiera incluido. Le gustaba esa chica, a pesar de su desconfianza y secretismo. En cierto modo le recordaba a ella misma años atrás, regresando aterrorizada a Archangel para escapar de Calvin Sharpe. Había algo en el comportamiento de esa cría que le resultaba familiar, un impulso de encerrarse en algún lugar. «Fue el peor».

Tan solo esperaba que Jamie pudiera pasar página. Resultaba demasiado fácil quedar atrapada por el pasado. Isabel quería tranquilizarla, decirle que las cosas iban a mejorar, pero Jamie iba a tener que descubrirlo por sí misma.

Mientras esperaba, Isabel repasó las revistas, recordando su última estancia en una sala de espera, el día que había conocido a Cormac O'Neill.

Pensar en él desató un torrente de emociones en su interior, algo que no había experimentado desde... quizás nunca. Se sentía como una adolescente enamorada, solo que peor. Pues aquello era real. Podría ser algo permanente, si ella lo permitiera.

Para distraerse, hojeó *MenuSonoma*, una revista culinaria local. En otoño habría una mención especial a la escuela de cocina Bella Vista. La sesión de fotos estaba prevista para la semana después de la boda de Tess. El editor había prometido publicar una foto en portada. Como lugar en el que aprender técnicas culinarias del huerto a la mesa, y todo en medio de un manzanar, Bella Vista era un lugar único.

Echó un vistazo a un artículo sobre un restaurador de viaje por las Tierras Altas de Escocia en busca del whisky escocés perfecto, y comparó la receta de la salsa agridulce con la que ella elaboraba y que, por supuesto, incluía miel. Al volver la página, se quedó sin aliento. *La última aventura de CalSharpe, abrirá el fin de semana del día del trabajador*, leyó. Aunque le dolía el pecho y tenía el estómago revuelto, Isabel se obligó a respirar y continuó leyendo.

El afamado chef, Calvin Sharpe, antiguamente maestro instructor en el Instituto Culinario de Napa, saltó a la fama con su serie televisiva de cocina. Cooking Sharpe *le dio un nombre. Ahora está volcado en su nuevo restaurante de autor, CalSharpe's, en Archangel, uno de los pueblos más bonitos del condado de Sonoma...*

Isabel sintió náuseas. Se sintió incluso violada. Sabía que iba a suceder, se había preparado para ello, pero le seguía poniendo enferma. Calvin Sharpe iba a abrir un restaurante en Archangel. Era como si hubiese ideado una tortura especialmente destinada a ella, apareciendo en escena justo en el momento en que ella estaba a punto de realizar su sueño.

Cerró la revista con energía y la dejó a un lado. La boda estaba a punto de celebrarse. Annelise había regresado a Bella Vista para la ocasión, y la madre de Tess, Shannon Delaney, llegaría esa misma mañana. Paralelamente, la página web de la escuela de cocina estaba a punto de ponerse en marcha y necesitaba más fotos y vídeos. A eso debería estar dedicando su tiempo, a prepararse para el lanzamiento, no a lamentarse por el pasado. Tenía que impedir que Calvin la distrajera con su presencia.

«¿Alguna vez le has contado a alguien la verdad sobre ese tipo? ¿Incluso a ti misma?». La pregunta de Mac regresaba una y otra vez a su mente.

Una enfermera entró en la sala de espera y se acercó a ella.

—Jamie quiere saber si te gustaría acompañarnos –preguntó con voz dulce.

—¿Va todo bien? –el corazón de Isabel falló un latido.

—Sí, desde luego. Pero le gustaría que estuvieras presente, si te parece bien.

—Más que bien –contestó Isabel–. Ella es muy especial para mí.

Siguió a la enfermera hasta la sala de reconocimientos. Jamie estaba sentada en el borde de la camilla cubierta de papel, con la ropa de calle y el camisón desechable arrugado sobre el regazo. Parecía muy joven, pero, de algún modo, diferente de la desconfiada y tensa mujer que había entrado en la clínica poco antes.

—El bebé y yo estamos bien, y me he decidido por la adopción —anunció en un susurro—. La doctora Wiley me va a ayudar.

—¡Oh, Jamie! —Isabel sintió una punzada en el corazón y miró a la doctora, que exudaba una serena seguridad.

—La decisión es todo un proceso —explicó la mujer en tono amable y mesurado—. Un viaje. Y le he dicho a Jamie que no tiene que hacerlo ya. Tiene tiempo suficiente para repasar todas las opciones.

—Ya sé lo que quiero hacer. Llevo semanas repasándolo en mi mente. Me parece lo más correcto. Correcto para el bebé y correcto para mí.

—Tienes mucho tiempo para acostumbrarte a la decisión. Y tienes derecho a cambiar de opinión en cualquier momento —le explicó la doctora—. El consejero de adopción te ayudará con eso.

—Eres una persona maravillosa con mucho amor que dar a un bebé —opinó Isabel—. Serías una madre estupenda.

—Soy capaz de amar a un hijo —Jamie fijó la mirada en el suelo—. Soy capaz de ser una buena madre. Pero hay cosas que no podré darle, como un padre. Una oportunidad —arrugó el camisón un poco más—. Me metí en un lío, pero algo bueno tiene que salir de esto.

Isabel intercambió una mirada con el médico.

—Estoy aquí para ayudar —aseguró—. Cualquier cosa que sea necesaria…

—Hay mucho que hacer —contestó la doctora, tecleando sobre el ordenador—. Lo más importante es asegurar que Jamie reciba los mejores cuidados y consejos prenatales posibles.

—¿Cómo te encuentras? —preguntó Isabel a Jamie.

—¿Te digo la verdad? Aliviada. Al fin sé lo que me espera. Y estoy conforme –la joven se bajó de la camilla y echó el camisón a un cubo de acero inoxidable, cerrando la tapa con determinación–. Estoy conforme –insistió.

Las notas de un mariachi recibieron a Isabel y a Jamie a su llegada a casa.
—Unos amigos –explicó Isabel ante la mirada inquisitiva de Jamie–. Nuestros vecinos, en realidad. Oscar Navarro toca en el grupo desde que eran adolescentes.
—Suenan bien.
—Van a tocar en la boda de Tess –Isabel se detuvo ante la puerta de la cocina–. ¿Y tú qué? ¿Sigues bien?
—Mejor de lo que he estado en mucho tiempo.
Desde luego, tras la visita al médico, parecía sufrir menos ansiedad. Quizás el hecho de tener un plan que sustituyera al miedo y a la incertidumbre resultaba balsámico. Isabel esperaba que ese sentimiento fuera duradero, pero sabía, y Jamie seguramente también lo sabía, que llegaría un momento en que ese bebé sería muy real, viviendo y respirando en sus brazos, y entonces tendría que entregárselo a unos padres adoptivos. El médico le había recordado en varias ocasiones que podía cambiar de idea cuando quisiera, pero en ese momento la chica parecía convencida de que la adopción era su mejor elección.
Tras la visita a la clínica habían acudido a una trabajadora social especializada en consejos de adopción, y habían salido de la reunión cargadas de libros y folletos sobre el proceso, además de con un programa de reuniones de grupos de apoyo, tanto *online* como presenciales en Santa Rosa. Jamie parecía decidida a seguir por ese camino, e Isabel estaba decidida a ayudarla.
De vuelta en Bella Vista, encontraron a Tess en el granero, mostrándoles a su madre y a Annelise el salón de baile donde tendría lugar la boda, explicándoles cómo estarían organizadas las mesas.

—Vamos a saludar —sugirió Isabel—. Suponiendo que te apetezca.

—Claro. Lo que no quiero es que este embarazo monopolice cada minuto de mi vida.

—Lo comprendo. Vamos, creo que Shannon te gustará. Trabaja en el departamento de compras de un museo, y acaba de regresar de Indonesia.

A Isabel le gustaba Shannon, aunque nunca había esperado conocer a la amante de su padre. Había sucedido hacía mucho tiempo y no podía culparla por ello. Isabel sabía bien lo que era tomar malas decisiones en tu juventud.

—Jamie es mi experta colmenera —le explicó a Shannon al realizar las presentaciones—. Últimamente estamos un poco obsesionados con la miel por aquí.

—Entre otras cosas —contestó Shannon antes de abrazar a Isabel—. Esto tiene un aspecto magnífico, como si acabara de salir de un sueño. Estoy impresionada —se volvió resplandeciente hacia Jamie—. Y adoro la miel. En realidad no conozco a nadie a quien no le guste.

—Ya es casi hora de cenar —anunció Isabel—. Voy a preparar un picoteo a base de queso y miel para el cóctel.

—Suena delicioso —intervino Annelise—. ¿Te podemos ayudar?

—No hace falta —contestó ella—. Os espero en el patio dentro de media hora —se volvió hacia Shannon—. ¿Qué tal el viaje? ¿La habitación está a tu gusto?

—El viaje desde Denpasar siempre resulta mortal, pero Bali merece la pena, de manera que no me importa. Y estar aquí me ha resucitado de golpe. La decoración de la habitación es espléndida. California *Vintage*, me encanta —Shannon volvió a abrazarla—. Me alegra que Tess y tú estéis juntas. Eres una bendición, Isabel, te lo juro.

Isabel sintió una oleada de afecto tanto por Shannon como por Tess.

—Me he divertido muchísimo preparando esta boda. Resulta adictivo.

–Espero que hayas dejado algo para la madre de la novia.

–Y para la abuela –añadió Annelise.

–No os preocupéis, hay mucho que hacer –les aseguró Tess–. Como estos centros de mesa –señaló una mesa cubierta por un mantel, y una silla sobre la que descansaba una cesta con diversos objetos.

–¡Uf! Algo por lo que pelearnos –observó Shannon.

–De eso nada. No vamos a pelearnos por la cristalería y las flores –Tess tomó un jarrón y un poco de rafia y se puso manos a la obra.

–De acuerdo –su madre asintió–. Y echa un vistazo a estas telas bordadas que traje de Bali –dejó una pila de telas de colores sobre una mesa– Ikat y songket. ¿A que son bonitas?

Isabel y Jamie las dejaron preparando la decoración, aunque se pararon ante la puerta para contemplar a una excitada Shannon que mostraba a Tess y a Annelise la colección de bonitos objetos que había llevado desde Indonesia para decorar las mesas.

La madre de la novia parecía joven para su edad, e Isabel sospechaba que Tess y ella pasarían en más de una ocasión por hermanas, con sus cabellos rojos y piel clara. El sol que se filtraba entre las rendijas de la madera y las ventanas creaba un bonito juego de luces y sombras, envolviendo a las tres mujeres en un difuso fulgor. Parecían un cuadro, las tres reunidas alrededor de la mesa, colocando las telas, las flores y las velas. El instante creaba una bonita sensación de continuidad: la novia, su madre y su abuela, emocionadas ante la inminente boda.

Isabel sintió una inesperada punzada de envidia. Se preguntó cómo sería estar allí con su madre, emocionada ante el futuro, imaginándose con hijos algún día, vacaciones familiares, ese especial lazo de seguridad que una madre y una hija parecían compartir. Jamás podría saberlo, jamás podría sentirlo.

Pero Tess tampoco había tenido una vida fácil. Consciente de ello, decidió apartar la envidia de su corazón.

—Ojalá tuviera una cámara aquí mismo —le confesó a Jamie—. Las tres están tan bonitas reunidas alrededor de la mesa con esa luz.

—Es verdad —Jamie asintió—. Nunca he ido a una boda.

—¿En serio? Pues esta te va a encantar —le aseguró ella—. Música y banquete, ¿a quién puede no gustarle? Vamos. Voy a ayudar a Ernestina en la cocina, y tú seguramente deberías descansar.

—De eso nada —protestó la joven mientras se dirigían juntas hacia la casa principal—. El médico dijo que debería descansar cuando estuviera cansada. Y no lo estoy. Déjame ayudar.

Ernestina se dirigió al patio para disponer la mesa mientras Isabel y Jamie trabajaban codo con codo en la cocina.

—¿Estás unida a tu madre? —le preguntó Isabel mientras mezclaba un poco de lavanda culinaria con un queso de cabra que había comprado a un granjero local—. ¿Dónde vive?

—En Chico y no, no estamos unidas —Jamie dispuso unos rabanitos y unas galletitas saladas en una bandeja—. Ni siquiera le he hablado del bebé.

—¿De verdad, Jamie? ¿No crees que querría ayudarte?

—¿Mi madre? La cosa iría más o menos así: «Yo no te crie para ser tan estúpida». Y yo: «Tú no me criaste y punto, lo tuve que hacer yo sola» —Jamie cambiaba la voz en función de quién se suponía que estaba hablando—. Y ella: «Estaba sola, lo hice lo mejor que pude». Y yo: «Lo mismo que yo». Esto resume más o menos cómo sería la conversación.

—Lo siento.

—Tener madre no es siempre tan bueno como dicen —la chica se encogió de hombros y desvió la atención a los tarros de miel etiquetados a mano–. ¿Cuál quieres utilizar?

–Algo suave que acompañe bien al queso.

–¿Flor de algodoncillo?

–De todos modos seguramente seremos tú y yo las únicas que se darán cuenta –Isabel asintió.

–Yo siempre he sido capaz de distinguir los sabores diferentes de la miel –observó Jamie.

–Pues yo no. He tenido que entrenar el paladar. Lo mismo que para el vino. No tengo ese don natural, pero adoro la alquimia de maridar sabores. Si tuvieras veintiún años, y no estuvieras embarazada, te haría probar este delicioso *sauvignon* blanco de Angel Creek. Será perfecto para los entrantes –Isabel retiró del fuego las almendras marcona que estaba friendo y agitó la sartén.

–Solo un traguito –suplicó Jamie mientras mordisqueaba una galletita con queso y miel.

–Uno, y no más, jovencita –ella sirvió un poco del vino blanco helado en una copa y se lo ofreció.

–Tienes razón –la chiquilla probó un sorbo y sonrió encantada–. Está delicioso.

–Estoy corrompiendo a una menor –Isabel le quitó la copa de las manos.

–Cuando era pequeña, intentaba provocar a mi madre robándole traguitos de cerveza. Pero a ella no le importaba. Decía que a lo mejor me ayudaba a ser menos tímida.

–¿Eras tímida en el colegio?

–Sí. No encajaba. Se me daba bien la guitarra y me gustaba mucho el club 4-H. Así fue cómo empecé a interesarme por la apicultura. Pero también era la combinación perfecta para convertirme en una inadaptada. Guitarra, 4-H y abejas. A mi madre la volvía loca porque ella había sido hiperpopular, animadora, la reina del baile y todo eso, y quería que yo fuera como ella. Otro motivo más de discusión entre nosotras.

–Yo también fui una estudiante tímida, y mi abuela y yo solíamos discutir en ocasiones, pero por todo lo contrario. Yo crecí totalmente sobreprotegida. Después de lo que le sucedió a mi padre, supongo que es comprensible. Pero no puede decirse que me preparara para la vida. Seguramente por eso soy tan hogareña.

–Y además tienes una casa muy bonita –Jamie contempló con detalle la cocina.

–Gracias –contestó Isabel–. Adoro este lugar, aunque también me gustaría viajar más, ver mundo. Pero la escuela de cocina…

–Ni siquiera la has inaugurado –interrumpió Mac que acababa de irrumpir en la cocina.

Tenía los cabellos húmedos de la ducha y llevaba puestos unos pantalones cortos y una camiseta, todo limpio. Isabel no pudo evitar fijarse en lo bien que olía, a jabón y aire fresco.

–Deberías huir mientras aún puedas –añadió él.

–¿Y qué pasa si no quiero huir a ninguna parte?

–Sí quieres. Acabo de oírtelo decir.

–Yo no…

–Pero tío, ¿adónde quieres que huya? –preguntó Jamie mientras extendía los brazos hacia las maravillosas vistas que asomaban al otro lado de la ventana. Salvajes colinas en distintos tonos de verde y salpicadas de multitud de flores bajo el dorado sol de la tarde–. ¿Qué sitio puede haber mejor que este?

–Ahora mismo, ninguno –admitió Cormac–. ¡Madre mía! ¿Qué es eso que huele tan bien? –se lanzó hacia las almendras marcona tostadas con romero y que aún estaban calientes en la sartén.

–¡Ni se te ocurra! –Isabel le dio un palmetazo con el dorso de una cuchara de madera–. Es para el aperitivo en el patio. Solo tienes que esperar quince minutos más.

–Moriré –protestó él–. Y no creo que quieras que me muera aquí, en el suelo de tu cocina.

Mac contempló a Charlie, el pastor alemán, tumbado

con el hocico aplastado contra el suelo y que observaba atentamente la preparación de la comida, como si se tratara de su única misión en la vida.

—Toma —insistió ella mientras le entregaba a Mac una bandeja con vasos—. Lleva esto afuera y ayuda al abuelo a servir el vino. Y llévate al perro contigo. Sabe de sobra que no debería estar en la cocina.

—Vámonos, Charlie —Cormac adoptó una expresión herida—. Aquí no se nos quiere.

Jamie le sujetó la puerta para que pudiera salir.

—¿Lo ves? Está por ti. Está clarísimo.

Isabel agachó la cabeza, concentrada al máximo en la bandeja de entrantes. Recordó el día que habían ido a las aguas termales y en cómo habían flirteado desde entonces. Cormac ocupaba mucho más espacio en su mente de lo que ella estaba dispuesta a admitir. Le gustaba la sensación. Le gustaba ese tipo. Tan solo necesitaba encontrar el modo de que no le gustara demasiado.

—Ha venido para hacer un trabajo —le recordó a Jamie—. Nada más.

—No, vino aquí por un trabajo, igual que yo. Quizás termine por quedarse, igual que yo.

—No lo voy a contratar. ¿A qué viene ese ataque de romanticismo? ¿Por qué estás empeñada en que me líe con Mac O'Neill?

—Yo no hago nada. Solo te he dado mi opinión.

—La mesa está lista —Ernestina entró desde el salón—. ¿Llevo la bandeja al patio?

—Claro, gracias. En un minuto vamos. Estoy terminando la salsa para el asado de cerdo —Isabel se inclinó sobre la fragante salsa que cocía en un cazo—. Espero que tengas hambre. Hemos preparado todo un festín.

—Me muero de hambre. Pero escucha, si prefieres que esto sea un rollo familiar, lo entenderé.

—De eso nada. Ahora formas parte de la tribu, te guste o no.

—Ya sabes que me gusta, pero no quiero ser una molestia.

—Escucha —le aclaró Isabel—. No eres ninguna molestia. Quiero que entiendas que ahora este es tu hogar. ¿Comprendido?

Jamie asintió antes de arrancar una hoja de papel de cocina y secarse los ojos con ella. La visión de la jovencita dura, llena de *piercing*, de cabellos morados, desmoronada por la emoción hizo que Isabel se alegrara de haberle dado una oportunidad.

La joven se acercó al fregadero para lavarse la cara antes de mirar a Isabel. El corazón se le salía por los ojos.

—¿Cómo lo haces?

—¿Hacer el qué?

—Acoger a alguien, así sin más. Tratarme como si formara parte de la familia.

—Me parece lo correcto —contestó ella—. Tú y yo encajamos. Hemos congeniado desde el día que apareciste por aquí. Al menos así lo sentí yo.

—¿De verdad?

—Nadie habría sido capaz de hacer lo que has hecho con las colmenas en tan poco tiempo, pero no es solo eso. Has traído algo especial a Bella Vista, no solo tus habilidades. Tu energía y tu espíritu, tu creatividad y tu música. Me siento afortunada de tenerte aquí, y espero que te quedes. Lo digo en serio. Y sé que el abuelo opina lo mismo que yo.

—Yo también espero poder quedarme —Jamie se secó las manos.

—Pues nada te lo impide. A todos nos encanta tenerte aquí.

—Gracias —la joven dudó un instante—. Me gustaría informar a todos de mi decisión. La adopción.

—A todos…

—No voy a ponerme pesada, solo quiero comunicar la noticia. Porque si no lo hago, la gente va a empezar a felicitarme y uno no felicita a una persona que no va a ser madre, ¿verdad?

—Entiendo lo que quieres decir. Pero acabas de tomar la decisión. No olvides lo que dijo el médico. Quizás deberías madurarla un poco.

—Sinceramente, llevo madurándolo desde que supe que estaba embarazada. Siempre supe que acabaría por hacer esto –Jamie se quitó el delantal y lo colgó de un gancho–. Si lo digo en voz alta, y me aseguro de que todo el mundo lo sepa, me servirá para hacerme mejor a la idea de que otra persona va a criar a este bebé. Alguien mejor que yo.

—Eh, eh, un momento –Isabel sujetó a la chica por los hombros y la miró a los ojos–. No hay nadie mejor que tú. Nadie. Y si finalmente te decides por la adopción, tu generosidad va a proporcionarle a la familia adoptiva más alegría de lo que seamos capaces de imaginar.

—Sí, a eso me refería –Jamie sonrió tímidamente.

—Eres increíble –le aseguró Isabel–. Y lo sabes, ¿verdad?

—Es muy amable por tu parte decir eso. A veces me cuesta creerlo.

—Siempre somos especialmente críticos con nosotros mismos, ¿a que sí? –murmuró ella–. Ahora mismo puedo asegurarte que soy impresionante porque acabo de preparar la salsa agridulce más deliciosa que hayas podido probar jamás –le ofreció un trocito de pan mojado en la salsa–. Higos, aceitunas, vinagre balsámico y miel.

—Delicioso –convino Jamie–. Me encanta tu cocina. Tu escuela de cocina va a triunfar.

—Esa es la idea. Vamos a reunirnos un ratito con los demás en el patio antes de cenar.

—He oído la palabra mágica –Dominic las saludó mientras se reunían con los demás.

—¿Cena? ¿Delicioso? Puedo asegurarte de que van a ser ambas cosas –puntualizó Isabel tras aceptar una copa de vino blanco. Tess le pasó a Jamie un vaso de agua con gas y trocitos de fresas.

–¿Qué hay para cenar? –preguntó Shannon–. ¿Me ayudará a superar el *jet lag*?

–Te ayudará a superar cualquier cosa –insistió Isabel–. Vamos a probar un par de cosas para el banquete de boda, de manera que voy a necesitar vuestra más sincera opinión.

–La última vez que lo intenté, me sacudiste con la cuchara de madera –señaló Mac.

–La temática va a girar en torno a la miel –explicó Tess a su madre mientras señalaba a Jamie.

–Me alegra ser de ayuda –contestó la chica.

–Quisiera pedirte algo más –continuó Tess–, pero si no te gusta, puedes negarte tranquilamente.

–Claro –Jamie enarcó las cejas.

–Dominic y yo nos preguntábamos si podrías cantar algo en nuestra boda.

La sonrisa de la chica se unió a la del resto de los presentes en el patio.

–Me encantaría. Solo tenéis que decirme en qué habíais pensado.

–Genial –la novia se volvió hacia su madre–. Mamá, espera a que la oigas cantar. Es fantástica.

–Me parece una idea estupenda –Shannon sonrió–. Háblanos del bebé. ¿Para cuándo lo esperas?

–Ah, sí, a propósito de eso –Jamie bebió un sorbo de agua.

Isabel contuvo la respiración. Iba a hacerlo.

–Perdona, si es demasiado personal... –Shannon parecía azorada.

–En absoluto –Jamie se acarició la barriga–. Todo va bien, quiero decir mi salud y la del bebé y todo eso. Y lo cierto es que me alegra que hayas preguntado, porque hay algo que me gustaría que todos supierais. No me lo voy a quedar. Al bebé, quiero decir. Será adoptado –las palabras surgieron en un torrente, y se tomó el resto del vaso de agua de un trago, como si se tratara de una copa–. Al menos esa es mi idea.

–¡Oh, Jamie! –Tess se levantó y abrazó a la joven–. No sé qué decir.

–No pasa nada –contestó Jamie con una risa temblorosa–. Le dije a Isabel que no quería tener que dar explicaciones cada vez que alguien me felicitara o lo que sea. El médico y la trabajadora social dijeron que puedo cambiar de idea en cualquier momento, pero no lo haré. No cambiaré de idea –su expresión parecía decidida.

–Todos queremos ayudar en lo que podamos –intervino Annelise–. Por favor, no dudes en pedirnos lo que necesites. Lo que sea. De verdad.

–Gracias –Jamie sostuvo durante unos segundos la mirada de la anciana–. Significa mucho para mí. En cualquier caso, no quería ser una aguafiestas ni nada de eso. Solo quería que todos lo supierais.

–Me gustaría proponer un brindis –anunció Magnus alzando su copa–. Por nuestra más reciente incorporación a la familia Bella Vista, la señorita Jamie Westfall. Por tu futuro y por el futuro del regalo que pronto harás al mundo.

Isabel sintió un nudo formarse en la garganta. Admiraba la valentía de esa cría y su manera de enfrentarse al monumental desafío que tenía ante ella. Al mismo tiempo, se sentía orgullosa de todo el mundo allí presente por el inmediato apoyo que le habían ofrecido. Eso era justo lo que Isabel buscaba para Bella Vista, esa sensación de comunidad, de juntar a un grupo de personas y unirlas en un mismo propósito. Tenía algo de magia. Ojalá *Bubbie* pudiera estar allí para verlo.

Terminada la cena, Tess, Dominic y Shannon se ofrecieron voluntarios para recoger la mesa. Annelise invitó a Jamie a acompañarla al salón con la excusa de aprender algo más sobre la producción de miel. Sabiendo lo que ya sabía, Isabel sospechaba que la anciana y la joven iban a hablar de otras cosas también.

Isabel sacó a Charlie a dar su paseo nocturno alrededor del patio. El aire era agradablemente fresco, perfumado con el aroma a jazmín. El perro corrió junto al seto antes de darse media vuelta, regresar y soltar un ladrido de advertencia. Isabel se volvió bruscamente y vio acercarse a Mac, la silueta enmarcada por la luz que salía de las ventanas.

Charlie trotó hasta Cormac, lo olisqueó y regresó a sus quehaceres nocturnos.

—Le gusta patrullar —explicó Isabel—. Y a mí me gusta que mantenga alejados a los bichos. Entre Charlie y los gatos, este es un espacio prácticamente libre de bichos.

—Todo el mundo cumple una misión —observó Mac.

—Todo el mundo tiene un propósito en la vida —ella sonrió y se arrebujó en el echarpe de lana.

Entre ellos se hizo un momentáneo silencio. Cormac disfrutó de los aromas y los sonidos de la noche.

—Lo organizaste todo —dijo al fin.

Isabel sabía exactamente a qué se refería.

—Yo solo... me siento afortunada por encontrarme en situación de poder ayudar a Jamie. Parece tan sola. ¿Qué? ¿Por qué me miras así?

—Eres una buena persona, Isabel —contestó él—. Siempre pensando en los demás. Me gusta ese gran corazón tuyo.

—¿De verdad? —las palabras de Mac la sobresaltaron y no supo qué responder, seguro que si lo intentaba la fastidiaría—. Esa puede que sea una de las cosas más agradables que alguien me haya dicho jamás.

—Pues entonces no has frecuentado a las personas adecuadas. Tampoco es para tanto. Tú tienes un gran corazón y yo soy agradable.

—¿Lo eres? —ella no pudo contener una sonrisa—. Me alegra saberlo.

—Bueno, no soy tan agradable como tú, pero desde luego soy agradable.

—Te tomaré la palabra —Isabel suspiró y echó la cabeza hacia atrás para contemplar las estrellas—. Me preocupa. ¿Dónde va a vivir? ¿Seguirá adelante con eso?

—No hagas tuyas las preocupaciones de los demás. Jamie hará lo que tenga que hacer.

—Lo sé, de verdad. Por lo que me ha contado, no puede decirse que tenga una familia.

—Ahora sí —insistió Mac.

—Es verdad que eres agradable. ¿Cómo es tu familia?

—¿Cómo te la imaginas tú?

—Bueno, con un apellido tan rotundo como O'Neill, me estoy imaginando un gran clan estadounidense irlandés.

—¡Mierda! —exclamó él.

—¿Qué?

—Que somos la típica familia, entonces.

—¿Qué quieres decir?

—Mi vida está llena de hermanos. Shane, Dillon, Finn, Ian, Declan y yo. Yo soy el mayor. También soy el más listo y el más apuesto. Por no mencionar el más agradable.

—Todos varones. Tu pobre madre.

—¡Oye, que la tratamos como a una reina! Siempre lo hemos hecho. Mi mamá —Mac sacó el móvil del bolsillo y le mostró una foto—. Es increíble.

La mujer de la imagen tenía la cabeza echada hacia atrás, la imagen congelada en medio de una carcajada, con los brazos extendidos como si quisiera abrazar el mundo.

—Desde luego parece impresionante —concedió Isabel.

—Y estos son mis hermanos —le mostró otra foto en la que aparecían seis hombres, todos en fila, a cual más corpulento y atractivo. Parecían formar parte de un lote de seis.

—Una familia de seis varones. ¿Por qué me lo estás contando ahora?

—Porque hasta ahora no me habías pedido que te lo contara.

—¿Tengo que pedírtelo todo? ¿Nunca ofreces algo porque sí, sin que te lo hayan pedido?

—¿Te refieres a algo como esto?

Cormac la agarró por los brazos, deslizó las manos hasta los hombros y le plantó un beso, contundente y sexy, que casi hizo perder el equilibrio a Isabel. El contacto, la suave exploración, lo había deseado desde el día en que lo conoció, pero hasta ese momento no se había dado cuenta de ello. Sus puños se cerraron en torno a la tela de la camiseta de Mac mientras lo saboreaba a conciencia, su olor, su sabor, el roce de su pelo contra las mejillas, la fuerza de los brazos que la sujetaban.

Y de repente dio un paso atrás, casi mareada, casi desorientada.

—No me refería a eso.

—Venga ya, Isabel...

—Charlie —llamó ella antes de soltar un silbido especial, el que siempre hacía que el perro regresara trotando—. Volvemos a casa.

—Gallina.

—No soy... bueno sí, lo soy. Y dentro de poco me lo agradecerás.

Mac le rodeó la cintura con un brazo y la atrajo hacia sí. Se inclinó sobre ella, tanto que Isabel sentía el cálido aliento en su oreja.

—Créeme, nunca he tenido que agradecerle a una mujer el que se haya negado a enrollarse conmigo.

Isabel dio un paso atrás con los brazos cruzados sobre el pecho. ¡Qué beso! Cormac resultaba muy persuasivo, pero ¿lo bastante como para superar sus miedos? Annelise había sido muy valiente, Jamie era valiente, quizás había llegado la hora de que lo fuera ella también.

—No me gustas tanto —contestó.

—¿Y a qué esperas? ¿A una señal del más allá?

Isabel no le encontraba sentido alguno a liarse con ese hombre.

—Tú has venido a hacer un trabajo, Mac, como todos los demás. Tu propósito consiste en escribir una historia. Mañana vas a conocer a Ramón Maldonado. Se supone que vas a descubrir cómo acabó mi abuelo aquí y Annelise en San Francisco. ¿Cómo consiguieron seguir adelante después de lo que les sucedió durante la guerra?

—¿Cómo puede seguir adelante alguien? —preguntó él, tenso de frustración—. Un día colocas un pie delante del otro. Otro día... —Mac dio un paso hacia ella y deslizó una mano por el hombro de Isabel, por su brazo desnudo—. Es como saltar de un precipicio.

—No entiendo qué quieres de mí —ella dio otro paso atrás.

—Una oportunidad, Isabel. ¿Qué te parece si nos concedemos una oportunidad?

Séptima parte

Las flores de plantas orgánicas son la mejor fuente de néctar crudo para las abejas. La miel en su forma cruda retiene una saludable sustancia llamada propóleo. Se compone de savia de árbol mezclada con las secreciones de abejas que protegen frente a bacterias, virus y hongos. El propóleo contiene fitoquímicos conocidos por sus cualidades protectoras frente a gérmenes y para prevenir ciertos tipos de cáncer.

Ya en la antigüedad, la miel se consideraba un poderoso elemento, citada en los textos védicos, sumerios y babilónicos. Se creía que soñar con miel auguraba un triunfo imprevisto sobre la adversidad.

VINCOTTO

Vincotto, término italiano que significa vino cocido, es una tradicional manera de conservar el vino que data de la época del Imperio Romano. Sus propiedades, dulces y complejas han atraído recientemente el interés culinario como condimento y otros usos.

4-5 tazas de vino tinto. Primitivo sería una buena elección
2/3 taza de miel
3 palitos de canela
3 clavos enteros

Se mezcla todo en un cazo de fondo grueso y se lleva a ebullición. Se deja cocer a fuego suave, removiendo de vez en cuando, durante unos treinta minutos, hasta que el líquido se reduce a aproximadamente a una taza. En cuanto se enfría, se retiran los palitos de canela y los clavos y se vierte el vino en una jarra. Resulta delicioso sobre ensaladas, carne guisada, verduras a la parrilla o queso ricota.

(Fuente: tradicional)

Capítulo 17

Copenhague, 1943

A lo largo de los años de ocupación, Magnus se había convertido en un experto en fundirse con la ciudad, ya fuera deslizándose como una sombra por los muelles, puertos y desembarques, en el mercado, la universidad o la zona comercial. Desde que había dado el estirón ya no pasaba por un colegial y tenía que buscarse otros disfraces. Algunos días circulaba con una bicicleta de reparto, entregando planos en tiendas de maquinaria y reparación por toda la ciudad. Otros días, seguía los pasos de «el Profesor», y se mimetizaba como un sencillo barrendero o un pordiosero. Tenía un don para arreglar pequeños motores y máquinas, lo que le permitía ganar lo suficiente para no morir de hambre.

Ya no se permitía a sí mismo echar de menos a sus padres y abuelo. Por las noches ya no lloraba hasta quedarse dormido. Su corazón era como un diminuto puño en el pecho, protegiéndose ferozmente de cualquier sentimiento.

Cada gota de aire que respiraba estaba puesta al servicio del avance en la causa de su resistencia.

A medida que la guerra avanzaba, cada vez resultaba más arriesgado realizar un acto de sabotaje. Las sospechas de los alemanes se intensificaron y las recompensas a cambio de información aumentaron. Las células de la resistencia sufrían la presencia de infiltrados o eran descubiertas por colaboradores daneses. Los que eran arrestados debían enfrentarse a la tortura a la que les sometían los nazis para obtener información.

La existencia de Magnus era muy solitaria. Allá donde divagaran sus pensamientos, se sorprendía siempre buscando el contacto humano. Pero, consciente de los riesgos de su trabajo, no mantenía ninguna relación de amistad dentro de la organización. No quería hacerse amigo de alguien para luego perderlo, o perderla.

Pero un día a finales de septiembre descubrió que había ciertas cosas que no podía evitar. Había acudido a una reunión en el parque Golden Prince, lugar de enfrentamiento tradicional entre los dos principales equipos de fútbol. El partido prometía ser ridículamente igualado y había atraído a la habitual y ruidosa muchedumbre. Mientras fingían interés por el partido desde las líneas de banda, los agentes se pasaban mensajes y organizaban planes. Ocultarse a plena vista era una buena estrategia para Magnus, que había perfeccionado el arte de parecer normal e insignificante.

De pie junto a la línea de banda, observaba el partido de fútbol como si fuera su único propósito en la vida. Pero lo cierto era que aguardaba noticias de la última atrocidad nazi: la reunión y deportación de los judíos daneses.

Hasta ese momento, no se había producido ninguna orden formal de deportación. Desde hacía mucho tiempo ya los judíos habían tenido que cerrar sus negocios y algunos, como Sweet y Eva, habían huido para ocultarse en algún lugar. No obstante, la mayoría de los judíos había permanecido en sus casas, e incluso habían seguido asistiendo a la única sinagoga de la ciudad. Observando la tenacidad de los fieles, Magnus había llegado a la conclusión de que para algunas personas, la fe era una poderosa fuerza. Y porque era tan poderosa, también era peligrosa.

Por su parte, él no dedicaba mucho tiempo a considerar las vicisitudes de la fe. Estaba demasiado ocupado en sobrevivir gracias a su ingenio. El aire estaba cargado de vítores, del aroma a avellanas tostadas, de hojas secas y cerveza barata.

Desde algún lugar entre la multitud se oyó un agudo silbido, un sonido que podría provenir de cualquiera de los aficionados asistentes al partido, salvo que ese silbido en particular se repitió tres veces. Sin llamar la atención, Magnus se giró hacia el lugar desde donde provenía el sonido. Los espectadores llevaban bufandas con los colores de su equipo favorito, amarillo en el caso del St. Alban, y verde con un búho para los del Akademisk Boldklub. De repente vio otra bufanda, de rallas amarillas. Su contacto.

Al ver de quién se trataba, por un momento se quedó helado, casi delatándose a sí mismo. Tras recuperarse, avanzó entre la multitud.

—Ha pasado mucho tiempo —saludó.

La chica, de nombre Annelise, a quien no había vuelto a ver desde la noche del sabotaje de las insignias, siguió agitando la bufanda en el aire. Ni siquiera lo miró.

—Esa no es la contraseña —se limitó a observar ella, la voz casi ahogada por el rugido de la multitud.

Había pasado un año desde aquella noche, y su aspecto era totalmente diferente.

«Todos hemos cambiado», pensó Magnus. Sin embargo, las diferencias en Annelise parecían más profundas. Los huesos de su cara sobresalían con dureza y los ojos permanecían entornados, la mirada desconfiada. Se preguntó qué le habría sucedido, dónde había estado, si había permanecido oculta, quizás en alguna ciudad costera entre Dinamarca y Suecia. O quizás la habían detenido los alemanes. A su mente acudían sin cesar imágenes de aquella noche, alejándose mientras distraía la atención de los nazis para que Ramón y él mismo pudieran escapar.

–Al infierno con la contraseña. Lo que necesito saber...

–Lo que necesitas saber es que hay un importante mensaje que debe ser entregado. ¿Reconoces a esos dos de ahí?

Magnus se fijó fugazmente en un grupo de hombres de mediana edad que formaban un corrillo, aparentemente concentrados en el partido. Ondeaban banderas verdes y doradas del Akademisk Boldklub.

–No –contestó él–. ¿Debería?

–El del pañuelo de cuello verde es Niels Bohr, profesor de Física, y el más alto es su hermano.

–¿Ese es Harald Bohr? –Magnus estaba impresionado–. Formó parte del equipo olímpico danés de fútbol.

–Sí, todo eso está muy bien –ella bufó–, pero es el otro hermano el que tiene un premio Nobel, y seguramente la razón principal por la que están a punto de ser arrestados por los nazis.

–¿Cómo?

–¿Por qué te sorprende cualquier cosa que hagan los nazis? –Annelise le entregó un programa de fútbol.

–¿Se supone que debo entregarles esto? –del programa asomaba un sobre y el delgado papel amarillo de un telegrama.

–Sí, pero procura ser discreto. No sabemos quiénes son los otros.

Durante un descanso del partido, Magnus se acercó a Harald Bohr.

–Señor, ¿podría darme un autógrafo? –preguntó mientras le ofrecía un lápiz.

–Desde luego –el hombre tomó el programa de manos de Magnus que lo observaba atentamente, rezando para que bastara con la comunicación silenciosa.

Y al parecer así fue, ya que el señor Bohr garabateó su firma en el programa antes de devolvérselo, guardándose discretamente el telegrama y el sobre en un bolsillo interior de la chaqueta. Magnus sonrió ante la firma. A su lado había escrito, *Entendido. Buen trabajo*.

—Gracias, señor —Magnus levantó la vista—. Es un honor.

—De nada, jovencito. Te deseo suerte.

—Ha sido muy sencillo —anunció él tras regresar junto a Annelise.

—De eso se trata —contestó ella—. ¿Te han avisado sobre la reunión del jueves por la noche? No deberías perdértela. En la calle Bay hay una droguería. ¿La conoces?

—No, pero la encontraré. ¿A qué hora?

—A la de siempre.

A las ocho y veinte de la noche, la hora establecida para simplificar las comunicaciones.

—Allí estaré —aseguró Magnus—. ¿Y tú?

—Sí. Por supuesto.

—¿Estás bien? —él no pudo contenerse.

—Estoy aquí, ¿no? —Annelise lo miró fijamente, la expresión de sus ojos dura como un muro de piedra.

—Es que... me estaba preguntando...

—No hay necesidad de ello —ella se mantuvo en silencio y Magnus percibió una dureza en su comportamiento que no había estado antes.

Quiso preguntarle qué sucedía, si la presión de la ocupación le estaba pasando factura, si tenía miedo de ser capturada y arrestada. Quiso decir algo que pudiera suavizar la expresión de preocupación en su rostro, tal y como haría por cualquier persona que le importara. Pero lo cierto era que ya no sabía ser amigo de nadie. No era más que una máquina, ni siquiera eso. Era un engranaje en la rueda de la resistencia. Solo podía preocuparse por sí mismo.

El silbato señaló el final del descanso y Eva dejó caer

la bufanda al suelo antes de abandonar la grada. Magnus la recogió y vitoreó al equipo, pero no era capaz de concentrarse en el partido. La vio marchar, moviéndose lentamente como si llevara un gran peso sobre los hombros. Pero no la siguió. En esos días, lo único que seguía eran órdenes.

Al llegar a la reunión del jueves siguiente, Magnus seguía teniendo mil preguntas en la cabeza. Llegó a la hora señalada, deslizándose por un callejón junto al Hørkramforretning, la droguería donde se preparaban las medicinas. La puerta del sótano estaba marcada con carbón.

–Entrega para el señor Christiansen –murmuró Magnus.

Aceptada la contraseña, se vio arrastrado al interior de una estancia abarrotada.

Era la reunión más numerosa a la que hubiera asistido jamás, al menos había tres docenas de personas. Casi todos eran hombres, aunque también había unas cuantas mujeres, incluyendo a Annelise, sentada muy quieta en un banco en la periferia de la habitación.

Magnus se sorprendió al reconocer al señor Knud Christiansen, un destacado ciudadano conocido por codearse con los nazis. Atractivo según el ideal ario, era famoso por sus proezas en el equipo olímpico danés de remo. Vivía en un elegante apartamento en Havnegade, al lado de los oficiales alemanes, y, hasta donde supieran los nazis, era un leal colaborador.

Eso, por supuesto, lo convertía en un activo clave para la resistencia. Podía moverse libremente entre los oficiales y había cultivado su amistad hasta el punto de que hablaban abiertamente en su presencia. Si pudieran verlo esa noche, sentado junto al rabino Melchior, jefe de la sinagoga de Copenhague, se quedarían espantados.

–Puedo confirmar los rumores –anunció el señor Christiansen. Hizo una pausa y se pellizcó el puente de la nariz. La mandíbula se le encajó al rechinar los dientes–. El adjunto marítimo, el señor Duckwitz ha hecho saber que las SS tienen previsto iniciar un agrupamiento masivo de judíos el primero de octubre. Van a ser deportados, seguramente a un campo llamado Theresienstadt, en la Checoslovaquia ocupada.

Un escalofrío recorrió la habitación como un viento helado. Todos los presentes sabían de sobra lo que significaba «campo», un centro donde los judíos y otros «indeseables», eran obligados a trabajar hasta la muerte o directamente asesinados.

–Duckwitz es nazi. ¿Por qué iba a advertirnos? –preguntó alguien.

–Al parecer, ese hombre tiene conciencia.

–He oído que viajó a Berlín para persuadir al mando central de que cancelaran los arrestos –dijo un hombre vestido con una bata blanca–. Y como no le hicieron caso, se fue a Suecia para arrancarle al primer ministro la promesa de que aceptarían refugiados, tal y como han estado haciendo hasta ahora.

–Pero es que van a ser muchos. En la ciudad hay miles y también en la zona costera.

Todos miraron al rabino Melchior.

–A partir de ahora, durante los oficios, voy a aconsejar a todos que se oculten inmediatamente. Les pediré que hagan correr la voz entre todos sus amigos y familiares judíos.

–Podemos ir puerta a puerta –propuso un hombre llamado Marius, a quien Magnus conocía por ser uno de los líderes de la célula de la resistencia–. Podemos hacer llamadas telefónicas. Sabemos quiénes son, mejor que los nazis. Son nuestros vecinos, gente con la que hacemos negocios.

–Es arriesgado, pero ¿qué otra cosa podemos hacer?

–Puede que algunos se nieguen a marcharse –señaló

un hombre–. A fin de cuentas son daneses, aunque llegaran como emigrantes desde Europa del Este en busca de seguridad. Ocupan un lugar en la comunidad, tienen su hogar, su familia. ¿Accederán a abandonarlo todo?

Magnus pensó en el tío Sweet y en Eva, desaparecidos en mitad de la noche y llevándose únicamente sus pertenencias más básicas. En silencio hizo el juramento de viajar a Helsingør y encontrarlos antes de que comenzaran las deportaciones.

–¿Bastará simplemente con hacer correr la voz?

–Por supuesto que no –contestó alguien.

–Tiene razón. Lo que no podemos hacer es ignorar la situación. La gente solo puede ocultarse durante cierto tiempo. Al final serán encontrados y detenidos.

–No si conseguimos hacerles llegar a Suecia.

–Sí, deben ir a Suecia.

–Corren el riesgo de ser devueltos. El gobierno sueco no los aceptará a no ser que los nazis aprueben la solicitud.

–Y los nazis ignoran las solicitudes. Nunca tendremos noticias de ellos.

En ese momento apareció Ramón Maldonado, soltando ruidosamente su bolsa de mensajero. Le faltaba el aliento.

–Es un telegrama –se lo entregó a Magnus–. El que estabas esperando.

–Déjame ver eso –el señor Christiansen alzó la mirada al techo–. Gracias, profesor Bohr.

–¿Quién es ese? –preguntó alguien.

–Neils Bohr. Un físico de la universidad. Su hermano y él estuvieron a punto de ser arrestados, pero consiguieron llegar a Suecia con sus familias. Según este comunicado, todo el mundo lo escuchará, no solo las autoridades suecas. Ha convencido al gobierno para que emitan un comunicado anunciando que las fronteras y puertos están abiertos a los refugiados. Aquí dice que habrá emisiones radiofónicas suecas anunciando que Suecia ofrece asilo.

—Como un buen niño judío —Marius asintió satisfecho—. Su madre era judía.

Ramón se sentó junto a Magnus y le propinó un pequeño codazo en las costillas.

—Buen trabajo —susurró—. Y tú también —añadió mientras se inclinaba hacia Annelise, sentada al otro lado de Magnus.

—No basta con saber lo que va a suceder y avisar a la gente —susurró ella—. Tenemos que hacer más.

Fiel a su palabra, el rabino Melchior advirtió a las personas que asistieron a los servicios del Rosh Hashanah, a primera hora de la mañana, de la inminente acción de los alemanes. Animó a todos a esconderse sin dejar de intentar huir a Suecia. Nadie sabía durante cuánto tiempo duraría la orden de deportación, ni cuánto duraría la guerra, de modo que era la opción más segura.

Otros miembros de la comunidad judía y del movimiento de resistencia hicieron correr la voz mediante el sistema telegráfico clandestino. Todo el mundo aportaba algo, incluso las ancianas que permanecían levantadas toda la noche repasando la guía telefónica y anotando los nombres que podrían ser judíos para luego llamar a esas personas y avisar del agrupamiento.

Magnus le contó a Ramón y a Annelise su idea de encontrar a Sweet y a Eva.

—Necesito que me lleves —le pidió a Ramón—. Tú tienes acceso a los vehículos de la Cruz Roja, ¿verdad?

—Sí. ¿Está muy lejos de aquí?

—A unos cuarenta kilómetros. Lo difícil será encontrar la casa en la que se ocultan. No tengo la dirección exacta.

—Eva y su padre han estado viviendo encima de una

panadería junto a la costa, no lejos del castillo de Kronborg –anunció tranquilamente Annelise.
 –¿Los conoces? –preguntó Magnus, perplejo.
 –Eva y yo somos amigas. Y voy a ir contigo –concluyó ella.

La bonita ciudad costera de Helsingør con su castillo de cuento de hadas, sus granjas y flota de pesca, era el último lugar en el que muchos judíos pisaban suelo danés. A unos pocos miles de metros en dirección a la otra orilla se encontraba Suecia… y la seguridad. Los oficiales que se molestaban en interrogar a los pescadores y conductores de ferris recibían como respuesta historias varias sobre cientos de familias que apresuradamente abordaban los barcos. Algunos iban a asistir a una reunión del club de costura. Otros a visitar a algún amigo enfermo. Y otros habían decidido desafiar al mal tiempo para probar suerte con la pesca del arenque.
 La única historia que no contaba nadie era la verdadera. Pues la gente intentaba eludir las deportaciones huyendo por el estrecho de Oresund hasta Suecia. Magnus sintió un feroz orgullo hacia sus compatriotas que arriesgaban la vida para salvar a las personas que vivían en Dinamarca, independientemente de quiénes fueran, y aunque con ello tuvieran que desafiar a las autoridades.
 Observaron a un trío de barcos escorados contra el viento, las olas golpeando con fuerza los pequeños cascos mientras la flota partía.
 –¿Cómo sabremos con seguridad que Eva y su padre lograron llegar a Suecia? –preguntó Annelise.
 –Enséñanos dónde vivían –le pidió Magnus. En cuanto las palabras salieron de su boca sintió una punzada de aprensión.
 El lugar, encima de la panadería, estaba abandonado. Daba la sensación de que se hubieran marchado hacía

poco de allí. Junto a la puerta había un cajón con un par de zuecos de madera de jardín. Sobre la mesa, una jarra de leche con una capa de nata cuajándose por encima. En un cenicero descansaban los restos de un cigarrillo liado a mano. Y un armario, con las puertas abiertas de par en par mostraba su interior casi vacío.

El aire olía de una manera peculiar. Una manera metálica y extraña.

–Deben haberlos avisado ya –murmuró Magnus mientras contemplaba la ciudad desde la ventana de la parte delantera.

Se imaginó a Eva paseando entre las bonitas calles adoquinadas, o pasando ante el hermoso castillo, admirando sus torres recortadas contra el soleado cielo, o quizás jugando en la playa de arena al otro lado de la calle, y, en los días claros, contemplando Suecia. Se preguntó si alguna vez volvería a verla y una punzada de emoción le retorció el estómago.

–Deberíamos irnos –les advirtió Ramón–. Aquí no tenemos nada más que hacer.

Magnus se preguntó si ese olor peculiar provendría de los productos químicos de revelado de Sweet. A lo mejor se le habían caído con las prisas por marcharse. Miró al suelo y se fijó en un rastro de pequeñas manchas oscuras que conducían a una habitación trasera sin ventana.

Y lo supo todo.

Pues allí descubrió el cuerpo de Sweet, despedazado, los numerosos pedacitos amontonados a un lado. Annelise se volvió y enterró el rostro entre las manos. Procedieron a realizar una rigurosa búsqueda de Eva, temiendo lo que podrían encontrar. Pero, para su alivio, no había ninguna señal de la joven. Magnus permaneció inmóvil, deseando que la última imagen que iba a tener de ese hombre al que había amado y admirado hubiera sido otra. Y recordó cada detalle de Eva, cómo le gustaba pedir un deseo antes de soplar el diente de león, cómo su mirada se iluminaba cuando él le hablaba de la Navidad, el sonido de su risa, el silencio de su tristeza. Sería casi mayor ya.

De regreso a Copenhague, supieron que las Waffen SS habían formado equipos de batallones de policía, con un colaborador danés en cada equipo para que los guiara en su caza de los judíos. Era el año nuevo judío y los alemanes daban por supuesto que las familias les iban a facilitar el proceso permaneciendo en sus casas con motivo de la festividad. Sin embargo, a medida que los equipos se dispersaban por la ciudad en sus vehículos de transporte y con una lista de direcciones que comprobar, lo único que encontraron, una y otra vez, fueron hogares vacíos.

Alguien de la resistencia informó a Magnus acerca de una familia judía, apellidada Friediger, del distrito este del puerto, a quien nadie había podido avisar. Su misión era localizar una dirección cerca de Langelinie para asegurarse de que esa familia había huido. Para su horror, al mirar por la ventana vio que seguían en casa, sentados alrededor de la mesa del comedor, comiendo manzanas mojadas en miel y compartiendo una hogaza trenzada del dorado pan *challah*.

Magnus llamó a la puerta, pero no se molestó en esperar respuesta. La llave no estaba echada e irrumpió en su interior.

–He venido para advertirles de que deben marcharse –anunció sin preámbulo–. Ahora. Los Waffen SS han enviado equipos para localizar a todos los judíos de la ciudad. Si les encuentran les arrestarán y deportarán.

–Conocemos la orden –contestó un hombre de barba gris. Sobre su calva lucía un kipá blanco bordado de azul–. Hemos decidido permanecer juntos como una familia. Los padres de mi esposa son demasiado ancianos para trasladarse y mi hija acaba de tener un bebé.

El hombre señaló al grupo de personas reunidas alrededor de la mesa, insistiendo en una mujer sentada en una silla de ruedas junto a un anciano paralítico cuyas manos temblaban. La esposa del señor Friediger y su hija se sentaban al otro lado de la mesa. En brazos de la hija, un diminuto bebé.

–No lo entienden. Si no se marchan ahora, les van a arrestar –insistió Magnus.

–Tenemos dinero para sobornar –contestó el hombre–. Escuche, joven, su preocupación está bien fundada, pero la decisión ya está tomada. Hoy es el comienzo de un año nuevo. Lo celebraremos como siempre hemos hecho.

Magnus recordó la noche en que se habían llevado a su familia. Nadie les había avisado, nadie les había ofrecido ayuda para ocultarse. En una brutal irrupción, sus padres habían sido arrestados. Por Dios santo, si alguien les hubiera advertido, quizás aún tendría una familia. Aquello era un regalo, y ese hombre no parecía entenderlo.

–No sea estúpido –gritó, sus nervios saltando–. ¿De qué sirve quedarse juntos, como una familia, si les van a enviar a un campo para morir?

–Joven...

–Puedo ayudarles. Les llevaré hasta un barco...

–Papa, quizás deberíamos escucharle –intervino la hija.

Alguien llamó a la puerta, y el bebé comenzó a llorar.

–Policía –se oyó una voz desde el exterior–. Abran.

–Apaguen las luces –el corazón de Magnus se aceleró–. ¿Hay una puerta trasera?

–Mírelos –el hombre se levantó y señaló a su familia con tranquila resignación–. ¿De verdad cree que vamos a poder escabullirnos en medio de la noche? La puerta de atrás está por aquí. Le sugiero que la utilice. Yo me ocuparé de la policía.

El llanto del bebé recordaba al maullido de un gatito.

Con calma y decisión, el señor Friediger acudió a abrir la puerta. Frustrado, Magnus se dirigió hacia la parte trasera de la casa, deteniéndose tras la puerta de la despensa. Quizás Friediger supiera algo que él desconocía, y los dejarían en paz.

—Deben acompañarnos —se oyó una voz que hablaba danés con fuerte acento alemán, seguida de fuertes pisadas—. Pueden llevar dos mantas, comida para el viaje de tres días y una pequeña maleta por persona. Tienen quince minutos.

—Puedo ofrecerle quince mil coronas —anunció Friediger con calma—. Es todo el dinero que tenemos.

—¿Y por qué piensa que iba a aceptar un soborno? —quiso saber el alemán.

A continuación se oyó el sonido de monedas cayendo al suelo.

El dos de octubre, Ramón, Magnus y Annelise observaban a unos doscientos judíos obligados a subirse al barco *Wartheland*. Magnus escudriñó a la multitud en un intento de descubrir a Eva. Cada vez que veía a una chica con gruesas y oscuras trenzas, se ponía tenso creyendo haberla visto. Pero no parecía formar parte del grupo obligado a embarcar.

—Siento náuseas —confesó Annelise—, pero no puedo apartar la mirada.

Magnus comprendía su horror. Las víctimas eran completamente inocentes. Había madres que acunaban a sus pequeños, ancianos inclinados sobre sus bastones, enfermos tosiendo en arrugados pañuelos, un rabino que portaba un libro y una endeble maleta. Los guardias les gritaban, les pateaban y golpeaban mientras les empujaban bajo cubierta, quitándoles impunemente el equipaje.

Una joven pareja se apartó de la fila y se acercó a un guardia.

—Ha habido un error —aseguró el hombre—. Nosotros no somos judíos.

—¡Mierda! —exclamó Magnus en un susurro—. No va a funcionar —comenzó a caminar hacia ellos.

—¿Qué demonios haces? —Ramón lo agarró del brazo—. Te van a arrestar si...

—Pues que así sea —espetó él mientras seguía avanzando—. Señor, yo respondo por ellos —anunció—. Estos dos no pertenecen aquí.

—¿Y tú quién eres? —exigió saber el guardia.

—Estuve con el equipo de búsqueda que cubrió Langelinie —contestó él tras pensar con rapidez.

—Esperad aquí —el guardia fulminó a la pareja con la mirada, y después a Magnus—. Tengo que comprobar una cosa.

—¿Cómo os llamáis? —susurró Magnus mientras el otro hombre se apartaba para consultar a un superior.

—Jan y Marte Sonne. Yo soy albañil, nacido y criado en esta misma ciudad —contestó el hombre con voz temblorosa—. Por favor, ¿puede ayudarnos? Mi esposa espera nuestro primer hijo.

El guardia regresó junto con el oficial, que les mostró un cuaderno con tapas de cuero.

—Vuestro nombre está aquí, en el censo —les explicó—. Forman parte de la lista de la sinagoga. ¿Cómo puede ser un error?

—Es albañil —intervino Magnus—. Me enseñaba el oficio mientras reparaba la sinagoga. Ya sabe, después del incidente del año pasado —añadió, refiriéndose a la explosión que se había producido—. Por eso está su nombre en la lista.

—Salid de la fila —el oficial cerró el libro con un sordo golpe—. Ya lo verificaremos más tarde.

—Esperaré aquí con ellos —Magnus señaló hacia algún punto difuso de la calle.

Por supuesto, no tenía la menor intención de esperar.

Mientras los apartaba de la fila de personas, los guardias se distrajeron y la pareja se metió apresuradamente en una tienda.

—¿Dónde demonios estará? —Magnus se dirigió a Ramón. Se refería a Eva—. Voy a subirme a ese barco.

—No puedes. Es demasiado peligroso. Si te pillan, te matarán.

—¿Y crees que no lo sé? ¿Crees que ella no se lo merece?

—Si estás muerto no servirás de nada —sentenció Ramón.

—Distráeles —le ordenó Magnus a Annelise.

—Pero yo...

—Tú hazlo.

La joven apretó los labios, furiosa, pero se adelantó hacia un guardia que merodeaba por el muelle. Magnus no oyó lo que le dijo al guardia, pero en cuanto el hombre giró la cabeza, cargó una caja en una carretilla y la empujó hacia el barco. Llegó hasta la plataforma de carga donde lo detuvieron con una brusca orden.

—¡*Halt*!

Él se quedó helado antes de volverse lentamente.

—¿Sí? —preguntó fingiendo aburrimiento.

—¿Qué estás haciendo? —lo interrogó un soldado.

—Llevo suministros a bordo.

—¿Quién te lo ha ordenado?

—Solo hago lo que me dicen —Magnus se encogió de hombros.

—Pues yo te digo que desaparezcas —rugió el guardia—. Largo que aquí.

Magnus soltó la carretilla y cerró los puños con fuerza. Pensó en la navaja que siempre llevaba oculta en la pistolera del tobillo. Le quemaban los dedos. El aire se llenó de los gritos de angustia de los prisioneros. Una explosión se desató en su interior, una explosión de rabia, impotencia y desesperación.

Lentamente se agachó y alargó una mano hacia el tobillo.

—Vamos —Annelise le agarró la mano—. Tenemos que irnos.

Magnus llevaba un año buscando a Eva, desde el agrupamiento de los judíos. Tras zarpar de Copenhague, los judíos habían sido transportados como ganado en camiones, encerrados para su transporte. Sin agua y apenas ventilación, eran enviados a Danzig y al final a un campo de trabajo. Los daneses habían hecho todo lo posible por persuadir a los alemanes de que aceptaran comida y medicamentos para los prisioneros. La Cruz Roja danesa evaluaba las condiciones en el campo e intentaba minimizar las bajas.

Los aliados aplaudieron la acción, pero Magnus temía que Eva estuviera entre los arrestados. Había desaparecido junto a docenas de personas.

Tras la invasión de Normandía, la atmósfera de Copenhague cambió. Todo el mundo se dio cuenta. Era como si un vendaval barriera las estrechas calles de la ciudad, los muelles y los puertos. Los alemanes se mostraban irascibles y más desconfiados que nunca. Cualquier cosa los hacía saltar, y cualquier ciudadano podía ser detenido e interrogado.

El gobierno danés había dimitido en señal de protesta hacía mucho. Algunos de los barcos más grandes anclados en el puerto fueron barrenados para impedir que los alemanes los utilizaran.

A cambio, varios edificios del Tivoli Gardens, el centenario parque de atracciones de la ciudad, fueron quemados. Muchos culparon de ello a los nazis, o a sus simpatizantes. Algunos ciudadanos reconstruyeron el parque y levantaron una gran noria, decididos a seguir adelante.

Un día del mes de septiembre, Magnus vigilaba, vestido con un mono de trabajo gris y una escoba que deslizaba perezosamente por las aceras que rodeaban el ayuntamiento, mientras escuchaba los retazos de conversación de los oficiales del gobierno que pasaban a su lado. En su mayor parte esas conversaciones eran mundanas y aburridas: el inusual calor que hacía, las dificultades para controlar a sus trabajadores, el último cotilleo de la oficina, la necesidad de más ventiladores eléctricos para los despachos gubernamentales.

Pero ese día de septiembre, Magnus tuvo suerte. Pasaba con su carrito de basura de dos ruedas junto a la fachada lateral del imponente edificio del ayuntamiento cuando unas voces llegaron a sus oídos a través de una ventana abierta.

Magnus detuvo el carrito y agarró la escoba, afanándose por barrer junto a la ventana.

—...arresto o deportación —dijo alguien en alemán—. A mí me da exactamente igual.

—Ahora que los HIPO están en marcha, no hay razón alguna para retrasar la acción.

Magnus sintió una gélida punzada de sospecha. «HIPO», era la palabra clave para *Hilfspolizei*, un cuerpo de colaboradores daneses que se habían unido a los alemanes. Se rumoreaba que ocuparían el lugar de la policía danesa. Los ciudadanos normales los despreciaban. Los miembros de la resistencia se dedicaban a desafiarlos a la menor ocasión.

—La policía danesa no ha servido para nada —decía el alemán—. Redacta la orden para que entre en vigor a partir del lunes que viene.

—Eso es demasiado tiempo —intervino el primero que había hablado—. Ya conoces a los daneses. Se ocupan los unos de los otros, se ayudan a esconderse. Se nos escaparán de entre las manos.

—Tú redacta esa orden y acabemos con esto —el hombre parecía exasperado–. Mientras tanto, los HIPO mantendrán el orden por aquí.

Magnus llevó la información a una reunión de su grupo. Otro agente corroboró la historia, pues había visto la correspondencia de los alemanes a cargo de los asuntos civiles. La fuerza policial danesa iba a ser arrestada en masa.

La mayoría se había escondido o huido a Suecia. Sin una policía activa, las tasas de criminalidad se habían disparado, pero eso no era nada nuevo para Magnus, que llevaba años viviendo fuera de la ley. Le gustaba la anarquía, porque distraía a los alemanes de su caza del rebelde.

Por toda la ciudad circulaban telegramas secretos. Los actos de resistencia eran cada vez más feroces y audaces. Ramón y Magnus salieron una noche para colocar unos detonadores a lo largo de la vía del tren con el fin de que descarrilara un mercancías alemán. Era un acto de sabotaje que ya habían repetido en numerosas ocasiones, y las vías estaban protegidas por guardias que patrullaban a intervalos de doscientos metros.

La noche era sombría y todo estaba cubierto por una espesa niebla. Esperaron en una zona arbolada cerca de las vías, esforzándose por ver a través de la bruma. Corrieron con las cabezas agachadas y colocaron los tres primeros detonadores, fijándolos bajo la vía para que los guardias no los vieran. Estaban colocando el cuarto cuando Magnus oyó el sonido de pisadas de botas sobre la grava.

–¡Mierda! –siseó–. Viene alguien.

–Ya casi he terminado –le aseguró Ramón.

–No podemos arriesgarnos –Magnus corrió para ponerse a cubierto, pero Ramón no lo siguió.

No se atrevía a llamarlo. Vio a su amigo levantarse y echar a correr. Una voz rugió una orden, pero Ramón no se detuvo. Magnus vio chocar las dos siluetas, oyó los gruñidos mientras peleaban. El guardia, que portaba casco e iba armado con una bayoneta, se levantó y clavó el arma repetidamente.

Magnus no se detuvo a pensar. Sacó la navaja y corrió, saltando sobre la espalda del nazi. El fornido soldado soltó un rugido y se volvió. Magnus le clavó la navaja con salvaje furia. La sensación de atravesar la ropa y la carne de ese hombre resultaba extraña. El soldado aulló mientras reculaba. De nuevo Magnus alzó la navaja y la volvió a hundir, jadeando. El soldado se trastabilló, soltó un juramento y a continuación una súplica, pero sus palabras quedaron ahogadas en un gorgoteo.

Mientras el enemigo caía, Magnus agarró a Ramón.

—¿Estás herido?

Ramón se puso en pie. La sangre manaba como un torrente. Magnus se mareó un poco, pero se arrancó la camisa y la presionó contra la herida.

—Dime que solo es una herida superficial.

—Esperemos que sea así. No creo que te apetezca llevarme a cuestas —Ramón respiraba entrecortadamente—. Creo que me ha roto las costillas de una patada. Gracias al cielo, me has salvado la vida.

—Salgamos de aquí —Magnus logró llegar hasta el bosque antes de tener que detenerse para vomitar. No sabía si había matado al soldado alemán. Nunca había matado a nadie y la sensación era terrible, como si le hubieran arrebatado algo esencial.

En marzo de 1945, les llegó una información a través de la Cruz Roja.

—Traen a la gente de vuelta desde los campos —informó Ramón a Magnus y a Annelise tras irrumpir en el gélido apartamento abandonado que habían adoptado como residencia en la ciudad. Un grupo de vagabundos y miembros de la resistencia vivían allí juntos mientras intentaban mantenerse fuera del alcance de los alemanes–. Han negociado un traslado. Los autobuses de la Cruz Roja sueca les van a traer a casa.

Magnus arrancó la hoja de las manos de su amigo.

–¿Cómo podemos ayudar? –preguntó Annelise.

Su aspecto era desarrapado, estaba delgada y agotada, pero en sus ojos brillaba la esperanza.

–La evacuación ya está en marcha –continuó Ramón–. El ferry de Malmo les trae de regreso en masa. Dos mil almas.

El aspecto de Ramón había cambiado desde la noche en las vías del tren. Aunque recuperado de la costilla rota, conservaba una cicatriz desde la barbilla hasta la oreja, donde la bayoneta lo había rajado durante la pelea. Magnus y él nunca hablaban de aquella noche, salvo en una ocasión.

–Nunca podré recompensarte lo suficiente –le había dicho Ramón–. Pero que sepas que aquí tienes a un amigo para toda la vida.

–¿Cómo podremos averiguar si Eva está entre los que regresan? –preguntó Magnus con el corazón acelerado.

–Cuando lleguen los ferris lo sabremos –contestó su amigo.

Los tres vigilaron el muelle, observando y esperando. Y por fin, una mañana de primavera, cuando los narcisos en flor inundaban de color los márgenes de las carreteras y todos los árboles lucían ya sus brotes, llegaron los autobuses. Nadie dijo una palabra mientras vigilaban atentamente la operación. Los autobuses ambulancia habían sido pintados de blanco para distinguirlos de los vehículos militares, e iban acompañados de un batallón de camiones de suministro, vehículos personales, motocicletas, e incluso cocinas ambulantes.

–He oído que los aliados dispararon ráfagas en la carretera, alcanzando a alguno de los transportes –susurró Ramón.

–No estás resultando de gran ayuda –Magnus le propinó un empujón en el hombro.

–Silencio –ordenó Annelise a los dos–. Tenemos que buscar a Eva.

Resultaba desconcertante presenciar las maniobras de supervisión del batallón por parte de los oficiales de las SS y la Gestapo, pero era necesario. Pasara lo que pasara en otras partes, allí se vivía en un estado policial y nada podía suceder sin la cooperación de los alemanes.

–Al menos mantienen el orden, eso hay que reconocérselo –susurró de nuevo Ramón.

El proceso transcurrió en una lenta agonía, pero Magnus se recordó a sí mismo que otros habían sufrido agonías peores. Los supervivientes parecían fantasmas, huesudos y cubiertos con ropas de presidiarios y maltrechas mantas. Muchos tuvieron que ser transportados en camillas desde el autobús, demasiado débiles para poder caminar por sus propios medios.

Se fijaban atentamente en cada uno de los supervivientes que pudiera recordar, siquiera vagamente, a Eva. El corazón de Magnus fallaba un latido cada vez que veía una cabeza cubierta de cabellos castaños. Pero ella no estaba allí. Preguntaron a todo el mundo, personal médico, militares voluntarios, incluso a los alemanes. Su nombre no estaba en ninguna lista, ni estaba entre la lenta marea de humanidad que bajaba de los autobuses. Magnus estuvo a punto de dejarse caer de rodillas, desesperado.

El sol de la tarde se burlaba de su estado de ánimo. Pero estaba decidido a registrar todos y cada uno de los vehículos.

Y entonces la vio, y se quedó sin aliento. Era Eva, pero no era la chica con la que había conversado en el jardín de su madre. Era una mujer con el rostro de Eva, las oscuras cejas y el espeso cabello ondulado. Caminaba del brazo de un oficial alemán condecorado, los labios pintados de rojo sonriendo a… a nadie.

—Es su madre —comprendió de repente—. Esa es Katya —al parecer seguía viviendo una vida de lujo con su amante alemán.

La visión de esa mujer hizo hervir la sangre de Magnus. Vio a la mujer dirigir unas palabras al alemán antes de agarrar con fuerza su bolso y correr hacia un pequeño grupo de camillas que iban a ser cargadas en un camión que portaba la etiqueta de *morgue*. Cayó de rodillas junto a una de ellas y soltó un terrible alarido que rasgó el aire como un cuchillo. El corazón de Magnus se partió en dos.

Corrió hacia ella, seguido de cerca por Annelise. De cerca, la mujer no parecía tan elegante. Su rostro estaba hinchado, sus labios rojos retorcidos en un lamento sin palabras, los ojos inundados de lágrimas que corrían por su rostro maquillado.

—Alejaos de ella —rugió Katya—. Dejadla en paz.

—Ya está en paz —observó Annelise mientras acariciaba el rostro de la chica tumbada en la camilla, un rostro magullado y casi irreconocible. De repente levantó la vista hacia Magnus.

—¡Dios mío! Todavía está caliente.

Katya Solomon de repente descubrió que poseía una conciencia. Hizo trasladar a Eva a un apartamento limpio y luminoso, habitado por la doncella de un oficial nazi y, día tras día, permaneció junto a su hija, sirviéndole cucharadas de sopa, té, y agua.

Magnus y Annelise acudían a diario a verla. Se notaba que a Katya le incomodaban esas visitas, pero no se atrevía a protestar, pues cada vez que Annelise y él estaban presentes, el rostro de Eva parecía iluminarse, y comía mejor. En poco tiempo ya caminaba por los jardines del parque Golden Prince, agarrada del brazo de sus amigos. Magnus se dio cuenta de que Eva era la única persona a quien Annelise permitía que la tocara.

Un día, Eva se levantó la manga del jersey y les mostró una fila de números tatuados en su brazo.

—A algunos de nosotros nos enviaron a Auschwitz, aunque se suponía que todos los judíos daneses debían permanecer en Theresienstadt. Nos marcaron, y seguramente nos habrían enviado a la cámara de gas de no ser por un hombre llamado Knud Christiansen.

Magnus recordaba al señor Christiansen de las reuniones de la resistencia.

—¿Qué hizo?

—Montó un escándalo y convenció a los nazis de que si nos sucedía algo se desataría un incidente internacional. Después de aquello, todos los daneses fuimos trasladados a Theresienstadt. Allí las condiciones no eran mucho mejores, pero al menos estaba con mis compatriotas.

Ramón y Eva acababan de conocerse, pero él parecía adorarla, del mismo modo que uno adora a un gatito abandonado. Pasaba horas describiéndole California con todo lujo de detalles.

—Adoro la primavera —confesó ella mientras admiraba un manzano que rebosaba de flores rosas y blancas—. Y el verano aún más. Ojalá fuera siempre verano.

—De donde yo vengo es así —puntualizó Ramón.

—Me gustaría verlo —dijo Eva.

—Entonces deberías venir conmigo a California.

Aunque sonreía, era evidente que Ramón hablaba en serio.

El parque estaba en un estado lamentable, pues la administración alemana no había dedicado recursos a cosas como parques públicos y zonas de juego. Pero la primavera había conseguido hacer salir las flores y los niños jugaban en los columpios y balancines.

—Mi madre y yo solíamos venir aquí juntas —les contó Annelise mientras señalaba una zona de juegos—. Me encantaban los columpios.

—En una ocasión coloqué una bomba casera allí mismo —anunció Ramón—. Pero no os preocupéis, era de noche y solo había nazis.

—Aquí fue donde la vi por última vez —Annelise continuó con la voz cargada de nostalgia—. Duele mirar este lugar.

—Venga, vamos a borrar el dolor jugando —Eva se encaminó hacia los columpios. Se sentó en uno, los pies rozando la hierba crecida. Al impulsarse para ascender, las mangas se le subieron.

Magnus veía claramente los horribles números tatuados en su brazo y el estómago se le encogió. Eva no hablaba de lo sucedido en el campo de concentración, pero la había observado mientras dormía. La había visto sufrir una pesadilla. Ojalá pudiera arrancarle todas esas pesadillas y borrarlas.

—Esto fue lo que hicimos mi madre y yo el último día que pasamos juntas —Annelise se sentó en otro columpio.

—El último día que estuve con mi madre, ella se llevó mi dinero de la Cruz Roja —recordó Eva.

—¿Qué quiere decir que se lo llevó?

—Esta mañana, mientras creía que dormía, me lo quitó. De modo que he decidido que hoy es el último día que estuve con ella.

Magnus agarró el columpio y lo detuvo de golpe, inclinándose sobre Eva para asegurarse de que no tuviera fiebre.

—¿Qué quieres decir con «el último día»?

Eva sonrió con dulzura y estableció contacto visual con Ramón, de pie detrás de Magnus.

—Tenemos un plan.

—Nos vamos todos juntos a California —anunció Ramón.

—¿De qué demonios estás hablando? —exigió saber Magnus—. No podemos irnos a California.

—¿No podemos, o no queremos?

Magnus se volvió hacia Annelise, que se balanceaba ociosamente en el columpio.

—¿Tú también estás metida en esta locura?

—Ahora sí —contestó ella con calma.

—Yo te diré lo que es una locura —intervino Ramón—. Quedarse aquí en esta ciudad moribunda, esperando la llegada de los aliados y... ¿para hacer qué? Están ocupados con Alemania, Polonia. Reconstruir Dinamarca no es una prioridad para ellos.

Magnus se alejó furioso. No le gustaba el modo en que le habían anunciado el plan, como si su opinión no contase. De pie junto a la valla de hierro forjado, con la pintura descascarillada y la visión de los descuidados bulevares de la ciudad, pensó en su tierra. Era el único hogar que había conocido. Allí había crecido, durante los largos, oscuros y húmedos inviernos y los cortos, luminosos y dorados veranos. Los sueños infantiles habían caído en el olvido hacía mucho tiempo.

Ya no se permitía soñar, pero cuando Ramón había mencionado California, su imaginación se había disparado. A lo largo de los años, había oído a Ramón hablar de California en numerosas ocasiones. Un lugar donde el sol nunca dejaba de brillar, donde abundaban los viñedos y los manzanares, donde la gente no luchaba, un lugar libre del pasado.

—No pretendía imponértelo —Ramón lo alcanzó—. Por supuesto, la decisión es enteramente tuya.

—¿Y qué iba a hacer yo allí? No tengo estudios. No soy mal mecánico, aunque no tengo ningún título que lo demuestre. Dudo que en los Estados Unidos de Norteamérica necesiten tipos especializados en colocar bombas y provocar incendios.

—Sabes cultivar cosas. Te he oído hablar del huerto de tu madre, de sus manzanos y colmenas. Solías torturarme con tus descripciones mientras nos moríamos de hambre.

En California se puede cultivar cualquier cosa. Y no estoy exagerando.

–Parece demasiado bonito para ser cierto.

–Parece un buen plan. No te estoy diciendo que vaya a resultarte sencillo, pero sé que prosperarás. Todos lo haremos. Las tierras de mi padre son más extensas que algunos de los países que he visitado en Europa. Es un hombre generoso y sé que se sentirá honrado de conocerte. Ven a California, Magnus. Deja atrás todo esto. Lábrate una nueva vida por ti mismo.

Magnus echó la cabeza atrás y contempló una gaviota volar entre las nubes. El sol le caldeaba el rostro y la brisa le revolvía los cabellos. A su espalda, oyó a Eva y a Annelise en animada conversación, y también el sonido de las risas de los niños que jugaban en el parque. Era un hermoso día.

Octava parte

El término «luna de miel», fue acuñado para referirse a la dulzura de un nuevo matrimonio. Pero según una leyenda escandinava, un hombre secuestró a su novia, que vivía en una aldea vecina. Se vio obligado a ocultarla hasta que la familia de la chica abandonó la búsqueda. Únicamente su padrino de boda conocía el paradero de los novios. Mientras se mantuvieron ocultos, la pareja bebió hidromiel, un vino endulzado con miel.

Cóctel de autor Bella Vista

42 ml de whisky de buena calidad
14 ml de Calvados
Un chorrito de bitter
28 ml de sidra de manzana
14 ml de sirope de miel
1 trozo grande de cáscara de naranja

Para preparar el sirope de miel, se hierve ½ taza de agua con una taza de miel hasta que la miel se haya disuelto. Se conserva en un tarro cerrado herméticamente.

Se vierten los ingredientes en una coctelera y se añade un buen puñado de hielo. Se agita vigorosamente y se echa el líquido en un vaso con un cubito de hielo. Se frota el borde del vaso con la cáscara de naranja.

Se adorna con un trozo de manzana.

(Fuente: Original)

Capítulo 18

Ramón Maldonado tenía un buen día. Su esposa, Juanita, había llamado a Magnus por la mañana para invitarlo, consciente de que la ventana de oportunidades era estrecha. Cuando Ramón estaba lúcido, sus recuerdos eran tan vivos y nítidos como las diapositivas que solía proyectar con su carrusel Kodak.

En el anciano Ramón, Mac atisbaba únicamente sutiles destellos del joven que había huido de las garras de Evelyn Skeedy convirtiéndose en voluntario de la Cruz Roja. Sus ojos conservaban el brillo, su sonrisa permanecía traviesa. Pero ese joven había encogido, disminuido, confinado en una silla de ruedas. La cicatriz causada por la bayoneta alemana seguía atravesando su cuello.

Los cuatro, Ramón, Annelise, Magnus y Mac se sentaron en una estancia de decoración marcadamente masculina de la hacienda Maldonado. Olía a cuero viejo y humo de cigarro, y frente a una anticuada pantalla había un enorme escritorio labrado y un sofá Chesterfield. Las persianas estaban bajadas para bloquear la luz del sol, y el ventilador del proyector soplaba suavemente. Juanita hacía funcionar el carrusel desde su silla, al fondo de la habitación.

—Cuando dos hombres comparten lo que compartimos nosotros, se establece un vínculo especial —explicó Ramón, deteniéndose en la imagen de dos jóvenes posando de pie delante de un muelle. Magnus, alto y rubio, y Ramón, con el cuerpo parecido a una boca de incendios: fuerte y rechoncho, ante un barco–. A pesar de la prohibición de establecer fuertes lazos de amistad dentro de la resistencia, nos convertimos en algo más que compañeros de lucha. Es imposible compartir lo que nosotros dos compartimos sin crear un fuerte vínculo.

Mac apartó la mirada de la pantalla y en su mente se formó la imagen de un joven Magnus apuñalando a un soldado en el cuello para salvar la vida de su amigo. Algunos vínculos se forjaban en la oscuridad.

–Solo Dios sabe qué habría sido de mí si me hubiera quedado en Dinamarca –especuló Magnus–. El país estaba destrozado. Ni siquiera tenía un certificado de estudios, solo ingenio y mi talento para la mecánica y la albañilería, y unas pocas posesiones muy preciadas.

–No fue hasta mucho después que averiguamos lo difícil que era viajar a los Estados Unidos de Norteamérica, y conseguir un permiso de inmigración –añadió Annelise–. Ramón tiró de sus contactos y sospecho que su padre untó a más de uno.

–No fue tan difícil –intervino el aludido–. Me aproveché de mi puesto en la Cruz Roja, y no lo lamento.

–Todos te agradecemos lo que hiciste.

–¿Y exactamente qué hizo?

–Consiguió camarotes para los cuatro a bordo del *SS Stavangerfjord*, cuando incluso los VIP suplicaban un hueco donde meterse. Desembarcamos en Nueva York y de ahí cruzamos el país en tren –explicó Annelise.

–No puedo ni describir lo grande que nos parecía todo. Grande, vacío y nuevo –continuó Magnus–. Era justo lo que nos hacía falta. Un nuevo comienzo en un nuevo hogar.

–Una *tabula rasa* –añadió ella.

–La generosidad de la familia Maldonado no puede

ser subestimada –enfatizó Magnus–. Nos regalaron el manzanar y la casa. Mucho más de lo que podría haber soñado nunca.

–No os dimos más que el comienzo –intervino Ramón–. El resto lo hiciste tú, y creaste una vida maravillosa –mostró una sucesión de diapositivas del manzanar y la casa, de Magnus y Eva bajo el sol que tanto adoraban. Y por último, una imagen de Annelise con toga y birrete.

–¡Ah! –ella sonrió–. El día de mi graduación.

–Estudiaste en Cal –Mac reconoció el emblema–. Nada mal para una chica que no terminó el instituto.

–Era muy ambiciosa, y tenía mucha hambre de conocimiento –explicó Annelise–. Berkeley me gustó tanto que no quería marcharme, hasta que descubrí San Francisco. Allí encontré mi hogar, con mi trabajo de profesora, mis estudiantes de baile y mis gatos.

Mac no pudo evitar fijarse en que había sido una mujer impresionantemente bella, lo cual no resultaba nada sorprendente, dado el aspecto físico de sus nietas.

–No deberías meterte en eso, Erik –de repente Ramón se volvió furioso hacia Magnus–. Es un asunto muy feo. Carlos ha cometido un terrible error, pero no hay razón para que tú pagues por ello.

–¿Ramón? –Magnus frunció el ceño–. Soy yo, Magnus.

–Sí, lo sé, pero ese chico se buscó sus propios líos. Le he dicho que estoy harto de saldar sus deudas de juego. Él está en su propia empresa.

Mac tenía los suficientes conocimientos de español para comprender. El anciano se refería a que se buscara la vida.

–Ramón está cansado –interrumpió Juanita, levantándose con celeridad y abriendo las persianas para dejar entrar la luz. Con mucha delicadeza, tocó el hombro de su esposo–. Hoy has tenido muchas emociones. Es hora de descansar.

–¿Quién es Carlos? –preguntó Cormac a Magnus después de que Juanita hubiera empujado la silla de ruedas fuera de la habitación.

—Su hijo mayor. Carlos y Erik eran los mejores amigos, como Ramón y yo. Pero a diferencia de nosotros, los dos jóvenes tuvieron una pelea. Poco después del accidente de Erik, encontraron a Carlos en una acequia, ahogado —el anciano alargó una mano y tomó la de Annelise—. Una terrible tragedia para las dos familias.

—¿Hubo alguna relación entre ambas tragedias? —preguntó Mac.

—No —se apresuró a asegurar el anciano—. Ya hemos abusado bastante de la hospitalidad de los Maldonado por hoy —añadió—. Deberíamos irnos.

Isabel preparaba la comida en la cocina cuando su abuelo regresó tras visitar a Ramón Maldonado.

—Me ha gustado ver a mi viejo amigo —aseguró él, tomando una tortilla casera del plato.

—Me gustaría que me hablaras de ello —dijo Isabel—. Podemos...

La joven se paró en seco al oír el ruido de neumáticos sobre el camino de grava. Miró por la ventana y vio un pequeño deportivo rojo que paraba de un frenazo seco.

—¡Madre mía! —murmuró.

Una joven bajó del coche, cerrando la puerta con un ruidoso portazo.

—Ya voy yo —anunció Isabel mientras se quitaba el delantal.

Salió por la puerta trasera y se encontró cara a cara con Lourdes Maldonado. Era la nieta de Ramón, y tenía varias cuentas que ajustar con los Johansen.

—Hola, Lourdes —saludó ella amablemente.

—Escúchame —Lourdes no parecía estar de humor para formalismos—, no quiero que vayas por casa haciéndole preguntas a mi abuelo.

—Para empezar, yo no estuve allí esta mañana. Pero estoy segura de que a Ramón no le importó recibir la visita de su mejor amigo.

—Bueno, pues a mí sí me ha importado. Ya le habéis arrebatado una fortuna a mi familia, y no voy a permitir que os aprovechéis de un anciano enfermo.

Lourdes, por supuesto, se refería al tesoro que Tess había encontrado, y que pertenecía a Magnus. Sagaz abogada, ella lo había reclamado para su familia, y había iniciado un pleito para compartir la fortuna. Era una reclamación molesta, pero muy real, y llevaban meses con el pleito.

—Nadie se está aprovechando de tu abuelo —le aseguró Isabel—. Como sin duda te explicaría Juanita, estamos rememorando la historia de la familia. ¿Te apetece quedarte a comer?

—Creo que no —Lourdes hizo un gesto de desagrado—. Mantente alejada de él.

—Que tengas un buen día, Lourdes —Isabel la fulminó con la mirada.

La vecina soltó un bufido y pisó a fondo el acelerador, levantando más grava. Isabel suspiró y regresó a la cocina.

—Parece enfadada —observó Mac mientras envolvía un trozo de queso en una tortilla—. ¿Qué pasa aquí?

—Solíamos ser amigas —explicó Isabel—. Es complicado.

—Las amistades entre mujeres son a menudo más complicadas que un romance —intervino Annelise.

Isabel pensó inmediatamente en Annelise y Eva, la madre biológica y la adoptiva.

—Si pensara que fuera a solucionarlo, le ofrecería a Lourdes una parte de Bella Vista —aseguró Magnus.

—Ella nunca lo aceptará —Isabel sacudió la cabeza—. No es la tierra lo que quiere.

—Este sitio siempre me pareció demasiado grande —insistió el abuelo–. Cuando nos establecimos aquí, la tierra, la casa, todo parecía tan extenso, sobre todo comparándolo con Dinamarca. Eva y yo soñábamos con formar una gran familia. Los dos queríamos un montón de hijos. Supongo que fue consecuencia de lo que habíamos presenciado durante la guerra, toda esa muerte, todas esas privaciones. Los bebés son como la primavera, una renovación. La afirmación de la vida.

El corazón de Isabel se llenó de ternura por su abuelo, un hombre que había perdido a su familia durante la guerra, y posteriormente a su esposa y su hijo.

–Siento mucho que no pudieras formar una familia más grande.

–No te sientas mal por ello –él sacudió la cabeza–. Sé que, a pesar de los desafíos, he sido bendecido de más maneras de las que puedo contar. He descubierto que la vida no siempre nos concede lo que creemos desear. La vida tiende a concedernos aquello que necesitamos –tomó un sorbo de limonada–. Erik llegó a nuestras vidas tarde, mucho después de que ya hubiésemos renunciado a nuestro sueño de tener hijos propios.

Isabel y Mac cruzaron una mirada. Antes de la llegada del escritor, a ella jamás se le habría ocurrido vadear el cenagal de los viejos secretos. Sin embargo, Mac le había enseñado que los secretos podían perder su poder cuando eran sacados a la luz.

–¿Cómo lo hicisteis? –preguntó tanto a Annelise como a su abuelo–. Me gustaría entenderlo.

–Tu abuela Eva deseaba tanto tener un hijo –contestó Magnus tras mirar a Annelise–. Estábamos apuntados a una lista para adoptar un bebé, pero una y otra vez fuimos rechazados por la mala salud de Eva.

–Y por eso... vosotros dos...

–Tu abuela era mi mejor amiga –Annelise se volvió hacia Isabel–. Desde niñas decíamos que haríamos cualquier cosa la una por la otra. Ella se moría por tener un hijo, no puedes imaginarte cómo de fuerte era ese deseo. Y por eso Eva y yo… hablamos de ello muchas veces. Al final decidimos que yo tendría ese bebé. Fue una decisión poco ortodoxa, y a lo mejor fue imprudente, pero hicimos lo que hicimos, y no lo lamento.

Isabel dio un respingo. Al parecer había sido idea de Eva. Intentó imaginarse lo que debían haber sentido al tomar una decisión tan radical.

—¿Y te consultaron a ti? —preguntó a su abuelo.

—Yo me sentía como Eva. Quería una familia.

—Después de que yo… —Annelise carraspeó—. Cuando estaba embarazada de varios meses, Eva se vino a vivir conmigo a la ciudad. Cuando regresó a Bella Vista, fue con tu padre en brazos.

Isabel se conmovió profundamente mientras se preguntaba qué habría sentido esa mujer al dar a luz por segunda vez, entregar de nuevo a su bebé y quedarse sola y vacía.

—Eva y Magnus eran mis mejores amigos —puntualizó la anciana, como si le hubiese leído la mente—. Sabía que el niño tendría una vida maravillosa con ellos.

—Erik nunca lo supo —aclaró su abuelo—. Lo criamos con todo el amor y el apoyo que supimos brindarle. Era un niño hermoso, siempre riendo. Pero tenía una vena imprudente, impulsiva —dejó el vaso sobre la mesa—. Cuando supimos lo del accidente, permanecimos conmocionados durante varias horas. Días. Hay una profunda injusticia en la pérdida de un hijo. Cualquier padre te lo asegurará. Eva y yo estábamos furiosos. Maldecíamos contra todo, Dios, el destino, el uno al otro.

El anciano hizo una pausa, se quitó las gafas y se pellizcó el puente de la nariz.

—Ella se maldijo, convencida de que se trataba de un castigo por llevarse el bebé de otra mujer. Yo le aseguré que era una locura pensar así, pero hubo un momento en que estuvo convencida de que habíamos desafiado al destino al no contarle la verdad a Erik. Tú nos salvaste la vida –Magnus se limpió las gafas y se las volvió a poner, fijando la mirada en Isabel–. Llegaste en medio de la peor pesadilla. Y allí estabas, indefensa, totalmente dependiente de nosotros para todo. Eras el bebé más dulce que uno pudiera imaginarse. Recuerdo los ataques de hipo que solían darte. Yo te daba palmaditas en la espalda hasta que se te pasaban. Y te encantaba que *Bubbie* te cantara una canción. Nuestro amor por ti alejó la pena. Sé que suena demasiado sencillo, pero eso fue exactamente lo que sucedió. Te trajimos a casa y cambiaste nuestras vidas para siempre.

Capítulo 19

—Necesito mostrarte algo —anunció Mac, su sombra llenando el hueco de la puerta del despacho.

—Estoy probando algo nuevo —Isabel permanecía concentrada en la pantalla del ordenador.

El paisajista le había enviado algunas propuestas para la piscina.

—¿Y qué tal si pruebas algo viejo?

—¿A qué te refieres? —ella sabía que Cormac no iba a abandonar.

—Ven, te lo mostraré. Mucho más divertido que contemplar la pantalla de un ordenador.

Una oportunidad. Era lo que le había pedido. Isabel empezaba a desearlo también. Lo acompañó hasta el almacén de maquinaria. Allí, Mac abrió las enormes puertas, dejando entrar la luz del sol.

—Está listo.

—¡Madre mía! Has arreglado la Vespa.

—Lo hemos hecho. Tu abuelo se implicó a fondo en el proyecto. Es un mecánico de narices.

—Los granjeros están obligados a serlo —contestó ella—. Siempre he admirado el talento del abuelo para la mecánica.

—Hemos tenido que sustituir el noventa por ciento de las piezas, pero el trabajo está concluido.

Las suaves curvas del cuerpo metálico brillaban con

la nueva capa de pintura color verde mar. El cromo resplandecía bajo la luz del sol, y un par de cascos nuevos descansaban sobre la parte trasera, detrás de los asientos retapizados. Nuevos espejos, nuevo manillar, nuevos ejes para las ruedas. Isabel rodeó el scooter, admirándolo desde todos los ángulos e intentando imaginarse a su madre de joven, circulando por las carreteras de la costa y pueblos del sur de Italia.

Le encantó el resplandor de orgullo y anticipación en la mirada de Mac. ¿Cuándo había sido la última vez que un hombre había hecho algo solo por complacerla?

–Es precioso, Mac.

–Me alegra que te guste.

–Tiene un aspecto muy continental –apreció ella–. Como el que aparece en *Vacaciones en Roma*.

–No he visto esa película.

–Trata de una princesa muy consentida que escapa de sus obligaciones con un descarado reportero estadounidense.

–Un descarado e inmensamente atractivo reportero estadounidense.

–Cierto. Gregory Peck es inmensamente atractivo.

–Y supongo que montaban en una Vespa.

–Por toda Roma, la plaza de España, la Boca de la Verdad, el Coliseo... –Isabel suspiró–. Deberíamos ir a ver la película.

–Deberíamos recorrer Roma en un scooter.

–Vayamos a dar una vuelta en el scooter ahora mismo.

Los cascos encajaban perfectamente. La tapicería de cuero tenía un tacto lujoso.

–Huele a scooter nuevo –observó Isabel.

–Agárrate fuerte. Vamos a enseñárselo a tu abuelo – el motor mejorado sonaba mucho más fuerte mientras el scooter arrancaba.

Cormac pasó frente a la casa principal y se dirigió al sombreado patio donde Magnus y Annelise estaban sentados con sus lápices y cuadernos, trabajando en sus discursos para la boda.

Mac hizo sonar el claxon y los ancianos saludaron con la mano al verlos pasar en dirección a la carretera principal que conducía a la ciudad. El sol y el viento refrescaban el aire, provocándole a Isabel una embriagadora ola de placer. Echó la cabeza hacia atrás y contempló el cielo, de un color azul brillante, sin una sola nube. El paseo era tan suave que se atrevió a extender los brazos y permitir que el viento se deslizara entre sus dedos. La sombra, veloz sobre el asfalto, se asemejaba a un extraño pájaro.

–¿Adónde vamos? –preguntó.

–Te voy a llevar de compras.

–¡Por favor! ¿Para qué?

–Ya verás.

Isabel saboreó una sensación de anticipación durante el breve trayecto a la ciudad. Ni siquiera la visión del cartel anunciador de Calvin Sharpe, *¡Próxima inauguración de CalSharpe's!*, consiguió estropear su ánimo. Se negaba a permitírselo.

Mac se detuvo y aparcó frente a la librería White Rabbit. Era uno de los lugares preferidos de Isabel, una tienda amistosa y ecléctica con una deliciosa selección de libros. El cartel sobre la puerta rezaba *Alimenta tu mente*.

–De niña, no entendía la frase –Isabel señaló el cartel–. En realidad fue Homer Kelly el que me abrió los ojos.

–Ah sí, Homer Kelly, el tamborilero –Mac le sostuvo la puerta abierta–. *White Rabbit*, de Jefferson Airplane.

–Al menos tenía buen gusto para la música.

–Pero no para las chicas.

–¡Ja! ¿Dónde estabas tú cuando yo iba a noveno curso?

—Seguramente viviendo en algún destino diplomático de algún país del que nadie ha oído hablar nunca, peleándome con mis hermanos sobre quién dormía en la litera de arriba.

Victoria, la vendedora de la tienda, los saludó con una sonrisa.

—¡Hola, Isabel! ¿Buscas algo en especial? —la mujer parpadeó y se volvió hacia Mac—. Lo siento, no pretendía mirarlo tan fijamente, pero, ¿no es usted…?

—Cormac O'Neill —él se acercó al mostrador y le estrechó la mano—. Encantado de conocerla.

—Bienvenido al White Rabbit —ella se ruborizó—. No solemos recibir la visita de muchos autores.

—Qué fuerte —observó Isabel—. Te ha reconocido nada más verte. Eres más famoso de lo que pretendes dar a entender.

—Es verdad —Mac soltó una carcajada—. Pero te equivocas. Solo quiere decir que Victoria es muy buena en su trabajo.

—Sí que es famoso —le aseguró Victoria—. No dejes que te engañe. Señor O'Neill…

—Mac.

—Mac, ¿qué te trae por Archangel?

—Estoy trabajando en un libro —contestó él—. Pero ahora mismo no soy más que un cliente.

—Eso es estupendo, aunque me preguntaba… ¿Podría firmar algunos ejemplares? Siempre tenemos una remesa de sus títulos. Son muy populares aquí.

—Claro —Mac asintió—. Será un honor.

—Voy a buscar los libros —ruborizada de felicidad, la mujer se dirigió a la sección de «no ficción».

—Eres realmente famoso —Isabel le propinó un cachete en el brazo—, y no me lo habías contado.

—Nunca me preguntaste. Además, no lo soy. Los vendedores de libros me conocen porque es su oficio.

—Y porque ha aparecido en las principales cadenas —

aclaró Victoria mientras dejaba un montón de libros sobre el mostrador–. El de arriba se ha hecho muy popular desde aquella entrevista que hiciste para la CNN hace un par de meses –ella se marchó en busca de más ejemplares.

–¿Qué entrevista para la CNN? –preguntó Isabel en un susurro.

–Eso que te conté sobre Turkmenistán.

–Oh...

–Te lo explicaré. El padre de Yasmin va a recibir un permiso para establecerse en Turquía. Tengo planeado reunirme con él para trabajar en un artículo sobre el asesinato.

–Y me lo ibas a contar... ¿cuándo? –ella contuvo la respiración.

Y él no contestó.

–¿Cómo fue tener una esposa y, de repente, saber que había muerto? –insistió ella–. ¿Voy a tener que buscarlo en Google para averiguarlo?

–¡Por Dios! No me busques en Google.

–Pues entonces prueba a contarme algo. No esperes hasta que tropiece con algo sobre lo que no me habías hablado.

–Sí, bueno... tengo que explicarte una cosa. Me casé con Yasmin para salvarla, no porque la amara.

–Pero dijiste...

–Dije que la había fallado. Dos veces. La fallé al no amarla y la fallé al no salvarla.

–Lo intentaste.

–Y mira lo que pasó.

–¿Y eso significa que no deberías intentar nada más, nunca más?

–Yo podría preguntarte lo mismo. Escucha, Isabel, me gustas. Podemos estar bien juntos. ¿Podremos estar bien juntos para siempre? ¿Quién lo sabe? Solo porque no lo sabemos no deberíamos contenernos.

—Pero, y si...

—Aquí están —anunció la vendedora—. Unas cuantas copias más. Yo siempre digo que un libro firmado es un libro vendido.

—Aquí tienes —Cormac garabateó su firma en todos los libros—. Gracias. Isabel y yo hemos venido en busca de libros de viajes.

La mujer les condujo a una estantería a lo largo de una pared.

—Adoro los libros de viajes —observó Isabel—. Soy una estupenda viajera de sillón.

Mac examinó una colección sobre Italia y eligió un libro, un voluminoso tomo con fotos satinadas a color.

—¿*Arrebatador Ravello*? —preguntó ella.

—De acuerdo, el título no es muy acertado, pero vamos a echar un vistazo al lugar del que vino tu madre.

Isabel hojeó el volumen, que ofrecía unas impresionantes vistas de Villa Cimbrone y Ruffalo contra el profundamente azul Mediterráneo, los gloriosos jardines multicolor, las pintorescas plazas bordeadas de restaurantes y tiendas, los árboles cargados de limones y el gran Duomo recortado contra el cielo azul.

—Es precioso, como un sueño.

—Vayamos a descubrirlo.

—Estás loco —ella soltó una carcajada—. Yo no voy a ir a ninguna parte. Tengo que preparar la boda, la escuela de cocina...

—Después de la boda podrías tomarte un par de semanas.

—No, no puedo.

—¿Qué te lo impide? —Mac compró el libro y salieron a la calle.

—Cientos de cosas.

—Pues nos encargaremos de ellas después —él la acompañó hasta el siguiente establecimiento, una tienda de fotos y fotocopias—. Necesita una foto para pasaporte —anunció al dependiente tras el mostrador.

–Puedo hacer el papeleo a la vez. Tengo aquí los formularios de la oficina de correos y...
–No necesito...
–Por el amor de Dios, Isabel, siéntate.
De acuerdo. No era más que una foto para el pasaporte. No le iba a hacer ningún mal complacer a Cormac en eso. Isabel se sentó y se peinó los cabellos con la mano.
–Mire a la cámara, al frente, alzando la barbilla –le indicó el fotógrafo–. La expresión neutra.
Minutos después contaba en su poder con un par de fotografías reglamentarias. Mac la miraba por encima del hombro mientras ella rellenaba la solicitud para el documento. Había algo extrañamente íntimo en escribir todos sus datos personales delante de ese hombre.
–No suelo andar por ahí con mi certificado de nacimiento –le explicó ella cuando llegó a esa sección del formulario.
–Tu abuelo me dio una copia certificada –él sacó un sobre del bolsillo.
–¿Le has metido en esto?
–No se trata de ninguna conspiración, Isabel.
–No me gusta que me manipulen.
–Lo estás haciendo por voluntad propia.
–No, lo estoy haciendo para que dejes de darme la lata.
Entregaron la solicitud en la oficina de correos.
–Hora de comer –anunció Cormac–. Llévame a algún sitio bueno. Algo italiano.
Isabel eligió Vine, uno de los cafés situados en la plaza. Pidió una *burrata* y una pizza de flor de calabaza. El cremoso queso aderezado con el afrutado aceite de oliva maridaba a la perfección con las crujientes flores y la masa hecha a mano. Acompañada de una bebida helada de flor de saúco, era justo lo que había deseado que fuera.
Y al parecer Mac opinaba lo mismo, a juzgar por los sonidos apreciativos que surgían de sus labios.

—Pizza, el alimento perfecto de la naturaleza. ¿Enseñarás a elaborar pizza en tu escuela de cocina?

—Claro. Para eso es el horno de leña.

—Razón de más para viajar a Italia. Para ver dónde se inventó la técnica.

—No lo entiendo –protestó ella–. ¿Por qué eres tan insistente?

—Supongo que nací así –él se encogió de hombros y se sirvió otra porción de pizza.

—Me haces sospechar de tus verdaderos motivos.

—¿En serio? Pues no lo hagas. Soy totalmente transparente.

—Para mí no –Isabel frunció el ceño y se reclinó en la silla con los brazos cruzados.

—¿Hace falta que te lo explique?

—Sí, puede que sí.

Cormac se terminó la bebida y dejó el vaso sobre la mesa con exagerada delicadeza. A continuación se quitó las gafas de sol y la miró fijamente. Isabel se dio cuenta de lo hermosos que eran sus ojos, de color verdoso dorado, enmarcados por unas oscuras pestañas.

—Me estoy enamorando de ti, Isabel –confesó él.

Isabel sintió que toda la sangre se acumulaba en sus mejillas.

—Me estoy enamorando de ti y la sensación es buena. ¿Te acuerdas lo que te conté de Linda Henselman?

—Eh... la besaste y te caíste del porche a un arbusto espinoso.

—Bueno, sí, eso también, pero me refería a que tengo la misma sensación embriagadora ahora mismo, solo que en la versión adulta. Una gigantesca oleada, algo que no había sentido desde que era niño.

—Mac...

—¡Oye! No haber preguntado. Ahora déjame terminar. Ya no soy ningún niño. Sé lo que siento y sé que es la clase de sentimiento que uno no experimenta todos los días.

Ella sintió un impulso de atracción, y tuvo que contenerse físicamente para no inclinarse sobre la mesa y tocarlo. Por algún motivo, no podía dejar de mirar sus labios. Había dedicado demasiado tiempo a pensar en la noche en que la había besado, y el recuerdo regresó con fuerza a su mente.

—Has venido aquí por el abuelo —le recordó.

—Vine por él. Y te aseguro que estos no eran mis planes cuando llegué, pero se me da bien cambiar de planes —Cormac también se reclinó en el asiento y volvió a ponerse las gafas de sol—. En cualquier caso, puede que no sea la respuesta que quieras oír, pero has preguntado —y sin más continuó comiéndose la pizza, como si nada hubiera sucedido.

Como si no la hubiera dejado loca. Isabel deseó que su vaso tuviera algo más fuerte que un refresco de saúco.

—Y, eh, ¿ahora qué? —preguntó nerviosa mientras bebía un sorbo y contenía la respiración preguntándose qué tenía pensado ese hombre.

Cormac sacó un par de billetes que dejó sobre la mesa, suficiente para pagar la comida y que aún quedara una generosa propina.

—Ahora nos vamos. ¿Cómo se llamaba esa tienda que te gustaba? Angelica Delica.

No era exactamente eso a lo que ella se había referido con la pregunta.

—No me puedo creer que te acuerdes del nombre de la tienda.

—Te sorprendería la cantidad de cosas tuyas que recuerdo —él le ofreció una mano.

Y cuando Isabel la tomó, el mundo pareció de repente completamente distinto.

—Es una tienda de ropa femenina —le advirtió—. ¿Qué esperas comprar?

—Sorpréndeme —él se encogió de hombros.

Cinco minutos después, se encontraban en la ecléctica boutique, repleta de vestidos y accesorios románticos y caprichosos, la mayoría obra de diseñadores y artistas locales. La decoración era de una elegancia descuidada, con extraños candelabros y viejos armarios. Las mujeres rebuscaban entre los percheros y Mac era el único hombre allí.

–Necesita un vestido para la boda –le comunicó a Angelica, la dueña de la tienda.

–Esa es mi especialidad. Vamos a probarte algunas cosas.

–De acuerdo –Isabel se sentía algo incómoda, pero lo cierto era que aún no se había decidido por ningún vestido de dama de honor.

–Perfecto –Angelica sonrió–. ¿Corto o largo?

–Por la rodilla –puntualizó ella.

–Corto –puntualizó él.

–Procuraré mantener una actitud abierta –Isabel lo miró furiosa.

Minutos después estaba en el probador con Angelica, que se afanaba a su alrededor ofreciéndole una variedad de opciones, minimalista, vaporoso, ceñido y sin tirantes, faldas con vuelo para bailar. Ella se probó obedientemente un vestido tras otro para Mac, que aguardaba sentado sobre un banco de diseño al otro lado de la cortina. Resultó ser tremendamente testarudo.

–Vas a una boda, no a una reunión de la parroquia –espetó cuando se mostró ante él con una túnica de seda que ocultaba la forma de su cintura.

–A mí me parece muy elegante –observó ella.

–Vamos a probar con algo más ajustado –sugirió Angelica.

Le ayudó a ponerse un vestido tubo de punto de seda sin tirantes que le marcaba cada curva. Isabel se sentía desnuda, no solo por lo que el vestido revelaba, sino por la mirada de Mac. Y sin embargo su atención no resultaba amenazadora. En realidad la transformó. Ya no había motivo para tener miedo.

—Eso se acerca más —la mirada de Mac estaba posada apreciativamente sobre ella.

—No puedo respirar, mucho menos moverme —se quejó Isabel—. Necesito poder bailar.

Se probó media docena más, pero ninguno daba la sensación de ser el vestido perfecto.

—Estos son los «a lo mejor» —le indicó a Angelica mientras apartaba los que más le habían gustado—. A lo mejor vuelvo con Tess a lo largo de la semana.

Encontró a Mac junto al mostrador donde una dependienta se afanaba en envolver algunas cosas en papel de seda.

—No sé mucho de vestidos —le explicó al verla llegar—, pero sé que me gusta lo que va debajo del vestido —le entregó una pequeña bolsa.

—Es muy atrevido por tu parte —ella volvió a sonrojarse. Ese tipo la mantenía permanentemente ruborizada.

—Pues sí —contestó alegremente Cormac mientras se dirigían de vuelta al scooter.

Guardó los paquetes y regresaron a casa. Isabel se sentía una persona diferente al entrar de nuevo en Bella Vista. Ese hombre había cambiado todo con sus palabras. La sensación era embriagadora y fuerte, tal y como se imaginaba que se sentiría si saltara de un acantilado.

Capítulo 20

Enamorarse de un tipo distraía mucho. Tareas en las que Isabel solía concentrarse, como elegir los acabados de la cocina aula, imaginarse nuevas maneras de preparar verduras de verano, atender el huerto de plantas aromáticas, atender a las abejas, todas esas cosas quedaron relegadas a un segundo plano. A menudo, en medio de una de esas tareas, se sorprendía a sí misma olvidándose por completo de lo que se suponía debía estar haciendo, porque había empezado a recordar cómo se arrugaban los ojos de Mac por el rabillo cada vez que sonreía, o revivía algo que le hubiera dicho, o el sudoroso olor que solía desprender y que no podía ser menos sexy, aunque a ella sí se lo parecía.

—Espabila —murmuró mientras intentaba aplicarse en la última revisión del menú del *catering* para el banquete de boda. No era más que un estúpido enamoramiento, se recordó. Un flirteo. Debería divertirse y luego olvidarlo en cuanto se hubiera marchado.

Pues cada vez faltaba menos para que se marchara. El abuelo y él ya estaban hablando de la historia más reciente, del delicado tema del nacimiento de Erik y la horrible tragedia de su muerte. En cuanto Mac hubiera reunido la información que necesitaba, regresaría a Nueva York para terminar el manuscrito, y luego volaría hacia su nuevo proyecto, el que trataba sobre su difunta esposa.

Razón de más para no permitir que su corazón se implicara. Pero, qué difícil resultaba hacerlo con un tipo que la miraba como hacía él, que reía como hacía él, que intentaba robarle un beso cuando no había nadie más delante.

—Céntrate —murmuró de nuevo.

Lo que caracterizaba a un *chef* de éxito era la autodisciplina. Ya tenía preparada una charla sobre ese tema. Iba a ofrecérsela a los primeros invitados de la Escuela de Cocina Bella Vista. Les explicaría que la autodisciplina no era un don mágico que poseían unos pocos afortunados. Era una herramienta que el *chef* necesitaba, del mismo modo que necesitaba su cuchillo favorito en la cocina. Una herramienta que te ayudaba a alcanzar una meta.

Pero eso lo había escrito antes de que Mac O'Neill apareciera en escena. Haciendo acopio de toda su fuerza de voluntad, Isabel devolvió su atención al menú para asegurarse de que el encargado del *catering* que habían contratado disponía de todo lo necesario para asegurar un banquete inolvidable. Solo tenía una hermana, y era su oportunidad para regalarle a Tess la boda de sus sueños.

Tess y ella habían diseñado el menú juntas. Cada receta era algo que ambas amaban. La función de Isabel era asegurarse de que todos los ingredientes frescos estuvieran disponibles para el servicio de *catering* el día de la boda.

Normalmente era una tarea con la que disfrutaba, como disfrutaba con todo lo relacionado con la preparación de la comida, pero en esos momentos se descubrió de nuevo mirando por la ventana, fijándose en cómo el sol se filtraba entre las ramas de los árboles, y preguntándose qué estaría haciendo Mac.

Durante la cena, Annelise y el abuelo les habían relatado la historia del viaje desde Dinamarca hasta los Estados Unidos de Norteamérica a bordo de un barco noruego. Habían cortado amarras con todo lo conocido, embarcándose rumbo a otro continente. Isabel había sentido su emoción. ¿Cómo sería abandonar tu mundo y dirigirte a lo desconocido?

La brisa que entraba por la ventana revolvió las páginas del libro que descansaba, abierto, sobre el escritorio. *Arrebatador Ravello*, su nueva compañía constante. Se sintió transportada por las imágenes de la vieja ciudad, sus escaleras secretas y grandes villas, hogares de generaciones de familias, el lugar que su madre había abandonado, tan decididamente como su abuelo había abandonado su tierra natal.

Una especie de nostalgia tironeó del corazón de Isabel mientras contemplaba las fotos. Si ese libro era mínimamente riguroso, Ravello era tan hermoso que dolía. ¿Había opinado Francesca lo mismo? A lo mejor sí, pero la promesa de un nuevo amor había sido más fuerte.

—Toc, toc —Mac irrumpió en el despacho.

El corazón de Isabel falló un latido y cerró el libro como si le hubiera pillado haciendo alguna travesura.

—Me alegra que estés leyendo el libro sobre Ravello. ¿Te sientes arrebatada?

—Totalmente.

—¿Arrebatada por un libro? ¡Venga ya! —él sacudió la cabeza—. Necesitas salir más.

—Oye, que me lo compraste tú.

—¿Tienes un minuto?

—No.

—Pues qué pena. Hay algo que quiero que veas.

—¿El qué? —Isabel frunció el ceño, aunque estaba decidida a resistir.

—Esta mañana encontramos una cosa en la habitación que perteneció a tus padres. Ven a verlo.

Cormac encendió la luz de la *suite* nupcial, al fin terminada. El diseñador había empleado en su mayor parte los muebles originales, que había restaurado y retapizado para crear un espacio lleno de luz que poseía el encanto de una tienda de diseño. La cama era lujosa por demás, una fantasía con cuatro postes y cabecero labrado, cubierto de ropa de cama importada de Italia.

Era una de sus habitaciones preferidas, porque rendía homenaje a la naturaleza histórica de Bella Vista, pero con un lado moderno y fresco en los tapizados y una impresionante pintura original de Delia Snow, un gigantesco e imaginativo retrato de un perro, realizado en un atractivo color verde manzana. Tess lo había adquirido en una subasta, e Isabel se había enamorado de la imagen.

En esos momentos, sin embargo, toda su atención estaba centrada en un baúl estilo *vintage* que había en medio de la habitación.

—¿Qué es eso? —preguntó.

—Los electricistas que estaban trabajando en el cableado lo encontraron en el desván al que accedieron por esa trampilla —Mac señaló una pequeña puerta en la pared.

Antes de emprender la renovación de la *suite*, allí había habido una estantería con libros. Isabel ni siquiera se había dado cuenta de la existencia de esa puerta que daba al desván.

—Magnus dice que lleva décadas allí olvidado. Cree que lo guardaron antes de que tú nacieras, y seguramente se olvidaron de él.

Isabel comprendía perfectamente el urgente deseo de guardar cosas tras la muerte de alguien. Cuando *Bubbie* murió, se había obligado a llevar a cabo el doloroso proceso de ordenar ropas y accesorios, recuerdos y joyas. Recordó haberse sentido superada, deseando que todo desapareciera sin más.

—¿Qué contiene? —preguntó.

—Nada trascendental. Al menos no creo. Solo las cosas habituales de una vida habitual. Pero dado que pertenecieron a tu madre, pensé que te gustaría verlo.

—Sí —susurró ella—. Sí, por supuesto —se detuvo a unos pasos del baúl. La tapa tenía una placa con unas iniciales grabadas, *F.L.C.*–. Son las iniciales de mi madre, Francesca Cioffi. No estoy segura de qué significa la «L» –se volvió hacia Mac–. ¿No es extraño que no conozca el segundo nombre de mi madre?

–A mí no me lo parece.

Isabel volvió a centrarse en la inspección del baúl. La parte externa estaba rayada y cubierta de pegatinas de aduanas y embarques. Una etiqueta del aeropuerto de San Francisco colgaba de una de las asas.

–Tu abuelo dice que llegó con el scooter. Comprueba lo que contiene –Cormac abrió el baúl como si se tratara de un gigantesco libro.

El interior estaba organizado como un pequeño armario. A un lado había varias prendas colgadas y al otro una serie de cajoncitos, todo tapizado con una tela azul medio desteñida. Olía a viejo, y también a algún perfume. Isabel retiró una fina cortinilla y reveló unos cuantos vestidos y blusas hechos con unas vaporosas telas y delicadas puntadas. En los cajones estaban las cosas habituales a las que se había referido Mac, un peine de carey, un par de guantes, un formulario de aduana, algunas piezas de joyería antigua. Pero para Isabel era como el baúl de los secretos, una cápsula del tiempo que había pertenecido a una madre que no había llegado a conocer.

Con mucho cuidado tomó un pequeño libro blanco de cuero marcado con una paloma dorada y una llama, un libro de misa o algo parecido. En la cubierta interior estaba escrito *Francesca*, con letras infantiles. También había una pequeña medalla de algún santo y un rosario de cuentas de alabastro.

Escondido al final del misal había un par de viejas fotos, cuadradas y con las esquinas redondeadas. Una mostraba a una niña con una adorable sonrisa y unos ojos que Isabel reconoció de las fotos de su madre. Iba vestida como una diminuta novia, con un vestido de raso y velo. Su expresión era de orgullo y felicidad. Sujetaba el pequeño misal en una mano y una pluma estilográfica en la otra, blandiéndola como si fuera de gran importancia.

«Todos empezamos así», reflexionó Isabel. La niña de la foto no tenía ni idea de que iba a crecer y conducir un scooter, o llamar la atención de un estudiante estadounidense. No sabía que su futuro encerraba una trágica historia de amor y una dolorosa muerte. Isabel comprendió de repente que había muchas preguntas que no les había formulado a sus abuelos, por miedo a disgustarlos. ¿Había llegado Francesca a verla, a tomarla en brazos, a llamarla por su nombre? Por cierto, ¿quién había elegido el nombre?

Luchando por contener las lágrimas, le dio la vuelta a la foto. Había una frase, *prima comunione*.

—Primera comunión —tradujo Mac—. Aquí tendría unos siete años, la edad tradicional para la primera comunión.

—¿Hablas italiano?

—*Solo un po* —contestó él.

—Presumido —ella pasó a la segunda foto. Mostraba a la misma niña, arrodillada sobre un reclinatorio acolchado, las manos delicadamente entrelazadas con el rosario, una beatífica sonrisa en los labios y las mejillas arreboladas—. ¡Madre mía! Yo era muy parecida a ella a su edad. Habría matado por una comunión así.

—Por lo que yo sé, no hace falta matar, solo asistir a catequesis.

—Ya sabes a qué me refiero. Vestirse como una novia es el sueño de toda niña pequeña.

—¿Y también el de toda niña grande?

—Eso sería vestirse como Jennifer Lawrence —Isabel sacudió la cabeza.

Continuaron la inspección de los cajones y hallaron una colección de tarjetas y notas manuscritas y reunidas en una carpeta atada con un lazo.

—Recetas —exclamó ella encantada—. Voy a necesitar tu ayuda para traducir esto.

—Por supuesto. Qué gracia que tu madre coleccionara recetas.

Había unas cuantas postales escritas en inglés y en italiano. Isabel las apartó para una posterior inspección. Al fondo había una foto a color, hecha con una buena cámara, quizás de algún profesional. La imagen la dejó sin respiración. Mostraba a una mujer con gafas de sol, alpargatas, falda y top. Estaba sentada de lado en la parte trasera de un scooter, los brazos bronceados rodeando a un atractivo joven vestido con pantalones cortos y chanclas, la cabeza echada hacia atrás, inmortalizado en plena carcajada.

—Son mis padres en el scooter —susurró ella—. Parecen tan jóvenes. Tan felices.

—No me extraña. Montar así es una gozada —al fondo se veía una fila de cipreses y un muro de piedra.

Isabel asintió. En el dorso de la foto leyó, *Ravello, 1981*. Levantó la mirada hacia Mac que no apartaba los ojos de ella.

—Esto llevaba décadas perdido.

—Y jamás se habría encontrado de no haberte decidido a crear la escuela de cocina —observó él.

—Es verdad. De algún modo, me hace sentir más cerca de ellos —Isabel sintió una punzada en el corazón al captar un destello del alma de esa mujer que había muerto dándole la vida a ella, y de ese hombre que la había engendrado. Se los veía resplandecientes, atrevidos, llenos de felicidad.

Isabel al fin era capaz de sentir a su madre. Se imaginó el sonido de la risa de Francesca. La imagen le permitía ver hasta el corazón de sus padres, y las sensaciones la abrumaban. Ya no pudo contener el torrente de lágrimas, aunque hizo un intento por respirar hondo para controlarse.

Una marea de emoción largo tiempo suprimida la inundó, conmovedora y agridulce. Mac la rodeó con sus brazos y ella se recostó contra él, agradecida por su sólida fuerza. Agradecida por su silencio. Simplemente la abrazaba mientras ella dejaba salir todo, y luego le ofreció una caja de pañuelos de la mesilla de noche.

–¡Madre mía! –exclamó ella–. Estoy hecha un asco.

–Estás bien –contestó Cormac, mirándola de soslayo–. ¿Verdad?

–Sí... Es difícil expresarlo con palabras. Siempre deseé haber conocido a mi madre en persona. Por supuesto, esto no es lo mismo, pero es increíble, ver esta foto, saber que mis padres estaban juntos y que se amaban, al menos en ese instante.

–Es fácil enamorarse cuando vas montado en una scooter por toda Italia –puntualizó él.

–¿Quieres decir que, de lo contrario, es difícil?

–No cuando encuentras a la persona adecuada –Mac la miró detenidamente y sonrió.

De repente hacía mucho calor en esa habitación. Isabel bajó el termostato y el aire acondicionado susurró entre las rejillas de ventilación.

–Muy bien –Isabel respiró hondo–. Se acabó la escenita. Lo siento.

–No te preocupes. Mi abuela irlandesa solía decir que las lágrimas de la mujer sacian el alma.

–¿En serio? –a ella le sorprendió descubrir tal sentimiento en ese hombre.

–No, pero suena como algo que diría una abuelita irlandesa, ¿a que sí? ¿Te sientes saciada?

–Pequeño sabelotodo –Isabel respiró hondo y volvió a inspeccionar el contenido del baúl–. La ropa es preciosa –admiró mientras sostenía en alto un bonito vestido de verano con estampado gráfico sobre algodón–. Parecen hechos a mano por algún profesional. Me pregunto si era modista. Debería preguntarle al abuelo si sabía coser –sacó una blusa sin mangas, de color amarillo mantequilla, con detalles cosidos a mano–. Esto es muy bonito –observó mientras sujetaba la prenda contra su cuerpo y se volvía hacia el espejo–. Creo que es el top que lleva puesto en la foto del scooter.

–Tienes razón –Cormac sujetó la foto junto a ella.

–Y esta falda –añadió, sacando la prenda del baúl–. Muy bonita.

El último vestido del baúl estaba envuelto en un papel de seda que se desgarró al primer contacto. A Isabel le intrigaba. Era un vestido de cóctel, de seda color melocotón, adornado con una fila de cuentas de cristal alrededor del escote. El corpiño era ajustado y la falda de vuelo. A la luz de la lámpara de la mesilla de noche, el vestido lucía luminoso, como si tuviera vida propia.

–¡Vaya! –exclamó–. Este es precioso. En serio, precioso.

–No soy ningún experto, pero sí, es muy bonito.

Isabel lo dejó sobre la banqueta tapizada a los pies de la cama e inspeccionó la etiqueta.

–Valentino Garavani –leyó–. ¡Dios mío, Mac! Ese es el diseñador Valentino.

–¿Un pez gordo de la moda?

–El más gordo –ella asintió–. ¿Cómo demonios se hizo mi madre con un Valentino? –lo volvió a sostener en alto, permitiendo que la delicada seda se deslizara entre sus dedos. La tela era suave y tenue, la cremallera de la espalda casi invisible–. Es impresionante. Un vestido de alta costura. Debería enseñárselo a Tess. Se le da muy bien calcular el valor de los tesoros.

–Se me ocurre una idea mejor –anunció Mac.

–¿Cuál?

–Que lo lleves puesto en su boda.

–¿Qué? Venga ya. No puedo…

–¿Por qué no?

–En mí quedaría raro. Ridículo.

–Dijiste que era precioso.

–Seguramente no me valga –Isabel lo dejó sobre la cama y dio un paso atrás.

El diseño era intemporal y, a pesar de sus reservas, se sentía atraída hacia el hermoso vestido.

–Apuesto a que sí te vale. Tienes el mismo aspecto que tu madre. Seguramente usas la misma talla.

–Habría que limpiarlo y ajustarlo, por no mencionar los arreglos necesarios.

–Tengo una idea –sugirió Cormac–. ¿Qué te parece si dejas de pensar en todos los motivos por los que no va a funcionar y te centras en los motivos por los que sí funcionará?

–Eres un auténtico *boy scout*.

–De eso nada. Ese día en las aguas termales, allí dejamos claro que no lo soy en absoluto –Mac señaló hacia las prendas de vestir–. Todo esto te quedaría estupendo.

–No es mi estilo. A ella parecían gustarle las prendas más ajustadas, ¿no te parece?

–Lo que me parece es que tienes un cuerpo impresionante y que no deberías taparlo.

¡Uf! Desde luego la conocía bien. Tras huir de la academia de cocina, había intentado esconderse, incluyendo su cuerpo, que había empezado a cubrir con ropa larga y ancha destinada a taparlo todo. Mac era la primera persona que le había señalado ese detalle. Parecía saber lo que llevaba tanto tiempo evitando: enfrentarse a los motivos para taparse de pies a cabeza.

–Eres muy observador –susurró Isabel.

–Sí, y he dedicado mucho tiempo a observarte –Cormac la sujetó delicadamente por los hombros antes de deslizar la mano por su espalda y retirarle los cabellos de la nuca. Inclinándose, le susurró al oído–. Por ejemplo, me he dado cuenta de que llevas demasiada ropa –su aliento era cálido, los labios casi rozándola.

Isabel se dijo a sí misma que debería parar aquello, apartarse e intentar una salida airosa, pero se encontraba clavada al suelo. Su respiración era agitada, los brazos colgando inútiles a los costados del cuerpo.

–Llevas la ropa como si se tratara de una armadura – continuó él–. Conmigo no necesitas armadura, Isabel. No voy a hacerte daño.

A continuación comenzó a desabrocharle el vestido por la espalda, dejándolo caer al suelo.

Vestida únicamente con la camisa y las braguitas, ella sintió un cosquilleo por la piel, pero para su sorpresa no sentía aprensión ni incomodidad. Sus sensaciones eran mucho más elementales, deseaba que la tocara, deseaba que él pusiera las manos sobre su cuerpo, que la acariciara. Y experimentaba una salvaje sensación de urgencia que no había sentido antes.

Pero Mac no la tocó. Tomó el vestido de seda color melocotón y le bajó la cremallera.

–Pruébate este.

A Isabel le faltó poco para gemir de frustración. Ese hombre llevaba semanas flirteando con ella, y cuando por fin estaba dispuesta a lanzarse, solo le preocupaba el estúpido vestido de alta costura. Lo primero que se le ocurrió fue idear alguna excusa para no probárselo, pero descubrió que no le quedaba munición. Lo cierto era que sentía curiosidad por saber si le valía, y por comprobar qué sensación le produciría llevar algo que su madre se había puesto. También se le ocurrió que nunca se había puesto un vestido de alta costura, ni siquiera se había probado uno.

Sonrió y alzó los brazos por encima de la cabeza mientras Mac le ayudaba con delicadeza a ponerse el vestido. La lujosa tela tenía un tacto importante, a vestido caro. Y también le daba la sensación de que podría valerle.

Se apartó el cabello a un lado mientras él le subía la cremallera y la volvía hacia él, apartándose para admirar el resultado.

–Mírate. Pareces Audrey Hepburn.

–¿Audrey? ¿En serio?

–Mírate en el espejo.

Isabel se acercó al espejo ovalado de cuerpo entero. La seda del vestido susurraba a cada paso que daba, con cada sutil movimiento. Era un vestido impresionante y de inmediato se sintió una persona totalmente diferente. El corpiño se abrazaba a cada una de sus curvas y las cuentas de cristal lanzaban destellos al ser iluminadas por la luz de la lámpara.

—¡Vaya! —exclamó—. Desde luego es un vestido especial. Mi madre tenía buen gusto. Me pregunto cómo logró hacerse con un Valentino.

—Me alegra que lo conservara, porque te queda fantástico —Mac se acercó por detrás y le rodeó la cintura con los brazos antes de deslizar los labios por sus hombros desnudos—. Estoy muy excitado.

Isabel se recostó contra él, aunque sabía que debería apartarse.

—No lo hagas.

—¿Por qué no? —Cormac deslizó una mano por la línea del escote.

—Porque no quiero empezar nada contigo.

—Maldita sea, qué bien hueles —él aspiró profundamente—. ¿Por qué no? —repitió.

—Porque... —no era fácil pensar mientras le estaba haciendo esas cosas con las manos, con la boca—. Porque podría tomármelo demasiado en serio.

—¿Es posible tomarse el amor demasiado en serio?

—¿Quién ha hablado de amor? —ella se volvió y lo miró.

—Yo. ¿Te causa algún problema?

—Sí —contestó Isabel apresuradamente.

—¿Con el amor en general o conmigo en particular?

—No pienso seguir manteniendo esta conversación —ella sabía que la siguiente pregunta de Mac sería «¿Por qué no?», y decidió anticiparse—. Porque tengo una teoría sobre el amor, y seguramente no va a gustarte.

—¿Por qué no va a gustarme?

—Siempre la misma pregunta. Pues porque no puedo darte lo que tú quieres.
—¿Cómo sabes lo que quiero?
Isabel era incapaz de pensar cuando la miraba así. Desvió la atención al baúl, a la preciosa foto de la pareja sobre la Vespa.
—Nunca me he sentido como ellos en esta foto–. Contestó–. Y no creo que me sienta así nunca.
—Desde luego con tu actitud no.
—De niña –Isabel suspiró–, siempre pensaba que a cada persona le correspondía un gran amor en la vida. Claro que habría novios y corazones rotos, desencuentros y errores. Pero al final, estaba convencida, encontraría ese gran amor. El que me salvaría y me mantendría toda la vida a salvo, y me enseñaría a ser feliz en la vida.
—¿Y ahora?
—Ahora soy mayor. Más sabia. Sobreviví a un terrible amor, que resultó no ser amor. De modo que abandoné las creencias de esa niña ingenua.
—Isabel...
—No, déjame terminar. Fue como descubrir que Papá Noel no existe. No te sorprende, pero te desilusiona, porque te gustaría que existiera de verdad. Pero sigues adelante. Encontré otra clase de amor para llenar mi vida, amigos y familia. Gente con la que trabajo. Una cita ocasional, algún acto social.
—¡Vaya! –exclamó él–. Desde luego necesitas salir más.
—Eso es justo lo que no necesito. Porque lo más sorprendente es que después de liberarme de todos esos sueños románticos, mi vida resultó ser mucho más plena. Descubrí que no necesitaba ese gran amor para ser feliz, del mismo modo que no necesito a Papá Noel ni al Ratón Pérez. La vida está muy bien sin nada de eso.
—De acuerdo, pero hay algo que necesito contarte.
Cormac se acercó a ella y la abrazó, despertando un escalofrío de emoción.

—¿El qué? —susurró ella.

—Yo sigo creyendo en Papá Noel —la atrajo hacia sí y acercó los labios a los de ella—. Y también en el Ratón Pérez. Y en el conejito de Pascua.

—Madre mía... —el escalofrío se convirtió en una cálida explosión de sentimientos.

—Y también creo en... —él susurró el resto de la frase y ella se sintió derretirse.

—¿En serio? —a pesar de la calidez de la noche, se le puso la piel de gallina.

Mac le bajó la cremallera del vestido y lo dejó caer hasta el suelo, tomándola de la mano para que pudiera salir del remolino de tela. Sin apartar la mirada de ella, le quitó la camiseta con una sola mano. A continuación le desabrochó el sujetador y lo tiró a un lado, la tumbó sobre la cama y la empujó sobre el lujoso colchón.

—En serio.

Capítulo 21

El día de la boda de Tess y Dominic, Bella Vista amaneció envuelta en una espesa niebla costera. La impenetrable bruma blanca se arremolinaba como ondulantes espectros en el valle tallado por el arroyo Angel, y se ocultaba en los puntos más bajos de las colinas.

—Es una señal de buena suerte —insistía Ernestina mientras servía café en la cocina—. La niebla significa que pasarás tu vida envuelta en puro amor.

Tess se acercó hasta la ventana, miró hacia fuera y regresó junto a Ernestina, flanqueada por Isabel y Shannon.

—Nunca había oído algo así —murmuró.

—Porque acabo de inventármelo —la otra mujer la miró antes de proceder a servir una taza de infusión de hierbas—. Nada de café para ti. Ya estás bastante nerviosa.

—Me caso hoy. Se supone que debo estar nerviosa.

—Pero en el buen sentido —precisó Isabel—. Entusiasmada. Y lo último que debería ponerte nerviosa es el tiempo.

—A las tres de la tarde estará soleado y despejado —le prometió Ernestina con voz autoritaria—. A las cinco, hora de comienzo de la ceremonia, todo el mundo estará perfecto. Ya lo verás.

—De acuerdo, de modo que no estoy nerviosa —resumió

Tess–. Estoy entusiasmada. Tan entusiasmada que estoy a punto de vomitar.

–Tómate la infusión –le aconsejó su hermana–. Lleva manzanilla y flor de saúco para calmar tus nervios.

–¿Te he contado que el primer regalo que me hizo Dominic fue una taza para infusiones? –preguntó Tess.

–No tenía ni idea –contestó Isabel.

–Me dijo lo mismo –ella asintió–, que necesitaba calmar los nervios –olisqueó la infusión y arrugó la nariz–. Yo le dije que olía a hierba cortada.

–Y mírate ahora, a punto de casarte con él. Algo bueno debe haber hecho.

–Prueba con un poco de miel –sugirió Jamie que entraba en ese momento en la cocina con una pila de marcos llenos de miel curada. La había estado cosechando a diario, separando los panales de los marcos, prensando y tamizando la miel y envasándola en tarros.

–¿Más miel? –preguntó Isabel.

–Y así todos los días.

–Es estupendo –contestó ella–. Tu producción es diez veces mayor que la que conseguí el verano pasado.

–Y cada año será mejor –le prometió Jamie.

Llevó los marcos hasta la cuba que había en el cuarto adyacente a la cocina, donde almacenaba los tarros esterilizados y las herramientas. Desde que había tomado una decisión sobre el embarazo, parecía más relajada. Incluso estaba hablando de buscarse un trabajo a media jornada en la ciudad, para cuando terminara la temporada. Lo que más le atraía era trabajar en algún restaurante local. Le encantaba cantar y sabía que era buena. Varios restaurantes locales ofrecían actuaciones musicales en directo, y estaba decidida a hacer algunas pruebas.

–Voy a necesitar algo más que miel para calmar los nervios –se justificó Tess–. Me voy a casar. Casar.

–Te vas a casar –su madre la abrazó–. Mi nena. Me

siento tan feliz por ti –apoyaron las frentes de una y otra y Shannon retiró un mechón de cabellos de la mejilla de Tess–. Pero no me hagas empezar a llorar tan pronto.

Annelise fue la siguiente en llegar, seguida de Lilac y de Chips, que parecían haber adoptado a la anciana. Cada vez que ella iba de visita a Bella Vista, los gatos se empeñaban en dormir en su habitación y seguirla a todas partes.

–Nadie debería llorar en un día tan feliz.

–Eso es más fácil decirlo que hacerlo –contestó Tess mientras alzaba la taza de infusión–. Pero son lágrimas buenas. Quiero hacer un brindis, aquí y ahora, por todas las buenas mujeres de mi vida, mi madre, mi abuela, mi hermana, os convertisteis en mi familia cuando más os necesitaba. Y también por Ernestina y Jamie, sois mi inspiración constante. Me siento bendecida por teneros a todas aquí hoy.

Shannon fue la siguiente en alzar su taza de café.

–Que los hombres de tu vida terminen por ser tan buenos para ti como las mujeres.

–Eso, eso –coreó Isabel–. Por Tess... y por su amor verdadero.

En su mente resonó el eco de la conversación mantenida con Mac y, por supuesto, revivió la noche que habían pasado juntos en la habitación de Francesca. Aún no se lo podía creer, no se explicaba cómo había podido mostrarse tan abierta y vulnerable. Su amor había sido una revelación, pues jamás la habían tratado con tanta ternura y respeto. Y nunca la caricia de un hombre le había resultado tan excitante.

Le habría encantado poder deleitarse con los recuerdos de Mac, pero en ese momento llegaron el florista y el responsable del *catering*. Después de eso, todo se aceleró. El organizador de la boda dirigía todo como si se tratara de una orquesta, supervisando la tarea de cada uno. Isabel se mostró más que encantada de recibir órdenes. Ya había ideado el menú y perfeccionado las recetas. Juntas, Tess y ella habían diseñado el escenario de la ceremonia. Ella y algunas otras mujeres se sometieron encantadas a la sesión de manicura, pedicura, peluquería y maquillaje. No quedaba más que vestirse para la ocasión.

Dos horas antes de la llegada de los invitados, las mujeres, y también la novia, se reunieron para prepararse para las fotos prenupciales. Un velo de raso color crema, hecho a mano, había llegado desde la nativa Irlanda de Shannon. Tess había elegido un vestido color marfil de alta costura de una boutique de San Francisco, y un par de relucientes zapatos de danza para el tango que les había enseñado Annelise. El velo irlandés se sujetaba a la cabeza con una corona de flores frescas. Alrededor del cuello, la novia lucía el colgante de alabastro rosa que le había dado Annelise. A Isabel le costaba mirarla sin que las lágrimas inundaran sus ojos.

La vida de repente había encajado para ellas dos y el corazón de Isabel estaba henchido de felicidad por ellas. Eso era ni más ni menos lo que había soñado para Bella Vista, que fuera un punto de encuentro para amigos y familiares, para reuniones y celebraciones.

—Estás preciosa —afirmó—. Pareces salida de un sueño.

—Y me siento como si formara parte de un sueño —contestó Tess, los ojos verdes dos resplandecientes esmeraldas—. Vamos, el fotógrafo nos espera —dio un paso atrás y contempló a Isabel—. ¡Mírate, Dios mío! ¿De dónde has sacado ese vestido?

—¿Te gusta? —Isabel se giró haciendo crujir la seda y la gasa.

—Es impresionante.

—Mac y el abuelo lo encontraron en un baúl que perteneció a mi madre. Es un Valentino.

—¿En serio? ¡Vaya! Menudo hallazgo.

—Hice que los de la tintorería lo arreglaran un poco.

—Precioso —apreció Shannon—, pero te hacen falta

unos zapatos que estén a la altura. Los pies descalzos no servirán, ni siquiera con esa pedicura.

—No había pensado en los zapatos...

—Menos mal que alguien sí lo hizo —Ernestina le entregó una caja negra y blanca de una marca sospechosamente familiar.

Al levantar la tapa, ella descubrió los zapatos de salón perfectos, color champán y con los dedos al aire.

—¡Eh! Son los zapatos de baile Lady —exclamó Tess—. ¿De dónde los has sacado?

El rostro de Isabel perdió todo el color y su hermana enseguida lo captó.

—¡No me digas que lo ha hecho él!

—En una ocasión le mencioné estos zapatos. No me puedo creer que se haya acordado —incapaz de reprimir una sonrisa, deslizó el pie dentro de uno de los zapatos. Le encajaba a la perfección.

—Estás impresionante —admiró Tess—. Deberías arreglarte más a menudo, y taparte menos. Vas a eclipsar a la novia.

—¡Ja! De eso ni hablar.

La ceremonia resultó tal y como la habían soñado, mejor, porque se produjeron algunas sorpresas inesperadas, como la luz ambarina del ocaso que se coló entre los huecos de la pared del granero e iluminó el estrado decorado con lirios. También la solemne alegría con la que los pequeños hijos del novio desfilaron con su padre por el pasillo. Y el hecho de que tanto la hermana pequeña de Dominic, Gina, y Magnus habían decidido ponerse frac y sombrero de copa.

Tess nunca había lucido tan hermosa. Se había recogido los cabellos rojos, que adornaba con un sencillo lirio. El precioso vestido color marfil poseía un escote corazón que enmarcaba el colgante rosa. La falda larga era de seda y parecía bailar sola a cada movimiento. Pero lo más hermoso del conjunto era, por supuesto, la expresión en su rostro al contemplar a Dominic.

Isabel disfrutó de cada instante de la ceremonia, siempre acompañado de música. Le encantó la idea de que su familia se hiciera más grande, de tener un cuñado, un sobrino y una sobrina.

Mientras Jamie ofrecía una dulce versión de *Come to Me*, Isabel se mantuvo de pie en el estrado, sujetando orgullosa un ramo de lirios y contemplando furtivamente a los invitados. No le resultó nada difícil encontrar a Mac, gracias a su estatura y anchos hombros. Sin embargo, no fue eso lo que hizo que casi se le doblaran las rodillas, sino el hecho de que la miraba fijamente con una intensidad que Isabel sentía físicamente. Tampoco se le escapó que llevaba un inmaculado esmoquin hecho a medida y que iba perfecto de pies a cabeza.

—Tu novio está muy guapo —susurró Neelie, la dama de honor situada a su derecha.

—No es... —Isabel se detuvo.

Al hacer el amor el vínculo entre ellos había mutado de amistad y flirteo a algo mucho más profundo. Emociones que nunca antes había sentido la llenaron en lugares que ni siquiera sabía que estuvieran vacíos. En algún momento, mucho antes de la llegada de Mac, había dejado de esperar a ese gran amor, y estaba convencida de que no le importaba. Pero ese hombre había revivido un sueño largo tiempo dormido. Las bonitas palabras y hermosa música de la ceremonia agrandaron su nostalgia.

Al concluir el servicio, los mariachis atacaron con una alocada versión de *Don't You Want Me Baby*. Dominic y Tess se volvieron hacia sus invitados, los brazos alzados como si acabaran de ganar un campeonato de lucha, y prácticamente bailaron su salida del granero seguidos por los críos de Dominic, su hermana Gina, Isabel y el resto de invitados.

El banquete dio comienzo con las bendiciones del Padre Tom, el cura de la iglesia católica, e íntimo amigo. Sus palabras provocaron risas y lágrimas y, como de costumbre, su presencia arrancó miradas de asombro de las féminas, ya que poseía ese atractivo típico de un actor de cine, capaz de detener el tráfico. La orquesta arrancó con música de los 80 para entonar a todo el mundo. Los camareros se movían entre los invitados con bandejas de aperitivos y el cóctel de autor, champán con un licor de miel y un delicado toque de limón.

El banquete fue un estallido de color y sabor. Ensaladas adornadas con flores, salmón a la parrilla con chile, costillas al horno con miel, maíz recién recolectado, exuberantes tomates y bayas, quesos artesanos. Todo obtenido en un radio de ochenta kilómetros alrededor de Bella Vista.

La tarta era exactamente lo que Tess había pedido, una espectacular torre de dulzor. La novia ofreció un bonito discurso mientras Dominic y ella cortaban los primeros trozos.

—Ya no soy esa chica que sobrevivía a base de Red Bull y burritos de microondas —anunció—. Y hay unas cuantas personas a las que agradecérselo: mi maravillosa madre, mi abuelo y mi preciosa hermana que ha creado este lugar de celebración. Y sobre todo, me siento agradecida a Dominic —se volvió hacia su esposo y le ofreció la primera porción de tarta, servida sobre un plato de porcelana amarillo—. Tú eres mi corazón, y no hay sensación más dulce que el amor que compartimos. Ni siquiera esta tarta. Espera, quizás me haya pasado. Todo el mundo debe probar esta tarta. Es una de las mejores recetas de Isabel.

Además de los emotivos brindis ofrecidos por amigos y familiares, hubo también canciones especiales. Jamie, que tocaba la guitarra acústica, cantó *Reign of Love* con sentida ternura, ofreciendo la melodía a modo de regalo que flotaba sobre la brisa. A continuación, los mariachis ofrecieron una interpretación de *Crazy Train*, extrañamente evocadora, con profusión de trompetas e inesperados coros.

El primer baile de los recién casados dejó a todo el mundo sin aliento, pues nadie esperaba que Tess y Dominic ejecutaran el elegante tango *Por una cabeza*. Pero fue otro baile el que hizo suspirar a todos. Magnus y Annelise bailaron un hermoso vals al son de *Rose of My Heart*. La anticuada dignidad de la pareja le dio un nuevo significado a la letra de Johnny Cash. A Isabel se le llenaron los ojos de lágrimas al pensar en la historia de los dos ancianos, compartida desde su infancia en Copenhague. Los peligros y tragedias a las que habían sobrevivido parecieron disiparse a medida que giraban lentamente al ritmo del vals, totalmente absortos el uno en el otro.

De pie en un extremo de la pista de baile, Isabel sintió la presencia de Mac a su espalda. Estaba tan en sintonía con él que de inmediato reconoció su calor, el olor tan característico suyo.

—Nunca es demasiado tarde para enamorarse —le susurró él al oído sin apartar la vista del abuelo.

—¿Están enamorados? —preguntó ella.

—A mí, desde luego, me lo parece. Ya verás cómo se tira ella a por el ramo en cuanto lo lance la novia.

—Sí, claro —Isabel soltó una carcajada al imaginárselo.

—¿Te molestaría mucho si esos dos...?

—No —ella se volvió hacia Cormac y sonrió—. Claro que no. *Bubbie* hace mucho tiempo que se fue. Quiero que el abuelo sea feliz.

—Pues ahora parece feliz.

—No tenía ni idea de que mi abuelo bailara tan bien —ella asintió.

—Y apuesto a que tampoco tienes idea de lo buen bailarín que soy yo —Mac la tomó por la cintura.

—¿En serio?

La orquesta empezó a tocar *The Way You Look Tonight*.

—¿Y qué pasa con tu rodilla? —preguntó Isabel.

—La rodilla está bien. Podrá soportar bailar contigo —con una exagerada reverencia extendió una mano, la palma hacia arriba—. Compruébalo.

Isabel lo complació gustosa y de inmediato se mostró sorprendida.

—Estás intentando ponerme en evidencia.

—Deja que sea yo quien guíe y todo irá bien.

—¿Dónde aprendiste a bailar así?

—Con tantos hermanos, soy un veterano de las bodas —le explicó—. Brindar, comer y bailar son las principales responsabilidades del hermano del novio.

—Me alegra saberlo. Y, por cierto, gracias por los zapatos.

—Necesitabas unos zapatos para bailar.

—No me puedo creer que hayas tenido ese detalle.

—Yo tampoco. Tus amigos de la tienda me ayudaron.

—Bueno, pues gracias otra vez. Y ahora cállate, necesito concentrarme —a Isabel le encantaba cómo se movía la tela de seda, y le encantaba la idea de que hubiera pertenecido a su madre. Adoraba los destellos que se desprendían del techo y la luz morada del atardecer, visible a través de todas las puertas abiertas. Le encantaban sus zapatos de diseño, sobre todo el hecho de que Mac se hubiera molestado en comprárselos. Y le encantaba la sensación de estar en sus brazos.

—Tengo que preguntarte una cosa —dijo ella—. No puedo evitarlo. ¿Bailaste en tu propia boda?

Mac se tensó visiblemente, Isabel lo notó en la rigidez de sus brazos.

—No fue como esta —contestó al fin.

—Ah. A lo mejor algún día podrías contarme cómo fue.

—Esta noche no —insistió él—. Esta noche tengo otros planes para ti.

Ella agachó la cabeza al sentir una oleada de calor en las mejillas.

—Tienes una sonrisa preciosa —le susurró Mac al oído.

—Calla. Acabemos con este baile.

Sin embargo, el comentario de Cormac hizo que sonriera aún más. Tal y como le había asegurado, era un buen bailarín y resultaba muy sencillo seguirle. Isabel se relajó e incluso disfrutó de la atención que despertaba en algunos de los otros invitados. La mayoría de los vecinos de Archangel la conocían por su carácter casero, especialmente precavida cuando se trataba de hombres, sabían que casi nunca salía y que nunca permitía que nadie intimara con ella. Y, desde luego, nadie la había visto paseando por ahí con alguien como Cormac O'Neill. Ni llevando un vestido como el que llevaba puesto.

Después de que más de un conocido le hiciera un gesto aprobatorio con el pulgar, Mac no pudo contenerse más.

—¿Crees que sabrán que nos hemos acostado?

—Cállate. Eso no es…

—Apuesto a que sí lo es. Y, por cierto, no he tenido la oportunidad de decirte lo maravillosa que fue esa noche —él deslizó las manos hasta sus caderas.

—Sí —Isabel no podía mentir ni fingir sentirse escandalizada—. Yo opino lo mismo.

—Pues entonces, esta noche…

—Mac, no lo sé —no estaba segura de que debieran continuar por ese camino, sin saber adónde les iba a conducir. Cuando se trataba de juzgar a los hombres, no se fiaba de sí misma. Ya sentía que se estaba enamorando. Pero ¿qué sentido tenía enamorarse de un tipo que no iba a quedarse?

—Pues yo sí lo sé, y solo para que lo sepas, fue el mejor sexo que he disfrutado jamás.

Isabel se sobresaltó. Ese hombre era tan mundano, tan hábil, por no mencionar lo claro y directo.

—Quiero preguntarte algo.

—Adelante.
—¿Eres extraordinariamente bueno en la cama, o somos muy buenos juntos?
—¿Tú qué crees?
El típico truco del reportero. Isabel ya empezaba a acostumbrarse.
—Te he preguntado yo a ti.
—Creo que juntos somos mágicos —Mac la hizo girar en redondo antes de atraerla de nuevo hacia él.

Capítulo 22

«Creo que juntos somos mágicos». Cormac tenía una extraña manera de decir las cosas sin decir nada. Isabel no podía estar segura de si había hablado en serio, o si simplemente le decía lo que creía que quería oír. En cualquier caso, funcionó. Bailaron y bebieron toda la noche hasta que la novia lanzó el ramo, que aterrizó en el regazo de Annelise. Los brindis que siguieron fueron escandalosos y provocaron muchas risas.

Tras la última ronda de bebidas y despedidas, Tess y su esposo se marcharon bajo una lluvia de bengalas. Ese fue el momento elegido por Mac para llevar a Isabel a su habitación y hacerle el amor de nuevo. Resultó incluso mejor que la primera vez porque empezaban a conocerse con una intimidad que ella jamás habría creído posible. Isabel aprendió el flujo y reflujo del placer de Mac, y el ritmo de su respiración, la textura de su piel y el exquisito confort que resultaba de apoyar la cabeza en su pecho y escuchar el rítmico latido de su corazón.

A pesar de la agitación emocional de su relación amorosa con Mac, la vida debía continuar. Finalizada la boda, una especie de quietud se instaló en Bella Vista. Los preparativos para la escuela de cocina estaban casi terminados. Tess y Dominic habían partido de luna de miel a Islandia. Isabel tenía que obligarse a centrarse en el proyecto que la había monopolizado durante todo un año, el proyecto con el que llevaba una década soñando. Salir con Mac no era excusa para desatender sus quehaceres.

La escuela de cocina era enteramente suya, algo que nadie podría arrebatarle jamás. Duraría el tiempo que ella quisiera. El romance era efímero, y sabía que Mac tenía pensado marcharse en breve. El sueño que ella había creado, sin embargo, permanecería. Jamás la traicionaría, abandonaría, o le rompería el corazón.

Le gustaba estar al mando. Se le daba bien. Como un comandante en el campo de batalla, organizó una sesión de fotos y un reportaje publicitario para la escuela de cocina. *MenuSonoma Magazine* estaba a punto de llegar para realizar un reportaje e Isabel estaba decidida a que Bella Vista pareciera tan impresionante como estaba segura que iba a ser.

Presa de un nervioso entusiasmo, se dirigió a la cocina aula para prepararse para la llegada del reportero y el fotógrafo. Incluso había contratado a una estilista para que le asistiera con la ropa, el pelo y el maquillaje, pues era consciente de que necesitaba mucha ayuda en ese aspecto.

El teléfono sonó. La llamada era del editor de la revista.

—Hola, Leo —saludó ella con evidente nerviosismo—. ¿Están de camino Jared y Jan? ¿Necesitan indicaciones para llegar o...?

—Eh, sí, sobre eso —le interrumpió Leo, igualmente nervioso, casi en tono de disculpa.

—¿Qué sucede? —las esperanzas de Isabel empezaban a desmoronarse.

—El fotógrafo y el reportero no podrán acudir hoy. Están retenidos en un encargo con Calvin Sharpe.

El corazón de Isabel se encogió. Por supuesto tenía que ser Cal el responsable de la anulación de sus planes. Incluso después de tanto tiempo, pensó.

—¿Y cuál es tu plan B? —preguntó ella.

—Podemos reprogramar la sesión, pero la primera fecha disponible que tengo para ellos es dentro de cinco semanas.

—¿Y cómo afectará la historia de portada sobre la escuela de cocina?

—Siento decírtelo, pero no llegará a tiempo, y las portadas ya están comprometidas hasta la primavera que viene.

—¿Y qué saldrá en la portada del número de otoño? Espera, deja que lo adivine: el nuevo restaurante de Calvin Sharpe.

—Ha adquirido mucho espacio publicitario —admitió Leo—. Pero eso no quiere decir que no podamos mencionar la escuela de cocina...

—Una pregunta —le interrumpió ella, repentinamente inspirada—. ¿Has oído hablar de Cormac O'Neill?

—Claro. Todo el mundo lo conoce. Su libro sobre la comida callejera tailandesa es un clásico.

Isabel no conocía la existencia de ese libro, pero supuso que, por su modo de decirlo, Leo era un fan suyo.

—¿Qué dirías si Cormac O'Neill escribiera el artículo sobre la escuela de cocina, y también hiciera las fotos?

—Diría que te has vuelto loca.

—¡Vaya! —respondiendo a un urgente mensaje de texto, Mac entró en la cocina y se quedó mirando a Isabel. De inmediato una oleada de calor lo inundó. El fuego interior que prendía la atracción que sentía hacia ella no hacía más que crecer. Era una sensación nueva, un viaje emocionante, y estaba disfrutando de cada paso del recorrido.

Se había puesto un traje nuevo, no la habitual prenda ancha que ocultaba todos sus encantos. La falda y la blusa ajustada marcaban su figura de un modo que le resultaba extremadamente estimulante.

–Vaya en el buen sentido, me refería. ¿No es ese uno de los trajes de tu madre?
–Sí, arreglado para mayor gloria. ¿No resulta demasiado antiguo?
–La cocina está estupenda, y tú estás estupenda.
–Gracias. Dos horas de peluquería y maquillaje y soy una auténtica belleza –Isabel posó armada con una espátula.
–No necesitabas tanta ayuda.
–Para la sesión de fotos sí. Precisamente quería verte por eso.
–¿La sesión de fotos? Ah, sí, esa revista que mencionaste.
–Sí, pues se ha producido un conflicto de intereses y ni el fotógrafo ni el escritor van a venir. Si lo reprogramamos para otro día Bella Vista no será portada de la revista. De manera que me preguntaba si... ya sé que no es lo tuyo, pero ¿podrías hacer tú las fotos y escribir el artículo?
–¿Qué? –Cormac no estaba seguro de haberlo entendido bien.
–Te estoy pidiendo que hagas el artículo sobre la escuela de cocina. Ahora mismo. Hoy. Es la única manera de aparecer en portada –Isabel se sonrojó–. Parezco desesperada, ¿verdad? Lo siento. Odio parecer desesperada.
–Esto es importante para ti –él sintió una oleada de afecto por Isabel.
–Lo es todo para mí –ella agitó nerviosa las manos–. Lo siento. Ha sido una mala idea.
–¿Bromeas?
–De acuerdo –Isabel miró al suelo con los hombros caídos–. Entendido, esto no es lo tuyo.
–No, Isabel, no lo has entendido –Mac le sujetó la barbilla y la obligó a alzar la cabeza–. Nunca me has pedido nada, y ahora sí. Solo me estaba preguntando por qué demonios has tardado tanto.

—¿Quieres decir que lo harás? —el alivio que asomó a los ojos de Isabel estuvo a punto de romperle el corazón a Cormac.

—Haré que mi agente literario llame al editor de la revista para asegurarse de que sea la historia de portada.

—Eso sería fantástico. Pero debes comprender que el presupuesto de la revista es muy reducido. Había pensado que a lo mejor podríamos llegar a algún acuerdo.

—No esperaba cobrar por ello. No hay nada que discurrir. Solo necesito que confíes en mí.

—Y confío.

—No olvides lo que acabas de decir.

Jodi, la estilista que había ayudado en la boda demostró ser una asistente muy cualificada, sujetando pacientemente los reflectores y difusores para corregir la luz. Isabel se sintió sorprendentemente cómoda ante la cámara. Mac no se lo había esperado. Pero enseguida comprendió que se trataba de una mujer en su elemento, en un lugar que amaba, rodeada de un mundo que ella misma se había creado. No era de extrañar que no quisiera abandonar nunca ese lugar.

Llevaron a cabo la sesión de fotos en la cocina, el patio, el manzanar y el campo con las colmenas. Cormac hizo fotos del paisaje y del horno de leña para preparar *pizzas*, y también de la recién terminada ducha exterior con su plato de cantos rodados y la rústica valla protectora de madera. Pero, sobre todo, hizo fotos de Isabel. La dorada luz del atardecer teñía cada escena de un brillo parecido a la miel, creando una sensación de ensoñación en cada encuadre. Esa mujer era tan malditamente hermosa que a Mac le dolían los ojos, y ella ni siquiera era consciente. Podría pasarse el día entero mirándola. La vida entera, y no le bastaría.

La hizo posar con accesorios, no solo utensilios de cocina sino flores, un ahumador de colmenas, la Vespa, cualquier cosa que mostrara su personalidad. La hizo sujetar un palito mielero en alto, contra la luz, y capturó la goteante dulzura en un primer plano. Por último, cuando el sol ya descendía hacia el ocaso, Mac decidió dar la sesión por concluida.

—Te van a encantar las fotos —le aseguró—. A la revista le van a encantar. Ahora tenemos que inventarnos un artículo que les haga justicia.

Mientras Isabel pagaba a Jodi y la acompañaba a la salida, Cormac guardó el equipo de fotografía.

—Gracias, Mac —Isabel regresó a la cocina—. Un artículo escrito por un reportero como tú, va a ser la bomba. El editor se mostró tan impresionado. No sé cómo podré agradecértelo.

—Ven conmigo a Ravello. Vivamos una aventura.

—Ya eres demasiada aventura para mí —ella sonrió con dulzura.

—De eso nada. Tenemos que ponernos con el artículo.

—Es curioso. Todo este tiempo te he visto trabajar con mi abuelo, pero no tengo ni idea de cómo haces lo que haces.

—Te diré cómo funciona. Tú vas a hablar. Hablar de verdad.

—De acuerdo. Prepárate, pues me temo que soy bastante aburrida.

—Créeme, tú no eres aburrida.

—De acuerdo entonces. Pero primero necesito ducharme para quitarme toda esta laca y maquillaje. Por no mencionar la pegajosa miel. ¿Por qué necesitabas utilizar tanta miel?

—Para poder lamértela.

—¡Eh…!

Cormac le tomó una mano y, delicadamente, introdujo un dedo tras otro en su boca. El dulce sabor a miel de Isabel casi pudo con él. Y a juzgar por la expresión de ella, estaba bastante excitada también.

—Vamos a probar la ducha exterior —sugirió él.
—Pero...
—Sin peros. Apuesto a que nunca has probado a hacerlo fuera.

Ella lo miró fijamente, sus ojos ya le habían contestado.

—Vamos —sin soltar su mano, Mac tiró de ella.

Las luces del jardín iluminaban el sendero en medio de la oscuridad, hasta el jardín que conducía a la ducha exterior, una fantasía de exuberante vegetación rodeada de piedra y encerrada en un habitáculo de madera. De unos colgadores de hierro forjado colgaban esponjosos albornoces y también disponían de una colección de jabones y lociones, todo hecho a mano y perfectamente colocado para la sesión de fotos.

Mac la condujo al interior del recinto, se arrodilló y le quitó las sandalias. Después la rodeó con los brazos y le bajó la cremallera de la falda. Ella permaneció en silencio, complaciente. La piel que poco a poco iba quedando expuesta a medida que él la desnudaba estaba caliente. Mac abrió el grifo del agua y se desnudó él mismo. Juntos permanecieron bajo el cálido chorro explorándose mutuamente con las manos enjabonadas, besándose y saboreándose hasta que él se sintió a punto de explotar. La tomó allí mismo, sobre el banco de la ducha, mientras recibía a cambio los gratificantes e involuntarios sonidos de éxtasis que escapaban de labios de Isabel. Fue rápido y cuando ella llegó, él sintió los estremecimientos del cuerpo de la mujer y ya no pudo contenerse más. La giró, sin dejar de abrazarla y la besó apasionadamente mientras el agua los lavaba.

—Es la mejor ducha que he disfrutado nunca —susurró antes de cerrar el grifo y envolverla en un albornoz.

—Sí —admitió Isabel—. Me siento... no sé cómo explicarlo. Como si nos hubiésemos transportado a algún lugar, como en un sueño.

—Eso lo explica todo.
—¿El qué explica? —ella apoyó la húmeda frente sobre el ancho hombro.
—Creo que lo sabes. Pero no quieres decirlo.
—¡Oye!
—No pasa nada. Esta noche vamos a hacer la entrevista. No te preocupes, me mostraré más íntimo contigo cuando hayamos acabado.

Isabel regresó flotando a la casa. En efecto, sabía muy bien por qué eran tan buenos juntos, y Mac tenía razón: no quería decirlo. Porque le preocupaba.

El televisor del salón estaba encendido, de manera que se escabulleron a la cocina y eligieron una botella de vino y dos copas, un plato de avellanas tostadas con romero y sal, y una cuña de queso con un chorrito de miel por encima. De puntillas subieron las escaleras hasta la habitación de Isabel. Mac soltó la botella y empujó a Isabel contra la cama antes de sumergir un dedo en la miel.

—Puede que me haga falta tomarte de nuevo.

La respuesta de Isabel fue ridícula. Deseaba sentir sus manos por todo el cuerpo. Ese hombre había creado un monstruo. Una ninfómana.

—Esa es una idea excelente —afirmó mientras lo atraía hacia ella.

La entrevista se retrasó largo rato. Cormac se reclinó contra las almohadas mientras ella apoyaba la mejilla contra el desnudo torso, las manos acariciándole suavemente el estómago.

—Me has arrullado hasta convertirme en una sumisa —susurró—. Pregúntame lo que quieras.

—Nena, no deberías darme tanta libertad —él se echó a un lado y tomó el teléfono para encender la grabadora—. Ciñámonos a la entrevista. Quiero que la gente se quede pasmada con el artículo.

—De acuerdo —Isabel se sentía relajada, colmada. Flotaba llena de una especie de felicidad que no había sentido nunca—. ¿Por dónde empezamos?

—Por la cocina. ¿Por qué te gusta tanto?

La pregunta le sorprendió. Nadie le había preguntado nunca algo así. Y nadie la había escuchado nunca como lo hacía ese hombre, con la mirada. Con todo su cuerpo.

—Es bastante obvio. Crear una comida para alguien es un acto increíblemente personal. Hay una especie de intimidad en el proceso. Alimentar a otra persona es, para mí, una demostración de amor al proporcionar un alimento procedente de mi propia creatividad y habilidades —Isabel se sonrojó, pues se sentía extraña al trasladar los sentimientos a palabras—. ¿Qué tal lo estoy haciendo? ¿Es más o menos lo que tenías en mente?

—Tú sigue. No te preocupes por cómo suena.

—De acuerdo. Me encanta saber que se me da bien. Cocinar me conecta con mi familia, con la madre y el padre que nunca conocí, con la abuela que me crio, con el lugar en el que crecí, rodeada de abundancia, aquí mismo, en Bella Vista.

Tras una breve pausa, ella continuó.

—La cocina es el lugar en el que más cerca me siento de mi abuela. Ella fue mi madre, mi abuela, mi apoyo. La perdí en un momento crítico de mi vida. Solo tenía veinte años y era demasiado pronto. Todavía no había aprendido de ella todo lo necesario. El destino no te permite elegir, ¿verdad? Pero cuando cocino, la siento fluir en mi interior, guiando mi espíritu y mis manos.

—¿Cuál es el primer recuerdo que guardas de tu abuela?

Isabel reflexionó durante unos segundos. No fue más que un destello, pero enseguida dio paso a un dorado recuerdo con forma de sueño.

—El abuelo me había fabricado un taburete para que pudiera alcanzar la encimera de la cocina. Había grabado la imagen de un perro que decía «utiliza este taburete para alcanzar las estrellas». Yo solía colocarlo junto a la encimera para estar lo bastante alta y poder ayudar. Recuerdo la harina empolvando las manos de *Bubbie*. Solía arremangarse y entonces yo veía el tatuaje. En una ocasión, tomé un rotulador y me escribí unos números en el brazo. Ella me regañó y me obligó a frotármelo hasta que desapareció. Dijo que nadie debería portar una marca como esa, y que si pudiera quitarse la que llevaba a base de frotar, lo haría.

Isabel suspiró, le parecía estar oyendo el dulce acento de su abuela.

—Recuerdo el olor de su mermelada de mora silvestre, el vapor que salía de los cazos y utensilios cuando los esterilizaba. Solía cambiar mermelada por tarros de miel de los Krokower, aquí al lado. En más de una ocasión comentó que, algún día, le gustaría producir su propia miel, aquí mismo, en Bella Vista, pero la finca se dedicaba a la explotación del cultivo de manzanas y no le quedaba mucho tiempo libre.

Isabel enredó el vello del torso de Cormac alrededor de un dedo, sintiéndose reconfortada con su relajada presencia.

—*Bubbie* acababa de empezar con su proyecto cuando enfermó. Supongo que por eso me empeño tanto en criar a las abejas. Quiero hacer lo que ella nunca pudo.

—Le encantaría todo lo que has hecho —aseguró Mac.

—Eso espero. Tuvimos mucho tiempo para despedirnos de la abuela —continuó ella—. A veces pienso que fue una bendición, y otras que fue una maldición, porque todo resultó horriblemente triste. Cuando alguien enferma y sabes que va a morir, quieres asegurarte de haberle dicho todo lo que necesitabas decirle. Es una conversación muy larga. Mi abuela y yo no dejamos gran cosa por decir, al menos eso creo. Sin embargo, las dos teníamos secretos. Yo nunca le hablé de Calvin Sharpe y ella nunca me habló de la pérdida de Erik –hizo una pausa, deseando no haber mencionado a Calvin–. Y, por cierto, esto es estrictamente confidencial.

–Lo que tú digas. Pero ¿alguna vez te has parado a pensar que si ese tipo se portó como un gilipollas contigo también sería un gilipollas con otros? Sospecho que no eres la única.

Mac, por supuesto, estaba en lo cierto.

–En cualquier caso me alegra no tener que vérmelas más con él.

–¿Ni siquiera cuando descubra que le has birlado la portada de la revista con la que ya contaba?

Isabel se inclinó hacia la mesilla de noche para tomar su copa de vino, alzándola hacia la luz antes de tomar un sorbo. No se sentía en absoluto culpable.

–Mencionó a Erik el día antes de morir. Para entonces se pasaba el día entrando y saliendo de un estado de consciencia. Recuerdo que las últimas palabras que me dirigió fueron sobre algo mundano. Creo que me pidió que apagara la luz o algo así. Pero nuestra última conversación, la última gran charla, fue muy buena. Me hizo escribirla porque quería asegurarse de que no la olvidara jamás –Isabel abrió el cajón de la mesilla de noche y sacó su diario. Nunca había sido muy constante, pero sí anotaba las cosas que le parecían más importantes, cosas que quería recordar. Y unas pocas cosas que no. En la parte trasera del diario guardaba un recorte de periódico sobre el accidente de su padre. La esquela de *Bubbie*. Y una tarjeta de memoria de la webcam de la cocina aula, que contenía el último encuentro que había mantenido con Calvin Sharpe.

Pasó las páginas desde el principio hasta llegar a la que tenía escritas las palabras de su abuela.

–Aquí está. Está fechada el día en que murió.

–«En mi vida he tenido todo lo que deseé. Perder a Erik supuso una tristeza que se clavó en mi alma, pero esa tristeza se equilibró con lo que vino después. Los años contigo, mi niñita, y con tu abuelo y todas las personas de Bella Vista. He vivido una vida de abundancia y siempre estaré agradecida por ello».

Isabel dejó el diario a un lado y encogió las piernas hasta apoyar las rodillas contra el pecho. Tenía los ojos húmedos.

—Y no tengo ni idea de qué tiene esto que ver con el artículo sobre la escuela de cocina.

—Tiene que ver contigo. Y me alegra que me lo hayas contado —susurró Cormac—. Me hubiera gustado conocer a tu abuela.

—Le habrías gustado.

—Yo gusto a todo el mundo.

«Lo sé».

—Háblame más sobre cocinar. ¿Por qué una escuela de cocina? ¿Por qué no un restaurante o un servicio de *catering*?

—La idea surgió el año pasado cuando los chicos de Dominic se pusieron en huelga. No soportaban sus guisos, y las habilidades culinarias de Tess brillaban por su ausencia, de modo que empecé a darles clases. Y mientras lo hacía, algo, no sé cómo describirlo... Algo brotó en mi interior y comprendí que había encontrado mi camino.

Ella le ofreció unas avellanas.

—Comer es algo que todos tenemos en común —continuó—. Todos lo hacemos, sin importar quiénes somos o de dónde venimos. Cuando nos sentamos alrededor de una mesa, bajamos el ritmo, nos relajamos y hablamos entre nosotros. También resulta agradable comer en silencio y simplemente disfrutar de la camaradería de una comida compartida —ella sonrió—. Apuesto a que tu madre lo describiría de otra manera. Con tantos varones...

—Ya te digo. Las comidas en nuestra casa eran bulliciosas y caóticas. No creo que el término «relajación», pueda aplicarse a mi familia.

La imagen de una mesa abarrotada de niños engullendo la cena hizo sonreír a Isabel. Se descubrió deseosa de saber más sobre ellos, más sobre los padres de Mac. Más sobre su vida. Quería saberlo todo sobre él.

—Cuando me imaginé la escuela de cocina supe que no sería para todo el mundo —explicó ella—. Personalmente, tengo una sensación de abundancia cuando preparo una comida casera. Adoro la sensación de colocar sobre la mesa todo lo necesario. No tiene nada que ver con un restaurante, allí se trata de realizar un acto comercial, una transacción. En tu casa nadie tiene que molestarse en elegir algo de un menú, ni a cuánto ascenderá la cuenta, ni qué vino marida mejor con la comida.

Cormac se echó hacia atrás y entrelazó las manos detrás de la nuca. Isabel se esforzó por no mirar esos bíceps. Él sonrió.

—Haces que parezca muy relajante.

—Para mí lo es. Y me encanta ver cómo la gente saborea y disfruta lo que he preparado. Para mí es una manera de mostrar cariño y consideración hacia alguien. Cuando creo algo delicioso en mi cocina, el mensaje es claro.

—¿Como los mensajes que le enviabas a Homer Kelly?

—Eso pretendía —Isabel soltó una carcajada—, pero no lo pilló. Homer Kelly era un idiota.

—Estoy de acuerdo. Si me hubieras preparado a mí esos *croissants* de mantequilla, habrías tenido que pedir una orden de alejamiento para mantenerme apartado de ti.

Liarse con Mac era una mala idea por muchos motivos. Aun así, no quería mantenerlo alejado de ella. Lo que quería era tenerlo muy cerca.

Capítulo 23

Magnus deslizó el informe del accidente hacia Mac. Ya estaban terminando su última charla y Mac era consciente de que esa podría ser la conversación más difícil mantenida hasta entonces. De todas las terribles experiencias que había vivido Magnus Johansen, esa era una herida que jamás sanaría.

–Es la historia típica –comenzó Magnus–. La tragedia sucedió como le suele suceder a la gente a diario. Mi hijo tuvo una pelea con su impulsiva esposa, que ya había llegado a término del embarazo. Eso, imagino, pondrá nerviosa a cualquier mujer. Por aquel entonces, yo no sabía sobre qué habían discutido, pero ahora sí lo sé. Erik se subió a su coche y se dirigió a la ciudad.

Magnus se quitó las gafas y se limpió los cristales con un paño. A pesar de su edad, sus manos eran fuertes y firmes, bronceadas tras años de trabajo al sol. En ese despacho, desde el que dirigía la empresa de Bella Vista, seguía teniendo porte de jefe.

–Erik tenía un Mustang rojo descapotable, y la mala costumbre de conducir demasiado deprisa. Ese día lo tengo grabado en mi mente. Yo estaba subido a una escalera haciendo algunas podas de primavera, y de repente algunos de los trabajadores salieron corriendo en estampida. Sucedió. Como cultivador profesional procuraba siempre contratar trabajadores con documentos, aunque a veces sus familias carecían de ellos. De manera que cuando vi acercarse a esos dos hombres de la ley mi primer pensamiento fue que venían a hacer una redada. Pero de repente me di cuenta de que eran del departamento de carreteras. No sé cómo conseguí bajar los peldaños de la escalera sin caerme, porque lo supe antes de que abrieran la boca. De haber estado herido y en el hospital, habríamos recibido una llamada telefónica para acudir a urgencias. Pero el hecho de que vinieran en persona...

–Fue declarado muerto en el lugar del accidente –Mac echó un vistazo al informe.

–El recorrido más largo que he hecho en mi vida fue desde el manzanar a la casa para comunicarle lo sucedido a su madre y a su esposa. Francesca se puso histérica y de inmediato rompió aguas, de manera que Eva y yo tuvimos que llevarla al hospital. No hubo tiempo para asimilar el horror. Yo era un hombre partido en dos, llorando la pérdida de mi hijo, pero, al mismo tiempo, sujetando a su hermoso bebé en mis brazos. Eva y yo hicimos un pacto por el bien del bebé. No podíamos permitir que lo sucedido nos destrozara. Íbamos a crear un mundo maravilloso para Isabel, y dedicar el resto de nuestras vidas a su felicidad y bienestar.

Permanecieron sentados en silencio. Mac tomó unas cuantas notas. En su mente veía claramente el formato del texto que iba a escribir sobre ese hombre.

–Conocer su historia ha sido un trabajo –le aseguró al anciano–. Conocerlo a usted ha sido un privilegio. Gracias por permitirme entrar en su mundo.

–Yo también he disfrutado, más de lo que te imaginas. Isabel también lo ha disfrutado –el anciano contempló fijamente a Mac–. Se nota. No es una persona fácil de conocer. Al igual que su abuela, mantiene sus secretos muy bien guardados, pero cuando los deja salir se entrega por completo.

Mac se preguntó si lo había hecho. ¿Se había entregado por completo? Pensaba que no. Todavía no, quiso creer.

—Usted es su inspiración —le aseguró Cormac—. La de todos nosotros. Y cuando esto se publique, será un regalo para cualquiera que lo lea.

—Gracias. Sé que hará un buen trabajo —Magnus le ofreció una media sonrisa y señaló la estantería que había a su espalda—. Creo que he leído todos tus libros y algunos de tus artículos también. Empezaste en la sección de crímenes.

—Recién salido de la escuela de periodismo —él asintió—. Tuve la suerte de que me asignaran un asesinato sin resolver en una pequeña ciudad llamada Avalon, en las Catskills. El libro alcanzó bastante relevancia por lo que sucedió después.

—¿Se resolvió el crimen?

—Resulta que la víctima no había sido asesinada —él asintió—. Murió en un accidente. Descubrir la verdad no cambió lo sucedido, pero la familia agradeció saber la verdad.

—Y tu siguiente proyecto es sobre un crimen —afirmó Magnus.

Mac asintió de nuevo.

—Le prometí a Ari Nejim que trabajaría con él para sacar a la luz lo sucedido con su hija, Yasmin.

—Va a ser peligroso para ti. Tendrás una diana dibujada en la espalda —señaló el anciano.

No era una pregunta. Cormac se había sincerado con él sobre el incidente, la terrible pérdida y la culpa que sentía.

—Quizás. Me preocupa más Ari.

Magnus volvió a ponerse las gafas y se levantó con gesto de conclusión. Salieron juntos al brillante sol. Las ramas de los manzanos, plantados en filas simétricas, estaban cargadas de fruta y las abejas zumbaban perezosas entre la lavanda y el algodoncillo. A medida que el verano daba paso al otoño, la luz se hacía más tenue, el aire denso y pleno de abundancia.

–Ha tenido una vida impresionante –observó Mac–, y este mundo que se ha construido, esta comunidad, es fantástico.

–Nunca pensé en escribir un libro –Magnus recorrió el vasto paisaje con la mirada–, ni quise que otro lo escribiera por mí. Pero luego comprendí que hay una historia en mí, una buena historia que contar.

–Desde luego –Cormac asintió–. Y siempre puede añadirle más capítulos. Hay cierta dama que puso mucho empeño en atrapar el ramo de la novia, ¿lo recuerda?

–Jamás podré olvidarlo –los ojos del anciano brillaron alegres–. De modo que la historia aún no ha acabado. Ya terminará cuando tenga que hacerlo.

–Tengo una proposición que hacerte –anunció Mac al entrar en el almacén donde Isabel y Jamie recogían la miel de los marcos sellados y curados, rebosantes de néctar.

–Una proposición –el corazón de Isabel falló un latido al levantar la vista de la centrifugadora de acero inoxidable.

–Di que sí –le aconsejó Jamie–. Sabes que lo deseas.

–Aún no he oído la proposición –señaló ella. Sin embargo no pudo evitar sentir un estúpido cosquilleo de falsa esperanza.

–Una proposición es una proposición –insistió Jamie.

–Fuera –ordenó Mac mientras sujetaba la puerta para que saliera la joven.

–Eh, que estoy en pleno trabajo –Jamie señaló los tarros esterilizados, las herramientas para raspar la cera, los barreños.

–Ya lo harás más tarde.

–De acuerdo. De todos modos he quedado con alguien en la ciudad. Me han dado un papel en un número musical de un restaurante.

–¿En serio? Jamie, eso es estupendo –exclamó Isabel.

La joven le dedicó una mirada significativa antes de colgar el delantal y salir del almacén.

–¿De qué se trata? –preguntó Isabel cuando estuvieron a solas.

Mac la agarró y la besó prolongadamente con dulzura.

–En primer lugar, estás impresionante con ese delantal.

–Si te acercas mucho te vas a manchar de miel.

–No pasa nada. Ya sé dónde puedo ducharme.

Ese hombre era muy divertido. Isabel jamás había pensado que enamorarse pudiera resultar tan divertido. Antes de Mac, para ella era un proceso angustioso cargado de incertidumbre y estrés. Pero él le había enseñado que podía ser otra cosa. Le había enseñado que podía incluir felicidad.

–¿Cuál es esa proposición?

–¿Aparte de echarte un buen chorro de miel por encima y luego lamerte?

–Mac.

–De acuerdo, podemos dejarlo para más tarde –él sacó una hoja impresa del bolsillo y se la entregó–. Mi itinerario.

El corazón de Isabel se hizo pedazos. Sabía que ese día llegaría.

–Te marchas.

–Tengo una reunión de una semana en Estambul para tratar sobre mi siguiente proyecto.

El proyecto de Yasmin, recordó Isabel. «Me sigue atormentando cada día», le había dicho al hablarle de su esposa y de cómo la había perdido. No sabía qué decir, de modo que se limitó a doblar la hoja y dejarla a un lado.

–Cuando termine allí, quiero que te reúnas conmigo

en Italia –continuó Mac–. En Ravello. La semana siguiente.

La idea la fulminó a la velocidad de la luz. La velocidad de la imposibilidad.

–Mac, resulta muy tentador, pero ya sabes que no puedo marcharme.

–Claro que puedes. Tómate un tiempo para ti misma, Isabel. La boda ha pasado, hiciste un gran trabajo. Tienes una pequeña oportunidad para escaparte.

–La escuela de cocina se inaugura dentro de un mes. No tengo ni un minuto libre –ella deseó que le hubiera propuesto un compromiso, un fin de semana en Mendocino o San Francisco. Pero Mac no era hombre de compromisos.

–Pues consigue ese tiempo. Todo esto seguirá aquí, esperándote, cuando regreses.

–No puedo.

–Podrías.

–Pero no lo haré.

–¿De verdad? ¡Por Dios, Isabel! Me vuelves loco de frustración.

Isabel sentía que debía disculparse, pero se negaba a hacerlo.

–Digamos que acepto. ¿Y luego qué?

–Y luego nos lo pasaremos en grande. Nos moveremos en scooter, visitaremos el mercado y los jardines, beberemos el vino local y haremos el amor…

–Sabes muy bien a qué me estoy refiriendo –cada palabra de ese hombre era un pequeño acto de seducción. Isabel alzó una mano–. ¿Y luego qué?

–Y luego… ya veremos –contestó él.

Había llegado el turno de Isabel para sentirse frustrada. Lo que quería oír de sus labios era que el amor bastaría. Que si se empezaba con amor, el resto se arreglaría solo. Pero no era así ¿verdad? La vida real no funcionaba de ese modo.

—Despedirme de ti ya va a ser bastante duro —ella alzó la vista, consciente de que su alma se reflejaba en la mirada—. Escaparme a Italia no hará sino empeorarlo.

—Lo entiendo —Cormac asintió—. Por fin creo que te entiendo. Verte hacer realidad tu sueño es precioso, Isabel.

Ella oyó claramente el «pero», aunque él no lo pronunciara.

—No puedo pedirte que abandones todo eso —dijo al fin—. Y no puedo quedarme —añadió.

—Lo sé —Isabel bajó la mirada al suelo.

Deseaba conservarlo a su lado, pero no veía el modo de hacerlo sin sufrir, o sin hacerle sufrir. Se preguntó si sería posible dar tan solo un poco de sí misma a alguien en lugar de zambullirse en un amor imposible. El aire olía a miel dulce y madura.

Cormac esperó. No la tocó. Isabel casi le oía pensar.

—¿Qué? —preguntó con dulzura.

—Hay una cosa más...

—¿Sí? —ella sintió una sacudida de esperanza.

—Antes de irme, deberíamos hablar sobre el accidente de tu padre. Tu abuelo me mostró el informe policial.

A Isabel se le cayó el alma a los pies. No había esperado que la conversación derivara en eso. Pero así era Mac, él nunca hacía lo que se esperaba de él.

—Nunca dejas de trabajar —observó.

—Tenía algunas preguntas.

Por supuesto.

—¿Sabías que nadie comprobó la ficha dental?

—No. ¿Qué importancia tiene?

—No hay ninguna prueba de que la víctima de ese accidente fuera Erik Johansen.

—Lo que no hay es ninguna duda de que era Erik. ¿Quién si no podría haber sido? Era él, su coche, sus restos.

—Pero a lo mejor... el trabajo policial fue una chapuza. Deberían haberlo comprobado.

—No —afirmó ella con decisión—. Déjalo, Mac. No tiene ningún sentido remover el pasado y alterar al abuelo. No me puedo creer que hayas sugerido algo así.

—Si fuera yo —él dio un paso atrás con las manos alzadas—, querría saberlo.

—Es mi abuelo. Mi familia. No necesitamos revivir el dolor —insistió Isabel—. Mi padre murió antes de que yo naciera. Desenterrar una tragedia nunca va a cambiar eso.

Por fin veía claramente lo que les separaba. Mac tenía una misión: explorar y examinar cada detalle, por incómodo que le hiciera sentir a la gente. Ella, en cambio, estaba obsesionada con protegerse a sí misma, y a sus seres queridos.

—Creo que deberías marcharte —el susurro atravesó el dolor que sentía en la garganta.

—Voy a echarte de menos —él asintió—, más de lo que te imaginas —añadió mientras le tomaba el rostro entre las manos—. Nunca antes había lamentado abandonar un lugar, pero esta vez sí lo hago. Seguramente lamentaré el resto de mi vida haberte dejado.

«Pues no lo hagas», quiso gritar Isabel. Pero comprendía demasiado bien que el problema no era la distancia geográfica. Tomándole una mano, la apartó de su rostro.

Capítulo 24

Isabel sacó a Charlie a pasear hacia la carretera para comprobar si había correo. Mientras perro y dueña pasaban junto al prado dorado por el sol, ella levantó la vista hacia las colmenas de la ladera a lo lejos, y pensó en ese primer día, el de la llegada de Mac en el Jeep color amarillo, que había puesto su mundo patas arriba.

Su ausencia era como un enorme boquete en su vida. Tras su marcha, la cama le parecía un extenso erial. Incluso mientras dormía se volvía hacia el lado vacío que él solía llenar con su cálida presencia. Medio despierta, solía respirar hondo, buscando su olor. Y entonces la cruda realidad de su ausencia la golpeaba. Y despertaba.

Era cuestión de tiempo, se decía a sí misma. Pronto todo iría mejor.

Y sin embargo, todo empeoró. Ya nada tenía sentido. Porque lo que había compartido con Mac, era el único sentido de todo.

Por fin había comprendido la pasión que había movido a Magnus y a Annelise, incluso a sus malogrados padres, Erik y Francesca. «El corazón desea lo que desea», comprendió y en ocasiones había que darlo todo sin retener nada, porque en un abrir y cerrar de ojos podía desaparecer. Sabía que no le quedaba más remedio que acomodarse a la idea de haber perdido a Mac, pero no podía evitar desear que le hubiera permitido ocuparse de él, ni podía dejar de lamentar el no haberle permitido entrar en su vida. Iba a tener que llenar el vacío con todas las ocupaciones que se avecinaban: el lanzamiento de la escuela de cocina, instalar a Annelise en Bella Vista, ayudar a Jamie con sus citas médicas y reuniones en el servicio de orientación. No iba a tener mucho tiempo libre para lamentarse. Al menos eso esperaba.

Sacó el correo del buzón rural. Un grueso sobre, de aspecto oficial, cayó al suelo y ella se agachó para recogerlo. El remite indicaba *Departamento de Estado de los Estados Unidos de Norteamérica.*

—Mi pasaporte —le explicó a Charlie, que ladeó la cabeza hacia un lado y luego al otro.

Isabel abrió el sobre y sacó el pequeño librito azul, acariciando con el pulgar el sello en relieve. A continuación lo abrió por la página de información. En la foto no sonreía, pero sus ojos brillaban de emoción. Ese día se había sentido exultante, arrastrada a la aventura con Mac O'Neill.

Sin embargo, no había sido real. En teoría, todo había parecido emocionante y romántico. En realidad no era más que otro imposible que nunca encajaría en la vida que se había construido.

Guardó el pasaporte de nuevo en el sobre antes de apoyarse contra el buzón y cerrar los ojos, el pecho dolorido por la pena. No había sensación peor que la de un corazón roto. Y, en realidad, no existía remedio alguno. Solo el tiempo. No tenía otra elección que aguantar el dolor y seguir adelante.

El sonido de un coche en la carretera le hizo regresar al presente. Charlie se puso en posición de perro guardián y soltó un ladrido de advertencia. Ella levantó la vista y vio un coche rojo detenerse cerca de Things Remembered. El coche de Calvin Sharpe.

El perro gruñó y a Isabel se le cayó el correo al suelo. La ventanilla se bajó y Calvin le ofreció una sonrisa y un saludo con la mano. Estaba a punto de ordenar a Charlie que atacara cuando la puerta del lado del copiloto se abrió y Jamie bajó del coche.

—Gracias —le dijo a Calvin—. Te veré el viernes.

Sin borrar la arrogante sonrisa del rostro, Calvin volvió a saludar a Isabel con la mano.

Charlie meneó el rabo y saltó hacia Jamie.

—¿Qué hacías con Calvin Sharpe? —preguntó Isabel.

—El trabajo ese que te mencioné —contestó la joven—. Voy a cantar en su nuevo restaurante un par de noches por semana.

El corazón de Isabel se tornó en piedra. Se imaginaba fácilmente a Calvin persiguiendo a Jamie, aprovechándose de su juventud y talento.

—Llévate a Charlie a casa —le pidió—. Te veo allí.

Con gélida determinación se acercó al coche.

—¡Hola! —saludó él con su mejor sonrisa prefabricada—. Menuda chica. Canta muy bien.

—Solo para que te enteres, no va a cantar para ti.

—Eso no es asunto tuyo. No te metas, Isabel.

Isabel reconoció de inmediato la gélida y apenas contenida ira de ese hombre. Pero en esa ocasión no le asustó.

—No lo creo —continuó ella—. Se lo explicaré a Jamie. Creo que lo entenderá.

—Ya es mayorcita —Calvin apagó el motor y salió del coche—. Puede tomar sus propias decisiones —entornó los ojos y la miró fijamente—. Leo me ha dicho que has conseguido a un escritor de primera para hacer el artículo sobre ti.

De repente Isabel comprendió de qué se trataba aquello. No necesitaba a Jamie para que cantara en su restaurante. Lo único que quería era vengarse de ella por robarle el protagonismo.

—¿Y qué? No es asunto tuyo —ella le contestó con las mismas palabras.

—Y una mierda. CalSharpe es lo más grande que va a suceder en esta ciudad. Y no va a quedar en un segundo plano detrás de tus clases de cocina de aficionada.

—Pues lo cierto es que sí lo hará —ella le ofreció una sonrisa tensa. ¡Menudo ego!

—Supongo que te lo follaste para conseguir lo que querías —añadió Calvin—. Igual que hiciste conmigo.

Durante unos instantes, Isabel se quedó sin respiración, como si acabaran de propinarle un puñetazo en el estómago. Pero no se movió. No iba a huir y esconderse como había hecho en el pasado. Al fin comprendió qué había detrás de los abusos de Calvin.

Le parecía increíble haber contemplado en el pasado ese rostro en busca de aprobación y amor. Increíble que hubiera habido un tiempo en que moría por sentir sus manos tocarla, en que habría hecho cualquier cosa por él.

«¿Le has contado alguna vez a alguien la verdad sobre ese tío? ¿O a ti misma?». Las palabras de Mac resonaron en su mente una vez más y, por fin, supo lo que tenía que hacer.

Por primera vez en su vida sentía la columna como si fuera de acero.

—Te voy a decir una cosa, Cal. No te hace falta la portada de la revista porque te vas a marchar de aquí. Tu restaurante no se inaugurará jamás.

—Ahórrame el dramatismo, Isabel.

—Esta vez no —contestó ella. La adrenalina corría como un torrente por sus venas.

—No puedes obligarme a hacer nada. Zorra desquiciada.

—Tengo las imágenes de la webcam.

Calvin frunció el ceño, pero el gesto se tornó rápidamente en un bufido de desprecio.

—De hace diez años. Menuda noticia. Será la palabra de una estudiante de cocina fracasada contra mí. No tienes ningún arma legal en que apoyarte.

–Pues veamos si tu reputación puede soportarlo. Nombres más grandes que tú han caído por menos. Puedes reunirte en el ostracismo con Paula Deen, la gran *chef* que cayó tras ser acusada de racismo, y también con ese tipo de *Duck Dinasty*.

Un destello salvaje salió de los ojos de Calvin. Miedo. Sí. Tenía miedo. De ella.

–Eso ya lo veremos –contestó él con bravuconería antes de volver a meterse en el coche, dar media vuelta y largarse a toda velocidad pisando el acelerador.

Isabel ni se molestó en verlo marchar. Se acercó al buzón, donde se le había caído el correo, se agachó y recogió el pasaporte.

Leo, el editor de *MenuSonoma Magazine* recibió a Isabel en cuanto esta llegó a sus oficinas de Santa Rosa.

–Fíjate en esto –le señaló la pantalla del ordenador–. Te voy a mostrar el diseño del artículo y las fotos para la historia de portada. Es la bomba –continuó, todo sonrisas–. El mejor artículo que hemos publicado jamás. No me puedo creer que consiguieras que Cormac O'Neill lo escribiera.

–Tiene buena pinta –contestó Isabel sintiendo una oleada de emoción al contemplar las bonitas fotos de la escuela de cocina. Y de ella misma. Había salido muy bien, mejor de lo que se esperaba. Parecía una mujer llena de entusiasmo. Una foto en particular, junto a las parras, llamó su atención. Miraba directamente a la cámara, la expresión totalmente transparente. La imagen de una mujer enamorada.

Mac le había sentado bien. Muy bien. De hecho, le había sentado bien a toda la familia. Pero ella lo había dejado marchar. Y lo había dejado marchar porque no veía el modo de hacer que se quedara.

–Me siento ilusionado por ti, Isabel –observó Leo–. Estoy ilusionado por Archangel. La ciudad tiene Bella

Vista, y el nuevo sitio de Calvin Sharpe. Todo va sobre ruedas.

A Isabel no se le ocurrió nada que decir al respecto.

—De manera que estaba pensando que vosotros dos podríais hacer algo juntos. La nueva escuela de cocina y el nuevo restaurante. Calvin dijo que os conocéis desde hace tiempo, y está de acuerdo.

—Seguro que lo está —una gélida determinación se formó en su corazón—. Precisamente por eso he venido, Leo. Tengo algo para ti —Isabel le entregó un duplicado de la tarjeta de memoria. Le temblaba la mano, pero no la decisión—. Ahí tienes todo lo que necesitas saber sobre Calvin Sharpe. Voy a enviar otra copia al productor de su programa. Tienes mi permiso para hacer lo que quieras con eso.

—¿Qué es? —Leo frunció el ceño.

—Las imágenes se explican por sí solas. Tuya es la decisión sobre hacer algo al respecto o no. Basta con decir que no habrá ningún apretón de manos entre Calvin y yo.

Isabel salió de la oficina, agotada y respirando aceleradamente como si hubiera corrido una gran distancia. El corazón le latía con fuerza, pero se sentía liberada, fuerte y segura de sí misma. Por fin.

Había sido Mac, al sacar a la luz la verdad de la historia de Magnus, el que le había insuflado el valor para contar su propia verdad. Durante años había sentido demasiado miedo, demasiada vergüenza para dar la cara.

Desde la marcha de Mac, había dedicado mucho tiempo a pensar en las historias que le había arrancado a ella, a su abuelo y a Annelise. Había aprendido mucho de ellas. Conocer lo que había soportado y las vidas que se habían construido después le había dado una nueva perspectiva. El ser humano era capaz de hacer frente a cualquier cosa siempre que tuviera un futuro mejor con el que soñar.

Por fin lo había entendido. Por mucho que amara Bella Vista había sido su escondite, un lugar que la apartaba del resto del mundo. Y en esos momentos, quería que fuera un lugar de crecimiento. Y lo único que se lo impedía era ella misma.

Mac estaría orgulloso de ella. Pero se había ido. Sus dudas y temores le habían impedido detenerlo. Seguía añorándolo cada día, pero por fin sabía que sobreviviría, aunque no volvería a ser la misma. Ese hombre le había dejado su impronta en el corazón, indeleble como una herida de guerra.

Capítulo 25

Ravello era todo lo que Cormac había esperado que fuera, y más. El otoño era un momento dorado en la montañosa ciudad italiana colgada de una ladera, con su casco viejo, mercados y pequeñas tiendas y plazas rodeando el magnífico *duomo* y las hermosas ruinas y jardines de Villa Cimbrone. Había acudido allí a la desesperada, pero descubrió que su corazonada había sido correcta.

Básicamente lo habían despedido del proyecto anterior. Jamás en su vida se había alegrado de que lo retiraran de una investigación, pero en esa ocasión había sido una bendición. En Estambul, Ari Nejim lo había liberado. Era lo último que esperaba del padre de Yasmin. La hija de ese hombre había sido asesinada. Después del suceso, la ira que había ardido en la mirada de Ari se había parecido a las eternas llamas de las puertas del infierno. En su momento, a Cormac no le cabía duda de que Ari no descansaría hasta descubrir a los asesinos de su hija.

Sin embargo, en Turquía había encontrado a otro Ari, emocional y geográficamente estaba ya en otro lugar. Desayunando junto al Bósforo y frente a sendas tazas del espeso café turco, Ari le había parecido empequeñecido, resignado. Pero también más centrado.

—No quiero hacerlo —había reconocido al fin el hombre en referencia al proyecto—. Siento haberte hecho venir hasta aquí, pero quería asegurarme de que supieras que nadie me ha presionado. El asesinato de mi hija es un caso para las autoridades. Quizás descubran la verdad sobre Yasmin, quizás no. En cualquier caso, tengo que abandonar este proyecto porque me está matando. Tras su muerte, me encontré con dos elecciones posibles. Vivir en el infierno, o vivir mi vida.

—¿Y qué quieres hacer? —le había preguntado Mac.

—Tengo que dejarlo estar. Necesito hacerlo. No conseguiré que mi hija vuelva. Debo dirigir mis energías hacia otro lado, hacia algo positivo. He aceptado un puesto en la World Engineering Society, la sociedad mundial de ingeniería. Estaré a cargo de sus iniciativas benéficas.

—Eso está muy bien, Ari —había contestado él—. Me alegro por ti. Entonces, ¿qué quieres que haga?

—Dejarlo estar como he hecho yo. No permitas que esta historia envenene tu futuro. Sigue adelante con tu vida. Es lo único que podemos hacer, ¿sí?

Mac había reflexionado largo rato sobre ese consejo. Se había casado con una mujer para salvarle la vida, y ella había muerto. El hecho de que no hubiera disfrutado de una relación de pareja seria desde entonces era bastante significativo. Pero Ari tenía razón. Había llegado el momento de pasar página.

Y quizás allí, en Ravello, había descubierto el modo de hacerlo, donde Francesca Cioffi había crecido entre limoneros con vistas al mar. Había descubierto algunas cosas impresionantes sobre ella y su familia. Y quería compartir sus hallazgos con Isabel.

Sin embargo, quizás fuera mejor dejarlo estar. Ella le había asegurado que no tenía ningún interés en saber más sobre el accidente de su padre. A lo mejor tampoco quería saber más sobre la familia de su madre.

A última hora de la tarde, los vendedores del mercado de productos locales recogían sus aceitunas y demás productos. Pasó frente a un puesto en el que daban a probar muestras de miel de abejas locales. El sabor le recordó a Isabel. Demonios, todo le recordaba a Isabel.

Echó un vistazo a los viejos edificios con arcos de piedra y fachadas de yeso ya desconchado. La ciudad había sido hacía tiempo la meca de artistas y escritores. Pasó ante la casa en la que había vivido y trabajado D. H. Lawrence, donde había escrito sus libros tristes y sensuales sobre personas que se destruían a sí mismas en busca de un amor perfecto que no existía.

El lema de Mac siempre había sido no mirar atrás, pero teniendo en cuenta lo que había dejado atrás, le resultaba muy difícil. Bueno, pensó, ya saldría algo bueno, algún proyecto nuevo. Quizás podría investigar por su cuenta el hundimiento del puente y ahondar en el accidente que había matado a Erik Johansen. Sí, estaría bien tener una excusa para regresar a California.

Se chupó los dedos impregnados en miel y se dirigió hacia la *penzione* en la que se alojaba. Al acercarse al viejo edificio, con las contraventanas pintadas y jardineras llenas de flores, oyó el zumbido del motor de un scooter y levantó la vista. Una hermosa joven, las piernas desnudas, calzada con sandalias, conducía una Vespa.

—No puede ser —el corazón de Mac dio un salto en el pecho—. ¡Dios mío!

—Ya he conseguido mi primer sello en el pasaporte —anunció Isabel mientras se quitaba el casco y dejaba sueltos los largos y hermosos cabellos.

—El *jet lag* es divertido —murmuró ella mientras se recostaba, desnuda, sobre Mac. Eran las tres de la madrugada y acababan de pasar una hora haciendo el amor en la *penzione*, una coqueta habitación con sólidos muebles blanqueados y vistas al jardín trasero. El aire fresco entraba entre las cortinas, arrastrando con él el olor a limones y mar.

—Tú eres lo divertido —puntualizó Mac mientras le besaba la sien—. Aún no me puedo creer que estés aquí.

—Ni yo tampoco. Ni me puedo creer que encontrara tu *penzione*. La dirección que habías escrito en el itinerario no era muy precisa. Pero los lugareños son realmente serviciales. ¿Te he sorprendido?

—Ya te digo. Eres increíble, Isabel. Gracias por venir.

—Necesito contarte algo —ella rodó hacia un lado y apoyó la barbilla sobre el torso desnudo de Mac—. Han sucedido muchas cosas desde que te marchaste. No fui del todo sincera contigo en lo referente a Calvin Sharpe.

—¿Ese imbécil? ¿Qué pasa con él?

—Ya es historia —Isabel respiró hondo y le contó toda la verdad.

Le habló de cómo había hecho públicas las evidencias de su ataque. Ya podía hablar de ello. Podía mencionarlo sin sentirse culpable o avergonzada. El delito ya había prescrito, pero el *chef* había quedado desprestigiado, como solo los medios de comunicación eran capaces de hundir a alguien. Independientemente de las consecuencias legales, profesionalmente estaba acabado. La cadena televisiva lo había despedido después de que los patrocinadores de su programa de cocina le retiraran sus fondos y lo dejaran tirado como a un saco de patatas. El proyecto del libro de cocina también se había hundido. Los inversionistas de su cadena de restaurantes se habían retirado y su club de fans lo había abandonado. No iba a ser más que un asterisco en la Wikipedia, una seudo-celebridad fracasada, un error. La oscuridad sería el peor castigo imaginable para un hombre con el ego de Calvin.

—Un tipo como ese se merece algo peor que ser despedido de su programa de televisión —contestó Mac, la voz vibrante de ira.

—Créeme, perder su foco lo matará. La franquicia de sus restaurantes está hundida. Igual que lo estará su carrera. Solo me siento mal por no haberlo denunciado antes, por haber vivido tanto tiempo con miedo.

−Lo siento −Cormac la besó con dulzura−. Siento lo que te sucedió. Pero me alegra que hayas terminado con él.

−Y yo siento haber permitido que lo sucedido en el pasado afectara a mis sentimientos por ti −contestó ella−. Eres un buen hombre, Mac. Has tenido mucha paciencia conmigo.

−Es la primera vez que alguien me acusa de ser paciente −él sonrió−. Pero llegó un momento, seguramente cuando fuimos a las aguas termales, en que decidí que estaba dispuesto a esperarte.

La abrazó con ternura largo rato. Isabel bostezó, sintiéndose repentinamente agotada.

−Tengo sueño otra vez.

−Entonces deberías dormir.

−El *jet lag* es curioso. No tengo ni idea de qué día es, ni de qué hora.

−Calla −Mac le acarició la cabeza−. Es nuestra hora.

El desayuno resultó ser una revelación del capuchino perfecto y un cestillo de *sfogliatelle*, unos bollitos de hojaldre rellenos de queso dulce. El tiempo era maravilloso, un día de postal, de cielo azul y brisa fresca.

−¿Qué vamos a hacer hoy? −preguntó ella.

−Tengo una sorpresa para ti −contestó Mac tras contemplarla unos segundos.

−No me gustan las sorpresas −el gesto de Isabel se ensombreció.

−No es justo. Ayer me dejaste patidifuso, y hoy me toca a mí sorprenderte a ti. Termínate el café. Quiero presentarte a alguien.

−¿Aquí? −ella lo miró con los ojos entornados cargados de sospecha−. ¿A quién?

—Tendrás que confiar en mí.
—Confío.
Caminaron por las bonitas calles repletas de jardines colgantes. Isabel se sentía inmersa en un sueño, paseando de la mano con Cormac, contemplando el despliegue de las mercancías de los tenderos. En un *profumi* preparaban *limoncello* con los limones locales. También había pequeñas tiendas de cerámica y quioscos de turismo. Descendieron por las empinadas y retorcidas escaleras de una calle hasta una fila de pequeñas casas adosadas y se detuvieron ante una puerta verde con macetas de geranios a ambos lados.

Cuando la mujer abrió la puerta, a Isabel le flaquearon las piernas y tuvo que apoyarse en Cormac. No podía apartar la mirada de ella, pues estaba contemplando a su madre. A su madre, pero viva. Reconoció el hermoso rostro de Francesca, sus carnosos labios, que dibujaban una temblorosa sonrisa. Esa mujer, por supuesto, era mayor, pero aún bella. Tenía los cabellos oscuros y ondulados y unos enormes ojos oscuros, los mismos ojos que Isabel había contemplado toda su vida en las fotos, deseando conocer a la madre que le había dado la vida.

La mujer de la puerta también la miraba a ella, los ojos anegados en lágrimas. Pronunció unas rápidas palabras en italiano, pero lo único que entendió Isabel fue «Francesca».

Mac contestó brevemente y la mujer los invitó a pasar al interior de la casa. En la entrada se detuvo y se giró, abrazando a Isabel mientras hablaba sin parar.

Cormac pronunció unas palabras tranquilizadoras y tomó la mano de Isabel.

—Te presento a tu tía Lucía. Es la hermana de tu madre.

—Encantada de conocerla —Isabel no supo de dónde había conseguido sacar la voz.

Lucía volvió a hablar.

—Es la hermana de Francesca, su hermana gemela –le explicó Cormac.

«¡Gemelas!», pensó ella con una mezcla de sorpresa y admiración.

—¿Podríamos... sentarnos?

Mac tradujo y Lucía les condujo hasta un pequeño saloncito abarrotado de muebles antiguos. Se sentó en un sofá confidente, muy cerca de Isabel y le tomó ambas manos. Volvió a hablar. Isabel se dio cuenta de que estaba comparando sus manos, sus rostros.

«Somos iguales», pensó.

—¿Cómo supiste de su existencia? –le preguntó a Mac.

—Por la foto –contestó él–, la que encontramos en el baúl. Sabía que no se trataba de Francesca.

—¿Lo sabías? ¿Cómo?

—Por la marca de nacimiento. La chica de la foto no tenía ninguna, pero tu madre sí. Y la chica de la foto sujetaba una pluma en la mano derecha. ¿Recuerdas? Tu madre era zurda, como tú –Cormac tradujo sus palabras al italiano, para Lucía.

—¡Vaya! –exclamó Isabel con admiración–. Estoy abrumada. No sé qué decir.

De repente comenzó a sollozar. Lucía la atrajo hacia sí y las dos permanecieron abrazadas un buen rato. Isabel se sintió embriagada por la calidez de esa mujer, esa extraña que era idéntica a la madre que no había llegado a conocer.

—Tengo algunas preguntas que hacer –Isabel se apartó de su tía.

—Intentaré traducirlas –la animó Mac.

—¿Nunca intentaste contactar con mi madre? –le preguntó a Lucía.

Lucía habló y Mac tradujo:

—Tuvieron una terrible pelea. Por aquel entonces, sus padres ya vivían de una pensión y no había dinero suficiente para un viaje en busca de alguien que no quería ser encontrado. Supusieron que Francesca había decidido pasar página, sin ellos. Y, al parecer, en cierto modo fue lo que hizo. Tu abuela les envió una carta cuando Francesca murió, y luego intercambiaron postales de Navidad durante un tiempo, pero al final el contacto se fue perdiendo.

–Lo siento –contestó Isabel–. Siento tu pérdida. La perdiste dos veces, una cuando ella se marchó y otra cuando se murió.

–*Si. Grazie*.

–Ojalá hubiera sabido cómo era. Quizás podrías contármelo algún día.

–Dice que puede contártelo ahora –tradujo Cormac.

–¿De verdad? –Isabel se inclinó hacia delante, atenta.

Lucia se puso en pie y llevó a Isabel junto a la chimenea en el salón, girando el espejo oval apoyado sobre la repisa hacia ella.

–Ella era así –tradujo Mac–. Casi exactamente como tú.

–¿De verdad? –Isabel sintió una cálida sensación.

–Por eso casi se desmoronó al verte. Francesca era joven y lozana, y hermosa. Su voz era grave y dulce, y sonaba justo como la tuya –continuó Cormac, antes de hablar por su cuenta–. Ya lo sabes.

Pasaron el día entero con Lucía, que prometió llevarles al día siguiente a Scala, una ciudad aún más pequeña y exclusiva donde vivían sus padres. Esa noche, Mac la llevó a una restaurante llamado *Il Flauto di Pan*, la flauta de Pan, que colgaba de Villa Cimbrone entre jardines y muros a punto de desmoronarse. Era, seguramente, el restaurante más hermoso que Isabel había visto nunca. La centenaria villa estaba adornada con unos espectaculares jardines de buganvillas color fucsia, limoneros y cipreses, además de plantas aromáticas que perfumaban el aire. La mesa, en la terraza, ofrecía unas vistas imposiblemente bellas del mar.

Acompañaron el delicioso menú con una botella de vino, pero a pesar de lo bueno que estaba todo, ella apenas logró probar bocado.

—Estoy demasiado emocionada —admitió mientras alzaba la copa hacia él—. Gracias, Mac. Gracias por hacer esto posible.

—Fuiste tú quien se subió al avión —contestó Cormac—. Y la que consiguió ese sello en el pasaporte.

—Es verdad, y resultó divertido. Ojalá pudiera quedarme más tiempo, pero sabes que debo regresar —Isabel contempló la puesta de sol a través de la copa de vino. Una parte de ella, una gran parte, querría quedarse allí para siempre. Querría quedarse con él para siempre, viajar por el mundo, dejar Bella Vista atrás. ¿Sería capaz de renunciar a todo aquello por el amor de un hombre? ¿Era demasiado grande el sacrificio? ¿Podría renunciar al sueño por su amado?

—¿A qué viene esa expresión? —preguntó él.

—Estaba soñando despierta. Pensaba que... —ella se interrumpió. En lugar de ofrecerle una explicación tomó un sorbo de vino—. La persona que regrese a casa será diferente de la que vino. Me siento... completa.

—Siempre has estado completa, Isabel.

Ese hombre tenía un talento especial para decir las cosas más dulces. Decía todo lo que ella necesitaba oír, o casi.

—¿Y bien? —se atrevió a preguntar—. ¿Cuál es tu próximo proyecto?

—Tengo un libro que escribir. Puedo hacerlo en cualquier sitio.

—¿Y dónde lo vas a hacer?

—Quiero estar contigo, Isabel. Pensaba que a estas alturas ya lo sabrías.

—Pero ¿durante cuánto tiempo?

–¿Qué te parece para siempre? ¿Te iría bien para siempre?

–No hablas en serio –ella sintió que toda la sangre se agolpaba en las mejillas.

–¿Y cómo sabes que no hablo en serio?

–Porque nunca lo haces.

–Escucha –Mac la taladró con la mirada–. Me casé una vez y lo hice fatal, ¿de acuerdo? No la amaba, y encima ella murió. ¿Qué puede haber peor que eso?

–Es terrible, Mac, pero hiciste lo que creíste mejor en su momento. No tenías modo de saber lo que iba a pasar.

–Exactamente. Y tampoco sé lo que va a pasar ahora. Lo único que sé es que esto es completamente diferente. No te pareces a nadie que haya conocido nunca. Me cuidaste, Isabel, y nadie había hecho eso por mí antes. Cuidas de las personas que entran en tu vida, pero creo que sigues esperando que alguien cuide de ti. Deseo tanto estar contigo que no duermo por las noches. No puedo pensar en nada que no sea lo mucho que te amo.

–¡Oh…!

–¿Ya está? ¿Solo «oh»?

–No sé qué quieres que diga.

–Quiero que digas la verdad.

Isabel se levantó de la mesa, esforzándose por contener las lágrimas. Se acercó a la terraza, lejos de las demás mesas, se inclinó sobre la barandilla y contempló el cielo ambarino. Bajo las palmas de sus manos, la ancestral piedra aún conservaba el calor del sol.

Cormac se acercó por detrás, abrazándola por la cintura. Volviéndose, ella le rodeó el cuello con los brazos. Aun así, nunca se había sentido tan vulnerable.

–La verdad es que te amo –ella cerró los ojos y se lanzó–. Empecé a amarte el primer día que me llevaste a pasear en el scooter, y la sensación no ha hecho más que crecer, y no quiero que acabe nunca –dejó que las lágrimas brotaran libres porque se sentía feliz y nerviosa y llena de esperanza–. He aprendido mucho de ti sobre el amor, Mac. Nunca pensé que sería posible sentir algo así.

–Entonces –él la abrazó con ternura. Siempre la trataba con ternura–. Supongo que no tienes inconveniente en que regrese contigo a Bella Vista.

–No tengo inconveniente –Isabel soltó una temblorosa carcajada.

–Para siempre.

–Eso suena muy bien.

A sus oídos llegó una dulce melodía, como una canción sin palabras. Con las manos entrelazadas contemplaron la puesta de sol e Isabel supo que, en ese preciso instante, todo era perfecto. No lo sería siempre, pero tampoco hacía falta que lo fuera. En los brazos de Mac tenía todo lo que necesitaba. Siempre regresaría a Bella Vista, el único lugar del mundo en el que se sentía verdaderamente en casa. Pero todo había cambiado. Ya no tenía miedo. Mac le había abierto los ojos a posibilidades que no se había permitido a sí misma contemplar. Nada había cambiado y, al mismo tiempo, todo había cambiado.

Ante ella tenía todo lo que podría desear: la escuela de cocina, Jamie, el abuelo y Annelise. Bella Vista bañada por el sol, el lugar que la había sostenido toda su vida. Y Mac, que decía que la quería para siempre. Todo el mundo allí para ella, esperando a que se decidiera a comenzar.

Epílogo

El enjambre de abejas mieleras colgaba de una rama baja, emitiendo ese característico zumbido que siempre inquietaba a Isabel.

Y le seguía resultando inquietante de un modo visceral, aunque en el último año había aprendido mucho sobre apicultura, y sabía que en esa ocasión no iba a fallar.

—¿Lo tienes? —gritó por encima del hombro hacia Mac.

Él estaba a una distancia segura, cámara de vídeo en ristre, enfocándola.

—Sí —contestó—. Estamos rodando.

—De acuerdo —gritó ella de nuevo, sin perder de vista el enjambre a través del tejido mosquitero de la máscara—. Allá va.

—Esto parece una pesadilla —aseguró él—. Ten cuidado.

—Las abejas se inflan de miel antes de formar el enjambre —le recordó Isabel—, eso las vuelve dóciles.

—Sí, claro, ¿dóciles como esas abejas que me provocaron un shock el año pasado?

Ese día Isabel se había enfadado mucho con Mac, segura de que había llevado el desastre a su vida. ¿Cómo habría podido saber que lo que iba a llevar era amor y alegría, y un futuro que jamás podría haberse imaginado para sí misma?

Ese hombre no dejaba de sorprenderla, y le encantaba.

Tras regresar de Ravello, habían asistido juntos a la inauguración de la escuela de cocina. El artículo de Mac había tenido eco en la prensa internacional, y tenían todo reservado hasta el año siguiente.

También se habían producido otras sorpresas e inesperadas bendiciones. El otoño anterior, el abuelo y Annelise se habían casado en una íntima ceremonia, solo para la familia. En Navidad, Tess y Dominic habían anunciado que esperaban un bebé.

Y el día de Nochevieja, enfrentándose al frío para ser el primero en lanzarse a la recién terminada piscina, Cormac la había vuelto a sorprender. Sacando un anillo del bolsillo del pantalón, se lo había deslizado en un dedo.

—Cuando dije para siempre, lo decía en serio.

El recuerdo de ese día casi le hizo olvidar dónde se encontraba, pero el gutural zumbido de las abejas la devolvió a la realidad.

«No pienses en los monos voladores», se recordó, colocando cuidadosamente la caja de recolección bajo el enjambre. Antes de dejarse llevar por los nervios, cortó la rama y el enjambre cayó a la caja. Trabajando con rapidez, recogió con cuidado unas cuantas abejas que se habían dispersado y cubrió la caja con una malla. A continuación depositó la caja en la parte trasera de la camioneta e hizo una exagerada reverencia para la cámara.

—Punto y final —anunció Mac—. ¿Hay moros en la costa?

—Todo despejado. Quiero esperar hasta la puesta de sol para introducirlas en la colmena. Hasta entonces estarán bien a la sombra.

Con una sensación triunfal, se quitó la máscara y la tela mosquitera y se bajó la cremallera del traje blanco, arrojándolo a la camioneta. Mac soltó un aullido lobuno al contemplarla en pantalones cortos y top.

—¿Qué te parece si nos vamos a nadar y luego te llevo a la cama y te hago el amor lenta, dulce y prolongadamente?

Ella soltó una carcajada.

−¿Te parece divertido?

−Lo divertido es que antes de que aparecieras en mi vida, jamás me imaginé a nadie diciéndome algo así.

−Pues lo digo en serio −insistió él mientras la tomaba en sus brazos−. Te amo muy en serio.

−Lo sé, Mac. Yo también te amo.

−Pues escúchame. Antes de que nos vayamos, hay algo que quiero enseñarte.

¿Otra sorpresa?

−Me encanta cuando dices eso −Isabel recordó las excursiones en scooter y el baúl de los vestidos de su madre−. Siempre ha sido algo bueno para mí.

−Te prometo que esto te va a encantar −Mac eligió algo de un montón de correo que descansaba sobre el salpicadero de la camioneta.

−Ponme a prueba −ella frunció el ceño.

Sin dejar de sonreír, él le mostró un sobre con un cierre metálico.

−He estado investigando la desaparición de Erik. Tengo muchos amigos en el negocio y he hecho algunos favores para desenterrar esto.

−Mac, ya te he dicho que...

−Échale un vistazo −la interrumpió Mac−. Luego decides qué hacer con ello, pero antes debes ver lo que he encontrado −abrió el sobre y sacó una fotografía ampliada.

Isabel contempló la imagen fijamente. Mostraba a un hombre en una playa, vestido con pantalones cortos y una gorra de béisbol roja y vuelta del revés. Era extrañamente similar a la foto del joven Erik en Shell Beach, la foto que tanto le gustaba. Pero no se trataba del joven Erik.

−Fue tomada la semana pasada −le explicó Mac.

−Eso es imposible −aseguró Isabel.

El hombre de la foto tenía el mismo aspecto, pero a la vez no era el mismo. No había posibilidad de error en que se trataba de los rasgos y el porte de Erik. Pero la persona de la foto tenía unas cuantas décadas más. Solo mirarla le provocó escalofríos.

—¿De dónde la has sacado? —preguntó.

—La hizo un tipo que conozco de la escuela de periodismo. La hora, fecha y coordinadas del GPS están por detrás. La playa está cerca de Tánger.

—¿Qué? ¿Tánger? ¿Tánger en Marruecos?

—Eso es.

—¿Y cómo llegó hasta allí? ¿Qué hace allí?

—Eso va a requerir investigar un poco más. O no. Tú decides qué quieres que haga.

Isabel dejó la foto a un lado con una mezcla de emoción y confusión.

—No lo sé —se abrazó a Mac, agradecida por la solidez de su pecho contra la mejilla—. Quizás podríamos dejarlo estar —continuó mientras una chispa del viejo miedo aparecía de nuevo. Se apartó un poco y miró a Mac, su mundo, su amor, su futuro—. O a lo mejor podría ser nuestra siguiente aventura.

Agradecimientos

Mi agradecimiento a Meg Ruley y a Annelise Robey de la agencia Jane Rotrosen, y a mi editora, Margaret O'Neill Marbury, junto con Lauren Smulski, Tara Parsons y el impresionante equipo de MIRA books. Mi mayor respeto y reconocimiento para Cindy Peters por mantener la red social activa.

Muchas gracias a la muy talentosa Kerrie Sanson, cuyos conocimientos de cocina y recetas inspiró una parte del arte culinario de este libro.

El Museo del Holocausto de los Estados Unidos de Norteamérica, la biblioteca virtual judía, el Museo de la Resistencia Danesa, y los Archivos Nacionales, en Copenhague, proporcionaron una gran cantidad de datos históricos. La información sobre apicultura fue generosamente ofrecida por la granja Little Milkweed.

Quisiera ofrecer un agradecimiento especial a Suzanne Kelly, Lilac y Chips por su generoso apoyo a la asociación protectora de animales, PAWS.

Y por último, mi inmenso agradecimiento va para Lindsey Bonfiglio por sus esfuerzos de promoción. Lindsey, me has ayudado de más maneras de las que sería capaz de expresar con palabras.

ÚLTIMOS TÍTULOS PUBLICADOS EN HQN

Un beso inesperado de Susan Mallery

El huerto de manzanos de Susan Wiggs

El tormento más oscuro de Gena Showalter

Entre puntos suspensivos de Mayte Esteban

Lo que hacen los chicos malos de Victoria Dahl

Último destino: Placer de Megan Hart

Placer prohibido de Julia London

En mi corazón de Brenda Novak

Está sonando nuestra canción de Anna Garcia

Siempre un caballero de Delilah Marvelle

Somos tú y yo de Claudia Velasco

Noches de Manhattan de Sarah Morgan

Azul cielo de Mar Carrión

El Puerto de la Luz de Jane Kelder

Vuelves en cada canción de Anna García

Emocióname de Susan Mallery

Vacaciones al amor de Isabel Keats

www.ingramcontent.com/pod-product-compliance
Lightning Source LLC
LaVergne TN
LVHW030333070526
838199LV00067B/6255